ANNE MALLORY

Skandal der Herzen

Buch

Ausgestattet mit allen Vorzügen eines Gentlemans ist Sebastien Deville ein charmanter Teufel, dem keine Dame widerstehen kann. Aber als illegitimem Sohn sind ihm die Türen der guten Gesellschaft verschlossen. Der königliche Wettstreit ist Sebastiens Chance, den Makel der unehelichen Geburt loszuwerden, denn dem Gewinner winken ein Adelstitel, Vermögen, Zugang zu den höchsten Kreisen, eine Braut aus gutem Haus – und Roseford Grange. Der Landbesitz seiner verstorbenen Mutter ist das Einzige, was dem zynischen Sebastien etwas bedeutet, und er ist entschlossen, den Wettkampf zu gewinnen. Die arrangierte Ehe mit der versprochenen Braut, der schüchternen Tochter des Earl of Cheevers, kümmert ihn nicht – bis er Caroline Martin begegnet!

Die junge Witwe Caroline lebt als Gesellschafterin ihrer Cousine im Haus des Earl of Cheevers. Sie kann es nicht fassen, dass der Earl seiner einzigen Tochter auf diese Weise einen Ehemann verschaffen will, ohne Rücksicht auf Sarahs Gefühle zu nehmen. Um zu verhindern, dass ihre Cousine zu einer lieblosen Ehe mit dem notorischen Herzensbrecher und Verführer Sebastien Deville gezwungen wird, sabotiert Caroline Sebastien in den Wettkämpfen. Dabei gerät sie selbst ins Visier des charmanten Schwerenöters, der jede Gelegenheit nutzt, um ihre Leidenschaft zu entfachen. Sie kann seinen Verführungskünsten nicht lange widerstehen, und auch Sebastien ist von den Reizen der bezaubernden jungen Witwe überwältigt. Doch schon bald muss Sebastien sich entscheiden zwischen Roseford Grange und seiner Liebe zu Caroline. Denn wenn er den Wettkampf gewinnt, wird er ihr Herz verlieren …

Autorin

Seit Anne Mallory im Grundschulalter die Liebesromane ihrer Mutter entdeckte, ist sie selbst begeisterte Leserin von historischen Romanzen. Ihr erster eigener Roman war unter den Finalisten für den Golden Heart Award 2003 der Romance Writers of America, seither begeistert Anne Mallory mit ihren spritzigen historischen Romanen amerikanische Leserinnen und Kritiker gleichermaßen, die Romantic Times nominierte sie für den Career Achievement Award 2008. Neben ihrer Leidenschaft fürs Schreiben ist Anne Mallory begeisterte Hobby-Sammlerin, sie liebt Katzen und Schokolade. Anne Mallory lebt in Kalifornien in der Nähe von San Francisco.

Entdecken Sie die Autorin unter: www.annemallory.com

Weitere Romane von Anne Mallory sind bei Blanvalet in Vorbereitung.

Anne Mallory

Skandal der Herzen

Roman

Aus dem Amerikanischen
von Ute Thiemann

blanvalet

Die Originalausgabe erschien 2008 unter dem Titel
»The Bride Price« bei Avon Books,
an Imprint of HarperCollins Publishers, New York.

FSC
Mix
Produktgruppe aus vorbildlich
bewirtschafteten Wäldern und
anderen kontrollierten Herkünften

Zert.-Nr. SGS-COC-1940
www.fsc.org

Verlagsgruppe Random House FSC-DEU-0100
Das für dieses Buch verwendete FSC-zertifizierte Papier
Holmen Book Cream liefert Holmen Paper, Hallstavik, Schweden.

1. Auflage
Deutsche Erstausgabe Dezember 2009 bei Blanvalet,
einem Unternehmen der Verlagsgruppe Random House GmbH, München.

Redaktion: Anita Hirtreiter
Umschlaggestaltung: HildenDesign, München
Umschlagillustration © Pino Daeni via Agentur Schlück GmbH
MD · RF
Satz: DTP Service Apel, Hannover
Druck und Einband: GGP Media GmbH, Pößneck
Printed in Germany
ISBN: 978-3-442-37407-6

www.blanvalet.de

Für N & P, in Liebe

Anmerkung

Es hat niemals ein Wettbewerb wie jener, der in diesem Buch beschrieben wird, stattgefunden. Aber ich stelle mir gern vor, wenn es einen gegeben hätte, dann hätte sich alles so zutragen können …

1

The Times, London, Juni 1822 – Federkratzen auf Pergament. Verschwörerisches Gemunkel in schummrigen Ecken. Perfide Machenschaften in dunklen Kammern. Lieber Leser, im Schutz der Dunkelheit geht etwas Großes und Bedeutsames in den höchsten Kreisen des Landes vor. Die Zeit wird alles ans Licht bringen …

Das Umdrehen einer Karte entschied das Spiel.

Geharnischtes Fluchen drang durch die dicken Rauchschwaden und das gedämpfte Geplauder in dem von Blattgold und Leder dominierten Herrenklub.

»Und wieder geht eine Runde an Sie, Deville.« Seine Augen begegneten einem zutiefst argwöhnischen Blick. »Das macht dann allein heute Abend was? Viertausend?«

Sebastien schaufelte mit blasierter Miene seinen Gewinn zusammen. »Sehr freundlich von Ihnen, Compton, dass Sie alles im Auge behalten.«

»Das ist nicht das Einzige, das ich im Auge behalte«, erwiderte Compton. Er beugte seinen mageren Körper vor und legte seine knochendürren Finger um sein Cognacglas.

»Ich kann gar nicht glauben, wie viel Glück Sie haben. Das geht doch nicht mit rechten Dingen zu«, zischte der Mann zu seiner Linken und schob sich mit unsteter Hand sein affektiert langes braunes Haar aus der Stirn. Er hatte hoch verloren. Wie üblich.

»Bevor Sie die bösen Geister verwünschen, Benedict, sollten Sie vielleicht erst mal Ihr mangelndes Geschick beklagen.« Sebastiens Tonfall war gelassen, aber er beobachtete aufmerksam aus den Augenwinkeln die Umstehenden. Umgeben von der Crème de la Crème der Londoner Gesellschaft – leider der männlichen Hälfte – war er so etwas wie eine Insel der Ruchlosigkeit. Auf den ersten Blick befand er sich in seiner derzeitigen Position in einem deutlichen standesmäßigen Nachteil, doch das hatte ihn noch nie davon abgehalten, das Schicksal herauszufordern – oder es zu zwingen, sich seinem Willen zu beugen.

»Kommen Sie mir nicht in diesem Ton, Deville. Ich muss nur mit dem Finger schnippen, und man setzt Sie hochkantig vor die Tür.«

Sie und Ihr unreines Blut.

»Aber gewiss doch, Benny. Ich lebe nur für Ihre *Gunst und Gnade*.«

Lord Benedict Alvarest lief bei diesen Worten tief rot an, und in seinen glanzlosen braunen Augen loderte plötzlich etwas auf, das fast wie Esprit anmutete. Leider waren Intelligenz und Einfallsgabe bei ihm nur selten zu erkennen. Eine herbe Enttäuschung bei einem Gegner.

Der vierte Mann in der Runde tippte mit einem seiner makellos manikürten, schneeweißen Finger auf den mit Intarsien verzierten Spieltisch. »Es reicht. Wollen wir noch eine Runde spielen? Ich für meinen Teil möchte nämlich gern mein Geld zurückgewinnen.«

»Das wird dir auch nicht viel nützen, Everly. Deville hat offenkundig noch ein Ass im Ärmel«, bemerkte Benedict.

Sebastien rückte mit einem gekonnten Ruck seines Handgelenks seine Manschetten zurecht und griff nach seinem Glas. »Oder auch zwei, so wie Sie spielen. Sie scheinen fest entschlossen, alles zu verlieren.«

Sein Hohn ließ den Mann vor Zorn erbeben, ganz wie Sebastien es gehofft hatte.

»Ich habe wenigstens etwas zu verlieren, Deville.«

Die Umstehenden wurden schlagartig still und beugten sich gespannt vor. Haie, die Blut witterten, Geier auf der Suche nach Aas, die boshaft spöttelnd über ihn tuschelten und ihn dann zu Zusammenkünften einluden, um ihn noch mehr zu provozieren.

»Wie ermüdend Sie sind, *Lord* Benedict.« Benedict wurde puterrot. »Eine solche *Enttäuschung*.« Sebastien lehnte sich nonchalant zurück und hob sein Glas an seine Lippen. Der edle Brandy lief seine Kehle hinunter und wärmte ihn kurz auf, denn dieser Tage war ihm wegen seines Hasses und seiner Verbitterung stets eiskalt. »Als drittgeborener Sohn klingt es irgendwie so gezwungen, Sie mit dem Titel ›Lord‹ anzureden.«

Benedict war zu verärgert, um darauf spontan zu kontern, und seine Hand, mit der er seine Karten umklammerte, zitterte. Sebastien bemerkte eine flüchtige Bewegung hinter den umstehenden Gaffern. Ein älteres Spiegelbild seiner selbst winkte ihn gebieterisch heran. Ein Echo von Benedicts Zorn, wenngleich besonnenerer und kühlerer Natur, schnürte Sebastien ob dieses Befehls kurz den Magen zusammen, doch er wandte sich wieder Benedict zu und schenkte seinem Bruder, dem er nur in Hohn und Neid verbunden war, ein verschmitztes Grinsen. »Entschuldigen Sie mich bitte, Gentlemen. Wie es scheint, müssen Sie Ihr Geld an einem anderen Tag zurückgewinnen.«

Begleitet von einem Chor aus protestierenden Rufen und unmutigen Lauten, sammelte er seine Gewinne ein und warf einen Geldschein auf den Tisch. In Benedicts Augen loderte unversöhnlicher Hass, als er den winkenden Mann bemerkte und sah, dass Sebastien in dessen Richtung blickte. Sein Bruder ignorierte ihn, kehrte Mitspielern und Umstehenden den Rücken und ging auf den anderen Mann zu. Die zehn Schritte waren wie ein Gang zum Schafott.

»Sebastien. Setz dich.« Der Mann zeigte mit einer lässigen Geste auf den schweren Mahagonisessel ihm gegenüber. »Wie ich sehe, hattest du heute Abend Glück im Spiel.«

Wenn er dem unaufrichtigen Stolz und den aalglatten Worten seines Gegenübers doch nur glauben könnte. Der Mann war eine Vision davon, wie er selbst mit fünfzig aussehen würde: volles braunes Haar, von Silber durchzogen, die Augen von blaugrüner Färbung – *aquamarin*, hatte er so manche Lady seufzen hören.

Sie mochten ja seufzen und erröten, aber Aussehen und Charakter hatten wenig Gewicht in einem Spiel, bei dem die Gewinner die höchsten Titel, die unumschränkteste Macht, das größte Vermögen besaßen. Alle anderen waren nur ein kurzes Abenteuer. Männer, die man kichernd dazu anreizen konnte, dass sie einem hinter dem Rücken der Anstandsdamen Avancen machten. Mit ihnen zu flirten und sie zu umwerben war erlaubt, doch man durfte sie ja nicht anfassen. Nein, jemand wie er war als Freier für die kostbaren Töchter der feinen Gesellschaft unannehmbar.

»Ich habe dich mit dem Plumley-Mädchen gesehen.«

»Ist das Missbilligung, die ich da in Ihren Augen lese, Euer Gnaden?« Euer Gnaden, nicht Vater. Niemals Vater.

»Ich bin nicht so dumm zu glauben, dass meine Meinung irgendeinen Einfluss auf dein Tun hätte, Sebastien.«

Wenn seine Worte doch nur wahr wären und die Wirklichkeit Lug und Trug. Sein Gegenüber wusste nur zu gut, wie Sebastien vor Jahren um jedes freundliche Wort von ihm gebettelt hatte. Bei der Erinnerung daran wurde ihm übel. Er zündete einen Zigarillo an und vertrieb mit dem Rauch, den er ausstieß, die bösen Geister.

»Was haben Sie mir dann zu sagen, Euer Gnaden? Wollen Sie mir den Zutritt zur feinen Gesellschaft verweigern, weil ich mit einer Debütantin getanzt habe?«

»Man hat euch beinahe auf dem Balkon ertappt. Du solltest mittlerweile wissen, dass es keine überstürzte Heirat geben würde. Auf diese Weise angelst du dir keine reiche Tochter. Plumley würde die Sache vertuschen, indem er das Mädchen mit einem wie Compton verheiratet.« Er deutete mit abfällig fuchtelnder Hand zum Spieltisch, wo der tattrige Mann saß. »Um sie dann eiligst neu zu verheiraten, sobald der Mann seinen letzten Atemzug getan hat.«

»Das Plumley-Mädchen ist wohl kaum eine gute Partie. Wie kommen Sie nur darauf, dass ich sie überhaupt will?«

»Ist es nicht deine Absicht, sie alle zu entehren? Komm, komm, Sebastien, es ist ja nicht so, als führten wir diese Unterhaltung zum ersten Mal.« Die Augen des Dukes waren finster, doch in ihren tiefsten Tiefen flackerte etwas. Stolz auf seinen verruchten Sohn. Schließlich war auch der Duke ein unverbesserlicher Frauenheld und hatte viele Affären gehabt, wofür Sebastien der lebende Beweis war.

»Wie wenig es doch dieser Tage zu entehren gibt. Es ist in dem ganzen Haufen kein einziger Diamant übrig.« Er klopfte seinen Zigarillo ab, und der missbilligende Blick des Dukes folgte der herabfallenden Asche hinab auf den teuren Aubusson-Teppich darunter. »Und ihre Anstandsdamen werden immer wachsamer, obwohl ich die verklemmten Aufpasserinnen nicht oft zu Gesicht bekomme. Die kleinen hübsch verpackten Engel nehmen nur an den allerfeinsten Festen teil, auf denen ich selbstverständlich kaum anzutreffen bin.«

Stechende Augen musterten ihn durchdringend. »Und die Sache mit dem Browett-Mädchen – was war das?«

»Bloß ein Spiel. Eines, welches ich gewonnen habe. Ich gewinne immer.« Er schmunzelte und blies eine weitere Rauchwolke.

Er liebte seine kleinen Spielchen. Wenn *er* nicht gut genug war, dann waren sie es eben auch nicht. Und sie dazu zu bringen, dass sie jedem seiner Worte lauschten, als würde Ambrosia von seinen Lippen tropfen – während andere, lustvollere Genüsse verwehrt blieben –, war ein wahrlich vergnügliches Spiel.

»Sie hat vorletzten Samstag den jüngsten Sohn von Baron Tewks geheiratet«, sagte der Duke. »Die Hochzeitsglocken hatten noch nicht aufgehört zu läuten, da war die Ehe schon vollzogen.«

Sebastien zuckte mit den Achseln. »Eine gute Partie für die Hautevolee. Ich bin gewiss, dass diese Verbindung für niemanden eine Enttäuschung darstellt.« Er schaute zu, wie sich mit jeder Bewegung seiner Hand ein Rauchfähnchen zur Decke hinaufschlängelte, während er seinen Zigarillo hin und her schwenkte, nur um sein Gegenüber zu ärgern.

»Nicht einmal dich?«

»Aber, aber, Euer Gnaden. Mich vermag schon lange nichts mehr zu enttäuschen.« Es schien ihm gleichgültig zu sein.

Die Enttäuschung über die Ablehnung des Dukes hatte ihn vor zu vielen Jahren zerstört, um noch zu zählen. Dann hatten die Stöcke der Lehrer und die Fäuste seiner Mitschüler auf Harrow ihm die letzten Überreste ausgeprügelt. Er war nicht der einzige Bastard, der die geheiligten Hallen dieses hoch angesehenen Internats besucht hatte, doch es hatte Tradition, Knaben wie ihm – jedem, der auch nur das kleinste bisschen anders war oder keinen Fürsprecher hatte – den Aufenthalt dort zur Hölle zu machen. Doch er hatte seine Nische gefunden. Eine scharfe Zunge, ein gewitzter Verstand und eine unstillbare Rachsucht machten ihn zu einem tödlichen Gegner.

Harrow hatte ihn gelehrt, sich wie ein richtiger kleiner Bastard zu benehmen, und er war zu einem bedeutend größeren herangewachsen. Er grinste. »Wie man hört, wird Valpages jüngstes Töchterlein im nächsten Jahr debütieren. Das dürfte unterhaltsam werden.«

»Valpage wird dich in Stücke reißen.«

Sebastien legte den Kopf in den Nacken und blies einen Rauchring hinauf zur vergoldeten Decke. »Dann werde ich wohl besonders vorsichtig vorgehen müssen, nicht wahr?«

»Sebastien –«

»Gemach.« Er wandte seinen Kopf zum Duke und zog seine Augenbraue hoch. »Sie sind doch bestimmt nicht hergekommen, um über höhere Töchter zu plaudern. Nicht, während Ihr teurer Sohn Benedict uns mit bösen Blicken durchbohrt.«

»Nein.« Die Augen des Dukes funkelten, als sich der Kerzenschein einer der Wandleuchten darin spiegelte. »Ich bin gekommen, um dir einen Vorschlag zu unterbreiten.«

»Oh? Haben Sie plötzlich erkannt, dass Lord Grint nichts taugt? Und dass Benny nicht die Kleider wert ist, die er so schlampig trägt?«

Der Duke bedachte ihn mit einem einschüchternden Blick. »Sieh dich vor, Sebastien. Das sind mein Stammhalter und sein Substitut, über die du dich da lustig machst.«

»Aber es fällt mir nun einmal so leicht.« Sebastien sah den verkniffenen Mund des Dukes und zog abermals nonchalant an dem Zigarillo zwischen seinen Lippen.

»Ich kann dir den Geldhahn zudrehen.«

»Das dürfte unterhaltsam werden, Euer Gnaden. Haben Sie denn nicht bemerkt, dass ich schon seit Jahren finanziell nicht mehr von Ihren Almosen abhängig bin?«

Eine makellos geformte Augenbraue wurde hochgezogen. »Ach? Dann ist das monatliche Einkommen, das ich dir zukommen lasse, also überflüssig, ja? Ich kann es streichen?«

Der Teil von Sebastien, der jeden Penny zweimal umgedreht und jedes Bankgeschäft mit Argusaugen studiert hatte, zuckte innerlich zusammen, doch der übermächtigere Teil von ihm, sein Stolz, schmunzelte befriedigt. »Ganz, wie es Ihnen beliebt, Euer Gnaden. Ich brauche Ihr Geld nicht.« Er deutete mit lässiger Hand auf seinen Gewinn. »Wie Sie sehen.«

»Glücksspiel? Das Blatt wendet sich schnell gegen einen Mann. Die Würfel fallen vom Tisch. Die Pferde buckeln und stürzen.«

»Etwas, das Sie besser Ihrem Sohn predigen sollten, Euer Gnaden.« Ihrem *rechtmäßigen* Sohn. Der Duke verzog säuerlich den Mund. »Viel von dem hier ist, oder sollte ich besser sagen *war*, seines.« Er wedelte abermals ausholend mit seinem Zigarillo über dem Geldbündel und segnete es mit einem Rauchfähnchen, welches dann zur Decke aufstieg.

»Aber es ist nicht das Geld, das du begehrst, oder, Sebastien?« Blitzende Augen musterten ihn durchdringend. Es waren die Augen eines Jägers, ein Spiegelbild seiner eigenen Raubtieraugen.

»Ich würde sagen, dass ich Geld ebenso begehre wie jeder andere Gentleman, Euer Gnaden.«

»Betrachtet man dich als Gentleman, Sebastien?«

Seine Schultern spannten sich an. Er zog an seinem Zigarillo und zwang sich, die Anspannung mit dem Rauch auszuatmen. Er starrte den Duke an, nicht willens, eine Antwort zu geben und irgendetwas zuzugestehen. Keine Antwort würde ihn als Sieger vom Platz gehen lassen.

»Das ist die Krux, nicht wahr, Sebastien? Du hättest wie jener von Dullesfield unehelich gezeugter junger Mann sein können. Unterwürfig und willfährig. Er erhält mehr Einladungen und steht eine Stufe höher im Ansehen dank seiner Bereitschaft, vor den richtigen Leuten zu kriechen.« Der Duke bestellte mit einem Fingerschnippen etwas zu trinken. »Doch du hast den entgegengesetzten Weg gewählt. Hast dich zum Schrecken aller Eltern mit heiratsfähigen Töchtern gemacht, und nun eilt dir ein schlechter, zweifelhafter Ruf voraus – und das zu Recht.«

»Aber, Euer Gnaden, seit wann kümmert Sie das? Ich weiß seit Langem, dass Sie sich keinen feuchten Kehricht um mich scheren. Und ich habe schon vor langer Zeit aufgehört, mich deswegen in den Schlaf zu weinen.« Er klopfte abermals mutwillig Asche auf den Teppich ab.

»Wärst du ehelich gezeugt worden, würde es mich vielleicht kümmern. Trotz allem fällt durch dein Verhalten aber auch ein schlechtes Licht auf mich.« Wie die Reflexion in einem Spiegel. »Ich habe auf meine Weise alles Nötige getan, damit du versorgt bist.«

Ja, Schule, Kleidung, Zutritt zu gewissen Kreisen der Gesellschaft, für das alles hatte er gesorgt. Doch nichts vermochte den Makel auszuradieren. Und nichts würde je die eisige Leere in seiner Brust füllen.

»Sie haben einen wahrhaftigen Gentleman aus mir gemacht.«

Der Kellner brachte den Brandy des Dukes und verschwand so schnell wie er gekommen war. »Ein Gentleman hätte niemals das Plumley-Mädchen auf dem Balkon vorgeführt und es willig gemacht, seine Beine für sich breit zu machen.«

Das hätte das Plumley-Mädchen wohl gern gehabt. »Ich bin nur Ihrem makellosen Vorbild gefolgt, Euer Gnaden.«

Die langen Finger des Dukes klammerten sich fester um das Cognacglas. »Es ist eine Mühsal, mit dir zu reden, Sebastien.«

Sebastien lächelte spöttisch, drückte seinen Zigarillo aus und warf ihn in sein halb geleertes Glas, wo dieser zischend im Brandy versank. »Vielen Dank für das Kompliment, Euer Gnaden.«

»Eines schönen Tages wirst du irgendein Mädchen schwängern, und was wirst du dann machen, Sebastien? In dem Wissen, dass irgendwo dein kleiner Bankert herumläuft?«

Wenn der Duke ihn so gut kannte, wie er behauptete, dann

wüsste er, dass das ausgesprochen unwahrscheinlich war. Die Debütantinnen vom Pfad der Tugend abbringen? Ja. Sie necken und mit ihnen schäkern? Ja. Sie so weit bringen, dass sie beinahe Anstand und Sitte trotzen und mit ihm durchbrennen? Ja. Sie entjungfern? Nein. Wenn ihn die Lust überkam, dann ging er zu Frauen, die sich auf solche Dinge verstanden und die wussten, wie man unerwünschten Folgen vorbeugte.

»Ich könnte ein paar Tränen in meinen Sherry vergießen, wie Sie es getan haben.« Der Duke war der Grund dafür, dass Sebastien heute Abend in den Klub eingelassen worden war, und er begrüßte die Freigiebigkeit der Speichellecker, die sich für gute Kartenspieler hielten, doch plötzlich kümmerte es ihn nicht mehr, dass er seine Chance darauf, ein weiteres Vermögen zusammenzutragen, aufs Spiel setzte. Er hatte seine Grenzen erreicht. »Schließlich kennen Sie mich ja *so* gut, Euer Gnaden.«

Der Duke sah ihn finster an. »Ich kenne dich, Sebastien. Besser als du denkst. Ich weiß, was du begehrst.« Er trank einen Schluck, und seine Mundwinkel verzogen sich zu einem schiefen Grinsen, als er das Glas wieder von seinen Lippen nahm.

»Ach ja?«

»Macht. Respekt. Einen Titel.«

Sebastien trommelte betont gelangweilt mit seinen Fingern auf der Armlehne seines Sessels. »Tun wir, die wir diese Dinge nicht besitzen, das nicht alle? Das ist wohl kaum ein meisterlicher Schluss.«

»Ich kann dir alles drei geben.«

Er studierte das Gesicht des Dukes, um den Grad seiner Trunkenheit festzustellen. »Soweit ich mich erinnere, ist ein Titel etwas, das nicht einmal Sie mir geben können, Euer Gnaden. Da gibt es all diese lästigen Gesetze über Primogenitur und Majorate und Erstgeburtstitel. Und Bastarde.« Er bleckte lächelnd seine makellosen, ebenmäßigen Zähne, ein weiteres Geschenk des Dukes, das dieser nicht an seine *rechtmäßigen* Söhne weitergereicht hatte.

»Nein, aber der König kann es.«

Ihm gefror vor Entsetzen das Blut in den Adern. »Und warum sollte der König mir irgendetwas gewähren, von einem Titel einmal ganz zu schweigen? Ich bin kein Kriegsheld, kein Politiker, kein Gelehrter oder gefeierter Sohn Englands.«

Er zupfte an einer Naht des Lederpolsters seines Sessels, und zwar aus zwei Gründen. Seine rastlosen Finger hatten etwas zu tun, und außerdem rühmte er sich, wann immer möglich unauffällig Zerstörung zu hinterlassen. Er war Gast des Klubs, kein Mitglied. Und würde niemals ein Mitglied sein.

»Einen Titel muss man sich verdienen.«

Zorn schlich wie auf einem Drahtseil an seinem Rückgrat hinauf. »Oder man bekommt ihn in die Wiege gelegt – das hat mit Verdienst herzlich wenig zu tun. Wenn das dann alles wäre, ich glaube, es wird Zeit für mich zu gehen.« Er stand auf. »Ich habe die Gesellschaft hier langsam über.«

Er würde den Spielhöllen im berüchtigten Ostteil der Stadt einen Besuch abstatten. Etablissements, in denen die Männer in diesem Club niemals willkommen wären. Lasterhöhlen, geschaffen für Männer wie ihn.

»Setz. Dich. Wieder. Hin.«

Die stählerne Stimme des Dukes war leise, betonte jedoch jedes einzelne Wort. Bei einem Mann, für den Selbstbeherrschung das A und O war, passte das nicht zum Charakter. Sebastien runzelte die Stirn und ließ sich zögernd wieder in den Sessel sinken.

»Die Saison geht nächste Woche zu Ende. Schon bald werden alle London verlassen. In vierzehn Tagen von heute wird ein Turnier beginnen, das den ganzen Sommer andauern wird.

Zehn Disziplinen. Jeder Einzelsieg verspricht monetäre Belohnung. Die Turnierteilnehmer kämpfen um den ultimativen Preis, welcher den Titel eines Vicomtes und ein Vermögen beinhaltet.«

Sebastien versuchte, sich lässig in den Sessel zu lehnen, doch sein Rücken war und blieb stocksteif.

Der Duke fuhr aufgeregt fort: »Der König hat diesem Turnier seinen Segen gegeben. Der Sieger wird die Unterstützung aller Beteiligten genießen. Einlass zu allen Festen und Empfängen für ein Jahr. Mitgliedschaft in allen renommierten Klubs. Einen Sitz im Oberhaus. Den Rest der feinen Gesellschaft muss der Sieger selbst für sich gewinnen.«

Sebastien hatte keine Ahnung, was sein Gesicht verriet, doch er hoffte inständig, dass es so wenig wie möglich war.

Der Duke atmete tief durch und setzte wieder seine einstudiert gelassene Miene auf. »Ein Titel, Geld, eine wohlgeborene Braut, folglich die Voraussetzungen für den gesellschaftlichen Aufstieg. Alles Nötige, um einen entschlossenen Mann zum Erfolg zu führen.« Der Duke trank einen Schluck Brandy, ohne dabei Sebastien aus den Augen zu lassen.

Sebastien schwieg wie vom Donner gerührt, während in seinem Inneren Zorn und etwas Wildes, Ungezähmtes hochwallten. Macht. Wenn man all das schmückende Beiwerk wegstrich, war der Preis Macht.

Doch seine spöttische, zerstörerische Natur ließ sich nie lang zum Schweigen bringen. »Ich habe Geld. Was bringen mir ein Titel, ein Sitz im Oberhaus, eine Braut und Ländereien?« Außer Macht und Versuchung …

»Was ist mit den Gütern deiner Mutter?«

Er fühlte wieder die Eiseskälte in seinem Inneren. »Was soll damit sein?«

»Ich stelle sie als Einsatz für das Turnier. Als Preis für den Sieger.«

Ungezügelter, brennender Hass durchströmte ihn. Stärker denn zuvor. Brodelte in seinen Eingeweiden, suchte nach einem Ventil.

Eherner Stolz und Begehren prallten aufeinander. Roseford Grange war die einzige Sache, um die er nie gebettelt hatte. Der Duke hatte das Anwesen genau aus diesem Grunde dem Grundschuldgläubiger abgekauft, als Sebastien sechzehn war.

Es war reine Häme, ein Mittel, um seinen Bankert bei der Stange zu halten.

Bislang hatte es nicht geklappt. Andererseits war der Duke auch noch nie so weit gegangen.

Sebastien atmete tief durch und drängte den Zorn und den Hass hinter die eisigen Schranken seines Verstands. Er trommelte mit den Fingern auf der Armlehne, taxierend, kalkulierend. Der Duke lächelte zufrieden, was Sebastien sagte, dass er seine Gefühle nicht gut genug verbarg.

Er musterte sein Gegenüber, forschte nach Schwächen. »Eine wohlgeborene Braut? Irgendein armes Mädchen, das dazu gedrungen wurde, sich als Preis für einen Haufen Bastarde und drittgeborene Söhne zu offerieren?« In den Augen des Duke flackerte Verärgerung auf und bestätigte seine Vermutung bezüglich der Teilnehmer. »Wer ist das Mädchen? Warum wird es da überhaupt mit hineingezogen? Warum dem Sieger nicht die freie Wahl lassen, sobald er in den Schoß der Hautevolee aufgenommen wurde?«

»Lady Sarah Pims.«

Ah. Das Mädchen war ganz passabel, wenngleich ein schreckliches Mauerblümchen, eine reiche Tochter, aber leider mit einem Naturell gestraft, gegen das selbst die Wandlampen interessant wirkten. Sebastien konnte sich nicht erinnern, dass er sie schon jemals mehr als zwei Worte hintereinander hatte sagen hören, von zwei Sätzen ganz zu schweigen. Über das letzte Jahr, ihrer Debütsaison nach der obligatorischen Trauerzeit für ihre Mutter, hatte sich kein würdiger Freier finden lassen, der Lord Cheevers' hochgesteckte Ansprüche erfüllte, und es hieß, ihr Vater, der Earl, wäre mit seiner Weisheit am Ende. Ganz nebenbei war er ein alter Freund des Dukes.

»Da stecken Fortunas Sieben dahinter, oder nicht?«

Der Duke fixierte ihn mit einem bösen Blick. »Ja, es war hauptsächlich die Idee meines Bekanntenkreises.«

Fortunas Sieben waren eine mächtige Faktion, ihrer verruchten Vergangenheit zum Trotz. Sie konnten tatsächlich das Versprochene erbringen – jedem, der ihnen beliebte, die Aufnahme in die Gesellschaft zu gewähren. Und wenn auch noch der König dabei war ...

Sebastien schürzte gedankenverloren die Lippen. Einflussreiche Gönnerschaft war alles. Seine eigene Stellung in der feinen Gesellschaft bewies das.

Roseford Grange ...

Der Duke lehnte alle Kaufangebote ab, selbst zum doppelten Preis. Er hatte jedes Mal abgelehnt, wenn Sebastien ihn danach gefragt hatte. Inzwischen war es ein Zeichen von Schwäche, das Thema auch nur anzusprechen. So als würde er sich in die Karten schauen lassen, auch wenn sein Blatt offen auf dem Tisch lag.

Der Duke musste wahrlich händeringend darauf erpicht sein, dass Sebastien an dem Turnier teilnahm, wenn er seinen besten Trumpf ausspielte. Das allein genügte beinahe, um Sebastien ablehnen zu lassen.

Doch der Preis ... was er bedeutete ... was Sebastien damit anfangen könnte ... welche Rache er üben könnte ...

»Ein Titel mit Patent? Einführung in die Gesellschaft? Und Besitzurkunden für alle Güter und Ländereien, frei von Grundschuld und Ernteabgaben?« Er wollte einen unantastbaren Eigentumsanspruch für Roseford, etwas, aus dem sich der Duke nicht herauswinden konnte.

»Und eine reiche Tochter. Alles oder nichts. Betrachte den Gewinn als den Brautpreis.«

Er scherte sich keinen Pfifferling um irgendein Mädchen, das Cheevers anders nicht an den Mann bringen konnte. Sie war nur ein Mittel zum Zweck. Er zuckte mit den Achseln.

»Ich will die Dokumente und Kontrakte sehen.«

Der Duke kräuselte die Lippen. Triumph leuchtete in seinen Augen. Sebastien war für seinen Erzeuger nichts weiter als ein Spiel, das hatte er gewusst, seit er die Sache mit Ernüchterung sah. »Ich hatte nichts anderes erwartet. Komm mit.«

Der Duke ließ seinen halb ausgetrunkenen Brandy stehen und gab einen Mann vorn im Klub ein Zeichen. Sebastien stand auf und folgte ihm aus dem Salon, doch nicht ohne ein abschätziges Grinsen zu seinem Bruder, der ihnen mit hasserfülltem Blick hinterhersah. Harrow war für sie beide die Hölle gewesen, denn in der Schule konnte keiner dem anderen aus dem Weg gehen, da sie beide im selben Alter waren.

Wenn die Dokumente versprachen, was der Duke behauptete, dann würde er nicht nur endlich die Güter seiner Mutter für sich erringen, sondern auch einen Titel und die damit einhergehende Macht. Er schnippte einen Fussel vom Ärmel seines Rocks ab. Eine höhnische Stimme aus der Vergangenheit hallte in seinen Ohren – *Der feine Zwirn kann den Taugenichts darunter nicht verbergen, Deville.*

Er lächelte finster und trat durch die Tür.

2

Lady Sarah Pims, die einzige Tochter von Earl Cheevers, ist vergeben, wie man hört. Doch wir wissen nicht, wem sie versprochen ist, teurer Leser. Sie ist ein schüchternes, fügsames Mädchen, ein Mauerblümchen, das im Ballsaal oft zugunsten der exotischeren Pflanzen, die sich dort präsentieren, links liegen gelassen wird …

»Ihre Mission? So nennen Sie also das Verscherbeln Ihrer Tochter?«

»Hüten Sie Ihre Zunge, Mrs. Martin.« Lord Cheevers klopfte gebieterisch mit seinem Zeigefinger auf den Schreibtisch. »Ich tue, was jeder Vater tun sollte. Ich sichere ihr einen Ehemann. Einen starken.«

Die erdrückende Atmosphäre der Bibliothek schlug Caroline Martin aufs Gemüt. Die matt glänzenden Vergoldungen und die satten, dunklen Holztöne in dem Schreibzimmer des Earls verschmolzen zu einem selbstherrlichen, tristen Königreich, zu dem sie keinen Zutritt hatte. Caroline trat an den massiven Mahagonischreibtisch, der für sie eine Schranke von titanenhafter Größe und Natur bedeutete. »Einen starken? Sie haben doch keine Ahnung, wer diesen Wettstreit gewinnen wird?«

»Mir missfällt Ihr Ton.«

Sie war Pächterin auf seinem Land. Ein Niemand, wären ihre Familien nicht durch entfernte Verwandtschaft – und in jüngerer Zeit durch einen großzügigen Gnadenakt – verbunden. Das erlaubte ein größeres Maß an Vertraulichkeit, aber sie bewegte sich nichtsdestotrotz auf dünnem Eis.

Sie holte tief Luft, strich sich mit der Hand über den engen Knoten, zu dem sie ihr blondes Haar gesteckt hatte, und fragte in versöhnlicherem Ton: »Was, wenn der Mann, der sie gewinnt, der gemeinste Schuft ist?«

»Ach, das dürfte kaum passieren. Der Sieger wird aller Wahrscheinlichkeit nach einer von vier Männern.« Er machte einen weiteren Eintrag in das Wirtschaftsbuch vor sich. »Drei der vier sind gute Partien.«

»Drei der –« Ihr verschlug es schier die Sprache. »Und der vierte?«

Lord Cheevers winkte ab. »Der hat bestenfalls eine Außenseiterchance. Und außerdem –« Sein Blick blieb weiter auf das Wirtschaftsbuch gerichtet. »– wer immer auch der Sieger wird, der Preis ist so immens, dass er alles wettmacht, welche Fehler oder welchen Stand er auch früher gehabt haben mag. Sarah wird endlich einen würdigen Gemahl erhalten.«

»Sie könnte aus eigenen Stücken einen würdigen Gemahl finden, wenn Sie ihr nur Zeit ließen.«

Er warf ärgerlich seine Feder hin. »Würdig? Sie hat mir während der Saison bewiesen, welche Art Mann sie bevorzugt. Sie würde mit dem erstbesten Mitgiftjäger durchbrennen, der ihr schöne Augen macht. Dagegen wäre selbst Ihre unselige Heirat fast schon akzeptabel, und Sie sind nur niederster Landadel. Ein vergleichbarer Fehltritt in der Hautevolee wäre ein unauslöschlicher Schandfleck für die Familie.«

Sie biss die Zähne zusammen, um sich nicht anmerken zu lassen, wie sie innerlich zusammenzuckte. »Sie machen ihr keine Ehre.«

»Sie macht sich selbst keine Ehre. Wie ich nur ein solches rückgratloses Mädchen großziehen konnte –«

»Sie ist nicht rückgratlos!«

»– es ist eindeutig die Schuld ihrer Mutter.«

Caroline blitzte ihn böse an. »Gebieten Sie diesem Wettstreit Einhalt. Noch ist Zeit dazu.«

Er strich sich sein blondes, von Silber durchzogenes Haar

aus der Stirn. Seine grauen Augen funkelten vor Zorn. »Das werde ich nicht tun. Und selbst wenn ich wollte, es ist zu spät. Der König hat seinen Segen gegeben. Die Londoner Zeitungen haben angefangen, darüber zu berichten.«

»Sie könnten den König ersuchen, seine Zustimmung zurückzunehmen.«

Papier knisterte, als sich sein Griff fest darum klammerte. »Sie vergessen sich, Mrs. Martin. Ich hatte gedacht, Sie wären zu einem besseren Vorbild geworden.«

Angst rumorte in ihrem Bauch, aber nichtsdestotrotz behauptete Caroline sich. »Sie werden mich nicht umstimmen. Sie können das Turnier ja weiterhin abhalten. Aber wenn Sie Sarah nicht mehr als Preis aussetzen, dann findet sie vielleicht über die Dauer des Wettstreits aus eigenen Stücken einen Freier.«

»Kommt nicht in Frage. Es geschieht zu ihrem Wohle. Und zu meinem. Sie glauben doch nicht, dass die teilnehmenden Männer sich ansonsten um sie reißen würden, oder?«

»Sie haben sie während der Saison nicht gerade angehalten, sich unter dritt- und viertgeborenen Söhnen und *Bastarden* umzuschauen.« Sie fixierte ihn mit dem stechendsten Blick, den sie zuwege brachte. »Ihre erste Saison nach der Trauerzeit, wenn ich Ihnen das wirklich ins Gedächtnis rufen muss. Sie war verständlicherweise still und zurückhaltend. Außerdem wartet manch kluge Frau erst einmal ab und sieht sich die jüngste Auswahl an Freiern an.«

»Die jüngste Auswahl wird ganz wie die alte sein, und Sarah wird bald zu farblos sein, um sie hinhalten zu können. Mehr als einen flüchtigen Blick wirft ihr keiner zu.« Caroline hörte einen bestürzten Laut und sah, wie sich ein brauner Schopf eilig aus der Tür zurückzog. Als sie sich wieder zum Earl umwandte, sah sie, dass es ihm ebenfalls nicht entgangen war, und sie ballte ihre Hände fester.

»Komm herein, Mädchen.«

Lady Sarah Pims kam zögernd mit hängendem Kopf hinter der halb geschlossenen Tür hervor. Wäre sie keine Lady gewesen, hätte sie ihre Schultern hängen lassen und mit den Füßen geschlurft.

»Ich hätte wissen sollen, dass du wieder an Mrs. Martins Rockzipfel hängst.«

»Ja, Vater.«

Er ging zu ihr und hob mit seinem Finger ihr Kinn an. »Du wirst die beste Partie des Jahrzehnts machen. Gefeiert, mit einem Gatten, der mächtig genug ist, die Welt zu bewegen. Meine Tochter. Ein Juwel. Eines Vaters teuerstes Kleinod.«

Der sehnsüchtige Ausdruck auf Sarahs Gesicht rührte Caroline schier zu Tränen.

»Du wirst ohne ein Wort des Widerspruchs an diesem Turnier teilnehmen, nicht wahr? Ganz die brave Tochter, die sich jeder Vater wünscht?«

Ihre Freundin schluckte schwer. »Ja, Vater«, hauchte sie.

»Gut. Hör auf Lady Tevon. Sie ist hier, um zu helfen. Und jetzt geh raus und mach die Tür hinter dir zu.«

Sobald der Riegel eingerastet war, drehte er sich auf dem Absatz um und kehrte an seinen Schreibtisch zurück. »Gefügigkeit ist eine löbliche Eigenschaft für eine Ehefrau. Wo sie ihre Unterwürfigkeit herhat ...«

Er schüttelte den Kopf, und sie biss sich auf die Zunge, um die unkluge Erklärung zurückzuhalten, wo genau jene Unterwürfigkeit herstammte.

»Der einzige Weg, wie sie je eine gute Partie machen wird, ist, wenn ich einen Bräutigam für sie auswähle.« Er sah die Papiere auf seinem Schreibtisch durch. Nichts und niemand konnten ihn umstimmen. »Als Preis dieses Wettstreits wird sie der Stern ihrer Altersgruppe sein.«

»Aber der Sieger ... was, wenn ...« Die Erinnerung an Sarahs gesenkten Blick und ihre zerzausten braunen Haare stachelten sie an, nicht lockerzulassen. »Geben Sie ihr noch eine zweite Chance, selbst eine gute Partie zu finden. In der nächsten Saison. Ich kann sie begleiten. Sie braucht nur etwas mehr Selbstvertrauen.«

Der Earl bedachte sie mit einem zynisch amüsierten Blick. »Sie können doch wohl nicht wirklich erwarten, dass ich *Ihnen* eine Saison finanziere? Einem Frauenzimmer, das um der *Liebe* willen mit einem Stallburschen durchgebrannt ist? *Mrs.* Martin.« Er schnaubte verächtlich. »Einem Frauenzimmer, das sich den erklärten Wünschen seiner Familie widersetzt hat. Einem Frauenzimmer, das nur sehr entfernt mit dieser Familie verwandt ist?«

Sie ballte ihre Fäuste und ließ nicht zu, dass seine Worte sie noch mehr verletzten, als sie es bereits getan hatten. Sie konnte die Vergangenheit nicht ändern. Sie konnte nur nach vorn schauen. Und das bedeutete, Sarah zu helfen. »Nein. Aber ich kann mich im Hintergrund halten und Lady Sarah zur Seite stehen – als stumme Anstandsdame. Mir verlangt weder nach einer Debütsaison noch nach der Aufmerksamkeit der feinen Gesellschaft.«

Er musterte sie abfällig von Kopf bis Fuß. »Und Sie denken, wenn Sie an Sarahs Seite stehen, würden die Galane bei ihr Schlange stehen? Selbst mit Ihrer strengen Frisur und Ihren wenig schmeichelhaften Kleidern? Es würde wohl eher so sein, dass die Witwentröster und Wüstlinge in Scharen zu Ihnen kämen, auf der Suche nach genau der Herausforderung, die Sie darstellen. Und wir stünden wieder ganz am Anfang, außer dass wir ein Jahr vergeudet hätten und uns in einer noch schlechteren Position befänden.«

Ihr Gesicht wurde kreideweiß. Nichts lag Caroline ferner, als vor den Augen der vornehmen Gesellschaft munter ›die Witwe und der Wüstling‹ zu spielen, doch der Gedanke an

Sarah … »Geben Sie Sarah ein *Mitspracherecht*, wen Sie heiratet. Sie ist Ihre Tochter. Ich werde Sie nie wieder um etwas bitten. Sie schulden es uns, Mylord.«

»Ich schulde es Ihnen?« Er zog seine Augenbraue hoch.

Ihre Finger schlossen sich um das Medaillon, welches sie um ihren Hals trug, und sie sah dem Earl entschlossen ins Gesicht. »Sie schulden es Papa.«

Seine Miene verzerrte sich vor Zorn. »Nein, Mrs. Martin. Ich habe jegliche Schuld getilgt, als ich Sie aus dem Debakel rettete, in das Sie sich selbst hineingeritten hatten.«

Er schlug mit der flachen Hand auf einen Bücherstapel. »Sarah wird ihre Pflicht tun. Und Sie mischen sich da nicht ein, verstanden?« Er starrte sie einen Moment schweigend an. »Darüber hinaus werden Sie helfen, dieses Turnier zu einem Erfolg zu machen, und Sie werden tun, was immer ich Ihnen auftrage.«

Als sie nicht antwortete, durchbohrte er sie mit seinem Blick. »Ich werde Sie auf ein anderes Gut verbannen, wenn es sein muss. Es wäre mir lieber, wenn Sie hierblieben, um auf Sarah einen guten Einfluss auszuüben. Aus irgendeinem unerklärlichen Grund zeigt sie sich immer von ihrer besten Seite, wenn sie mit Ihnen zusammen ist. Aber wenn Sie sich auch nur einen Fehltritt erlauben, könnte ich mich veranlasst sehen, Ihnen alles zu nehmen. Das Dorffest, Ihr Haus, Ihr Einkommen, Ihren Kontakt mit Sarah. *Alles*. Haben Sie mich verstanden?«

Sie konnte ihre eigenen Atemzüge hören. »Klar und deutlich.«

»Gut. Ich möchte, dass Sie morgen nach Roseford Grange fahren. Finden Sie sich gleich morgens dort ein. Sie können gehen.«

Der Earl beugte sich wieder über seine Zahlen, seine Pläne für die Vergrößerung seines Imperiums. Der Sohn und Stammhalter des Earls befand sich derzeit auf dem Festland, um seine Ausbildung abzuschließen. Nicht, dass George sich gegen seinen Vater gestellt hätte, aber Caroline hätte Unterstützung brauchen können.

Als Caroline aus der Bibliothek marschierte, begann sie bereits, ihre eigenen Pläne zu schmieden. Sie sammelte ihre verschüchtert vor der Tür stehende Freundin ein und ging mit ihr in den Ostflügel. »Uns bleibt nichts anderes übrig, Sarah. Wir werden das Turnier von innen sabotieren müssen.«

»Caro.« Das neunzehnjährige Mädchen fasste sie flehentlich am Arm. »Du hättest dich nicht mit Vater anlegen dürfen.«

»Dein Vater muss von Zeit zu Zeit herausgefordert werden. Manchmal denke ich, dass es der einzige Grund ist, weshalb ich mir ihm gegenüber solche Freiheiten herausnehmen darf.« Doch sie musste sich vorsehen, nicht zu weit zu gehen. Sie hatte die unausgesprochene Drohung in seinen Augen gesehen. Hatte den bitteren Ernst gesehen. Er mochte ihr gegenüber ob ihrer verwobenen Vergangenheit nachsichtig sein, doch es hatte Grenzen.

»Aber –«

»Nicht hier.« Die Dienstboten beobachteten sie. Sie verbeugten sich vor Lady Sarah, als die beiden Frauen zu deren Kammer gingen.

Sobald sie es sich darin mit einer Kanne Tee bequem gemacht hatten, legte Caroline eine Decke um die Beine ihrer Freundin. Wegen des Altersunterschieds von sechs Jahren gab Caroline gegenüber Sarah den Ton an, ungeachtet des Unterschieds in ihrer gesellschaftlichen Stellung und ihres recht entfernten Verwandtschaftsverhältnisses.

»Wir müssen jeden der Teilnehmer genau unter die Lupe nehmen. Um zu entscheiden, welcher etwas taugt und welcher nicht.«

»Spielt das denn eine Rolle?« Sarah legte ihren Kopf gegen die Rücklehne des Sessels.

»Aber natürlich! Sie können ja nicht alle schlecht sein, nicht wahr?« Sie gab sich alle Mühe, nicht die Ungewissheit durchklingen zu lassen, die sie empfand.

Sarah schüttelte den Kopf.

»Und dann müssen wir nur alle Anthonys von der Liste tilgen.«

Ihre Freundin lächelte müde.

»Ich habe ihn nach dem, was du in deinen Briefen von ihm erzählt hast, nie gemocht«, erklärte Caroline in loyaler Abneigung gegenüber einem Mann, den sie nie kennengelernt hatte. »Er ist es, der sich seiner Unzulänglichkeiten schämen muss, nicht du.«

»Er war ein wunderbarer Dichter.« Der Blick ihrer Freundin schweifte wehmütig zum Fenster. »Ganz besonders gern hat er meine Haut mit allen möglichen hübschen Dingen verglichen. Rosen, Lilien, Dahlien. Einmal hat er sogar eine Runkelrübe benutzt, um meine Lippen zu beschreiben.«

Caroline gab Milch und einige Zuckerstückchen in eine Tasse, während sie mit Mühe ihr amüsiertes Lächeln über Sarahs versuchten Scherz unterdrückte. »Künstler sind solch seltsame Geschöpfe. Und Dichter erst – die suchen unablässig nach Dingen, die sich mit Runkelrübe reimen. Es hätte dich in den Wahnsinn getrieben.«

Sarahs Lippen kräuselten sich zu einem etwas aufrichtigeren Lächeln. »Na ja, um lüsterne Runkelrüben muss ich mich jetzt jedenfalls nicht mehr grämen.«

Caroline erwiderte ihr Lächeln und versuchte, den Ton unbekümmert zu halten. Ihr blieb immerhin die Hoffnung, dass Anthony, der wankelmütige Mitgiftjäger, für das Turnier nach Meadowbrook kommen würde. Sie hielt alle möglichen netten Überraschungen für einen Gast seiner Couleur parat. »Du kannst Runkelrüben auf deinen neuen Gütern pflanzen. Roseford Grange ist Teil des Siegerpreises, und wie ich höre, ist es ein hübsches Fleckchen. Wie geschaffen als der Landsitz für den Sieger, und nicht allzu weit von hier entfernt, sodass du regelmäßig zu Besuch kommen kannst.«

»Oh?«

»Ja, der Duke von Grandien stellt das Gut als Teil des Siegerpreises zur Verfügung. Der Earl möchte, dass ich morgen hinfahre und das Haus zeichne. Kommst du mit?«

Sarah lächelte, doch um ihre Augen war immer noch die Anspannung zu erkennen. »Ja, wenn ich mich von Lady Tevon, meiner neuen Anstandsdame, losreißen kann, dann komme ich liebend gern mit. Ich darf mich nicht in Selbstmitleid ergehen.«

Caroline spielte mit ihrer Tasse. »Meinst du, dass wir ein Bittgesuch an den König stellen könnten?«

Sarahs Miene wurde schlagartig noch angespannter. »Nein. Der König sieht das Turnier als Anreiz, um sicherzustellen, dass eines seiner Patenkinder eine gute Partie macht.«

Sie holte tief Luft, bevor sie fortfuhr: »Ich habe ihn vor einigen Tagen gesehen. Er hat ein Dokument unterzeichnet, das dem Sieger den Titel eines Vicomtes verspricht. Nachdem der Wettstreit zu Ende ist, wird er den Adelsbrief ausstellen lassen und –« Sie winkte resigniert ab. »Ich habe versucht, ihn zu bitten, seine Zustimmung zurückzunehmen, aber du weißt ja, wie schüchtern ich in solchen Situationen bin. Er hat mir nur den Kopf getätschelt und gesagt, das Turnier sei dazu gedacht, die Spreu vom Weizen zu trennen. Nur ein wahrer Gentleman könne gewinnen.«

»Ein wahrer Gentleman.«

»Ja.« Sarah zupfte an der Schleife ihres Kleides und zerknitterte diese dadurch noch mehr.

Ein Mann, der sich auf das Schießen, das Boxen, das Jagen und die Hurerei verstand, konnte gut und gern als »wahrer

Gentleman« beschrieben werden. Nicht gerade die Art von Mann, der großzügig und verständnisvoll, zuvorkommend und geduldig war. Ein Mann, wie Sarah ihn brauchte. Jemand, der ihrer sanftmütigen Natur Raum gab, sich zu entfalten, und ihre Herzensgüte zu schätzen wusste.

»Dieser Wettkampf wird dem Sieger ein Vermögen einbringen, nicht nur durch mich. Das ist einer der Gründe, weshalb der König zugestimmt hat, einmal abgesehen von seiner engen Verbindung zu der Gruppe. Das Preisgeld wird gemeinsam von allen Männern aufgebracht, die als Schirmherren des Turniers fungieren, und es ›fördert beste englische Zucht und Abstammung und die große englische Tradition des freundschaftlichen Wettstreits‹. Der Sieger wird –« Sarah wedelte abermals mit ihrer Hand, dann ließ sie diese auf ihren Schoß sinken. »– gefeiert und geadelt. Findet Ansehen und Prestige in den höchsten Kreisen. Es ist eine Verbindung, nach der Vater strebt, wie jeder andere Mann der Hautevolee.«

»Ja, aber –«

»Vater ist sehr *zufrieden*«, flüsterte sie.

»Nun, das ist wohl kaum –«

»Es ist so schwer, Caro.« Ihre Finger wrangen die Wolldecke. »Deine Eltern haben dich bedingungslos geliebt, selbst als du gegen ihre Wünsche gehandelt hast. Aber es ist so schwer, Vater zufriedenzustellen. Und die Galane schnappten sich sofort alle die schillerndsten Debütinnen. Zu Beginn der Saison waren so viele junge Männer auf dem Markt. Ich hatte mich für eine durchaus ansprechende Partie gehalten, bevor ich nach London reiste, besonders gestärkt von deiner Zuversicht. Doch die Konkurrenz ... ich ging völlig unter. Und ohne dich –«

Sarahs Stimme wurde kleinlauter: »Du weißt, dass ich niemals auf anderem Wege eine standesgemäße Ehe schließen werde. Ich brauche Vaters Hilfe. Ich bin einfach nicht –«

Caroline reckte ihr Kinn hoch. »Du bist eine wunderbare

Frau, Sarah. Der richtige Mann wird das erkennen. *Du* musst das erkennen.«

Sarah kaute an ihrer Lippe. In ihren Augen schimmerten Tränen.

Caroline legte auf dem Tisch ihre Finger gegeneinander. Einerseits war sie wütend auf die vornehme Gesellschaft und den Earl, andererseits wollte sie Sarah trösten. »Wir müssen ausreißen, etwas anderes bleibt uns nicht übrig.«

Sie griff sich eilig eine Feder und ein Blatt Papier von einem ordentlichen Stapel. »Um einen gut aussehenden Fürsten für dich zu finden. Und vielleicht einen ehrbaren Kaufmann für mich.«

Sarah verschluckte sich prustend.

»Sollen wir nach Frankreich gehen?« Sie trommelte mit den Fingern auf dem Tisch. »Nein, zu kontinental. Indien?« Sie schrieb den Landesnamen auf. »Jede Menge Tee, aber zu gefährlich.« Sie strich das Wort wieder durch. »Spanien?« Sie tat so, als würde sie darüber nachgrübeln. »Zu heiß.«

Sarah lächelte amüsiert und trank einen Schluck Tee.

Caroline lehnte sich in ihrem Sessel zurück. »Amerika? Zu kolonial, fürchte ich.«

Sarahs Schultern entkrampften sich etwas.

Sie griff abermals nach der Teekanne, ohne sich anmerken zu lassen, dass sie nur halb scherzte. Sarah war ihre Schwester in jeder Hinsicht, außer in den Augen der Welt. Wenn sich das Turnier als Desaster entpuppte, würde Caroline, ungeachtet des mangelnden Talents beider Frauen fürs Ausreißen und ihrer beschränkten Geldmittel, versuchen, ihre Freundin aus dem Land zu schmuggeln.

»Nun, bis uns der perfekte Zielort einfällt, werden wir wohl erst einmal zusehen müssen, was wir wegen dieses Wettstreits unternehmen können. Illegitime Kinder und nachgeborene Söhne, hmmm …«

»Von Gier getrieben, bis auf den letzten Mann.«

»Kennst du welche von ihnen?«

»Ein paar. Aber es sind hauptsächlich Schufte und Wüstlinge und Männer, die sich nicht für Mauerblümchen interessieren. Insgesamt sind es fünfzehn.« Sie ratterte einige Namen herunter, die Caroline aus Briefen, den Londoner Zeitungen und den Unterhaltungen des Earls kannte, von denen sie jedoch kaum einem ein Gesicht zuordnen konnte, da sie niemals selbst debütiert hatte.

»In einigen Tagen werden die meisten von ihnen herkommen, um die Dokumente und Kontrakte in Augenschein zu nehmen.« Sarahs Stimme wurde matt. »Lady Tevon hat versucht, mir die Sache schmackhaft zu machen. Sie würde liebend gern alles ausplaudern, was sie weiß – ich weiß, dass Vater sie in alles eingeweiht hat. Sie schläft in seinem Gemach, auch wenn sie denken, ich wüsste es nicht.« Caroline blinzelte verblüfft, kurzfristig abgelenkt von Sarahs unbedachter Enthüllung der neuen Mätresse des Earls. »Ich kann dich zum Tee einladen, und du kannst dann während des Besuchs fragen.«

»Ausgezeichnet.«

Sie plapperte munter weiter, um Sarah zum Lachen zu bringen, während sie im Stillen eifrig Pläne schmiedete, welchen Teil des Turniers sie als ersten sabotieren würde.

3

Werte Leser, geheimnisvolle Andeutungen von verschiedenster Seite verwandeln sich zunehmend in interessante kleine Kostbarkeiten. Unsere Quellen haben uns zugetragen, dass etliche vornehme Söhne – die Verhätschelten wie die schwarzen Schafe – sich bereitmachen, in einem Wettstreit gegeneinander an-

zutreten. Unter ihnen sind Marcus Sloane, der außereheliche Sohn des Marquess von Sloanestone, und Sebastien Deville, der außereheliche Sohn des Duke von Grandien. Wie unsere werten Leser zweifellos bereits aus den Klatschkolumnen wissen, ist Deville vor allem für seine Unberechenbarkeit und seine Abenteuer mit den Frauen bekannt …

Caroline ließ ihre Zeichenbögen erschöpft auf die geschwungene Steinbank im Vorgarten des leer stehenden, doch bezaubernden Roseford Grange fallen. Sie hatte ein Bild der Gärten angefertigt und musste jetzt das Haus selbst zeichnen.

Die Worte des Earls und Sarahs neuer Anstandsdame gingen ihr durch den Sinn. Ihr Ärger hatte sich während der Kutschfahrt größtenteils erschöpft, doch das Ergebnis blieb.

Lady Sarahs Hochzeit mit dem Sieger des Turniers wird der krönende Höhepunkt der Saison sein. Vermählt mit dem neuen Viscount. Einem Mann, der Stärke in allen Bereichen bewiesen hat und sich der Gönnerschaft der einflussreichsten Männer Englands erfreut. Denken Sie nur, wie stolz Ihr Vater sein wird, Lady Sarah!

Caroline hatte sich mit großer Mühe zurückgehalten, Lady Tevon eine Ohrfeige zu versetzen dafür, dass sie Sarah mit der Zuneigung und Anerkennung des Earls zu ködern suchte. Beständig wiederholt, war die Wirkung grausamst gewesen.

»Ihr Vater wünscht sich nichts mehr, als Sie vermählt zu sehen. Seine *Liebe* zu Ihnen wäre grenzenlos. Worte können nicht beschreiben, wie unendlich *stolz* er auf Sie wäre.« Caroline äffte den Tonfall nach, die unumschränkte Bestimmtheit, von der Lady Tevons Worte troffen. Ihr Zorn auf den Earl wuchs.

Sie bewegte ihre schwarze Kreide wütend über das Papier. Der Sieger dieses abscheulichen Wettstreits würde eine großartige Partie machen – da hatte Lady Tevon recht.

Das bedeutete aber noch lange nicht, dass die Teilnehmer selbst wunderbar wären. Männer, die Macht besaßen oder zu erlangen suchten, waren das nur selten. Und einige der Männer waren als ausgemachte Wüstlinge bekannt. Männer, die Frauen verführten, indem sie ihnen zuflüsterten, sie wären einzigartig. Männer, die besagte Frauen sitzenließen, sobald das nächste hübsche und einflussreiche Ding ihren Weg kreuzte. Männer wie –

Sie zog bei diesem Gedanken eine weitere Linie, wobei sie darauf achtgab, dass diese perfekt platziert war, ohne zusätzliche Schnörkel oder Verwischungen.

Sie studierte Roseford Grange eingehend, konzentrierte sich ganz auf ihre Aufgabe anstatt auf Erinnerungen, die besser vergessen blieben. Es war ein hübsches Haus. Braune Giebel und schräge Dächer. Große Fenster und wohlüberlegte Architektur. Warm und einladend, doch gleichzeitig wild und ungezähmt. Langstielige Blumen und grüner Efeu umrankten das Gebäude, umschlossen es mit langen grünen Armen und bunten Fingern.

Wenn sie Künstlerin wäre, würde dieser Anblick ihr Herz höher schlagen lassen. Es war ein Anblick, der jemanden dazu ermutigen könnte, Künstler zu werden. Ein Haus wie dieses war genau das, was sie sich für Sarah wünschte. Sie hatte immer gefunden, dass ihre Freundin im wild wuchernden Bauerngarten von Carolines Cottage unbekümmerter war als in dem streng angelegten Schlossgarten und den ebenso imposanten wie erdrückenden Mauern von Meadowbrook.

Das Letzte, was Sarah brauchte, war ein herrischer Schuft, der dieses Haus mit ihr teilte.

»Sie machen sich des unbefugten Betretens von privatem Grund und Boden schuldig«, verkündete eine tiefe, samtene Stimme. »Ich möchte Sie tunlichst bitten, sich umgehend von hier fortzubewegen.«

Sie fuhr herum und sah einen elegant gekleideten, *sehr* gut aussehenden Mann, der keine fünf Schritte entfernt lässig an einer Gartensäule lehnte. Ein verlebter Prinz, wäre da nicht dieser Blick in seinen Augen gewesen.

Das Zirpen einer verirrten Grille gab Carolines eigene Befindlichkeit trefflich wieder. »Unbefugtes Betreten?«

Er zog eine Augenbraue hoch. »Sie befinden sich auf einem privaten Anwesen, zu dem Sie keinen Zutritt haben.«

»Nein, ich weiß schon, was Sie meinen, aber ich glaube, Sie irren sich, Sir. Es handelt sich mitnichten um unbefugtes Betreten –«

»Ach? Sie vertreiben sich also an diesem schattigen Plätzchen nur ein wenig die Zeit?«

Sie drehte sich ärgerlich ganz zu ihm herum. »Nein. Ich habe das Anwesen nicht unbefugt betreten. Ich habe die Erlaubnis, hier zu sein.«

»Die Erlaubnis des Dukes?« Er sah sie von oben herab an. »Er ist ebenfalls unbefugt, was dieses Anwesen angeht.«

»Der Duke?« Meinte er den Duke von Grandien? Der Besitzer konnte auf seinem eigenen Grund und Boden wohl kaum als unbefugt gelten. Verwirrt nahm sie sich einen Moment, um den Mann eingehend zu mustern. Er war nicht nur elegant gekleidet, er war ein Musterbeispiel der allerneusten Mode, wäre da nicht seine lässige Haltung gewesen. Sie überkam das unerklärliche Gefühl, dass er sie verspotten würde, sollte sie seine Kleidung loben, so als mache er sich über jemanden lustig, indem er sich so makellos kleidete.

»Der höchste Adelsrang«, bemerkte er wenig hilfreich.

Sie blitzte ihn wütend an. »Ich weiß, was ein Duke ist.«

Er zog abermals eine Augenbraue hoch und musterte Caroline abfällig. »Ach ja?«

Sie errötete unwillkürlich. Sie trug nicht gerade ihre besten Kleider, da sie nicht erwartet hatte, auf dem derzeit unbewohnten Anwesen irgendjemandem außer den wenigen verbliebenen Dienstboten zu begegnen, und sie wusste instinktiv, dass nicht einmal ihr allerfeinstes Gewand mit dem ältesten Zwirn dieses Mannes mithalten konnte. »Ja, selbst Küchenmägde wissen, was ein Duke ist.«

»Zieht der alte Tattergreis dieser Tage seine Küchenmägde so an?« Er pfiff anerkennend. »Die Dinge müssen wirklich schlecht stehen.«

»Wie können Sie so etwas Gemeines –« Sie verstummte und atmete tief durch. »Ich weiß wirklich nicht, was ich zu einer solch unhöflichen Bemerkung sagen soll. Ich bin auf Anweisung des Earls hier. Ich bleibe im Höchstfall eine Stunde, dann sind Sie mich wieder los.« Sie fügte sehr leise hinzu: »Und ich kann es nicht abwarten, hier wieder weg zu sein.«

»Der Earl?« Er schaute verständnislos drein.

»Earl Cheevers.«

Er stieß ein scharfes, boshaftes Lachen aus. »Der Earl hat hier nichts zu sagen. Meadowbrook ist eine Stunde zu Pferde entfernt.« Er zeigte ihr mit dem Finger den Weg. »Und jetzt trollen Sie sich. Ich bin sicher, dass in der *prächtigen* Küche des Earls jede Menge Arbeit auf Sie wartet.«

Was für ein abscheulicher Mann. Alle maskuline Schönheit, die er besitzen mochte, wurde von seinem unangenehmen Charakter in den Schatten gestellt. »Ich weiß nicht, was der Earl Ihnen getan hat, um Sie so gegen ihn aufzubringen, aber soweit es mich angeht, so bin ich nur noch eine knappe Stunde hier, wenn überhaupt.«

»Nein. Was immer der Earl mit Roseford vorhat –« Er vollführte eine hackende Geste mit seiner Hand, begleitet von einem finsteren Lächeln. »– es wird mir ein großes Vergnügen sein, seine Pläne zu durchkreuzen.«

»Er braucht nur eine Zeichnung für ein Turnier, das …« Ein Ausdruck lodernden Zorns auf dem Gesicht des Mannes ließ sie verstummen, doch schon im nächsten Moment sah er wieder mit kühler Gleichgültigkeit drein.

»Ich weiß, wofür die verfluchte Zeichnung gedacht ist.«

»Oh.« Sie wusste nicht, was sie sonst sagen sollte. Ein Teil von ihr drängte sie, sich das Haus und die Gärten einzuprägen und stehenden Fußes schutzsuchend zurück zu Wagen und Kutscher zu flüchten. Der andere Teil warnte sie panisch, dem Mann vor ihr um keinen Preis den Rücken zu kehren. Er wirkte nicht gerade wie das Abbild geistiger Gesundheit.

Sie hatte irgendwo gehört, dass die bestaussehenden Mitglieder der feinen Gesellschaft, zu denen er bei seiner Kleidung und seinem Gesicht eindeutig zählte, auch zu den geistig Labilsten gehörten. Zu viel Inzucht.

»Wie bitte?« Die Miene des Mannes deutete an, dass er kurz davor stand, sich auf sie zu stürzen und sie zu erwürgen.

Oje. Jener letzte Gedanke war ihr tatsächlich laut entschlüpft.

Ein Dutzend Ausreden und Entschuldigungen wirbelten ihr durch den Sinn, während sie dem Tod ins Gesicht starrte. Sie versuchte, eine angemessene Antwort zu formulieren, als sich sein drohender Blick unvermittelt in einen Ausdruck spöttischer Erheiterung verwandelte, was ihn noch anziehender machte. Ganz wie ein schalkhafter Lüstling, der Böses im Schilde führte.

»Nein, nein, das ist wirklich ganz köstlich.« Seine Lippen kräuselten sich zu einem attraktiven Lächeln, das ein erschreckend warmes Gefühl in Carolines Bauch weckte. »Abscheulichste Inzucht ist tatsächlich die Wurzel all meines Übels. Ich fürchte, Sie haben mit dieser Einschätzung ganz recht, Miss –?«

Sie antwortete nicht, noch immer sprachlos.

»Dann werde ich Sie also Miss Küchenmamsell nennen, ja?« Er löste sich von der Säule, setzte sich neben Caroline auf die Steinbank und streckte seine langen Beine aus. Wenn sie ein kleines Beutetier wäre, wäre es jetzt sehr, sehr schlecht um sie bestellt.

Volles braunes Haar, etwas zu lang belassen, fiel ihm in einer dicken Strähne ins Gesicht, verschleierte seine Augen und rahmte seine ebenso arroganten wie markanten Züge. Sein Körper besaß die gleiche Anmut, die man bei den gefährlichsten Raubtieren fand, als er sich lässig gegen die Rücklehne der Bank stützte. Alles an ihm strahlte eine gelassene Bedrohlichkeit aus.

»Ich gebe dabei natürlich der männlichen Seite die Schuld. Meinen Sie, wenn wir beide uns paarten, würde es unseren Kindern besser ergehen?«

»Nein«, brachte sie mit Mühe heraus.

»Schade. Dann muss ich mir wohl eine andere Frau von gesunder Abstammung suchen, um die Ausbreitung von Schönheit und Wahnsinn aufzuhalten.« Er legte eine Hand auf seine Brust und hob die andere an seine Stirn, in einer Pose, die selbst den berühmten Edmund Kean neidisch gemacht hätte. »Mein Fluch.«

Sie merkte, wie ihr die Kinnlade herunterklappte und sie ihn anglotzte wie ein Schaf, doch sie konnte nichts dagegen tun. Wenn sie laut ausgesprochen hätte, was ihr durch den Sinn ging, dann wären all die Jahre der Zurückhaltung und Selbstbeherrschung umsonst gewesen.

Er drehte sich um und musterte sie eingehend, und sein Blick blieb auf ihrer Schulter hängen. »Jetzt, wo ich Sie trotz dieses abscheulichen Dings auf ihrem Kopf, das ihr Gesicht ganz verbirgt, besser anschauen kann, sehe ich, dass unsere Paarung dem Fluch sowieso nicht Einhalt geboten hätte.«

Bevor sie noch den Sinn seiner Worte ganz erschließen konnte, streckte er sich lang aus, sodass sein Körper wie Samt über den Stein drapiert war.

»Der Earl hat Sie also den ganzen langen Weg hierher geschickt, um das klitzekleine Roseford Grange für sein Turnier zu zeichnen.« Er trommelte gedankenverloren mit den Fingerspitzen seiner Hände gegeneinander. »Das Ganze entbehrt nicht einer gewissen Ironie.«

Caroline versuchte, verstohlen von ihm wegzurutschen, doch er fixierte sie mit einem amüsierten Blick.

»Sie wirken so viel lebhafter als zuvor, Miss Küchenmamsell. Zeigen Sie schon her, was Sie da gezeichnet haben.« Er streckte fordernd die Hand aus. »Ich brenne darauf, Ihr Werk zu sehen.«

Der Mann war ganz offensichtlich nicht bei Trost. Er nutzte ihre Unaufmerksamkeit, um sich hinüberzubeugen und auf ihren Zeichenbogen zu schauen.

»Ich weiß nicht, ob ich mich freuen soll, dass Sie tatsächlich vorhaben, Cheevers dieses Bild zu übergeben, oder ob ich entsetzt sein sollte, Roseford so entstellt zu sehen.« Er sah sie mit seinem verhangenen Blick an, und eine Strähne fiel ihm ins Gesicht. »Möchten Sie lieber Schmetterlinge malen? Ihr Mund steht so weit offen, dass Sie ganz gewiss den einen oder anderen fangen werden.«

Ein Schmetterling flatterte zwischen ihnen, nah genug, dass sie beide ihn hätten berühren können. Der Mann beschrieb mit seinem Finger einen Kreis um das zarte Insekt.

»Etwas, das für das unbedarfte Auge einfach nur hübsch ist, doch das darunter eine komplexe Kunstfertigkeit offenbart.« Der Schmetterling landete, schlug zweimal träge mit seinen Flügeln, dann schwang er sich wieder auf. Der Mann legte seinen Kopf schief und musterte sie. »Dann zumindest wäre Ihre Zeichnung in den Augen der meisten hinlänglich hübsch und würde die enttäuschende Gefühlskälte verbergen.«

Sie konnte die Erwiderung, die ungebeten über ihre Lippen kam, nicht zurückhalten. »Ich muss doch sehr bitten!«

»Ausgezeichnet. Wir stehen noch ganz am Anfang unserer Bekanntschaft, und Sie bitten schon.« Seine perfekten Lippen kräuselten sich zu einem weiteren entsetzlich anziehenden Lächeln, während er sich wieder zurücklehnte, unerklärlicherweise nun näher neben ihr als zuvor. »Es sei Ihnen verziehen.«

Sie entspannte sich ganz leicht, und der Griff, mit dem sie das Papier hielt, lockerte sich. »Sie abscheulicher Mann.« Sie war noch nie zuvor einem so unverschämten Menschen begegnet. Nicht einmal Patrick war so frei heraus gewesen.

Er zog seine Augenbraue hoch, studierte Caroline mit glühendem Blick und rekelte sich noch lässiger auf der Bank.

Er war ganz und gar nicht der Irre, für den sie ihn zuerst gehalten hatte. *Dies* war die Art von Wüstling, der seine Vorstellung von sich selbst sorgsam hinter der Fassade der Verruchtheit kultivierte. Die Art von Mann, der jede seiner Fantasien auslebte und dann die Frauen heulend und am Boden zerstört zurückließ.

Jetzt, da er sie nicht mehr mit seinem Gebieterischer-Lord-Blick fixierte, *verströmte* er förmlich sündiges Verlangen und Versuchung, wie eine frische Sommererdbeere, die in Zucker und Lüsternheit getaucht war. Oder wie ein Granatapfelsame, der eine Frau geradewegs in den Hades fahren ließ.

Sie kannte seine Art, seine beiden Arten, nur zu gut, auch wenn sie noch nie zuvor von einer der beiden derart verwirrt worden war.

»Von Nahem gesehen sind Sie recht hübsch, unter dem abscheulichen Hut.« Sein Ton war gedankenverloren, während er mit seinem Finger auf dem Sitz der Steinbank trommelte. »Das hatte ich nicht erwartet. Eine angenehme Überraschung, obwohl Sie etwas von einer Eisprinzessin haben, die dringend aufgetaut werden muss, wenn die Zeichnung ein Indiz ist. Andererseits mag Cheevers seine Frauen streng und kurvenreich.«

Er gestikulierte wild mit den Armen, um seinen Zorn zu unterstreichen, während Caroline die Bewegungen seiner Hände, sein Haar, seine wechselnden Gesichtsausdrücke betrachtete.

Sie würde nicht darauf antworten.

Er grinste in einer Weise, die verriet, dass er genau wusste, was Caroline dachte.

Sie würde nicht darauf antworten.

Ein Rascheln alarmierte sie, doch zu spät. Sie langte nach dem Zeichenblatt, aber er hatte es sich bereits gegriffen. Im nächsten Moment hatte er es zerknüllt und über seine Schulter geworfen. Der Papierball flog in die verschlungen wuchernden Pflanzen, welche ihn schier zu verschlucken schienen, als er in den grünen Tiefen verschwand.

Sofort wurde sie wieder von ihrem alten Zorn gepackt. »Sie haben da gerade die Arbeit einer halben Stunde zunichtegemacht, Sie Inzucht betreibender Bock.«

Er zog seine anmutige Augenbraue hoch. »Eine halbe Stunde? Für das? Dann sollten Sie sich bei Ihrem Inzucht betreibenden Weidevieh bedanken. Eine öde Kritzelei war das.«

»Ich soll mich bei Ihnen bedanken?«, stammelte sie aufgebracht. »Ich soll mich bei Ihnen dafür bedanken, dass Sie mich eine halbe Stunde Arbeit gekostet haben, nur weil es Ihrer Ansicht nach *öde* ist?«

Er zog abermals seine Augenbraue hoch. Die Anmut seines Gebarens stand in Widerspruch zu dem Ausdruck in seinen Augen – viel zu finster und wild für ein so junges Gesicht. Er konnte nicht älter als dreißig sein. »Wovor haben Sie Angst?«

Alles in ihr bäumte sich auf. »Ich habe Angst davor, dem Unterleib eines meckernden Ziegenbocks Schaden zuzufügen«, erklärte sie mit Genuss, wie sie ihn seit Jahren nicht mehr empfunden hatte. Die Intensität des Gefühls weckte ein leises Unbehagen in ihr. Sie holte tief Luft und schlüpfte hinter ihre so sorgsam einstudierte gelassene Fassade, die sie aus der Notwendigkeit heraus perfektioniert hatte. »Was ich sagen wollte, ist –«

Er beugte sich vor und berührte ihr Gesicht mit seinen elegant behandschuhten Fingern. Carolines Mund schnappte zu ob seiner Frechheit und seiner Nähe, als weiches Leder über ihre Haut strich. Augen von dem eigentümlichsten Blauton musterten sie kritisch. Bläulich-grün, wie eine exotische Pflanze. Caroline schüttelte ihren Kopf, um die hypnotische Wirkung jener Augen abzuwehren, und wich mit ihrer Wange vor seiner Hand zurück.

»Eine klassische Schönheit, fein geschnittene Züge, doch sie fürchtet sich vor ihrer eigenen Leidenschaft«, sagte er und bewies sich noch mehr als ein Esel, indem er mit sich selbst redete, während er ihre Vorzüge auflistete wie die einer Zuchtstute. »Wie enttäuschend. Und verlockend, natürlich. Ich wusste gar nicht, dass Küchenmägde so faszinierend sein können.«

Sie vermochte nicht zu sagen, welcher Teil seiner Einschätzung sie mehr beleidigte. Sie schluckte die Erwiderung, die ihr auf der Zunge lag, hinunter, denn sie weigerte sich, sein Spielchen mitzuspielen.

Seine vollen Lippen kräuselten sich über den ebenmäßigen weißen Zähnen. »Und dabei hatte ich gehofft, dass Sie mich abermals so artig bitten würden.«

Sie steckte eine gelöste Haarsträhne zurück unter ihre Schute und presste ihre Lippen fest zusammen.

»Ist es das Temperament, das Sie da so vergebens zu unterdrücken suchen?« Sein Blick war verhangen – träge und befriedigt. »Ich weiß nicht, ob ich über diese prompten Fortschritte froh sein soll oder verärgert darüber, dass mein jüngstes Spiel ein so vorschnelles Ende nimmt.«

»Ich bezweifle sehr, dass Sie mit meinem ungezügelten Temperament fertig werden würden«, bemerkte sie schnippisch, verärgert und verstört von dieser Begegnung. Die Strähne löste sich abermals, als Caroline ihren Kopf schüttelte.

»Das bezweifle ich sehr«, höhnte er. Er legte seinen Kopf schief, und eine Locke seines vollen braunen Haars fiel ihm ins Gesicht – doch im Gegensatz zu Carolines Strähne war die Wirkung kalkuliert, dessen war sie gewiss. Das Haar war zu lang, die leuchtenden Augen zu voller Schatten. »Sie ringen viel zu angestrengt um Beherrschung. Man kann es an jeder Ihrer Linien ablesen, von ihrem strengen Dutt unter dieser schrecklichen Schute, die zumindest eine Strähne nicht im Zaum halten kann, bis zu dem selbst für eine Nonne zu tristen Hauskleid, das Ihnen nicht einmal richtig passt. Und dann ist da ihre grausige Zeichnung. Über die wir besser kein weiteres Wort verlieren sollten.«

Sie reckte trotzig ihr Kinn hoch. »Ich kleide mich so, wie es mir beliebt. Und warum mache ich mir überhaupt die Mühe, Ihnen zu antworten?«

»Weil unter all jener züchtigen Strenge unterdrückte Leidenschaft wartet und Sie wollen, dass sie entfesselt wird.« Ein weiteres wissendes Lächeln. »Ich kann es am Pochen der Ader an ihrem Hals sehen und an der Röte Ihrer Wangen.«

Sie spürte, wie ihre Wangen noch heißer glühten denn zuvor, als sie ihren Kopf schüttelte.

»Nicht? Frauen sind solch widersprüchliche Geschöpfe. Ich lese einfach die Reaktionen Ihres Körpers.« Er beugte sich dichter heran, und ihr Herz setzte wenigstens drei Schläge aus. Er lächelte befriedigt. »Ihre Reaktionen sind vielversprechend. Ihre Zeichnung war das nicht.«

»Und was verstehen Sie davon?« Sie wich vor ihm zurück und musterte ihn mit aller Geringschätzung, die sie trotz ihres rasenden Herzens und ihrer glühenden Wangen aufbringen konnte, von Kopf bis Fuß.

»Ich muss nicht Herr und Meister der Palette sein, um die bestürzende Unterdrückung von Gefühlen zu erkennen.« Er ließ seinen Kopf kreisen, so als wolle er eine Verspannung in Hals und Schultern lösen. Er hielt inne, als sein Kopf in einer Position war, die ihm erlaubte, sie durch den Schleier seiner langen Wimpern anzuschauen. »Obwohl ich natürlich gern Ihr Herr und Meister sein kann, wenn Sie es möchten.«

»Ich verzichte.«

»Mich dünkt, dass Sie etwas brauchen, um Ihr Feuer zu entfachen.«

»Ich bin durchaus imstande … selbst mein Feuer zu entfachen –«

Er grinste verschmitzt.

»– und auch, wachsam zu bleiben.« Warum bei allem, was heilig war, verteidigte sie sich wie eine ertappte Novizin? Sie versuchte die Antwort, die sich im Vibrieren ihres Körpers, im Pochen ihres Herzens verbarg, zu ignorieren.

»Wachsam? Bis ich Sie ansprach, wussten Sie nicht einmal, dass Sie nicht allein waren. Der Kutscher, der Sie begleitet hat, macht ein Nickerchen auf seinem Bock. Welchen Zweck hat Wachsamkeit, wenn niemand da ist, den man hinters Licht führen kann? Sie hätten hier sitzen und von eigener Hand *Ihr Feuer wecken* können, und niemand hätte etwas davon bemerkt.« Er lächelte anzüglich. »Außer mir, natürlich. Und ich muss Ihnen gestehen, das wäre ein Anblick, für den ich gutes Geld bezahlt hätte.«

Ihr klappte die Kinnlade herunter.

Er beugte sich dichter heran, zu nah, und betrachtete das nächste Blatt ihres Stapels – eine frühere Version der Szene. »Vielleicht sollten Sie etwas Damenhafteres versuchen, das man als hübsch abtun könnte. Ein nettes Ornament.« Er sah sie mit jenen hypnotischen Augen an. »Vielen Ladies genügt es, selbst eines zu sein.«

Zu nah. Zu nah, schrien all ihre Sinne.

Sie lehnte sich von ihm zurück, schluckte schwer und versuchte, sich das Ausmaß ihrer Erregung nicht anmerken zu lassen. »Ich kann Ihnen versichern, dass das Zeichnen von Landschaften ausgesprochen damenhaft ist. Waren Sie noch nie in einem Boudoir, Sir?«

Er war ihr noch immer so nah, dass sie die kleinen Fältchen auf seiner Stirn sehen konnte, als er seine Augenbraue hochzog. »Ich versuche, mich von so entsetzlich langweiligen Beschäftigungen fernzuhalten.«

»Dann schätze ich, dass Sie wohl viel Zeit in Ihrer eigenen Gesellschaft verbringen dürfen.«

»Sehr viel Zeit. Leider muss ich mich oft mit mir allein vergnügen.«

Er lehnte sich zurück und streckte seine Beine aus, sodass seine maßgeschneiderten Hosen auf dem Schiefer raschelten. »Dann lassen Sie uns mal sehen, an welchem Motiv Sie sich für Ihre nächste allzu mittelmäßige Zeichnung versuchen werden.«

»Sir, wenn Sie ein Gentleman wären, würden Sie sich jetzt dahin aufmachen, wo der Pfeffer wächst.«

Er beugte ein Knie, und sein Stiefel löste einige Kieselsteine, als der Absatz über sie hinweg scharrte. »Aber wer sagt denn, dass ich ein Gentleman bin?«

Sie kannte noch nicht einmal seinen Namen, und an dieser Stelle bot es sich auch kaum an, ihn danach zu fragen. Die Antwort auf seine Frage hingegen war offensichtlich.

Sie beschloss, ihn zu ignorieren, und begann wieder mit dem Zeichnen, wobei sie eine Skizze benutzte, die sie zuvor angefertigt hatte.

Das laute Zerreißen von Papier ertönte, und ihr jüngster Versuch gesellte sich zu dem vorherigen.

»Nein, gehen Sie mit Leidenschaft an die Sache.«

Sie hatte keine Ahnung, wovon der Mann redete. Diese irre, widerwärtige, mutterlose Ratte. Caroline nahm sich ein neues Blatt und hatte noch kaum den Umriss des Hauses skizziert, als lange Finger es von ihrem Schoß zogen. Das Geräusch von Papier, das raschelnd auf Laub traf, hallte donnernd in ihren Ohren wider.

Sie biss sich auf die Lippe, um die Tränen der Enttäuschung über die vergeudete Zeit, die vergeudete Arbeit, das vergeudete Wohlwollen, das ihr der Earl entgegengebracht hätte, zurückzudrängen.

Sie stand auf. »Sie *und* der Earl können sich zum Teufel scheren.«

»Ach, kommen Sie, schmeißen Sie mich nicht in einen Topf mit Cheevers.« Er schüttelte sich theatralisch, und sie hasste ihn dafür.

»Als ob da ein großer Unterschied wäre. Sie beide drangsalieren jene, die Sie als Ihnen unterlegen erachten. Sie tyrannisieren jene, die Ihrer Macht ausgeliefert sind. Sie sind kleinlich und boshaft und gemein, weil Sie es können.«

Sein Blick wurde hart, doch es kümmerte sie nicht. Sie machte auf dem Absatz kehrt und ging auf die Kutsche zu. Drei Schritte später versperrte er ihr den Weg und hielt sie mit einer Hand an ihrem Ellbogen zurück.

»Sie sind also meiner Macht ausgeliefert?«

»Ist das alles, was Sie für sich aus meinen Worten herausgezogen haben? Wie schade, dass Sie den Verstand einer Gartenschnecke zu besitzen scheinen.«

»In zwei Stunden bricht die Dämmerung herein«, erklärte der allzu gut aussehende Dämon. Sein Körper ragte zu groß vor ihr auf, als er vorwärts schritt und sie mit seiner Nähe zum Zurückweichen zwang. »Dann wird es zu dunkel sein, und Sie haben keine Zeichnung vorzuweisen.«

Ihre Waden stießen gegen die Steinbank. Caroline reckte

ihr Kinn vor und sah ihm tapfer ins Gesicht, fest entschlossen, sich nicht von ihm einschüchtern zu lassen, sosehr ihr Herz auch pochte. »Das wird sich wohl nicht ändern lassen.«

»Dem Earl wird das gar nicht gefallen.«

»Sehr wahrscheinlich. Doch ich lasse mir vom Missfallen des Earls nicht meinen Willen überfahren, ebenso wenig wie von Ihrem.«

Er fixierte sie mit seinem Blick. »Sie lügen. Das Missfallen des Earls kümmert Sie sehr.« Sie machte ein verkniffenes Gesicht. »Sie werden Ihre Stellung verlieren.«

»Möglich. Wenn Ihnen das bewusst ist, was braucht es dann, dass Sie mich in Ruhe lassen? Dass Sie mich das Haus zeichnen und wieder heimfahren lassen?«

Seine Miene bekam einen abschätzenden Zug. »Oh, ich bin nicht sicher, dass Sie bereit sind, den Preis zu zahlen.«

Sie schaute auf die sinkende Sonne, die länger werdenden Schatten. »Vielleicht nicht, aber was wäre denn der Preis?«

»Was, wenn ich verlangen würde, dass Sie sich nackt auf diese Bank legen, ausgestreckt auf dem Rücken, und sich vor Lust unter mir aufbäumen, während ich in Sie hineinstoße?« Einer seiner Mundwinkel hob sich zu einem lüsternen Lächeln, das bestens zu dem sarkastischen Ausdruck in seinen Augen passte. Es war ganz sicher nicht das Lächeln eines Gentlemans.

Sie wurde noch nervöser. »N-nein. Das ist ganz und gar nicht das, was ich im Sinn hatte.«

»Nicht? Vielleicht dann eine Verabredung zum Tee? Eine Spazierfahrt durch den Park? Eine Küchenmagd erwartet doch wohl kaum, umworben zu werden?«

Caroline war so sprachlos, dass sie nur starr auf die immer fahleren Sonnenstrahlen schauen konnte. Es war nicht ihre Stellung im Leben, die ihr die Tränen in die Augen trieb. Es war nicht der neuerliche Beweis, dass Männer wankelmütig und frei waren. Es war nicht die Enttäuschung über die Karten, die ihr das Schicksal ausgeteilt hatte.

Weiches Leder fasste ihre Wange und wandte ihr Gesicht zu ihm. Aquamarinblaue Augen studierten sie. »Der Teufel soll den Earl holen«, murmelte er.

Er schubste sie mit gerade genug Kraft, dass sie mit dem Hinterteil auf die Steinbank fiel.

»Eine Zeichnung von Roseford.« Der irrsinnige Mann ging geschmeidig vor ihr auf und ab. »Nichts weiter als eine Zeichnung.«

Sein Blick wanderte zum Haus, dann kehrte er zu ihr zurück, während der Mann vor ihren Augen stumm mit sich debattierte. »Ich bin ein Bastard, das weiß ich. Nichts wird das je ändern.«

Sie hätte seiner eigenen Einschätzung seines Charakters gern zugestimmt, doch sie entschied, dass Schweigen in diesem Fall klüger war, jetzt, da der launenhafte Mann seine Stimmung schon wieder gewechselt hatte.

»Und ich werde auch weiterhin meinen Preis von Ihnen verlangen. Ich werde Ihnen jeden Tribut abfordern. In jeder Währung.«

Erleichterung und Furcht lagen miteinander im Widerstreit. Sie hatte eine Börse mit ein paar Münzen in der Kutsche. Wenn Geld genügte, um sich aus dieser Lage freizukaufen, dann würde Caroline bereitwillig zahlen. Sie hoffte nur, dass ihre Mittel reichten. Der Mann beunruhigte sie in jeder denkbaren Hinsicht. Er verärgerte und verwirrte sie. Und sein Feuer, die unverkennbare Anziehungskraft des virilsten Mannes, dem sie je begegnet war, züngelte über die wenigen Zentimeter, die sie voneinander trennten, und drängte gegen den leichten Wahnsinn, der ihn jedes Mal zu packen schien, wenn Roseford erwähnt wurde.

»Für den Anfang ein Kuss, denke ich.«

Sie zuckte zusammen, als der lüsterne Ausdruck in seinen Augen ihr Blut heißer durch ihre Adern strömen ließ. »Ich muss doch sehr bitten.«

Beine drückten sich fordernd zwischen ihre Knie. »Das hoffe ich doch. Wir werden sehen.«

Weiche Lippen senkten sich auf die ihren herab und berührten sie federleicht. Ein Schrecken pulsierte durch Carolines Körper. Der Druck auf ihren Mund wurde stärker. Nachhaltig und süß. Das Gefühl war so, als würde man ein exotisches Dessert naschen, und Caroline war zu überwältigt, um irgendetwas anderes zu tun, als es zu genießen. Die Gartendüfte hüllten ihre Sinne ein, während die letzten Sonnenstrahlen durch die Laubkronen der Bäume fielen.

Sein Mund löste sich von ihrem, und er strich mit seinem Daumen über ihre Lippen. »Ja, ich denke, wir werden ein Spielchen daraus machen, Miss Küchenmamsell. So taufrisch wie ein Gänseblümchen auf der Wiese, mit Ihrer hellen Haut und ihren rosigen Wangen.« Er steckte sich auf der Steinbank aus, während er sie mit einem dreisten Schlafzimmerblick musterte. »Sie wollen die Zeichnung, und ich habe entschieden, dass ich Sie will.«

»Nun, dazu wird es nicht kommen.« Sie war wieder bei klarem Verstand, doch gleichzeitig regte sich in ihr das Verlangen, das ihre eherne Selbstbeherrschung überwand und nach mehr gierte. Bestürzt klaubte sie eiligst ihre Zeichenutensilien zusammen. Sie war schon lange nicht mehr so aus der Fassung gebracht worden. Und das letzte Mal, als sie die Regungen eines solch überwältigenden Verlangens gespürt hatte, war sie in eine ausweglose Situation geraten.

Sie machte Anstalten, mit wackeligen Beinen aufzustehen. Eine feste Hand auf ihrem Schenkel hielt sie zurück.

Seine Hand rührte sich nicht, doch sie hörte die Alarmglocken läuten. Caroline hielt ihr Verlangen unerbittlich im

Zaum – das hatte er auf den ersten Blick durchschaut. Und der Beweis dafür, dass sie noch immer Gefühle besaß, beängstigte sie im gleichen Maße wie sie sich danach sehnte, ihnen freien Lauf zu lassen.

Fälschlich für Liebe gehaltenes Begehren hatte sie schon einmal verleitet. Hatte sie tragisch in die Irre geführt. Doch hier gab es keine Liebesschwüre, um sie zu täuschen. Es gab keinen Grund, so besorgt zu sein, doch etwas an diesem Wahnsinnigen, der so meisterhaft küsste, bedrohte etwas in ihr.

Seine Finger wanderten zu dem Stapel von Zeichnungen. Er hob die oberste an, und Caroline erwartete, dass diese sogleich verächtlich weggeworfen würde wie der Rest.

»Sie machen immer wieder den gleichen Fehler.«

Ihr Mundwerk nahm den Kampf wieder auf, und sie war froh darüber, dass sie eine Ablenkung hatte, um nicht über die mögliche Zweideutigkeit seiner Worte nachzugrübeln, und sich stattdessen auf die Schlacht konzentrieren konnte. »Alle Linien sind perfekt.« Sie tippte nachdrücklich mit dem Zeigefinger auf das schräge Vordach eines Abschnitts des Hauses, welches gerade repariert wurde. »Ein treffliches Abbild des Gebäudes.«

»Wenn man ein nichtssagendes, lebloses Zerrbild haben will.«

Sie starrte ihn an. »Es ist ein Haus.«

»Kein Gebäude ist ein *bloßes* Haus. So wie kein Mann ein *bloßer* Mann ist. Alles hat seine eigene Identität. Schauen Sie sich doch nur die Einsamkeit jenes Giebels an.« Er zeichnete mit seinem Finger in der Luft die realen Kanten nach. »Sehen Sie, wie es sich auf die verlorene Stütze zuneigt? Wie nach dem ruft, was fehlt? Es ist Unfug, es ein bloßes Haus zu nennen.«

Sie musterte ihn beunruhigt. Er grinste breit, und alle Anzeichen von Ernsthaftigkeit verschwanden hinter einer Maske. »Es ist ganz einfach eine Frage der Ästhetik.«

Das Fenster, das einen flüchtigen Einblick auf etwas bedeutend Tieferes als jeden anderen Charakterzug, den sie bislang von ihm kannte, erlaubte, schloss sich wieder. Carolines Beunruhigung wuchs, doch aus einem anderen Grunde.

»Wer sind Sie?«

»Ein Mann, der Ästhetik zu schätzen weiß. Zum Beispiel sind Sie in jedem ästhetischen Sinne durchaus als schön zu bezeichnen«, sagte er und warf ihr die Zeichnung wieder hin, dann ließ er sich zurücksinken und stützte sich mit seinem Ellbogen auf die Rücklehne der Bank.

Ihre Verärgerung brodelte wieder hoch. »Nichts als Schmeichelei«, gab sie tonlos zurück. »Hohl und langweilig. Ein nichtssagendes, lebloses Zerrbild einer echten Unterhaltung.«

Wieder blitzte etwas in seinen Augen auf, diesmal eindeutig Vergnügen.

»Vielleicht wird diese Eroberung wahrlich ihren Preis wert sein. Wenn ich das geahnt hätte, hätte ich etwas Passenderes angezogen.«

»Eroberung? Sie nennen es eine Eroberung, wenn Sie von jemandem einen Kuss als Bezahlung fordern?«

»Ein Kuss ist nichts weiter als ein Tribut. Die wahre Eroberung findet statt, wenn Sie um mehr bitten.« Er strich sich sinnlich mit seinem Finger über seine volle Unterlippe. »Entfesseltes Verlangen.«

Sie wusste aus eigener Erfahrung, dass entfesseltes Begehren sich allzu schnell in unterdrückte Aggression verwandeln konnte. »Verlangen ist ein Strohfeuer, das ebenso schnell erlischt wie es aufgelodert ist.«

Der Ausdruck auf seinem Gesicht schlug abrupt um.

Er griff so blitzschnell herüber, dass sie nicht mehr rechtzeitig zurückweichen konnte. Sein Daumen strich über den First des gezeichneten Daches auf ihrem Schoß und drückte das Papier in ihre Schenkel.

»Aber wenn man Verlangen einfängt, wenn man es festhält …« Er wischte mit dem Daumen seines eleganten Handschuhs über das untere Ende der Stützsäule, dann beugte er sich dichter zu ihr heran, sodass seine Lippen nur eine Haaresbreite von den ihren entfernt waren. »… dann brennt jener Moment unauslöschlich.«

Er fixierte sie mit seinem Blick, und ihre Gesichter waren einander so nah, dass sich ihre Wimpern berührt hätten, hätten sie gleichzeitig geblinzelt. Verlangen von einer Intensität, wie sie es seit Jahren nicht mehr empfunden hatte, pulsierte durch ihre Adern, und dicht auf seinen Fersen folgte Angst mit donnernden Schritten.

Ein ironisches, selbstgefälliges Lächeln kräuselte seine Lippen. Er lehnte sich gegen den Stein zurück und fuchtelte mit seiner Hand. »Bitte, zeichnen Sie, solange Sie noch können, Miss Küchenmamsell.«

Sie blickte auf ihren Zeichenbogen, auf die verschmierten Flecken, die er hinterlassen hatte, dann schaute sie zum Dach – der einzelnen schrägen Fläche, die er mit seinem Finger in der Luft nachgezeichnet hatte, der einzelnen schrägen Fläche, die sich nun auf dem Papier unauslöschlich etwas entgegen neigte. Da war Bewegung und ein Anflug von Gefühl in den leicht verwischten Linien. Unvollendet, doch lebendig.

Beängstigend. Der flüchtige Blick auf etwas hinter der Fassade. Doch andererseits hatte auch Patrick viele Schichten gehabt. Es waren eben nur nicht alles gute gewesen.

Sie konzentrierte sich darauf, den Rest der Linien einzufügen. Starre, säuberlich gezogene Linien ohne jedes Leben. Sie wandte verstohlen ihren Kopf zur Seite und sah, dass sein Kopf nunmehr auf der Armlehne der Bank ruhte, während seine Beine zu ihr ausgestreckt waren, sodass sein Stiefel gegen ihren Pantoffel stieß und der Saum seines linken Hosenbeins ihr Kleid streichelte.

Caroline strich klammheimlich mit ihrem nackten Finger über die Kreidelinie, in Nachahmung seines Kniffs. Nein, es sah schlicht und einfach wie ein verschmierter Fleck aus. Caroline runzelte die Stirn.

»Wunderschön, nicht wahr?«

Sie zuckte schuldbewusst zusammen, doch seine Augen waren noch immer geschlossen.

»Man könnte hier ewig liegen und dem Wind lauschen.«

Seine Augen blieben geschlossen, daher studierte sie ihn, verwundert darüber, dass jemand, der solch elegante Kleider trug, diese so bereitwillig zerknitterte und beschmutzte. Keiner der Gäste auf Meadowbrook würde sich je auf eine Bank setzen, welche nicht an jenem Morgen sorgfältig geschrubbt worden war, ganz zu schweigen von einer Bank, die ganz offensichtlich schon seit Monaten nicht mehr abgeputzt worden war.

Er war entweder märchenhaft reich oder ein verwöhnter Sohn aus hohem Hause, dem es an jeglichem Verantwortungsbewusstsein fehlte.

Caroline tendierte zu Letzterem.

Und er war voller Widersprüche. Sein Gebaren und seine Handlungen waren einen Moment abstoßend und abweisend und zogen sie im nächsten an, machten sie gefügig. Ein abgefeimter Wüstling, ein *Meister* seiner Klasse – darauf verwette sie ihren letzten Penny. Es war nur Schau, ein geduldiges Warten, wie er sich auf der Bank rekelte, daran hegte sie keinen Zweifel. Das Problem war, dass ein Teil von ihr in erwartungsvoller Erregung, nicht aus Entrüstung angespannt war.

Und sie hatte gedacht, dass Patrick jene undefinierbare Fähigkeit besaß, die Frauen, *intelligente* Frauen zum Betteln brachte. Doch gegen diesen Mann war Patrick ein dummer kleiner Junge. Es erfüllte ihre vernünftige, intellektuelle Seite mit Unbehagen und ihre wildere Seite … Nun, besser nicht einmal daran denken.

Reine Neugier, die sie nicht unterdrücken konnte, ließ sie für den Moment die ihr zugewiesene Rolle spielen. »Dem Wind?«

»Hören Sie es denn nicht? Die Melodie und den leisen Refrain? Sie sollten es in Ihre Zeichnung einfließen lassen.«

Caroline legte ihren Kopf schief. Sie tat nichts lieber, als vor ihrem Cottage zu sitzen und den Geräuschen zu lauschen, doch sie hatte noch nie versucht, diese Eindrücke in irgendetwas einfließen zu lassen, voll und ganz zufrieden damit, es einfach zu genießen.

»Das Lied der Bäume, die sich im sanften Rhythmus eines unsichtbaren Dirigenten wiegen. Lauschen Sie der Musik, Miss Küchenmamsell. Roseford folgt der Natur. Nur indem Sie sich öffnen, können Sie es in ihrer Zeichnung einfangen und die leblose Kälte aufbrechen.«

Sie bedachte ihn mit einem strengen Blick, doch er schmunzelte nur und verbarg abermals seine aquamarinblauen Augen unter halb geschlossenen Lidern, während er mit seinen Fingern auf seiner Brust einen Rhythmus trommelte.

Caroline beobachtete, wie die Brise die Wildblumen und die gescheckten Blätter des Efeus bewegte, der sich um jede erreichbare Oberfläche rankte und so das Haus in seiner Umarmung einhüllte. Etwas in ihr öffnete sich, und sie führte von Neuem die Kreide zum Papier. Ihre Linien waren jetzt nicht mehr wie mit dem Lineal gezogen, sondern fließender, als Caroline den Garten zeichnete. Das Haus ließ sie für den Moment außen vor. Ihre Bewegungen wurden zu einem Stakkato beim Sprung eines Eichhörnchens, verwischten bei einer Schlange, die sich durchs Gras wand, und huschten über das

Papier, als Nüsse und Blätter von den Backsteinen des Schornsteins herabsegelten.

Zwei gurrende Tauben veranlassten sie, den Garten in seiner Anlage offener zu sehen, und sie fuhr mit einem Finger am Rand entlang.

Das Gezwitscher von Rotkehlchen, Krähen und Finken wurde lauter, als sie ihnen ihre Voliere zuwies.

»Ich brauche keine Zinnen, aber wenn sie ein Kriegsheer versammeln, dann sitzen wir in der Klemme«, murmelte sie.

Ein Auge öffnete sich, und auf einer Wange bildete sich ein amüsiertes Grübchen. »Das täten wir zweifellos.« Er schaute in die Bäume auf. »Als kleiner Junge wünschte ich mir immer, mich in einen Vogel zu verwandeln und davonzufliegen.«

»In einen Geier?« Caroline machte es sich auf der Bank bequemer. Einiges von ihrer Anspannung war gewichen. Auch wenn keine Frau bei klarem Verstand diesen Mann harmlos nennen würde, war da doch plötzlich etwas Verschwörerisches an ihm. Sie fragte sich, ob wohl kleine Beutetiere in gleicher Weise in ein trügerisches Gefühl der Sicherheit eingelullt wurden.

Seine Lippen kräuselten sich. »Nichts ganz so Bildhaftes. Ich habe immer Falken bewundert, doch ein gemeiner Sperling hätte schon genügt.«

Caroline sah auf ihre Zeichnung. »Als kleines Mädchen wünschte ich mir immer, eine Prinzessin zu sein.«

»Ein ganz gewöhnlicher Traum, glaube ich.«

»Für ein ganz gewöhnliches Mädchen.« Sie zog eine Linie über den Bogen, die eher daran erinnerte, wie sie zu Beginn gezeichnet hatte. Er strich mit seinem behandschuhten Finger an dem Kreidestrich entlang, und die Wärme seines Körpers umhüllte sie, als er aufstand und sich dichter heranbeugte.

»Vielleicht nicht ganz so gewöhnlich.« Finger hoben ihr Kinn an, dann strichen sie an Carolines empfindlichem Hals entlang und vergruben sich schließlich in ihrem Haar, zogen sie näher heran. »Vielleicht überhaupt nicht gewöhnlich.«

Seine Finger legten sich um ihren Nacken, und sein Daumen streichelte ihre Wange. Er zog sie ganz langsam zu sich, und als sich ihre Lippen diesmal berührten, war es wie eine feurige Explosion. Statt des verhaltenen, sanften Forschens ihres ersten Kusses war da ein stürmisches Fordern. Seine Lippen zwangen die ihren, sich zu öffnen, bemächtigten sich ihres Mundes mit Lust und drängendem Begehren. Caroline fühlte die Macht seines Zauberbanns, den verführerischen Gesang, der sie verlockte, sich dem hinzugeben, was sie sich so lange verweigert hatte.

Als er sie schließlich wieder freigab, versprach der Ausdruck in seinen Augen eine Myriade verbotener Freuden, wenn sie sich ihm hingab. Wenn sie die einsame Welt aufgab, in der sie sich verkrochen hatte.

»Wollen Sie das Haus zu Ende zeichnen, oder soll ich Sie weiterküssen?« Er lächelte vielsagend.

Berechnend, selbstsicher. Caroline konzentrierte sich auf seine hochgezogene Braue statt auf seine glühenden Augen oder seine einladenden Lippen. Sie konnte nicht alles vergessen und sich in der Gefahr jenes Zaubers verlieren. Sie hob mit zitterndem Griff die Kreide und zog eine weitere Linie, dann zwei, seinem Beispiel folgend. Sie gab jeder Linie Bewegung, etwas Suchendes. Etwas Sehnendes. Ein einsamer Giebel, der Anlehnung suchte.

»Schon besser.« Seine Hand streichelte ihren Hals, entfachte eine sinnliche Wärme, die sich mit jeder Bewegung seiner behandschuhten Finger weiter ausbreitete. Das leise Rauschen des Windes wurde einlullender. »Was sehen Sie, mein schönes Kind?«

Sie sah ein Haus, das wartete. Leicht überwuchert und wild, aber nichtsdestotrotz ein *Heim*. Ein Haus, das jemanden oder etwas brauchte. Caroline malte die Fenster, die Scheiben wie sehnsüchtige Augen, die nach der Rückkehr ihres Besitzers Ausschau hielten.

»Ja.« Finger lösten die Schleife ihres Huts, zogen ihn von ihrem Kopf. Caroline ließ ihn gewähren. Sie schloss furchtsam die Augen, als ihr der Schild genommen wurde, doch ihr Verlangen nach jenem Zauber war zu groß, um ihn aufzuhalten. Sie versuchte, nicht hinzuschauen, als er sich die Handschuhe von seinen Händen strich. »Viel besser.«

Sie zog den Kreidestift über den skizzierten Garten, zeichnete plötzlich mit mehr Talent, als sie gemeinhin geltend machen konnte.

Nackte Finger zogen eine Nadel aus ihrem Haar, dann eine zweite. Ihr Haar fiel in langen Strähnen herab, als ihr Dutt nach und nach gelöst wurde. »Es ist eine Schande, eine solche Kaskade zu verbergen.«

Fingerspitzen schoben ihr Haar behutsam zur anderen Seite, und Caroline erschauderte, als seine Lippen ihren Nacken berührten. »Zeichnen Sie weiter, Miss Küchenmamsell. Aber hören Sie diesmal auf sich selbst.«

Zügellose Linien erschienen, während er sündige Dinge mit ihrem Nacken und den Seiten ihres Halses anstellte. Statt sie abzulenken, schienen seine Lippen und forschenden Finger die Kreide schneller und in die richtige Richtung anzutreiben. Formen bildeten sich heraus; Linien voller Leben und Tiefe setzten sich durch.

Hände umfassten ihren Nacken, wanderten massierend an ihrer Wirbelsäule hinab. Caroline zeichnete den Grat des Schornsteins, während er ihr Rückgrat nachzeichnete.

Die Giebel des Daches richteten sich sanft auf, während er sich gegen ihren Rücken presste, sie an sich drückte, seine Handflächen an den Seiten ihres Körpers hinabwandern ließ, über ihren Bauch und hinauf zu ihren Brüsten, um diese sanft zu massieren und zu streicheln. Seine Hände wölbten sich über ihren aufgerichteten Brustwarzen.

»Sir?« Ihr Atem stockte, und ihr Kopf legte sich wie von selbst nach hinten auf seine Schulter, als sein Daumen unter den Rand des Ausschnitts ihres Mieders glitt, während seine andere Hand ihr Knie berührte und ihren Rock hoch und immer höher zog und schließlich darunter verschwand. Er presste seine Handfläche gegen die Innenseite ihres rechten Knies und zog es von ihrem anderen weg, sodass sich ihre damenhafte Sitzhaltung in etwas Einladendes und Laszives verwandelte, frei einzusehen für das gesamte Roseford Grange, wären da nicht die taillenhohen Büsche vor ihnen gewesen.

Sein Daumen zwickte ihre Brustwarze unter der steifen Kante ihres Korsetts und ließ sie erschaudern. Sie lehnte sich in die Berührung, statt davor zurückzuweichen. Noch nie zuvor hatte sie die überwältigende Magie eines derartigen Verlangens gekannt, das ihr alle Hemmungen nahm – sodass es nur noch die Berührungen eines Mannes gab, der ein Meister seiner Kunst war. Geschickte Finger gingen unter ihren Knien, ihren Strümpfen, ihren Strumpfbändern auf Entdeckungsreise und wanderten dann höher hinauf.

»Ich frage mich, was Sie sonst noch alles verbergen?«, raunte er ihr ins Ohr. Fingerspitzen streichelten ihren heißen Schoß, nachdem er erfolgreich den Stoff ihres Höschens beiseitegeschoben hatte.

Ein überwältigendes Lustgefühl durchströmte sie, und sie bog genussvoll ihren Rücken durch. Die Zeichnung fiel ihr aus der Hand, die Kreide rutschte ihr aus den Fingern, und sie klammerte sich an seinen Schenkel. Einer seiner Finger glitt in sie hinein, und sie bäumte sich auf, sodass ihre Brust sich gegen seine Handfläche drückte, die inzwischen unter ihr Mieder gewandert war und sie streichelte, während sein anderer Daumen die empfindsame Perle zwischen ihren Beinen rieb.

Ein Damm, der viel zu lange die Flut ihrer Gefühle zurückgehalten hatte, brach. Angestaute Wut auf den Earl verschmolz mit dem anfänglichen Unmut über diesen Mann, der von ihr Besitz ergriff, und vermischte sich mit der Verdrossenheit über das Los, welches das Schicksal Sarah zugeteilt hatte. Hier war jemand, der ihr erlaubte, diese Gefühle freizulassen, statt sie herunterzuschlucken wie ein Stück Kohle. Sodass sie die seelische Anspannung der vergangenen Jahre – sich immer im Zaum und zu allen anderen Distanz zu halten – von sich abschütteln konnte.

In diesem Moment könnte sie sein, wer immer sie wollte. Könnte sie tun, was immer sie wollte. Hier war jemand, den sie höchst wahrscheinlich nie wiedersehen würde. Genau genommen sah sie ihn natürlich auch jetzt nicht, denn er saß hinter ihr, ein Phantom-Liebhaber mit geschickten Händen und einem forschenden Mund, der die Flächen und Senken ihres Halses gründlicher nachzeichnete, als sie Roseford Grange nachgezeichnet hatte.

Ein zweiter Finger verlangte Einlass, und der Gedanke, dass sie sich bei Patrick niemals so verletzlich oder so ausgeliefert gefühlt hatte, brachte zumindest einen Anstrich von Vernunft zurück. Patrick hatte niemals mit solch unbestreitbarer Kunstfertigkeit ihren Körper zum Singen gebracht.

Sie drückte unwillkürlich ihre Knie zusammen. »Ich –«

Er knabberte an ihrem Hals, während er mit einer Hand unter ihre Kniebeuge griff und ihr Bein über seinen Schenkel zog, sodass sie ganz vor ihm geöffnet war. Nur dass er diesmal, als sie wonnevoll ihren Rücken durchbeugte, mühelos einen weiteren Finger neben dem ersten einführte, während sein Daumen so gekonnt auf ihr spielte, wie ein Mandolinenspieler seine Saiten zupfte.

Die Wonne war entrückt, köstlich und überwältigend. Wirklichkeit und Fantasie verschmolzen. Caroline bewegte sich rhythmisch gegen seine Hand und bäumte sich auf, während sie wimmernd um Erlösung flehte.

Er flüsterte anspornende Worte, während sich seine Finger in ihr bewegten. Die mitreißenden Wogen der Lust schwollen über einen, zwei, drei Herzschläge zu einem Solo-Crescendo an, bis sie sich zuckend um seine Finger zusammenzog und ihren ganzen Körper zum Beben brachte. Er hielt sie noch eine ganze Weile in seinem Arm fest, und auch sein Atem ging schwer und keuchend. Schließlich nahm er seine Hand weg und setzte Caroline wieder auf die Bank, ein Bein noch immer über seinen Schoß drapiert, das andere erschlafft auf dem Gras baumelnd.

Er strich mit seinen Händen ihren Rücken, glättete ihr Kleid, streichelte sie beruhigend, während sie weiter von den verebbenden Wellen der Verzückung geschüttelt wurde. Sein Gesicht verriet keine Regung, so als wäre nichts Weltbewegendes geschehen. Er beugte sich nonchalant über sie hinweg und hob etwas von der Erde auf. Carolines Kehle war plötzlich wie zugeschnürt, als sie das Rascheln von Papier hörte. Sie war nicht in der Lage, ihn davon abzuhalten, die Zeichnung zu zerstören, solange sie dort schlaff und entkräftet auf dem Rücken lag, ihr Kleid hochgeschoben und gebauscht. Ein Gefühl des Verrats und der Resignation durchfluteten sie, während sie hilflos zuschauen musste, wie er die Kante des Bogens griff. Als er seine Hand von ihr nahm, schloss sie die Augen, wartete auf das erste Reißen, das erste Knistern von zerknülltem Papier.

Das stete Geräusch von Kreide, die sich über Papier bewegte, brachte Caroline schließlich dazu, dass sie ihre Augen wieder aufschlug. »Nein, bitte –« Sie erhob sich, getrieben von der Hoffnung, ihn davon abhalten zu können, die Zeichnung zu verderben.

Eine Hand legte sich auf ihre Brust und schubste sie nachdrücklich, doch nicht unsanft wieder zurück. Er zog eine Augenbraue hoch und wandte seine Aufmerksamkeit wieder ihrem kostbaren Werk zu. Sie schloss abermals die Augen und lauschte auf das Scharren und Kratzen der Kreide. Versuchte währenddessen, ihre überreizten Emotionen fest im Griff zu halten.

Er beugte sich über sie. Eine Hand legte sich auf ihren Nacken und zog sie zu sich, wo warme Lippen mit einlullenden Liebkosungen warteten. Sie schlug ihre Augen auf, als seine Lippen sich von den ihren lösten und er ihren Kopf behutsam wieder auf die Bank sinken ließ. Mit einem zufriedenen Lächeln legte er einen Zeichenbogen quer auf ihren Busen.

»Bis zum nächsten Mal, meine teure Miss Küchenmamsell«, sagte er mit seiner tiefen, samtenen Stimme. »Betrachten Sie das als ein Geschenk.«

Sie setzte sich eilig auf, um im fahlen Licht der Dämmerung die verunstaltete Zeichnung zu betrachten. Bestürzung lähmte sie, während sie die Linien und Flächen studierte. Die Zeichnung war recht gelungen gewesen, wenn sie das selbst sagen durfte, doch jetzt … es war, als wäre das Haus auf dem Papier lebendig. Jeder, der das Bild sah, würde den Drang verspüren, das Haus zu besuchen, um zu sehen, ob die Wirklichkeit der Vision gleichkam. Nur ein wahrhaft begabter Künstler mit einem leidenschaftlichen Auge konnte in dieser Weise die Essenz erfassen und auf das Papier bannen.

Oder jemand, dessen Herz an dem gezeichneten Motiv hing.

Caroline blickte abrupt auf, doch der Mann war verschwunden.

4

Werte Leser, es wurde uns zugetragen, dass die einstmals als »Fortunas Sieben« bekannten Männer – sieben Taugenichtse, die sich zu aufrechten Mitgliedern der Hautevolee gewandelt haben, mächtige Männer, die sich einstmals in Geheimniskrämerei und Dunkelheit hüllten –, ein einzigartiges Turnier abhalten, um einen ihrer Sprösslinge mit Ruhm und Reichtum zu segnen. König George IV. war in jenen Tagen, bevor er Regent wurde, ein stilles Mitglied. Daher verwundert es kaum, dass dieser Wettstreit vom König höchstpersönlich abgesegnet wurde …

Riesige Eichen und Ahorne säumten die Auffahrt von Meadowbrook, Lord Cheevers' Landsitz. Elegante Gärten, gepflegter Rasen, die äußeren Zeichen des Reichtums, der in den fruchtbaren Boden floss. Sebastien scherte sich einen feuchten Kehricht um die Landschaftsgestaltung, doch was sie symbolisierte, in all ihrer Sorgfalt bis ins kleinste Detail, war Macht. Und hier, wo jedes kleine Unkraut gnadenlos ausgerupft wurde, wo der rankende Efeu, den manche so anheimelnd fanden, mit der Wurzel ausgerottet wurde, waren diese Details das A und O.

Nicht wie Roseford, wo die Pflanzen ungebändigt wucherten, Rankengewächse, die von Leben kündeten, und duftende Wildblumen, die von Glück kündeten.

Das Gesicht der Frau drängte sich in seine Vision, ihr gewelltes blondes Haar offen, sodass es sich wie eine Kaskade über die Steinbank und das Gebüsch des Landhauses ergoss, während sie ihren Kopf in Ekstase hin und her warf.

Er war so wütend darüber gewesen, dort jemandem zu begegnen, noch dazu jemandem, der eine Bestandsaufnahme des

Gutes machte. *Seines* Gutes. Das einzige Zuhause, das er je gekannt hatte.

Und er hatte sie abscheulich behandelt. Doch sie war eine süße Frucht gewesen, reif und erblühend. Etwas in ihm war ausgerastet bei dem Wissen, dass sie einer der vielen Handlanger des Earls, des Dukes war, die ihm höhnend das nahmen, was er am sehnlichsten begehrte.

Die Küsse, die Verführung, ihre Hingabe machten die ganze Episode seines Unmuts wert. Wie nah daran er gewesen war, sie zu nehmen, um mit diesem Akt seine Dämonen auszutreiben. Es wäre für ihn das erste Mal mit einer Frau gewesen, über die er nicht jede Einzelheit wusste. Es war etwas an der Art gewesen, wie sie ihn angesehen hatte …

Er fragte sich, in welchem Winkel von Meadowbrook er sie finden würde. Hoffentlich nicht in Cheevers' Schlafgemach. Es wäre garstig, sie dem Earl unter der Nase wegzustehlen.

Doch andererseits wäre es auch ausgesprochen befriedigend. Er würde sehen, wie es sich ergab.

Er war fest entschlossen, dass es nicht bei diesem einen lustvollen Stelldichein bleiben würde. Sie war keine naive Debütantin oder errötende Jungfrau, sehr zu seiner Zufriedenheit. Sie mochte sogar für mehr als ein paar Tage sein Bett mit ihm teilen. Das hatten bislang nur wenige getan, doch sie hatte etwas an sich, in ihren Augen, in ihren verbalen und körperlichen Erwiderungen, das darauf hindeutete, dass sie alles andere als langweilig sein würde. Etwas, das sie als eine verwandte Seele in ihrer Einsamkeit offenbarte. Und es gab dort so viel Potential – wild und ungezähmt.

Die Kutsche fuhr vor dem Portal des Herrenhauses vor. Hundert Zimmer, inmitten von Hunderten von Hektaren gelegen, das nannte man ein Leben im Überfluss.

Sebastien stieg aus dem Wagen und sah sich auf dem Hof

um. Einige Kutschen waren bereits eingetroffen, und er warf einen zynischen Blick auf einen Bekannten, der förmlich vor Neid erblasste, während er das Anwesen beäugte. Seine Kleidung war teuer, doch sein Gesichtsausdruck erinnerte an das lüsterne Geifern eines ausgehungerten Fuchses. Er hatte keine Klasse.

Der Mann drehte sich um, und sein Blick fiel auf Sebastien. »Deville.« Jack Bateman, der illegitime Ableger des Earl von Browett, bot ihm nicht seine Hand an. Sebastien verzichtete ebenfalls darauf. »Sie wähnen sich wahrscheinlich in dem irrigen Glauben, Sie hätten hier eine Chance. Aber das hier ist kein Kartenspiel, oder? Ich beabsichtige, als Sieger vom Platz zu gehen, Deville. Merken Sie sich das.«

»Ich merke mir lieber Ihre übrigen Unzulänglichkeiten, Bateman.« Sebastien ging auf das Haus zu, ohne einen Blick zurückzuwerfen.

Drei andere Männer, die ihm im Alter näher waren, standen unter dem imposanten Säulengang. Zwei von ihnen wirkten sympathisch, wenn man irgendjemanden von ihnen in den nächsten zwei Monaten als Freunde betrachten konnte. Der Dritte war ihm kein Unbekannter, doch sie waren einander nie vorgestellt worden.

»Deville.« Timothy Timtree streckte ihm seine Hand entgegen. Der Blick seiner verhangenen Augen über seiner Hakennase war sarkastisch und blasiert. »Sie wollen sich also auch dem Zirkus anschließen?«

»Das will ich.«

Sie gaben einander die Hand, und Timtree schenkte ihm einen wissenden Blick, bevor er ihn dem dritten Mann vorstellte. »John Parley, darf ich Sie mit Sebastien Deville bekannt machen?« Er wandte sich mit einem feisten Grinsen wieder an Sebastien. »John ist Basil Parleys *dritt*geborener Sohn.«

»Ich habe schon von Ihnen gehört, Deville.« John Parley

war ein Lackaffe, mit seiner glänzenden Pomade und seiner fünf Zentimeter zu hoch sitzenden Nase.

»Und ich von Ihnen«, erwiderte er und kehrte ihm den Rücken.

Marcus Sloane, der verbliebene Mann, grinste amüsiert und streckte ihm seine Hand hin. »Deville.«

Marcus Sloane war ein Sonnenkind, seiner unehelichen Abstammung zum Trotz. Er passte sogar auf das Bild, mit seinen blonden Haaren und hellbraunen Augen. Er wurde zu den elegantesten Festen eingeladen und verkehrte in den allerhöchsten Kreisen. Der Marquess von Sloanestone hatte keine legitimen Nachkommen und behandelte seinen Bankert besser als die meisten Adeligen ihre rechtmäßigen Erstgeborenen. Er hatte ihm sogar einen Teil seines Namens für die Geburtsurkunde überlassen.

Zu schade, dass er ein Bastard war. Die zum Titel gehörigen Güter und Ländereien würden mit dem Tod des Marquess an einen Cousin gehen.

»Deville ist Grandiens Bankert«, erklärte Timtree Parley.

»Das ist offensichtlich, Timtree. Man müsste schon blind sein, um das nicht zu erkennen«, bemerkte Sloane trocken, während Parley nur verächtlich schnaubte.

Sebastien hatte schon vor langer Zeit gelernt, jegliche Gefühle, die derartige Bemerkungen provozierten, zu verbergen. »Eine verfluchte Schande, da es mich davon abhält, ihm zu sagen, was für ein hässlicher Wicht er ist.«

Timtree gluckste. Sein Vater, Baron Tewks, und er hatten nichts füreinander übrig. Etwas, was Sebastien und er gemeinsam hatten, im Gegensatz zu Sloane.

Ein Butler hieß sie willkommen, und gemeinsam mit Bateman folgten sie dem Diener in einen Palastsaal, welcher von Gold nur so übersät war. Riesige korinthische Säulen trugen ein hohes Bogengewölbe.

»Prächtig, prächtig«, murmelte Timtree, und er blickte sich ebenso blasiert wie zuvor um.

Bateman studierte alles eingehend, machte mit seinen Augen eine Bestandsaufnahme des Reichtums. Parley gab sich alle Mühe, so hochnäsig zu erscheinen, wie er war, indem er eine Nonchalance vorschützte, dass alles um ihn herum unter seiner Würde wäre. Sloane schien sich ganz wie zu Hause zu fühlen, was verständlich war, da er auf den prunkvollen Sloanestone-Gütern lebte. Doch auch in seinen Augen funkelte etwas. Verlangen. Oder vielleicht Hoffnung.

Sebastien betrachtete seine Umgebung mit verkniffener Miene – die vergoldeten Knäufe, die Fresken mit Szenen siegreicher Armeen und gebieterischer Gottheiten. Er war sein gesamtes Leben von Blattgold und Flitter umgeben gewesen – niemals wirklich nah genug, um es zu berühren, immer knapp außerhalb seiner Reichweite.

Er hatte niemals das Innere des Stammsitzes des Dukes, seines *Patriarchen*, gesehen, doch er wusste, dass es diesem in nichts nachstand. Er löschte alle äußerlichen Anzeichen von übermäßigen Emotionen aus und setzte ein finsteres Lächeln auf, welches dank langjähriger Übung am Spieltisch sowohl natürlich als auch ein wenig beunruhigend wirkte.

Der Butler führte sie in die große Bibliothek. Mehrere Gentlemen standen vor der langen Reihe von Fenstern, die Ausblick auf die Gärten an der Seite des Hauses boten. Er sah den Duke, der auf der gegenüberliegenden Seite der Bibliothek in einem Sessel saß und Hof hielt. Ihre Blicke trafen sich, und die beiden Männer starrten einander einen Moment lang an, bevor Sebastien die Musterung der Gäste fortsetzte. Fortunas Sieben waren in voller Stärke vertreten, mit ihren Bastarden und überzähligen Nachgeborenen im Schlepptau. Es war tatsächlich ein Zirkus, ganz wie Timtree gesagt hatte.

Sein Stolz, das Einzige, was er sein Eigen nennen konnte, regte sich.

»Was soll das hier sein? Ein Haufen von Bastarden, die sich in irrigen Hoffnungen ergehen?«

Sebastien hielt seine Hand in Bewegung, spielte mit seiner Uhrkette, damit seine Muskeln sich nicht noch mehr verkrampften, als sie es bereits waren. Er drehte sich betont langsam um, während sein Zorn wuchs und dann unter die Oberfläche eines schwelenden Tümpels der Verbitterung abtauchte.

»Lord Benedict. Wie … nett.«

Benedict zog seine Augenbraue hoch. Er mochte im Aussehen vor allem nach seiner Mutter schlagen, aber seine Brauen waren Grandien durch und durch. Ein Spiegelbild von Sebastiens. »Überrascht, Deville?« Er grinste anzüglich. »Wie ich sehe, hat mein Vater vergessen, Ihnen gegenüber zu erwähnen, dass ich ebenfalls an dem Vergnügen teilnehme. Es ist schon traurig, dass sie es für nötig erachteten, auch *uneheliche* Söhne einzuschließen. Wie man hört, war das Sloanestones Bedingung.«

Timtree schnaubte verächtlich. »So wie ich gehört habe, war der Grund dafür, dass die Auswahl unter den Dritt- und Viertgeborenen so armselig war, dass Sie ein paar ernsthafte Kandidaten dazuholen wollten.«

Benedict studierte seine Manschetten. »Ihr Vater ist gesellschaftlich ein ganz kleines Licht, Timtree. Benehmen Sie sich.«

Timtree lachte nur. »Sie haben noch weniger Verstand, als ich Ihnen zugestanden hatte, und glauben Sie mir, ich hatte Ihnen nicht viel zugestanden. Kommen Sie, Deville, suchen wir uns geistreichere Gesellschaft.«

»Ja, laufen Sie nur davon, Deville«, zischte Benedict, als Sebastien mit Timtree an ihm vorbeiging. »Tun Sie es, bevor Sie sich noch gänzlich lächerlich machen.«

Sebastien drehte sich um und ging einige Schritte rückwärts, während er Benedict unterwürfig salutierte. »Weil ich mich ja so oft lächerlich mache, wenn es um dich geht. Man sieht sich, Benny«, sagte er, eine betonte Weigerung, ihn in der korrekten Weise anzureden und ihm den zustehenden Respekt zu zollen. »Ich freue mich in einer Weise auf diesen Wettbewerb, die ich gar nicht erwartet hatte.«

Sie kamen an dem Pult in der Mitte der Bibliothek vorbei, auf dem sorgfältig ein Berg von Dokumenten aufgestapelt war. Greifbar. Unterschrieben und besiegelt. Der Lohn für den Sieg in allen Einzelheiten dargelegt. Wenn Sebastien als Sieger hervorging, würde er viel gewinnen. Macht. Rache. Befriedigung.

Die Güter seiner Mutter. Benedicts Demütigung. Rache an seinem Erzeuger.

»Gentlemen, dürfte ich um Ihre Aufmerksamkeit bitten.« Cheevers hob gebieterisch seine Hand. »Willkommen auf Meadowbrook. Meine ehrenwerten Freunde und ich brennen darauf, diesen ebenso einzigartigen wie außergewöhnlichen Wettbewerb zu eröffnen. Wir werden den Großteil des Turniers hier auf dem Anwesen durchführen, doch für einige der Runden werden wir nach London fahren, da viele dort von dem Turnier wissen und zumindest einige der Ausscheidungen mit eigenen Augen verfolgen möchten. Sie wissen alle um den ausgesetzten Preis, doch es gibt Regeln, die wir vor Beginn des Turniers besprechen müssen. Wenn Sie sich bereit erklären, an dem Wettstreit teilzunehmen, werden Sie eine vereidigte Erklärung unterzeichnen, dass Sie den dargelegten Bedingungen zustimmen. Bei den Bedingungen gilt: alles oder nichts. Sie machen die Regeln nicht, Sie befolgen sie. Haben Sie das verstanden?«

Niemand sprach, doch die spannungsgeladene Atmosphäre verriet, dass alle gebannt zuhörten.

»Das Turnier setzt sich aus verschiedensten Disziplinen zusammen. Es geht dabei um alles Mögliche, vom Schießen über das Kartenspiel und Boxen bis hin zu Gelehrsamkeit. Wir suchen nach einem vielseitig interessierten und bewanderten, salonfähigen Gentleman. Einem Universalmenschen. Sie werden auf die Probe gestellt werden. Sie werden der Lächerlichkeit preisgegeben werden. Sie werden gefeiert werden. Jeder Teilnehmer, der es bis zur Endrunde schafft, erhält einen Preis. Die jeweiligen Sieger der einzelnen Disziplinen erhalten einen Geldpreis. Doch es kann nur einen wahren Sieger geben.«

Sebastien wusste, dass jeder Mann in der Bibliothek erwartete, dass er oder sein Sprössling jener Sieger sein würde.

»Für jeden Wettkampf werden Punkte vergeben. Wenn Sie entweder bei den einzelnen Disziplinen oder in der Gesamtwertung unter ein gewisses Minimum fallen, werden Sie ohne Wenn und Aber von dem Turnier disqualifiziert.«

Aufgeregtes Gemurmel erhob sich.

»Des Weiteren –« Cheevers schüttelte herrisch seinen Kopf, und sein blondes Haar fiel ihm in die Stirn. »Schiebung und Betrug werden ohne Ausnahme aufs Schärfste bestraft. Wer bei unlauteren Umtrieben ertappt wird, wird auf der Stelle vom Turnier ausgeschlossen, und alle Mitwisser werden ebenfalls ihre Strafe erhalten.«

Sebastien beobachtete die älteren Männer. Ihr Grinsen verriet ihm alles, was er wissen musste. Schiebung wurde *erwartet*. Es war das Ertapptwerden, das bestraft wurde.

»Es gibt fünfzehn Teilnehmer. Der Rundensieger erhält fünfundzwanzig Punkte. Der Zweitplatzierte erhält zwanzig, der Drittplatzierte fünfzehn, der Viertplatzierte erhält zwölf und so weiter. Mit Beginn der dritten Runde scheiden alle Teilnehmer mit weniger als fünf Punkten aus. Jene Untergrenze wird im weiteren Verlauf des Turniers um fünf Punkte erhöht und dann um zehn, bis letztendlich nur noch jene mit einer Gesamtpunktzahl über hundert teilnahmeberechtigt sind.«

Ein Mann räusperte sich. »Was, wenn niemand über hundert Punkte hat, Mylord?«

»Dann seid ihr alle Taugenichtse.«

Die älteren Männer lachten. Von den jüngeren Männern, Nachgeborene wie Bastarde gleichermaßen, stimmten nur wenige mit ein.

»Der Sieger erhält die Chance, seines eigenen Glückes Schmied zu werden – die Familientradition in einer neuen Weise und aus eigenen Stücken fortzusetzen. Der Sieg sollte beweisen, dass jener Mann dieser Aufgabe gewachsen ist.«

Schweigen.

»Die Bedingungen sind alle hier aufgeführt, falls Sie die Dokumente noch nicht gelesen haben.«

Einige der Männer traten vor, unter ihnen Bateman. Sebastien sah, wie sein Blick die Worte überflog, und er war nah genug, um die Unterhaltungen zu belauschen, auch wenn nur leise getuschelt wurde, damit die älteren Männer, die ein Stück abseits standen und bereits angefangen hatten, ihre Wetten abzuschließen, nicht mithören konnten.

»Zweitausend Pfund für einen Rundensieg. Mehr nicht?«, grollte Bateman.

»Vierzigtausend Pfund für den endgültigen Sieger, dazu ein einträgliches Gut in Yorkshire sowie vier weitere Höfe mit angemessenem Einkommen. Genug, um einem Mann gut gefüllte Taschen zu garantieren.«

»Für ein, zwei Kartenspiele vielleicht. Besonders wenn man so wie du spielst, Petrie.«

Boshaftes Gelächter war zu vernehmen.

»Was ist das denn? Eine Braut? Bereits ausgesucht?«

»Wenn kümmert das denn? Frau ist Frau. Spielt doch keine große Rolle.«

»Ein Mann mit Ansprüchen«, machte sich Timtree laut hörbar lustig.

»Sie können mir mal im Mondschein begegnen, Timtree.«

»Ein freundliches Angebot, mein Bester. Aber ich lehne dankend ab. Sie sind mir nicht hübsch genug für ein Stelldichein im Mondschein.«

Jemand pfiff anerkennend. »Schaut euch das an.« Der Mann hielt die Zeichnung von Roseford in seinen Händen. »Ein nettes Häuschen.«

Benedict warf einen Blick auf die Zeichnung, dann sah er Sebastien hämisch an. »Ein wenig klein, aber das Gut selbst ist gar nicht schlecht. Es wird mir ein Vergnügen sein, das Haus abzureißen, nachdem ich gewonnen habe.«

Blanke Mordlust wallte in Sebastien hoch. Nur wenn er hilflos und gelähmt auf dem Sterbebett lag, würde er zulassen, dass Benedict gewann.

Sebastien ließ seinen Blick durch die Bibliothek schweifen, während die anderen Turnierteilnehmer anfingen, sich untereinander zu zanken. Er ballte seine Fäuste, dann entspannte er seine Hände wieder, nicht bereit, sich von Benedict schon jetzt in eine Rauferei hineinziehen zu lassen. Es gab im Raum bedeutend würdigere Gegner.

Die älteren Männer beobachteten alles gierig. Die Augen des Dukes funkelten amüsiert, als er Sebastien durchdringend ansah, bevor sein Blick zu Benedict wanderte, welcher sich inzwischen zu Thomas Everly, einem weiteren drittgeborenen Sohn, gesellt hatte. Die Verbitterung, jene hohle Stelle in Sebastiens Seele, wuchs. Es gab nur eines, was diese Leere zu füllen vermochte. Wenn er das Turnier gewann, würden die Dinge binnen zwei Jahren anders aussehen. Er würde dafür sorgen, dass die Dinge *gänzlich* anders aussahen.

»Deville, was zum Teufel machen Sie denn? Lesen Sie sich die Bedingungen durch, Mann«, sagte einer der unehelichen

Söhne. Die Wettstreiter hatten begonnen, ihre Seiten zu wählen, legitime Dritt- und Viertgeborene auf der einen, Bastarde auf der anderen. Es hatten sich bereits Gruppen gebildet, und das in einem Wettbewerb, bei dem sich wirklich jeder selbst der Nächste war.

»Ich habe sie bereits gesehen«, antwortete er in gleichgültigem Ton, während er gedankenverloren beobachtete, wie Lord Cheevers die Bibliothek verließ.

Die Bedingungen waren klar und unmissverständlich. Unumstößlich für alle Beteiligten. Das Problem war nur, dass die Bedingungen niemals die ganze Geschichte erzählten.

»Bestens, Sie sind pünktlich«, sagte der Earl zu Caroline, als er in sein Arbeitszimmer marschierte. Er musterte ihre Aufmachung mit kritischem Blick. »Und wenigstens haben Sie heute ein sauberes Kleid angezogen. Letztens sahen Sie aus, als hätten Sie sich in Holzkohle gesuhlt.«

Sie klopfte verstohlen ihren frisch gewaschenen Rock ab. Gott sei Dank hatte der Earl die Flecken nicht gesehen. *Finger, die ihre Schenkel packten, Hände, die sie überall berührten.* Die Beweise ihrer Unfähigkeit, tugendhaft zu bleiben. Vielleicht war sie dazu verdammt, die Fehler ihrer Mutter zu wiederholen. Die nun ihre *eigenen* Fehler waren.

»Ein Missgeschick, wie ich Ihnen bereits sagte.«

»Borgen Sie sich ein paar von Sarahs Kleidern. Ich hätte Ihnen bessere Gewänder nähen lassen sollen. Sie vergeuden so viel Zeit mit den Dorfbewohnern, Sie sind selbst zu einer verkommen.«

Sie reckte trotzig ihr Kinn vor, während ihr die höhnenden Worte des Mannes in Roseford durch den Kopf gingen. »Ich habe einige feine Kleider. Ich hatte nicht gewusst, dass meine Anwesenheit bei den heutigen Lustbarkeiten erwartet wurde, bis mir ein Lakai Ihre Order überbrachte.«

»Ich sagte Ihnen doch, Sie sollten sich für alles bereithalten. Sie hören einfach nie zu. Aber Sie können heute in Ihrem Cottage bleiben, nachdem Sie sich bei Lady Tevon gemeldet haben. Sie hat einige Aufgaben für Sie. Sie wird Ihnen sagen, wann Sie hier erwartet werden.« Er sah sie streng an, bevor er einige Papiere durchblätterte. »Ich erwarte von Ihnen, dass Sie ihren Anweisungen Folge leisten.«

»Selbstverständlich.« Lady Tevon war leicht zu manipulieren, wenn sie glaubte, etwas wäre ihre eigene Idee.

»Und ich werde Ihre Hilfe beim Arrangieren der letzten beiden Runden des Turniers brauchen. Es gibt viel zu tun, und auch die Dorfbewohner werden ihren Beitrag leisten müssen.«

»Selbstverständlich werde ich helfen.«

»Das habe ich auch nicht anders erwartet.«

Sie rührte sich nicht von der Stelle. Etwas in ihr hatte sich unwiderruflich verändert, als in Roseford der Damm gebrochen war. Sie würde ihr Handeln nicht von angestautem Zorn bestimmen lassen, sondern stattdessen List und Tücke einsetzen, um Cheevers von ihren Ansichten zu überzeugen.

Der Earl sah auf und betrachtete sie. »Sie haben bei der Zeichnung gute Arbeit geleistet, falls ich Ihnen das nicht schon letztens gesagt habe«, erklärte er schroff.

Das hatte er nicht, und Caroline musste unwillkürlich schlucken, als sie eine absurde Dankbarkeit in sich hochwallen fühlte. »Danke.«

Er senkte seinen Kopf und wandte sich wieder seinen Papieren zu. »Und jetzt fort mit Ihnen«, sagte er, doch diesmal war da kein barscher Unterton. Das war ein Anfang.

Die Zusammenkunft wurde schnell langweilig. Die jüngeren Männer warfen sich in Positur. Die älteren Männer warfen sich in Positur. Sebastien musterte abschätzend die Konkurrenz, so wie er es bei jedem Karten- oder Würfelspiel tat, und tat rasch die meisten der affektierten Männer der jüngeren Generation ab. Die einzigen ernstzunehmenden Gegner waren Sloane, Timtree, Everly, Benedict, Barley und Bateman. Drei Bastarde, drei legitime Söhne. Wenn man ihn einschloss, gab es ein leichtes Übergewicht auf der Bankert-Seite des Teilnehmerfeldes. Das Feld der anderen Wettstreiter würde sich schon von selber lichten.

Ein helles Gekicher lenkte seine Aufmerksamkeit Richtung Vestibül, wo eine Anzahl von Frauen sich auf ihre ganz eigene Art in Pose warfen. Ungeduldige Freundinnen und herausgeputzte Witwen. Frauen, die nach Meadowbrook eingeladen worden waren, bevor die Wettspiele begannen und die vornehmeren Gäste sich dazugesellten. Eine andere Art von Spiel und Sport.

Die Frauen kamen herein und begannen, in der Bibliothek die Runde zu machen.

»Sebastien, mein Lieber. Wie schön, Sie zu sehen«, säuselte Harriet Noke.

Sebastien musterte die kesse Witwe. Sie war wie immer nach dem letzten Schrei der Mode gekleidet, und die leicht schiefe Haltung ihres Kopfes war ebenso einladend wie gebieterisch. »Harriet.«

»Ich wusste, dass Sie hier sein würden.« Sie legte ihre behandschuhte Hand auf seinen Arm und streichelte ganz sacht den Stoff seines Ärmels. »Ich erwarte natürlich, dass Sie gewinnen. Ich habe hundert Pfund auf Sie als Sieger der ersten Runde gesetzt.«

Er sah sie an, mehr als vertraut mit ihren Taktiken und ihren Schmeicheleien. »Eine sichere Wette.«

»Falls Sie ... Rat brauchen sollten.« Sie legte ihren Kopf schief. »Wenden Sie sich vertrauensvoll an mich.« Ihre Mandelaugen betrachteten ihn mit einem unmissverständlichen Schlafzimmerblick.

Er hob ihre Fingerspitzen von seinem Arm und streichelte dabei nicht sonderlich unauffällig ihre Handfläche, während er aus den Augenwinkeln beobachtete, wie Benedicts Zorn wuchs. »Natürlich.«

Sie ging hüftschwingend davon, und Sebastien spielte die gleiche kleine Szene mit drei weiteren Damen durch. Alles so ermüdend. Die gleichen Avancen. Die gleichen wimpernklimpernden Plattitüden. Kein Risiko. Kein Abenteuer. Nicht einmal Benedicts Eifersucht konnte ihn in gute Laune versetzen.

Während irgendein flatterhaftes Vögelchen über ihren neuen Hut zwitscherte, ließ Sebastien seinen Blick durch den Raum schweifen und beobachtete die Frauen und Männer dabei, wie sie ihren Charme versprühten. Oder den Mangel desselbigen. Bewegung im Vestibül erregte seine Aufmerksamkeit, und er sah drei Frauen in sein Blickfeld treten.

Lady Sarah Pims. Die Braut. Eine schüchterne graue Maus. Sie würde höchstwahrscheinlich in der Ehe mit jedem der Mitstreiter dahinwelken. Nicht, dass er sich sonderlich für ihre Gefühle interessierte, aber sie war keine verhätschelte Debütantin, die auf allen Festen kokettierte und förmlich darum bettelte, zurechtgestutzt zu werden. In London hatte er sie links liegen gelassen. Sehr wahrscheinlich würde er sie auch in der Ehe links liegen lassen.

Lady Tevon, Cheevers' Londoner Mätresse, war an ihrer Seite. Gut. Das bedeutete, dass die ranke Sirene von Roseford nicht Cheevers' Bett teilte. Lady Tevon fasste Sarah herrisch am Arm, und das Mädchen ließ den Kopf hängen wie ein Pferd, welches zu früh zugeritten wurde.

Die dritte Frau trug ein schlichtes blaues Kleid, ein auffälliger Kontrast zu den kostbaren Stoffen und Materialien, mit denen sich die anderen Frauen in solchem Übermaß geschmückt hatten, und stand halb verborgen hinter dem Türrahmen. Kammerzofen interessierten ihn selten – sie stellten keine wirkliche Herausforderung dar. Andererseits konnte die Frau von Roseford durchaus eine Kammerzofe oder eher noch eine Gouvernante gewesen sein. Ungeachtet all seiner spöttischen Bemerkungen, war sie zu kultiviert für eine Küchenmagd.

Die in Blau gekleidete Frau trat aus dem Schutz des Türrahmens hervor, und sein Herz begann, schneller zu schlagen. Sein Blut schien zu vibrieren. Sie hatte sich sichtlich so hingestellt, dass er nur ihr Profil sehen konnte, und stritt mit Lady Tevon, was allein schon seine Aufmerksamkeit erregt hätte.

Doch ihre vertrauten Züge, ihre Haltung, ihr Gesichtsausdruck ...

Leidenschaftlich. Entschlossen. Hohe Wangenknochen, fein geschnittenes Kinn, gerade Nase. Klassische Linien. Das blonde Haar zu einer Haarkrone aufgesteckt. Eine erhabene junge Königin, wäre da nicht jene Locke gewesen, die bei jeder abrupten Kopfbewegung drohte, sich zu befreien. Wäre da nicht ihre schlichte Kleidung gewesen. Wäre da nicht das Feuer gewesen, das unter dem Eis loderte.

Er wusste, dass ihre Augen eine Mischung aus Blau und Grau waren. Betörend. Hypnotisierend.

Sie sagte etwas zu der Tochter des Hauses und marschierte davon. Das schüchterne Mädchen wurde sogleich munterer, zeigte zum ersten Mal echten Enthusiasmus und ging ihr nach. Lady Tevon folgte verdrossen.

Sebastien lächelte gedankenverloren. Er ignorierte die anderen Frauen, die um seine Aufmerksamkeit buhlten, während er sich vorstellte, wie jener einen Locke eine ganze Kaskade von weiteren folgten, begleitet von einem Schauer aus herabfallenden Haarnadeln zu seinen Füßen. Befreit von allen puritanischen Fesseln und voller Leidenschaft.

Ja, in der Tat eine gänzlich andere Art von Spiel.

5

Heute findet die erste Runde statt. Fürchten Sie nicht, werte Leser, dass wir Ihnen die jüngsten Neuigkeiten und Punktewertungen vorenthalten würden, denn wir sind fest entschlossen, Sie über alles auf dem Laufenden zu halten, selbst wenn es die Verwandlung in eine Lerche oder eine Meise verlangt, dies zu erreichen. London ist im Aufruhr über alles und jedes, das mit diesem Turnier zu tun hat. Man muss sich nur vorstellen, was für ein Spektakel den Gästen auf Meadowbrook genau in diesem Moment geboten wird …

»Was zum Teufel ist das? Das gehört mir nicht.«

»Nun, mir gehört es auch nicht, Sie Esel«, antwortete jemand Bateman ebenso erbost.

»Das geschieht denen recht. Warum sie solchem Gesindel überhaupt Einlass in die feine Gesellschaft gewährt haben, verstehe wer will.« Benedicts blasierter Ton verbesserte Sebastiens Laune nicht gerade, als er den überfüllten Stallhof betrat.

Nachdem er seinen Leibdiener am vergangenen Abend auf die Fährte angesetzt hatte, hatte er erfahren, dass seine liebliche kleine Blondine an diesem Tag beim Turnier anwesend sein würde. Das war eine vielversprechende Aussicht für den Tag gewesen, bis sie nicht zum Frühstück erschienen war. Dann hatte er einen sonderbaren Bodensatz in seiner Teetasse bemerkt, zum Glück, bevor er davon getrunken hatte. Zwei andere hatten weniger Glück gehabt. Sie hockten derzeit auf ihren Nachttöpfen und hatten es offenkundig nicht eilig, sich von ihren neuentdeckten Porzellangefährten zu trennen. Die Spätaufsteher hatten danach strikt vermieden, irgendetwas zu trinken.

Und jetzt dies. Was immer *dies* war.

Batemans donnernde Stimme störte weiter den lauen Nachmittag: »Was haben Sie sich dabei gedacht, Prancer diesen Lappen aufzulegen? Eine marineblaue Satteldecke?«

Er kam zu seinem eigenen Ross, Herakles, und sah, worum sich die Aufregung drehte. Es lag eine hart ins Auge fallende, bunt gemusterte Decke auf dem Rücken seines Pferdes, unter einem ebenso unbekannten Sattel. Herakles warf ihm einen angewiderten Blick zu und trippelte gereizt hin und her.

Sebastien streichelte seine Nüstern, und das Pferd erwiderte die Liebkosung mit einem leichten Druck gegen seine Hand. »Ich glaube, wir haben Prancers Decke gefunden, nicht wahr?«, murmelte er. Er rief einen Stallknecht heran.

»Jemand hat sie alle vertauscht«, bemerkte Timtree und gesellte sich zu ihm. »Ein Streich. Ich tippe auf Petrie, den alten Schelm.«

Sebastien sah zu Petrie, Valpages drittgeborenem Sohn, und war sich da nicht so sicher. Petrie schaute so verärgert und perplex drein wie alle anderen, und er war kein Mann, der sich gut verstellen konnte – einer der Gründe, weshalb er ein so schlechter Spieler war.

Die Stallknechte wimmelten umher und versuchten hektisch herauszufinden, welches Sattelzeug zu welchem Pferd gehörte. Sie konnten sich offenkundig nicht erklären, wie es zu dieser Verwechslung gekommen war. Wer immer dahintersteckte, hatte sich ausgesprochen geschickt verhalten.

Wie sich herausstellte, war nicht einfach nur das Sattelzeug vertauscht worden. Alle Decken *und* alle Sättel waren untereinander ausgetauscht worden. Es brauchte zwei Stallknechte, um jedes einzelne Sattelzeug zu wechseln. Einen, um den Sattel abzunehmen, den anderen, um die Decke zu greifen. Dann mussten sie das richtige Pferd finden und die betreffenden Stücke austauschen. Es dauerte über eine Stunde, diese Prozedur mehr als ein Dutzend Mal zu wiederholen. Dann kam eine weitere halbe Stunde hinzu, bis jedem Pferd das richtige Zaum- und Sattelzeug angelegt war und alle Reiter zufrieden waren.

Im Gegensatz zu einer direkten Schiebung hatte dieses Manöver alle betroffen. Sebastien schaute sich auf dem Hof um, während er sich fragte, wer dafür verantwortlich war und ob es ein einmaliges Vorkommnis bleiben würde.

»Ein dummer Streich von Ihnen, Deville?«

Benedict kam heran, und Sebastien fragte sich, ob dieser Tag je besser werden würde.

Lieber Gott, lieber Gott, lieber Gott. Diese flehende Litanei ging ihr unablässig im Kopf herum, als sie durch die Zweige spähte und den Teufel von Roseford dabei beobachtete, wie er die Menge studierte.

Ein Teilnehmer. Des Turniers. Alle Erkenntnisse über ihn, die sie in Roseford aus seinen widersprüchlichen Handlungen und Worten gezogen hatte, fügten sich schlagartig zusammen. Sie hatte ihn für einen verwöhnten und blasierten Sohn aus reichem Hause gehalten, der Tiefen verbergen mochte, die nur der sorgfältigen Freilegung bedurften. Doch dies … seine Worte und Handlungen stellten sich nun in einem ganz anderen Licht dar. Aus verwöhnt wurde verbittert, aus blasiert wurde abgebrüht. Verborgene Tiefen wurden zu Gier. Er war ein Mann, für den die Regeln der anderen nicht galten.

Er hatte sie wirklich nach Strich und Faden verführt. Sie hatte sich von ihm verführen *lassen*.

Ihre Fingernägel gruben sich in ihre Handflächen. Der sündhaft erotische Mann begann, sich mit einem hakennasigen Turnierteilnehmer zu unterhalten, dann gesellte sich ein dritter Mann mit braunem Haar und dünkelhaftem Getue dazu. Caroline wich zurück und schloss die Augen.

Erfahrene Hände und unvergessliche Worte.

Der Mann hatte ihr etliche Hinweise auf seine Teilnahme gegeben, doch sie hatte nicht zugehört. Nichts war explizit gesagt worden, doch er hatte gewusst, dass Roseford als Preis ausgesetzt war, er hatte auf Cheevers' Namen reagiert und kannte offensichtlich den Duke. Sie hätte eins und eins zusammenzählen sollen.

Sie spähte abermals durch die Zweige, beobachtete die Szene, die sich ihr darbot, während sie angestrengt versuchte, nicht zu *ihm* zu sehen.

Der Rest der Männer wimmelte in heller Aufregung durcheinander. Ganz, wie sie erwartet hatte. Ein Haufen Männer, denen nichts Besseres einfiel, als wie aufgescheuchte Hühner umherzulaufen. Da waren drei oder vier, die Haltung wahrten, doch jener eine Mann … der Mann von Roseford … stand mit seinem Ungeheuer von einem Pferd ein Stück abseits und streichelte die Nüstern des Tieres, während er abwechselnd mit dem braunhaarigen Mann stritt und zusah, wie das Schauspiel seinen Lauf nahm.

Ein Spieler. Sie hätte ihren letzten Penny darauf verwettet, dass er ein Spieler war.

Verdammte Spieler. Verdammtes Pech. Verdammte Entscheidungen.

Sie kaute an ihrer Lippe.

»Caro, was machst du denn –« Sarah stieß einen erschreckten Schrei aus, als Caroline sie in die Büsche zerrte.

»Ssschh! Ich nehme deine Freier in Augenschein«, raunte sie, während sie versuchte, ihren rasenden Herzschlag zu beruhigen.

»Freier trifft es wohl nicht ganz«, flüsterte Sarah zurück.

Caroline konnte förmlich hören, wie Sarah das Gesicht verzog, doch sie behielt ihre Augen starr auf das Geschehen gerichtet. Auch wenn ihre Augen immer wieder ungebeten zu *ihm* wanderten. Caroline zwang sich, sich auf die anderen Männer zu konzentrieren. Sie durfte ihr Ziel nicht aus den Augen verlieren, selbst wenn es sie mit allen Fasern ihres Herzens drängte, so weit wie möglich davonzulaufen.

Sarah beugte sich aufgeregt dichter heran und spähte durch die Lücke zwischen den Zweigen. »Was machst du denn? Wir können doch einfach dort hinübergehen –«

»Dann könnten wir sie niemals in der gleichen Weise beobachten.« Und außerdem kam es gar nicht Frage, dass sie dort hinausging, solange *er* da war. Sie suchte fieberhaft nach einem Weg, stattdessen das Land zu verlassen.

»Und warum müssen wir sie beobachten?«

»Ich halte nach Schwächen Ausschau.«

Sarah machte ein erstauntes Gesicht. »Nach Schwächen?«

Es kam Bewegung unter die Männer. Das Sattel-Dilemma war offenkundig bereinigt. Aber es hatte eine gute Stunde gedauert, sehr zu Carolines Vergnügen.

Caroline bewegte ihren Kopf hin und her, um besser sehen zu können. »Also, was kannst du mir über sie erzählen, jetzt, da sie alle hier sind?«

Sarah zwängte sich neben sie, als die Männer auf ihre Pferde stiegen und eine Reihe bildeten. »Das ist Marcus Sloane. Der Goldjunge dort drüben.« Sie zeigte auf einen der Männer, der sich sehr selbstsicher gab. »Die Hautevolee liebt ihn. Er hat ein Vermögen und hätte inzwischen schon vier-, fünfmal reich heiraten können. Es muss der Titel sein, der ihn hierhergebracht hat – anders kann ich es mir nicht vorstellen. Er ist der Sohn des Marquess von Sloanestone.« Sie senkte ihre Stimme. »Unehelich.«

Caroline schenkte ihr einen amüsierten Blick. »Soweit ich gehört habe, sind das wenigstens die Hälfte von ihnen. Du kannst die Dinge ruhig beim Namen nennen. Er ist ein Bastard.«

Sarah riss bestürzt ihre Augen weit auf, und ihre Wangen wurden rot. »Caroline!«

»Was ist mit dem dort?« Sie zeigte auf einen durchaus stattlichen Mann mit einem gierigen, verkniffenen Gesichtsausdruck. Er war die Art von Mann, bei der sich ihr die Nackenhaare sträubten.

»Mr. Bateman. Browetts Ba –« Sarah rang einen Moment mit dem Wort. »Ach, verflixt noch mal, der uneheliche Sohn des Earls von Browett.«

Caroline schmunzelte und fuhr fort, im Geiste eine Bestandsaufnahme der versammelten Männer und deren Schwächen zu machen, während Sarah sie beschrieb.

»Lord Benedict Alvarest und Sebastien Deville.« Etwas an ihrem Tonfall ließ Caroline zu ihrer Freundin sehen. Da war ein seltsamer Ausdruck in Sarahs Augen.

Caroline war verblüfft. »Sag mir nicht, du hast dich in einen von ihnen verliebt?«

Sarah schüttelte eilig den Kopf. »Nein, nein. Aber Sebastien Deville, er ist … na ja, schau ihn dir an. Er ist dem Duke wie aus dem Gesicht geschnitten, und man erzählt sich, es habe in der Hautevolee nie einen begehrteren Mann als den Duke gegeben.«

Der Duke. Caroline sah widerstrebend in die Richtung, in die ihre Freundin zeigte, obwohl sie innerlich seufzte, denn sie wusste bereits, wer es sein würde. Natürlich. Gerüchte und Klatsch schossen ihr durch den Sinn. »Er ist leidlich gut aussehend, schätze ich, auf diese verwegene Art, die manchen Frauen so gefällt«, gestand sie widerwillig zu.

Diesmal war es an Sarah, amüsiert dreinzuschauen. »Also wirklich, Caro. Der Mann ist traumhaft schön. Und gefährlich.« Ihr Lächeln erlosch. »Er hat eine beträchtliche Anzahl von Debütantinnen entehrt. Es überrascht mich, dass du noch nichts von ihm gehört haben willst. Es ist ein Wunder, dass er noch nicht aus der Hautevolee ausgestoßen wurde. Ich bin gewiss, dass der Duke, sein Vater, da seine Hand im Spiel hat. Obwohl die beiden einander alles andere als grün sind. Eine merkwürdige Situation, und daher umso faszinierender für die feine Gesellschaft.«

»Ich bin sicher, dass er die Aufmerksamkeit genießt.« Wenn sie ihn in diesem Moment zum ersten Mal gesehen hätte, mit seiner nonchalanten, selbstsicheren Haltung, hätte sie es vielleicht nicht geglaubt, doch nach seinen bissigen Bemerkungen über den Duke und dem, was er auf Roseford mit ihr gemacht hatte …

Sein Ruf eilte ihm voran. Sie hatte in den Klatschblättern von ihm gelesen. Selbst Lady Tevon hatte in genüsslich entrüstetem Ton von Sebastien Deville gesprochen. Hatte mit wissendem Blick von seinen Abenteuern geschwelgt.

»Und der andere?«, fragte sie verhalten. Sie sah jetzt schon große, große Schwierigkeiten auf sich zukommen.

»Lord Benedict Alvarest ist der drittgeborene Sohn des Dukes. Ehelich.«

Sie beobachtete, wie die beiden Männer miteinander umgingen. »Sie scheinen einander nicht sonderlich zu mögen.«

»Das ist eine Untertreibung. Sie hassen einander. Sie sind im Alter nur wenige Monate auseinander – du kannst dir ja vorstellen, was da getratscht wurde. Lord Benedict hat ein *Anrecht* auf alles, was er haben will. Deville *bekommt* alles, was er haben will.«

»Was für ein zauberhaftes Paar. Ich bin nicht sicher, welcher der beiden schlimmer ist, obwohl, wenn ich wetten müsste, dann erscheint mir Deville der Gefährlichere.« Alles an ihm schrie es förmlich in die Welt hinaus, und ihre Erfahrungen mit ihm bestätigten es. »Für die ehelichen Söhne besteht immer eine Chance auf den Titel ihrer Väter, sollte den Erben vor ihnen in der Rangfolge etwas zustoßen. Lord Benedict dürfte wohl ebenfalls hoch oben auf der Liste des Earls stehen, als potentieller Erbe eines Herzogtums.«

Sarah antwortete nicht, und Caroline ärgerte sich über sich selbst, dass sie laut gedacht hatte. Ihre Worte konnten in einer Weise ausgelegt werden, die sie nicht gemeint hatte. »Es tut mir leid, Sarah, das war gedankenlos. Was ich meinte, war –«

»Nein.« Sarah schüttelte den Kopf. »Ich weiß. Aber es *ist* genau so, wie du sagst. Lord Benedict, Everly, Petrie, sie sind alle potentielle Erben und Lebemänner. Männer, die sich unter anderen Umständen nicht für mich interessieren würden.«

»Sag das nicht. Natürlich würden sie sich für dich interessieren. Sie werden sich für dich interessieren«, korrigierte sie sich.

Sarah hob ihren Kopf. »Um einer Verbindung mit Vater willen vielleicht. Um des guten Zuchtmaterials der Tochter eines Earls willen vielleicht. Aber nicht um *meinet*willen. Ich weiß das nur zu gut. Du warst diese Saison ja nicht dabei, Caroline. Die Partien, die ich hätte machen *können*, waren nicht gut genug. Die Männer, die Vater als gute Partie erachtete, waren auch nicht im Entferntesten an mir interessiert. Das stille, manierliche Mädchen, das meine Mutter großgezogen hat, ist einfach nicht interessant genug für die meisten Männer. Schau dir nur Vater an. Wie viele Mätressen hat er gehabt? Mich überrascht nur, dass er nicht selbst einen Bankert dort unter den Teilnehmern des Turniers hat.« Ein fahles Lächeln spielte um ihre Mundwinkel. »Obwohl damit ich von dem Wettbewerb ausgeschlossen wäre.«

Caroline schluckte. »Und der Earl hält diese Männer für besser als jene, die du dir aussuchen würdest? Männer wie Deville und Bateman?«

»Er war einmal sehr nett zu mir.«

Caroline konnte nicht glauben, dass sie von *ihm* sprach. »Wer?«

»Deville.«

Zorn, der sich erschreckend wie ein weit weniger schönes Gefühl anfühlte, regte sich in ihr. »Er hat vermutlich nur versucht, dich in sein Bett zu locken, Sarah«, erklärte sie pragmatisch und gab sich alle Mühe, nicht zusammenzuzucken. Das war für diesen Mann offenkundig charakteristisch.

»Caro!«, rief Sarah bestürzt. Ihre Miene wurde nachdenklich. »Nein, das glaube ich nicht. Er hat in der Hinsicht noch nie das geringste Interesse an mir gezeigt. Du solltest ihn nur mal bei einem Ball sehen, Caro. Es ist –« Sie erschauderte. »Ich kann dir sagen, dass fast jede unverheiratete Lady zumindest ein klein wenig für ihn schwärmt. Und sich wünscht, dass nur für eine Nacht …«

Caroline verzog das Gesicht, denn die Vorstellung rief unbehagliche Erinnerungen wach. »Wie schön.«

Sarah grinste. »Oh, du würdest dich natürlich nicht umgarnen lassen, Caro. Aber er pirscht förmlich wie ein Raubtier durch die Salons und Säle. Und er ist alles, was die anderen Männer nicht sind. Das macht ihm alles so leicht. Ich kann gar nicht glauben, dass noch keine mit ihm durchgebrannt ist, obwohl er der Ehe so abgeneigt zu sein scheint, wie ein Mann es nur sein kann.«

»Es klingt, als ob er die Hautevolee fest im Griff hätte.« Unmut über die Spielchen, die er offensichtlich trieb, wallte in ihr hoch. Über das Spielchen, das er mit ihr getrieben hatte, auch wenn sie nicht gerade eine widerwillige Mitspielerin gewesen war, doch plötzlich kam es ihr wie ein persönlicher Affront vor. »Womit wenig Grund für ihn besteht, hier teilzunehmen.«

»Nein. Genau das Gegenteil trifft zu. Er ist ein Außenseiter, der nur gelegentlich zu den vornehmsten Festen eingeladen wird, und auch nur, wenn jemand auf einen Skandal hofft. Der Duke hat sich nie offen zu seinem Gönner erklärt.«

»Aber du sagtest doch –«

»Frag nicht, denn ich verstehe es selbst nicht. Keiner von uns versteht es. Aber irgendwie verstärkt die Tatsache, dass er ein Außenseiter ist, seinen Reiz noch, siehst du das denn nicht? Die Debütantinnen fallen ihm reihenweise zum Opfer. Die älteren verheirateten Frauen auch. Skandale folgen ihm auf Schritt und Tritt.«

Caroline murmelte etwas Unverständliches.

»Sosehr ich auch Scherze darüber mache, dass alle Frauen mit ihm ins Bett steigen wollen –« Sarahs Kenntnisse über den Ehestand ließ Caroline im Stillen den Earl und seinen steten Strom an Mätressen verwünschen. »Ich … ich kann nicht –« Sie wandte den Blick ab. »Ich will keine Ehe wie die meiner Eltern. Für Mutter war es ein freudloses Jammertal.«

Caroline erinnerte sich an die blasse Frau, die der Earl geheiratet hatte. Die älteste Tochter eines Dukes, die er sich um des Macht- und Gütergewinns willen geangelt und dann nach Meadowbrook abgeschoben hatte.

»Sarah –«

»Nein.« Sie holte tief Luft. »Ich werde meine Pflicht tun. Wirst du mir meine Schwäche verzeihen?«

Caroline fasste sie bei den Armen. »Es ist keine Schwäche. Ich …«

Wenn sie doch nur nicht den Fehler mit Patrick begangen hätte … dann hätte sie Sarah vielleicht in London zur Seite stehen können … um zu verhindern, dass dieses Fiasko von einem Wettstreit überhaupt stattfand. Sie hätte den Earl anflehen können, Sarah als ihre Gesellschafterin begleiten zu dürfen. Hätte …

Sie verdrängte den Gedanken eilig. Diesmal hatte sie die Chance, die richtige Entscheidung zu treffen und Sarah zu helfen, und sie würde es tun.

Caroline legte ihren Arm um Sarah. »Es wird sich schon alles zum Guten wenden. Ich lasse nicht zu, dass es in irgendeiner anderen Weise ausgeht als zu deinem Besten.«

Sie würde sie vor Männern wie Sebastien Deville beschützen. Würde sicherstellen, dass er und seinesgleichen nicht gewannen.

»Wie?«

»Mit Zauberei, wenn nötig.« Sie schenkte ihrer Freundin ein aufmunterndes Lächeln, welches Sarah zaghaft erwiderte.

Sarah wandte sich wieder dem Schauspiel auf dem Stallhof zu. »O nein. Da ist Lady Tevon.« Die Anstandsdame ließ mit angestrengter Miene ihren Blick über die Versammelten schweifen.

Sarah zupfte an Carolines Ärmel. »Wir sollten uns dazugesellen. Sonst macht sie Vater noch auf meine Abwesenheit aufmerksam, und er ist dann mit mir böse.«

Caroline öffnete ihren Mund, um ihrer Freundin zu sagen, sie könne gern gehen, wenn sie wollte, doch Sarahs flehentlicher Blick hielt sie zurück. Widerstrebend nickte sie. Es war viel zu spät für Vorwürfe. Viel zu spät, um ihrem Schicksal zu entrinnen.

Sobald sie aus dem Hain traten, erhellte sich Lady Tevons Miene, und sie winkte die beiden Frauen heran. »Lady Sarah, wo sind Sie denn nur gewesen?«

»Ich bin mit Caroline spazieren gegangen, während die Stallknechte die Pferde bereit machten.«

Lady Tevon bedachte sie mit einem tadelnden Blick. »Mrs. Martin, ich dachte, wir wären zu einer Übereinkunft gekommen, wie wir Sarahs Chancen am besten fördern.«

Ihre Chancen, unglücklich zu sein?, hätte sie am liebsten erwidert. »Ja, Lady Tevon«, sagte sie stattdessen, und ihr Tonfall war züchtig und einlenkend, auch wenn der Anlass dafür ein gänzlich anderer war.

»Wir waren schon vor Beginn der Runde hier«, sagte Sarah auf ihre schüchterne Art.

»Wir sind gerade zum rechten Zeitpunkt gekommen«, fügte Caroline so unbekümmert und unschuldig hinzu, wie sie es zuwege brachte.

Lady Tevon runzelte die Stirn, nickte, dann wandte sie sich wieder an Sarah. »Nun denn, ich schätze, dagegen ist nichts einzuwenden. Aber sehen Sie sich in Zukunft vor. Sie wollen doch nicht, dass die Wettstreiter denken, Sie würden sich vor ihnen verstecken, oder?«

Caroline hatte den Eindruck, dass die meisten Teilnehmer viel zu sehr damit beschäftigt waren, ihre Pferde zu tätscheln, zotige Witze zu reißen und die verfügbaren Frauen zu beäugen, um Sarahs Gegenwart auch nur zu bemerken oder sich darum zu scheren – nun, selber schuld. Sarah war ein weit kostbarerer Preis, als diese Männer verdienten.

Ihre Augen begegneten dem Blick zweier aquamarinblauer Augen, und plötzlich hörte sie nichts mehr außer dem Hämmern ihres Herzens. Es war wie das Glockengeläut, mit dem ihr letztes Stündlein schlug, das Versprechen eines qualvollen Todes, dort in den Tiefen von Sebastien Devilles Augen. Ein anzügliches Grinsen kräuselte seine Lippen, während seine Hand geistesabwesend mit den Zügeln seines Pferdes spielte.

Schweißperlen traten ihr auf die Stirn. Caroline nahm jeden letzten Fetzen ihrer Selbstbeherrschung zusammen und kehrte ihm entschlossen den Rücken.

»Nun, Lady Sarah, wenigstens zeigen Sie in Mrs. Martins Begleitung etwas mehr Esprit.« Lady Tevon fixierte Caroline mit ihrem Blick. »Sorgen Sie dafür, dass sie mit den Wettstreitern plaudert. Es kann nie schaden, dem Geschehen einen kleinen zusätzlichen Anreiz zu verleihen.«

Lady Tevon versuchte, diese Erklärungen im Brustton der

Begeisterung zu machen, doch leider verriet ihre Miene, dass sie selbst nicht an ihre Worte glaubte.

Caroline konnte sich einfach nicht erklären, warum niemand imstande schien, das warmherzige, wunderschöne Mädchen hinter Sarahs stiller Fassade zu sehen. Für sie war es offensichtlich, doch andererseits sahen Leute selten über das hinaus, was sie sehen wollten.

Caroline nickte Lady Tevon zu und strich mit beiden Händen ihren Rock glatt, in dem Versuch, sich zu beruhigen. »Der Ball sollte die perfekte Gelegenheit dazu bieten.« Sollte sie die Woche, *den Tag* überstehen, ohne auch noch die letzten Überreste ihres befleckten Rufes zu verlieren, wäre der Ball die perfekte Gelegenheit, um zu sehen, welchen Wettstreitern sie die weitere Teilnahme erlauben und welche sie zu vernichten suchen würde. Ein Name stand bereits unauslöschlich auf der letzteren Liste.

»Ganz richtig.« Lady Tevon stimmte da eindeutig zu. »Die Männer werden nach dem Wettkampf an diesem Nachmittag wie die Hähne umherstolzieren.«

»An den Start«, rief eine Stimme.

Die fünfzehn Reiter trotteten an die Startlinie. Caroline versuchte, die Mienen der Männer zu studieren, doch ihre Augen kehrten immer wieder zu Deville zurück, der völlig reglos auf seinem Pferd saß und wartete.

Ein Knall erscholl, und sechzig Hufe donnerten über die Erde. Die Reiter galoppierten den ebenen Schikane-Parcours entlang, tief über die Hälse ihrer Tiere gebeugt. Die besten Rösser und die erfahrensten Reiter lösten sich alsbald vom Pulk. Deville bildete mit drei anderen die Spitze – dem goldblonden Sloane, Lord Benedict und dem hakennasigen Mann, den Sarah inzwischen als Timothy Timtree identifiziert hatte. Devilles Pferd schwenkte nach rechts, und er streckte seine behandschuhte Hand nach einem Ast aus. Er musste den Ring zu fassen bekommen haben, denn ein paar der Reiter hinter ihm schwenkten zur entgegengesetzten Seite ab.

Caroline war den Parcours vorhin auf der Suche nach günstigen Gelegenheiten abgegangen – die weitläufigen Galoppstrecken waren ungeeignet, doch die Abstecher über Waldwege waren recht vielversprechend. Entlang der gesamten Strecke waren als Schikane Ringe platziert, sodass mehr als ein Teilnehmer die Chance hatte, sie zu greifen. Zwei Reiter, die nebeneinander dahingaloppierten, konnten jeder einen Ring von gegenüberliegenden Seiten greifen und damit einen Punktegleichstand erreichen. Die Männer, die den Parcours angelegt hatten, würden sich allerdings wundern, wenn sie die Ringe jetzt sehen könnten. Einige hingen an *etwas* anderen Stellen.

Sie hatte die Stallknechte belauscht, als diese sich ausführlich über die komplizierten Berechnungen zwischen der Zeit, in der das Rennen absolviert wurde, und der Anzahl der eingesammelten Ringe ausgelassen hatten. Die Berechnungen hatten sie nicht interessiert, die ungeteilte Aufmerksamkeit, die die Stallknechte der Unterhaltung und *nicht* den Stallungen schenkten, hingegen schon. Ihre Helfershelfer hatten keine Schwierigkeiten gehabt, ihre Aufgaben zu erfüllen.

»Was machen die denn nur?« Lady Tevon spähte durch ein Opernglas.

»Ich glaube, sie suchen nach den nächsten Ringen. Sie scheinen Schwierigkeiten beim Finden zu haben.« Caroline versuchte, ihr selbstgefälliges Grinsen zu unterdrücken. Sie versuchte es wirklich.

Die Männer bewegten sich kreuz und quer über die Wiese und rangelten dabei um die besten Positionen, während sie hektisch das Areal absuchten, wo die Ringe eigentlich gut sichtbar angebracht sein sollten.

Sarah bedachte Caroline mit einem fragenden Blick, dann

hob sie ebenfalls ein Opernglas an ihre Augen. Caroline tat es ihr nach.

Es herrschte ein völliges Durcheinander. Pferde wimmelten durcheinander, während ihre Reiter in den Büschen herumstocherten. Ein paar hoffnungslos Verwirrte kratzten ihre Hohlköpfe und trotteten ziellos umher. Genau betrachtet konnte ihnen nichts Besseres passieren. Man konnte es entweder als eine frühe Trennung von Spreu und Weizen oder als gute Übung für die Jagd, die in einigen Wochen stattfinden würde, betrachten.

Es überraschte Caroline nicht, als Deville die Hand ausstreckte und nach etwas griff. Bateman rammte von der Seite gegen ihn und hätte seinen Konkurrenten beinahe aus dem Sattel geworfen. Devilles Pferd ging unter ihm in die Knie, doch im allerletzten Moment lehnte der Reiter sich zurück, das Pferd richtete sich wieder auf, und sie preschten davon. Sloanes Hand schloss sich ebenfalls um etwas Glänzendes, und auch er sprengte auf das nächste Dickicht zu.

Der Rest des Pulks setzte ihnen nach. Auf halbem Wege zum nächsten Hain bog einer der Männer scharf ab und folgte den unberührt belassenen Markierungen der Rennstrecke auf das Ziel zu.

»Was macht Mr. Timtree denn da?«

»Schlau, schlau«, murmelte Caroline. »Er hat das Durcheinander gesehen und entschieden, auf etwaige Punkte für eingesammelte Ringe zu verzichten.«

»Was meinen Sie damit?«, fragte Lady Tevon barsch.

»Die Punktzahl des Gewinners berechnet sich aus der für das Rennen gebrauchten Zeit und der Anzahl der eingesammelten Ringe. Wenn die anderen zu lange brauchen, um die Ringe einzusammeln, kann Mr. Timtree einfach dadurch gewinnen, dass er als Erster die Ziellinie überquert.«

Einige andere Männer erkannten seinen Plan, unter ihnen

Benedict, der Timtree hinterher preschte, begierig darauf, sich die Strategie des anderen Mannes zu eigen zu machen.

Caroline sah, wie Devilles Blick Timtree und Benedict folgte. Deville könnte ihnen nachsetzen. Es war ein recht brillantes Manöver von Timtree gewesen. Es mochte sogar zu Devilles Vorteil sein, da er allem Anschein nach der bessere Reiter war. Und er hatte zwei Ringe, womit er Timtree und all den anderen, die ihm gefolgt waren, in der Wertung gewiss voraus wäre.

Männer von Devilles Couleur entschieden sich immer für den Weg mit dem geringsten Widerstand.

Er schwenkte in Richtung auf die Ziellinie. »Ich wusste es«, murmelte Caroline. Dann wandte sich der Kopf seines Pferdes auf das nächste Dickicht zu, und Ross und Reiter stürzten sich in die Büsche.

Caroline stand schockiert mit offenem Mund da. Ein Spieler. Eindeutig ein Spieler.

»Ich habe es dir ja gesagt.«

Caroline behielt ihr Opernglas vor ihren Augen und ignorierte Sarahs Geflüster, während sie angestrengt zwischen den Bäumen nach Bewegung Ausschau hielt. Einige der anderen Männer, einschließlich Bateman, folgten Deville blind. Sloane wählte seinen eigenen Weg.

Einige angespannte Minuten später brach Devilles Pferd wieder ins Freie durch. Sloane und Bateman donnerten hinter ihm her, die anderen folgten dicht auf ihren Fersen.

Alle Augen waren gebannt auf die Beute gerichtet. Das Rennen ging weiter, hin, her und um den Parcours herum. Die ungeübteren Reiter fielen immer weiter zurück oder entschieden sich gleich für den leichteren Weg und überquerten die Ziellinie, um sich im Mittelfeld der Rangfolge zu platzieren. Die Kühneren preschten voran. Als sie die letzten beiden Dickichte erreichten, die sich in der Nähe des Zuschauerbereichs befanden, verwünschte Caroline sich dafür, dass ihre Verstecke für die Ringe zu berechenbar geworden waren. Deville schien sie mit jedem Mal schneller aufzuspüren. Sie versuchte, ihren Blick von ihm loszureißen, doch es gelang ihr nicht.

Er beugte sich flink hinab und schnappte sich einen weiteren Ring, wobei er einem der anderen Wettstreiter hämisch zugrinste, während er ihm den Weg abschnitt, sodass der Mann schimpfend seine Staubwolke schlucken musste. Deville preschte zum nächsten Fähnchen. In Roseford hatte jede Linie seines Körpers förmlich hinausgeschrien, dass er ein Jäger, ein Raubtier war. Jedes fordernde Anschmiegen, mit dem sich sein Körper an den ihren presste, hatte ihn als einen Wüstling offenbart. Jetzt bestätigte jede Bewegung beides.

Er beugte sich weit vom Rücken seines Pferdes aus vor, einen seiner langen Arme ausgestreckt, und griff sich einen weiteren Ring. Als er wieder in den Sattel zurücksackte, riss er seinen Kopf hoch, und der Schwung ließ lange Strähnen seines Haars hochfliegen und ihm dann zerzaust ins Gesicht fallen. Ein heißer, sinnlicher Schauder lief Caroline über den Rücken. Deville schmiegte sich an den Hals seines Pferdes, sodass Mann und Ross zu verschmelzen schienen. Deville schüttelte seinen Kopf im Wind, und die zerzausten Strähnen fielen wieder an ihren Platz, während er auf die Ziellinie zugaloppierte.

Er gehörte zu der Sorte Mann, für die sie am empfänglichsten war. Caroline schluckte schwer. Das war offensichtlich.

Arrogant, geheimnisvoll und gefährlich. Sie musste ihn so schnell wie möglich aus diesem Wettkampf und aus ihrem Leben vertreiben.

Sebastien umrundete die letzte Biegung.

Herakles' Hufe donnerten über den Boden und ließen zu beiden Seiten Erde hochstieben. Sebastien beugte sich nach rechts und riss den letzten Ring von den Ästen. Ihm war einer entgangen, als Bateman ihn zum dritten Mal angerempelt hatte, aber dieser würde später noch für diese Taktiken bezahlen. Sebastien hörte Sloanes Pferd neben sich, doch er hatte keinen Blick für ihn übrig, während sie auf die Ziellinie zusprengten. Everly kam von rechts herangeprescht, und Bateman galoppierte quer von der Seite heran.

Bateman war zu weit abseits für einen erfolgreichen Endspurt. Er würde bestenfalls Dritter werden, wenn Timtree, der schlaue Hund, sie nicht alle geschlagen hatte. Und Benedict hatte jene Strategie eindeutig zu seinem Vorteile auszunutzen verstanden, wohl wissend, dass er nicht der beste Reiter war. Wenn Benedict ihn bereits in der ersten Disziplin schlug …

Sloane und Sebastien waren Kopf an Kopf auf der Zielgeraden. Zwei ausgezeichnete Reiter auf zwei ausgezeichneten Pferden.

Sie sausten über die Ziellinie.

Die Menge jubelte.

Sebastien ließ Herakles langsamer werden, lenkte ihn einmal in einem weiten Bogen herum und brachte ihn schließlich zum Stehen. Er warf seine Ringe auf den Boden – sieben. Und sah Sloane desgleichen tun. Sieben. Sloane schenkte ihm ein Grinsen, welches Deville unwillkürlich erwiderte. Die Erregung des Rennens strömte noch immer wie flüssiges Feuer durch seine Adern. Reiten war eines der wenigen Dinge, die ihn daran ermahnten, dass er lebendig war.

Die älteren Männer standen beisammen und protzten mit ihren täglichen Gewinnen. Sie verglichen Zeiten, Ringe und Punktewertungen. Sebastien tätschelte Herakles, stieg ab und ließ das Ross von einem der Stallknechte zum Abkühlen wegführen.

Schließlich kamen Fortunas Sieben zu einer Entscheidung, und Cheevers wandte sich zu der wartenden Menge um.

»Die erste Runde, und warum soll sie nicht in einem Unentschieden enden«, rief Cheevers. »Die Preisgelder für den ersten und zweiten Platz sowie die Punkte gehen zu gleichen Teilen an die beiden Sieger. Gut gemacht, Jungs.«

Sebastien schüttelte Sloanes Hand. Ein erster Platz, selbst geteilt, war ausgezeichnet. Er würde Sloane schon noch bei einem der späteren Wettkämpfe überrunden, dessen war er gewiss.

Timtree und sein dichtester Verfolger, Benedict, nahmen den dritten und vierten Platz ein. Die ersten drei der Rangfolge waren alle Bastarde – was die Waagschalen der offiziellen Punktewertung sehr zu einer Seite ausschlagen ließ. Deville und Timtree grinsten einander zu.

Timtree hatte sie beinahe allesamt mit seiner Strategie geschlagen. Wenn Sebastien nicht ausgeklügelt hätte, wie die Ringe platziert waren – immer an den unzugänglichsten Stellen, die sich finden ließen –, hätte Timtree gewonnen. Er wusste, dass Sloane die Verteilung ebenfalls durchschaut hatte. Die anderen hatten anscheinend weniger Glück gehabt, sondern waren nur im Schlepptau gefolgt, in der Hoffnung, einen Ring zu ergattern.

Everly und Bateman hatten jeweils zwei Ringe gefunden – sie hatten ungefähr auf der Hälfte des Parcours die Führung übernommen, bevor sie dann während einer weiteren Suche ihrerseits wieder überholt worden waren. Sie endeten auf dem fünften und sechsten Platz.

»Der Scherzbold, der für den Streich mit den Decken, den Sätteln und den Ringen verantwortlich ist … ja, gewitzt, gewitzt, aber ich möchte alle daran erinnern, dass jegliche Trickserei bei diesem Turnier mit Disqualifikation bestraft wird.« Es schwang ein stählerner Unterton in der Stimme des Earls mit. »Das Gleiche gilt für den unglücklichen Zwischenfall heute Morgen.«

Harriet Nokes Hand legte sich auf Sebastiens Schulter und strich an seinem Arm hinab. »Ich gratuliere.«

»Und Sloane wollen Sie nicht gratulieren?«

»Mmm. Vielleicht später. Ich habe mich schon immer mehr für die dunklen Elemente denn für die lichten Seiten interessiert.«

»Ja, ich erinnere mich.«

»Gut. Ich hoffe, Ihr *Gedächtnis* ist noch immer so beeindruckend, wie ich es in Erinnerung habe.«

Harriet war durch und durch eine Frau von Welt – eine, die es verstand, die Lust ins Unermessliche zu steigern, während sie gleichzeitig wusste, wie man verhütete. Und Benedict hatte schon seit Jahren ein Auge auf sie geworfen, daher erfüllte eine Tändelei mit ihr gleich mehrere Zwecke. Weshalb konnte er sich dann so gar kein Interesse abringen?

Ein flüchtiges Aufblitzen von blondem Haar erregte seine Aufmerksamkeit. Dann stand plötzlich die Schönheit von Roseford ein Stück abseits, die Hände in die Hüften gestemmt, herb und süß wie eine trügerisch zuckerige Leckerei.

Sein Blut pulsierte noch immer heiß vom Ritt. Von der Jagd. Angetrieben von der Aussicht auf eine weitere Jagd auf einem anderen Spielfeld, war es kaum verwunderlich, dass die Frau, die an seinem Arm hing, so wenig Reiz für ihn hatte.

Lady Sarah flüsterte der Blonden etwas zu.

»Schätzchen, kümmern Sie sich nicht um die kleine Braut. Da ist kein Werben nötig.« Harriet strich mit einer Hand an seinem Rock hinab.

Er schenkte ihr einen halb amüsierten, halb unmutigen Blick. Eine weitere Frau trat dazu und nahm die Konkurrenz abschätzend in Augenschein. Eine wachsende Apathie stahl sich über ihn.

Dann sah ihn die Blonde direkt an. Blaue Augen durchbohrten ihn, die gerade Nase rümpfte sich, als sie ihr Gesicht wieder abwandte. Sie machte ihm keine schönen Augen, sie säuselte nicht, sie hing nicht wie eine Klette an ihm, stattdessen forderte sie ihn heraus, dort hinüberzugehen und sie für jenen hochmütigen Gesichtsausdruck zahlen zu lassen. Sie abermals keuchen und stöhnen zu lassen, doch diesmal unter ihm.

Der Jagdinstinkt ergriff tief und brennend von ihm Besitz. Verdrängte seine Apathie – für die war nun kein Platz mehr.

Der Gedanke an sie ließ einen kribbelnden Schauder über seine Haut laufen. Er kratzte sich geistesabwesend seinen Handrücken, während die beiden Frauen vor ihm über irgendeine Belanglosigkeit zankten.

Es gab dieser Tage nur wenig, was Befriedigung versprach. Rache, Macht …

Die Jagd.

Ja, die erregende Jagd.

6

Das Turnier ist Londons, nein Englands am schlechtesten gehütetes Geheimnis, und jeder von Rang und Namen versucht, Einlass zu dem Spektakel zu erhalten. Einladungen nach Meadowbrook, Earl Cheevers' imposantem Herrensitz knapp außerhalb der Londoner Stadtgrenzen, sind die begehrtesten Prestigesymbole des Jahres. Wir hier bei der Times sind der Überzeugung, wenn sie den Wettkampf während der Saison abgehalten hätten statt im Sommer, wären die Ballsäle leer, die Bowleschüsseln trocken und der Heiratsmarkt geschlossen geblieben.

Oder vielleicht wäre der Heiratsmarkt auch einfach nach Meadowbrook umgezogen …

Ein Dutzend Diener eilten vor Caroline und Sarah den Pfad entlang. Beim Labyrinth trennten sich ihre Wege, die Hälfte hielt auf die Stallungen zu, die andere auf das Dorf. Weitere drei oder vier Dutzend wimmelten umher, verrichteten kleine Dienste und brachten Erfrischungen für die Gäste, die sich auf dem Rasen hinter dem Herrenhaus verlustierten.

Und doch hätte Caroline nicht mit Überzeugung sagen können, dass es genug Diener waren. Der Earl hatte für das zweimonatige Turnier hundert weitere Bedienstete eingestellt. Caroline hatte einen verstohlenen Blick in die Wirtschaftsbücher des Anwesens geworfen und hätte sich beinahe verschluckt, als sie die Ausgabenspalte für die vergangene Woche sah. Und so würde es noch sieben Wochen weitergehen?

Caroline schlenderte mit Sarah zwischen den Gästen umher, die es sich im Garten gutgehen ließen und die Gelegenheit nutzten, sich bei jenen Mitgliedern der feinen Gesellschaft einzuschmeicheln, die möglicherweise bald in der Welt aufsteigen würden. Einige der ernsthafteren Wettkampfteilnehmer hatten sich zurückgezogen, um sich auf die nächste Runde vorzubereiten, während andere sich mit ihren Bewunderern vergnügten.

Es ließ sich nur schwer sagen, was im Moment das packendere Spektakel war: die erwartungsvolle Spannung im Vorfelde der nächsten Runde – ein Fechtwettkampf, der in zwei Stunden stattfinden würde und dem die Turnierteilnehmer teils prahlerisch, teils nervös entgegensahen – oder der gesellschaftliche Wettbewerb, der in den opulenten Salons und den gepflegten Gärten ausgetragen wurde.

Auf einem kleinen Spielfeld fand ein erbittertes Cricketspiel statt, während gleich daneben Turniere in Paille-Maille, dem Wurfringspiel Quoits und Bowls ausgetragen wurden. Einige wenige Frauen beteiligten sich an den letzteren drei

Spielen, während eine größere Gruppe die Cricketspieler anfeuerte. Andere tratschten, nähten, malten oder stellten sich zur Schau. Die verbliebenen Gentlemen mischten sich unter sie, lobten überschwänglich künstlerische Ergüsse oder die anmutige Haltung und die Apfelbäckchen eines besonders reizvollen Exemplars.

»Das Haus platzt förmlich aus allen Nähten«, bemerkte Caroline. »Ich frage mich, wann der Earl anfangen wird, Gäste im Cottage oder in den Ställen unterzubringen.«

Sarah lachte. Sie hatte sich bei Caroline untergehakt. »Oder sie auffordert, ihre Zimmer zu teilen. Kannst du dir das vorstellen?«

»Nein. Ich habe gehört, dass Mr. Tenwatty Zimmer an Korrespondenten von der *Times* vermietet. Mrs. Tenwatty wird die Klatschkolumnisten ausbluten lassen.«

Sarah lachte. »Da könntest du gut recht haben.« Unvermittelt neigte sie ihren Kopf.

»Was ist?«

»Oh. Ich vermeinte, Mr. Deville schaue in diese Richtung.«

Carolines Herz schlug schneller, und der unvermittelte Taktwechsel ließ sie mit Sarah aus dem Tritt kommen. »Ist das so bemerkenswert?«

»Wenn er ein solches Gesicht macht, dann schon.«

»Was für ein Gesicht?«, fragte sie und versuchte dabei, so unbeteiligt wie möglich zu klingen.

»So eines wie die Katze, die gerade den Kanarienvogel verspeist.«

Caroline winkte ab und hoffte, dass ihre Miene nichts von ihrem Unbehagen verriet. »Wahrscheinlich hat er ein Auge auf Mrs. Noke geworfen.«

»Aber Mrs. Noke hat sich schon vor zehn Minuten zurückgezogen, um sich umzuziehen.«

Caroline schaute an der Fensterfassade hinauf, in der Hoffnung, dort eine Eingebung zu finden. Die Gardine, die in einem offenen Fenster wallte, schenkte ihr keine.

»Oh, jetzt schaut er wieder her«, sagte Sarah und reckte ihren Hals, um das Objekt seines Interesses zu finden. »Bei einem solchen Blick bekommt man gleich Herzklopfen.«

Caroline behielt ihren Blick starr nach vorn gerichtet. »Lass uns zum Cricketspiel gehen.«

Sarah sah sie verblüfft an – sie kamen gerade daher –, ließ sich aber von Caroline wieder in jene Richtung führen.

Und da war Sebastien Deville, stand ihnen mitten im Weg und gab vor, er würde dem Spiel zuschauen.

Sie wechselte die Richtung und zog Sarah mit sich. »Wir sollten uns mit Mr. Copley unterhalten.«

Sarah blinzelte verwirrt, folgte aber gehorsam.

Mr. Copley war ein charmanter Gentleman, doch er schien mehr daran interessiert, zu philosophieren und gedankenreiche Pausen zu machen, während derer sein Blick in die Ferne schweifte und er wahrscheinlich über das Leben sinnierte, statt der Braut Avancen zu machen. Die beiden Frauen zogen weiter.

Ein stattlicher Körper und der dazugehörige Schopf versperrten ihr dreist den Weg, und Caroline wich abermals seitlich aus. »Vielleicht sollten wir uns mit Mr. Copley unterhalten.«

»Wir haben uns gerade mit Mr. Copley unterhalten, Caro. Was ist denn bloß mit dir los?«

»Wie dumm von mir, ich meinte natürlich Mr. Yarking.«

Mr. Yarking war ein ungebildeter Geck mit leiernder Stimme und dünkelhaftem Gehabe, der sich am liebsten selbst reden hörte. Wenn sie nicht so angestrengt vorgegeben hätte, ihm ihre ganze Aufmerksamkeit zu schenken, damit ihre Aufmerksamkeit nicht *anderweitig* abwandern konnte, dann hätte Caroline es gewiss nicht geschafft, sich so lange auf die Zunge zu beißen und an den richtigen Stellen zu nicken. Was sie noch wütender auf Sebastien Deville machte. Um ihre Verärgerung zu dämpfen, setzte sie Mr. Yarking auf ihre Eliminierungsliste, obwohl sie das Gefühl hatte, dass sie sich bei diesem Mann jede Mühe sparen konnte. Er würde wahrscheinlich gar nicht erst sein Gemach verlassen, wenn sie dort einige Dienstboten mit der Anweisung einschleuste, ihm Fragen über ihn selbst zu stellen.

Sarah packte ihren Arm unvermittelt in einer Weise, die deutlich »Ich muss hier weg, sonst schreie ich« sagte, und die beiden Frauen entschuldigten sich eilig und traten den Rückzug an.

»Nun, meine Liebe, wenn du Mr. Yarking heiratest, dann musst du dir über außereheliche Affären wohl kaum Sorgen machen. Es sei denn, du betrachtest seine Liebesaffäre mit sich selbst als Ehebruch.«

Sarah kicherte.

Das Cricketspiel ging zu Ende, und die beiden Frauen schlenderten zum Quoits-Turnier weiter. Blaugrüne Augen fixierten Caroline über die Menge hinweg, und sie erschauderte. Er pirschte ihr nach wie einem Beutetier, und sie hatte keine Ahnung, was er mit ihr machen würde, sobald er sie in seinen Klauen hatte – und das war nur eine Frage der Zeit. Selbst mit den Hunderten von Gästen und Dienstboten, die auf dem Anwesen umherwimmelten, erschien es ihr wie ein trautes Stelldichein, wann immer sich ihre Blicke trafen. Würde er vor den Anwesenden damit prahlen, dass er sich wenige Tage zuvor über sie hergemacht hatte? Oder würde er sie einfach auf den Rücken legen und das Erlebnis wiederholen?

Sie biss sich auf die Unterlippe und versuchte mit aller Kraft, sich auf etwas anderes zu konzentrieren, als auf einen gewissen gut aussehenden, teuflischen Wettstreiter. Vielleicht konnte sie stattdessen ein Mittel ersinnen, mit dem sie ihn zur Strecke bringen würde.

Sie musste sich etwas einfallen lassen, irgendeine Entschuldigung, mit der sie ein drohendes Unheil verhindern könnte. Etwas, mit dem sie ihn aus dem Turnier befördern konnte, bevor er sie kaltstellte.

Sarah begann eine Unterhaltung mit einer der jungen Frauen, die gerade eingetroffen waren. Eine ehrbare, ihrem Alter entsprechende Gefährtin, ganz im Gegensatz zu den Frauen, die zuerst gekommen waren.

Caroline schaute zu dem offenen Fenster hinauf, dessen zarte Gardinen sanft im Windzug wallten. Wie eine geisterhafte Erscheinung.

Ein Lächeln kräuselte Carolines Lippen. Brillant. Sie stahl sich unauffällig an eine Gruppe älterer Frauen heran. Es brauchte nichts weiter als einen Keim, ein wenig Wasser, und dann konnte sie sich zurücklehnen und zuschauen, wie ihre Idee Blüten trieb.

Zwei Männer gingen an ihr vorbei, als sie sich den Frauen näherte, und sie rümpfte ihre Nase. Die Männer waren nicht wie Stallknechte gekleidet, doch ihr Gestank deutete auf einen Ausflug durch die Eingeweide der Ställe hin. Carolines Aufmerksamkeit kehrte zu ihrem Plan zurück – welcher unendlich aufregender war und bedeutend besser roch.

Sebastien betrat sein Gemach und machte sich sogleich mit einer Hand an seiner Krawatte zu schaffen, während er mit der anderen die Tür schloss. Die tiefen, schimmernden Farben hüllten ihn ein. Das Marineblau drängte ihn, bieder und hochnäsig zu sein, das Gold wisperte lautstark von opulentem Reichtum, der ihm gehören könnte, das Weinrot umschloss ihn mit unterdrückter, abgestumpfter Sinnlichkeit. Er zog die

Krawatte von seinem Hals und warf sie auf den Stuhl, damit sich sein Diener darum kümmern konnte, dessen Abwesenheit ungewöhnlich war, besonders da er das Programm des Turniers kannte. Die zweite Runde würde in einer Stunde beginnen.

»Grousett?«

Er ging auf den Salon zu, doch schon nach fünf Schritten blieb er wie angewurzelt stehen. Ein verräterischer, fauliger Stallgeruch schlug ihm ins Gesicht. Sebastien konnte in der Stille sein Herz schneller und schneller schlagen hören.

Er fluchte geharnischt und stürzte zu seiner verriegelten Reisetruhe. Er nestelte am Schloss, holte den verborgenen Schlüssel hervor und riss den Truhendeckel auf. Nach kurzem, hektischem Durchwühlen seiner Papiere seufzte er erleichtert. Sie hatten die Truhe nicht geöffnet.

Doch der Gestank blieb. Sebastien entdeckte einige offen umherliegende Blätter auf einem kleinen Beistelltisch, und er machte ein verkniffenes Gesicht. Er richtete sich aus der Hocke auf und fand sich unvermittelt vor den Büttenbögen wieder, ohne zu fühlen, dass sich seine Beine bewegten. Der Gestank wurde schlimmer. Seine Finger verharrten knapp über dem verkehrt herum liegenden obersten Blatt, dann ballte er seine Finger zur Faust. Er musste es nicht in Augenschein nehmen, um zu wissen, was er finden würde.

Dreckige Streifen waren über die geraden und geschwungenen Linien geschmiert. Über alle Buchstaben. Bis in jede Faser der Zeichnungen.

Dann endlich drang ein heftiges Klopfen in sein Bewusstsein.

Sebastien warf einen letzten Blick auf die ruinierten Zeichnungen, dann wandte er sich ab und ging zum Kleiderschrank. Er riss mit einem Ruck die Tür auf, und ein Mann und eine Frau fielen heraus, beide gefesselt und geknebelt.

Er zerrte den Stofffetzen aus dem Mund seines Leibdieners.

»Es wird nicht wieder vorkommen, Mr. Deville«, platzte der Mann heraus, sobald er von dem Knebel befreit war.

Sebastien registrierte mit einem einzigen abschätzigen Blick das fortgeschrittene Stadium der Entkleidung der Zofe sowie seines Dieners. »Sie wissen, was zu tun ist, Grousett.«

»Ja, Sir.«

Sebastien zerschnitt seine Fesseln. »Wann?«

Grousett löste die Fesseln der Zofe, und sobald sie befreit war, suchte sie ihr Heil in der Flucht. Sie stolperte zur Tür und stieß in ihrer Eile dagegen, bevor sie diese gerade weit genug aufriss, um hindurchzuschlüpfen und die Tür hinter sich wieder zuzuschlagen.

»Vor etwa einer halben Stunde.«

Flammender Zorn packte ihn. Die Täter hatte entweder gewusst, dass Sebastien erst später zu seinem Gemach hinaufgehen würde, was den Männern Gelegenheit gab, den Diener allein zu überrumpeln, oder sie hatten vorgehabt, Sebastien ebenfalls in den Kleiderschrank zu sperren. Wie auch immer, die Absicht war offenkundig gewesen, ihn für die nächste Runde aus dem Gleichgewicht zu bringen – oder ihn endgültig aus dem Turnier zu drängen.

»Dreiste Kerle«, grollte der Leibdiener und brachte seine Kleidung wieder in Ordnung. »Ich weiß genau, wen ich mir vorknöpfen muss.«

»Gut. Kümmern Sie sich darum. Ihren Herrn nehme ich mir persönlich vor. Ganz offen und direkt.« Er brauchte nicht zu fragen, wer hinter der feigen Tat steckte. Er wusste genau, wer dafür verantwortlich war. Er wusste, wie er zurückschlagen musste. Zu viele Zwischenfälle auf Harrow waren ihm eine teuer bezahlte Lektion gewesen und hatten ihn hart gemacht. »Oh, und Grousett?«

»Ja, Sir?«

Es war eine liederliche Tat und viel zu vertraut gewesen. Der Mann hatte keinen Stil, auch wenn er das zweifelhafte Geschick besaß, mit unfehlbarer Treffsicherheit Sebastiens Schwächen zu finden und diese auszuschlachten. Wahrscheinlich hatte er hämisch in sich hinein gekichert und das Ganze als eine Warnung gesehen. Er hätte nicht vergessen sollen, dass Sebastien schon seit Jahren aufgehört hatte, Warnungen zu geben. »Passen Sie auf, dass Sie nächstes Mal nicht so tief in einer Zofe stecken, dass Sie nicht mehr mitbekommen, was um Sie herum geschieht.«

»Ein scharfes Mädchen, Sir. Da kann ein Mann nur schwer widerstehen.«

»Keine Frau ist derartige Aufmerksamkeit wert.« Das Geschlecht einmal ganz beiseite, *niemand* war derartige Aufmerksamkeit wert, dass man darüber seine oberste Priorität vergaß. *Man muss immer zuerst an sich selber denken. Denn sonst tut es niemand.*

»Aber das Mädchen hat Beine –«

»Grousett?«

»Ja, Sir. Ich weiß, Sir.«

Niemand würde sich zwischen ihn und sein Ziel stellen.

Fechten war eine Kunst. Eine Kunst, die nicht zu Sebastiens Stärken gehörte. Doch er hatte immer die Anmut, die Gewandtheit, das Geschick und die Hinterlist bewundert, die das Fechten verlangte. Sloane, mit seinem berühmten persönlichen Fechtmeister, war ausnehmend begabt in diesem Sport. Nicht einmal Benedict oder Everly, denen an Angelos Fechtschule ähnliche Mittel zur Verfügung standen, konnten auf dem gleichen Niveau mithalten.

Das Publikum versammelte sich um den Paukboden, um die Wettstreiter in Augenschein zu nehmen und Wetten abzugeben, während die Wettkämpfer ihre Handgelenke lockerten, Paraden und Riposten ausführten und flinke Fußarbeit übten.

Der Marquess von Sloanestone trug eine selbstgefällige Miene zur Schau, als die Mannschaften ausgelost wurden.

Sebastien zog ein Los aus dem massiven Goldkelch, dessen geprägter Rand die scharfen Fänge zweier an den Seiten fortgesetzten Adlerkrallen bildeten. »Troubadoure«, stand verschnörkelt auf dem Pergament. Sloanes Mannschaft. Pech.

Doch das Turnier hatte zehn Runden, und jeder Glücksspieler wusste nur zu gut, dass man manchmal einen Pot verlieren musste, um einen größeren zu gewinnen.

Er stellte sich nach hinten und schaute zu, wie die anderen Männer einer nach dem anderen ein Los zogen und entweder eine Grimasse schnitten oder grinsten, während sie ihre Mannschaften verglichen.

»Barden, hier. Troubadoure, dort drüben.«

Sebastien ging auf die linke Seite und fixierte die Frauen im Saal. Auf den ersten Blick wirkte die große Gruppe vereint, doch bei näherem Hinsehen offenbarte sich eine deutliche Hierarchie, eine gewisse Spaltung der Ränge, und Lady Sarah schien in die hintersten Reihen abgedrängt, mit der Blonden an ihrer Seite.

Die Frauen würden niemals so unverfroren sein, Lady Sarah offen zu schneiden, doch es handelte sich deutlich um eine Fortsetzung der Ballsaison, und die Tochter des Earls hinterließ derzeit bei beiden Geschlechtern in ihrem gesellschaftlichen Zirkel keinen großen Eindruck. Doch hier ging sie etwas aufrechter, schien gelassener und ruhiger. Sebastien fragte sich, ob das an der Blonden lag. Sie hatte Rückgrat für zwei.

Benedict, der ein blaues Auge und eine dazu passende aufgeplatzte Lippe zur Schau trug, Bateman und Everly gehörten alle den Barden an. Parley, Sloane und Timtree wurden, wie Sebastien, für die Troubadoure ausgelost. Die anderen, obgleich manche von ihnen geschickter mit dem Degen umgehen konnten als seine Hauptkonkurrenten, waren Füllsel. Selbst wenn sie sich in dieser Disziplin hervortaten, spielte dies für das Turnier als Ganzes keine große Rolle.

Es war Pech, dass er nicht gegen Benedict antreten musste. Everly würde fraglos auf der Barden-Seite gewinnen und dann im Entscheidungskampf Sloane gegenüberstehen. Sebastien würde ihre Vendetta später fortsetzen müssen.

Der Wettstreit begann. Ein Mann von jeder Seite zog einen Namen aus dem Kelch. Bei einem Ausscheidungsturnier zählte jeder einzelne Zweikampf.

Bateman, der Attacken mit angewinkeltem Arm bevorzugte und damit seinem Gegner zu oft seine Angriffsziele präsentierte, musste sich schnell Everly geschlagen geben. Sloane machte mit Timtree kurzen Prozess.

»Zwei zu null.« Parleys zufriedenes Grinsen wurde einen Hauch selbstgefälliger und überheblicher. Der Glanz des Goldes, das protzige Flittern spiegelte sich in seinen ansonsten so glanzlosen braunen Augen.

Sebastien blickte nachdenklich drein. Ein Wettstreit innerhalb eines Wettstreits. Und diesmal stand es vier zu zwei für die rechtmäßigen Abkömmlinge.

Sebastien griff in den frisch durchgemischten Kelch und sah ein verschnörkeltes P unter dem Rand eines gefalteten Zettels hervorlugen. Er griff sich das Stück Pergament und reichte es Cheevers, ohne es auseinanderzufalten, während er nach seiner Beute Ausschau hielt.

»Deville gegen Parley.«

Er fixierte Parley mit seinem Blick, und seine Lippen kräuselten sich zu dem freudlosen Lächeln eines Sensenmannes, der nur seine Pflicht erfüllte. Parley hielt ihm ungelenk seine affektiert schlaffe Hand hin, und Sebastiens Grinsen wurde breiter.

»Dann wollen wir es mal zwei zu eins machen, was, Parley?«, murmelte Sebastien, während er die Hand des anderen Mannes in einem Schraubzwingengriff umfasste. Dann ließ er die Hand abrupt los und gab ein Zeichen mit seiner Klinge. Parley ging mit seinem Degen in Position, und nur ein leichtes Zittern verriet seine Nervosität.

Parley war ein annehmbarer Fechter, allerdings ohne Everlys Flair oder Sloanes überragende Kunstfertigkeit und Technik. Er vertraute zu sehr auf einstudierte Stellungen, Armhaltungen und simple Angriffskombinationen und besaß absolut keinen persönlichen Stil. Obgleich seine Fußarbeit angemessen flink war, bewegte er sich oft vorwärts, ohne einen entschlossenen Angriff zu wagen. Vorwärtsschritt, Vorwärtsschritt, Stich, Stich. Sebastien begann, mit ihm zu spielen, amüsiert und befriedigt von der Angst in Parleys Augen, als zunehmend offensichtlich wurde, dass er der Verlierer sein würde. Vielleicht würde der Mann es sich nächstes Mal besser überlegen, bevor er eine große Klappe riskierte.

Sebastien wechselte den Rhythmus, machte einen blitzschnellen Ausfallschritt nach vorn und erwischte Parley deutlich auf dem falschen Fuß. Plötzlich bemerkte er aus dem Augenwinkel ein Aufblitzen. Er parierte Parley und setzte zu einer Riposte an, als das Licht ihn direkt ins Auge traf und ihn blendete. Er konnte fühlen, wie Parley näher kam, spürte die Anspannung der Menge, die einen Treffer erwartete, doch die Bewegung vor ihm ließ einen Strahlenkranz aus grellen Farben um einen gleißend weißen Fleck aufflammen.

Etwas zischte durch die Luft, und Sebastien fintierte gekonnt nach links. Parleys Klinge sauste kaum zwei Zentimeter von seinem Bauch entfernt herab und stieß ins Leere, wo gerade eben noch Sebastien gestanden hatte.

Er zog seinen Degen hoch und versetzte Parley einen Stich, und diese Bewegung führte ihn aus dem blendenden Lichtstrahl. Eine Reflexion von einer abgekippten Scheibe des Fensters, oder böses Spiel? Er machte einen Schritt rückwärts und erlaubte Parley, seinen Scheinrückzug für eine Attacke zu nutzen. Er ließ sich von Parleys Klingenstößen weiter und weiter zurücktreiben, bis der Lichtstrahl Parleys Gesicht traf. Das gleißende Licht zuckte abrupt zur Seite. Also böses Spiel.

Sebastien machte einen blitzschnellen Ausfallschritt nach vorn, um Parley den Todesstoß zu versetzen, und während er seinen letzten Treffer landete, bedauerte er im Stillen ein wenig, dass die Klingenspitzen stumpf waren.

Parley stand neben der Fechtbahn und riss sich wütend die Handschuhe herunter, während die nächsten beiden in Position gingen.

»Das war nicht fair. Etwas hat versucht, mich zu blenden.«

»Mich *hat* etwas geblendet, Parley. Stellen Sie sich nicht so an.«

»Dann haben Sie mich mutwillig in die Richtung des Lichts gedrängt«, sagte Parley, und seine Worte troffen von Anklage und Trotz.

»Natürlich habe ich das«, erwiderte Sebastien in einem Ton, als würde er einem Zweijährigen etwas erklären. »Im Kampf nutzt man jede Taktik, die einem einen Vorteil verschafft. Jemand hat mich mutwillig mit dem Licht geblendet. Sie sind schlicht in seine Bahn getreten, ganz so, als wäre es ein Sonnenstrahl gewesen, der durch ein Fenster fällt. Ihre Unaufmerksamkeit ist Ihnen zum Verhängnis geworden.«

Parleys Gesicht lief noch roter an.

»Was haben Sie gesehen?«, fragte eine der Frauen den Popanz.

»Etwas Weißes. Wie ein Spiegel.«

»Ein Geist«, hauchte sie. Eine andere Frau kicherte nervös.

Ein Geist? Frauen waren manchmal wirklich sonderbare Geschöpfe. »Es war kein Geist«, erklärte Sebastien. Es war Arglist.«

»Der Geist hat versucht, ihn zu verwirren«, sagte die erste Frau zur zweiten.

Sebastien ballte seine Fäuste, denn gleich würde ihm der Geduldsfaden reißen. Er wandte seine Aufmerksamkeit den beiden Fechtern zu, während die Frauen über Geister tuschelten.

Das Fechtturnier ging weiter, die Mannschaften wurden nach und nach dezimiert, und in der vorletzten Runde stand Sebastien endlich Sloane gegenüber, dessen überlegene Treffsicherheit das Aus für ihn brachte. In der zweiten Paarung jener Runde wurde wie erwartet Benedict von Everly geschlagen. Benedict und Sebastien blickten sich in gegenseitiger Abneigung an. Sie beide würden den dritten und vierten Platz zugesprochen bekommen, abhängig davon, wer den letzten Zweikampf gewann.

Das Duell schleppte sich schier endlos dahin, und in der ganzen Zeit errang Sloane nur einen Punkt, während Everly keinen einzigen Treffer landen konnte. Sloane spielte offensichtlich mit Everly, erkundete seine Stärken und Schwächen. Sebastien lehnte sich an die Wand und wartete darauf, dass Sloane gewann, damit er sich seinen dritten Platz holen konnte. Ein weiterer Gewinn für einen Bankert. Ein weiterer kleiner Sieg, selbst wenn Sebastien nicht derjenige war, der ihn errungen hatte. Er sah seine Überlegungen auf den Gesichtern der anderen widergespiegelt. Hoffnungsvolle Aufregung gegen grimmige Verachtung.

Sein Blick wanderte zu der Blonden, die zusammen mit Lady Sarah von der Ecke aus zuschaute. Sie beobachtete das

Geschehen mit einem Ausdruck gebannter Konzentration auf dem Gesicht.

Plötzlich knackte es lautstark, und Sloanes Klinge löste sich von der Glocke am Griff und fiel klirrend auf den Boden.

Everly griff mit glühender Unerbittlichkeit an, nutzte das Pech seines Gegners aus, um Sloane einen Treffer zu versetzen.

Sloane blickte völlig perplex auf den zerbrochenen Degen. Leute am Rand des Paukbodens begannen zu tuscheln. Einige waren der Ansicht, dass Everly dieser Punkt nicht zuerkannt werden sollte, andere meinten, dass jedes Mittel zum Sieg recht sei. Die meisten schienen Letzterem zuzustimmen.

»Er ist ein Betrüger«, grollte Bateman.

»Er ist der Sohn eines Earls!«

»Sloane ist der Sohn eines Marquess. Das sticht einen Earl aus.«

»Er ist ein Bastard. Und wenn hier betrogen wird, dann von Ihrer Seite. Bastarde sind doch alle Falschspieler«, warf Parley ein.

»Bastarde sind alle Falschspieler? Was soll denn das heißen? Große Worte von einem drittgeborenen Sohn, der nicht besser als ein Hund ist«, bemerkte einer der Wettstreiter unter ferner liefen.

Parley schüttelte drohend seine Faust. »Immer noch besser als Sie, Sie räudiger Bankert.«

»Und was soll das heißen, ›unsere Seite‹? Wollen sich die Dritt- und Viertgeborenen bei diesem Turnier zu der Behauptung ›wir sind besser als ihr‹ versteigen?« Timtree schaute spöttisch drein.

»Besser als Sie allemal«, entgegnete Parley und blitzte ihn blutlüstern an.

»Sie sind so ermüdend.«

Die Väter schauten lechzend zu, was Sebastiens gereizte

Laune nicht gerade verbesserte, denn er war bereits auf die rechtmäßigen Söhne wegen ihrer spöttischen Bemerkungen wütend.

»Everly hat gewonnen«, rief ein Wettstreiter, dem Sebastien bislang keinerlei Beachtung geschenkt hatte.

»Everly hat einen Treffer gelandet, Sie viertgeborener Dilettant, er hat nicht gewonnen«, entgegnete Timtree.

Verärgert und ungehalten über das Ganze, ging Sebastien dazwischen und reichte Sloane seinen Degen. »Hier. Ich habe meinen überprüft, er scheint in Ordnung zu sein.«

»Vielleicht waren Sie es ja, der seine Klinge gelockert hat«, bemerkte Benedict.

»Machen Sie sich doch nicht lächerlich. Als ob ich Sloane anstelle von Everly, einem nichtsnutzigen Drittgeborenen, sabotieren würde.« Er sah Benedict herausfordernd an, und der andere Mann lief puterrot an.

Alle schrien wieder durcheinander, und im Saal brach völliges Chaos aus.

Caroline stieg die Stufen zum Haus des Junkers hinunter. Im Arm hatte sie einen Korb voller Zitronen, im Kopf hatte sie Pläne für das Dorffest, und die Entwürfe für die letzten beiden Turnierdisziplinen waren zusammen mit den Arbeitsanweisungen abgegeben worden. Beides verlangte gründlichste Vorbereitung. Sie hatten es erfolgreich so eingerichtet, dass das Dorffest während der zweiwöchigen Unterbrechung des Turniers stattfand. Cheevers hatte ihr versichert, dass die meisten Gäste dann abreisen würden. Das hoffte Caroline inständig, denn sonst würde ihr heimeliges Dorffest von feinen Leuten überrollt, die dort nichts zu suchen hatten.

Der Ball an diesem Abend würde nur so von solchen Leuten wimmeln.

Caroline verzog das Gesicht. Sie konnte zunehmend sehen,

dass das skandalträchtige Turnier Sarahs zukünftiger gesellschaftlicher Stellung Auftrieb geben würde, doch die Vorstellung, dass ihr ein Mann wie Deville als Ehemann aufgebürdet würde, wollte Caroline gar nicht gefallen.

Nein, sie würde sich nicht offen gegen das Turnier aussprechen, doch sie würde weiterhin Intrigen spinnen. Zuerst die Sättel, dann die Klingen, dann die Spiegel, dann der Geist, dann die Hosen, dann die …

Sie schmiedete munter weiter Pläne, während sie durch das Tal und dann den Hügel hinaufschlenderte. Ihr Blick war gedankenversunken auf den Boden gerichtet, und sie schenkte ihrer Umgebung kaum Beachtung. Sie folgte blind dem ausgetretenen Pfad vom Dorf zu ihrem Cottage. Ihre Füße kannten den Weg, ohne dass sie darüber nachdenken musste.

Es war ein gefährliches Spiel, auf das sie sich da einließ, indem sie in den Wettstreit eingriff. Die erste Runde war ein Spaß, eine Probe gewesen. Der Earl hatte sie nicht einmal schief angesehen, als er von den Streichen oder dem vertauschten Sattelzeug gesprochen hatte – manchmal unterschätzte er Frauen wirklich schrecklich, was ihr zum Vorteil gereichte.

Und da sich auch andere als Saboteure betätigten, und auf gemeinere Weise, als es ihr auch nur im Traum eingefallen wäre, waren Verantwortlichkeit und Schuld gut gestreut.

Sie näherte sich der römischen Ruine nahe der Hügelkuppe und stolperte, geistesabwesend wie sie war, über einen kleinen Stein. Eine Zitrone kullerte aus Carolines Korb und klatschte auf den Boden, wo sie aufplatzte und Saft verspritzte. Caroline bückte sich seufzend, um die Frucht aufzuheben.

»Ein wahrlich hübsches Panorama, aber wenn Sie sich nicht vorsehen, werden Sie sie alle verlieren.«

Drei weitere Zitronen fielen aus dem Korb, als Caroline mit einem Ruck hochschreckte. Sebastien Deville rekelte sich genüsslich auf einem der Steinbögen über ihr. Entsetzen fuhr ihr in alle Glieder. Alle Erinnerungen, alle Berührungen und Seufzer brachen über sie herein. Sie erstickte sie mit aller Gewalt.

Caroline schluckte schwer und nutzte ihre Entrüstung als Waffe, denn Angriff war die beste Verteidigung. »Kennen Sie denn keine Scham, Sir? Diese Bögen sind über tausend Jahre alt.«

Ein Bein schwang träge hin und her wie ein Pendel, welches dringend angestoßen werden musste. »So alt, wirklich? Und Sie waren also schon geboren, als sie erbaut wurden? Eine alte Jungfer wie Sie?«

Sie bedachte ihn mit einem strengen Blick. »Kommen Sie da herunter.«

»Vielleicht.« Er lächelte und schwang sein Bein hin und her, während er sich auf seine Hand stützte. »Ich habe auf Sie gewartet, und jetzt, da ich diesen reizenden Ausblick auf die Hügel und Täler Ihres Dekolletés habe, verspüre ich nicht die geringste Neigung, meinen Aussichtspunkt aufzugeben.«

Sie hielt instinktiv schützend ihre freie Hand vor ihre Brust. Alle Vernunft, über die sie verfügte, drängte sie zur Flucht, doch ihre Glieder schienen wie gelähmt.

Er beugte sich vor, seine Hände gespreizt neben seinen Schenkeln auf den Stein gestützt. Sein braunes Haar fiel ihm ins Gesicht. »Das ist jetzt aber wirklich nicht nett, mir so den Ausblick zu nehmen. Sollen wir Strohhalme ziehen, um zu entscheiden, ob ich hier herunterspringe oder ob Sie mir wieder Ihr reizvolles Panorama präsentieren?«

»Ich denke, ich verzichte.«

»Worauf?«

»Auf *beides*.«

»Vielleicht möchten Sie lieber hier heraufsteigen? Wir könnten gemeinsam die Standfestigkeit des Bogens überprüfen.« Sein Mundwinkel hob sich süffisant. »Letztens abends haben Sie die Bank auf eine harte Probe gestellt.«

Ihre Wangen glühten, und sie bückte sich eilig, um die aufgeplatzten Zitronen aufzuheben. »Ich weiß nicht, wovon Sie sprechen. Ich wünsche Ihnen einen guten Tag, Sir.« Sie machte Anstalten weiterzugehen.

»Wollen Sie wirklich schon weggehen?«, fragte er amüsiert. »Ich müsste meine Frage dann wohl vor den versammelten Gästen auf Meadowbrook wiederholen.«

Sie blieb stehen und drehte sich zu ihm um. »Ich kann einfach nicht glauben, dass ich – Sie sind ein *verderbter* Mann.«

Er schmunzelte anzüglich. »Ich glaube, Sie wollten wohl *wunderbarer* Mann sagen. Schließlich habe ich Ihnen bei Ihrer Zeichnung geholfen.«

»Sie haben sich zu Ihrem eigenen Vergnügen an mir vergangen.«

»Was für ein hässliches Wort. Ich sehe es lieber so, dass ich Sie überredet habe, sich zu *Ihrem* Vergnügen an meinem göttlichen Körper zu vergehen.« Sein Blick wanderte zu ihren Lippen. »Was Sie, wie ich mit Freude sagen kann, getan haben.«

Ihr klappte die Kinnlade herunter. Sie setzte wiederholt an, ihm eine gehörige Abfuhr zu erteilen, doch es wollte kein Laut herauskommen.

»Fangen Sie schon wieder Schmetterlinge?« Er schüttelte mit einem Ruck seines Kopfes das Haar aus seinen Augen. Die Strähne rutschte ihm sogleich langsam wieder ins Gesicht. »Wie hätten Sie es denn nun gern? Kommen Sie herauf, oder soll ich herunterkommen?« Es spielte ein ironischer Zug um seinen Mund. »Ich muss gestehen, beide Möglichkeiten haben ihren Reiz. Ich glaube, es wäre wirklich fairer, wenn wir es auswürfelten.«

»Ich verabscheue das Glücksspiel«, erwiderte sie spontan.

»Sie verabscheuen Glücksspiel? Aber das ist der liebste Zeitvertreib der Nation.«

»Das mag gern sein. Vielleicht sollten Sie zum Haus zurückkehren. Dort gibt es gewiss jede Menge abscheulicher Männer, die gern mit Ihnen wetten. Und Ihnen helfen, Ihren Besitz zu verspielen.« Ihre *Freundin* zu verspielen.

Seine Finger bewegten sich gedankenverloren auf dem Stein. Er wandte seine Augen ab, und sein Blick wurde matt. »So puritanisch, Miss Küchenmamsell? Sind Sie gegen all diese Dinge? Glücksspiel, Alkohol, den Geburtsstand eines Menschen?«

Zorn packte sie, doch wenigstens hatte er nicht ihren Namen herausgefunden. Erstaunlich. »*Mrs.*«

»Verheiratet? Noch besser.« Er zog einen Mundwinkel hoch.

Er war heute wirklich bestens aufgelegt, so als würde er sich ehrlich freuen, sie zu sehen, was natürlich lächerlich war – ihm lag genauso wenig an ihr wie ihr an ihm. Sein Blick war zum Glück noch immer verhangen und zynisch, was verhinderte, dass er unwiderstehlich war. Seine Ausbrüche von Esprit und Schöpfungsgabe faszinierten sie, doch seine Züge, die deutlich zeigten, dass er im Handumdrehen höhnisch und grausam werden konnte – was sein Ruf nur bestätigte –, stieß Caroline ab. Er erinnerte sie zu sehr an Patrick, bevor ein rachsüchtiger Ehemann ihm den Garaus gemacht hatte.

»Verwitwet«, sagte sie grimmig und bereute sogleich, dass sie überhaupt etwas gesagt hatte.

»Das wird ja immer schöner.« Sein Grinsen wurde breiter. »Und da Sie all uns Sünder auf Meadowbrook erwähnten, gehe ich wohl recht in der Annahme, dass ich das Vergnügen mit Caroline Martin habe, einer weit entfernten Verwandten, die auf dem Anwesen lebt. Also doch keine Küchenmagd.«

So viel dazu, dass er ihren Namen nicht kannte. Sie machte ein verkniffenes Gesicht. »Sehr gut, *Mr. Deville*. Und wenn Sie mich jetzt bitte entschuldigen würden, meine puritanische Seele möchte gern nach Hause gehen.«

Seine Lippen kräuselten sich sündig. »Jetzt, wo wir einander vorgestellt sind, wäre es doch schade, wenn wir uns so schnell schon wieder trennen würden.«

»Ich fände es nicht im Geringsten schade.«

»Ich weiß nicht, ob ich Ihnen das wirklich glaube. Nicht danach, wie Ihr Körper in Roseford reagiert hat.« Er reckte sich, und sein Hemd spannte sich über seiner Brust. »Was gibt es denn so Wichtiges, dass Sie völlig überstürzt nach Hause eilen müssen? Vielleicht kann ich Ihnen behilflich sein.«

Da sie damit beschäftigt war, Mittel und Wege zu seiner Vernichtung zu ersinnen, bezweifelte sie das. »Ich bereite ein Mittsommerfest für die Dorfbewohner vor. Möchten Sie Vorschläge machen, wo der Tanzbaum aufgestellt werden soll?«

Seine Augen funkelten spitzbübisch. »Ich hätte da den einen oder anderen Vorschlag, was die Unterbringung eines Baums anderer Art angeht.«

Sie sah ihn streng an. »Sie sind kein Gentleman.«

Sein Lächeln wurde anzüglicher, und sein Blick wurde verschleiert. »Bloß nicht.«

Er starrte sie an. Sie starrte zurück. Sie wand sich unbehaglich, gab sich aber bei diesem Blickduell nicht geschlagen. »Wollten Sie etwas, Mr. Deville? Oder möchten Sie mich heute Nachmittag einfach nur ärgern?«

Er sprang mit einem Satz von dem Bogen und landete katzengleich auf seinen Füßen. Caroline wich eilig zurück und verstreute in ihrer Eile ihre Zitronen. Mit zwei ausholenden Schritten war er bei ihr, und sie hielt sich unter Aufbringung all ihrer Willenskraft davon ab, einen Schritt zurück zu machen, wie ein Hase, der von einem Fuchs gejagt wurde.

»Mache ich Ihnen Angst, Caroline?«, fragte er unschuldig, doch seine Augen verrieten, dass er es besser wusste.

»Was für eine lächerliche Frage. Und ich habe Ihnen nicht erlaubt, mich beim Vornamen zu nennen.«

Sie bückte sich, um die heruntergefallenen Früchte aufzusammeln, ohne ihn dabei auch nur einen Moment aus den Augen zu lassen.

Er trat noch näher heran. Gefährliche blaugrüne Augen bannten sie. Belauerten sie, als wäre sie seine Beute. »Sie scheinen beunruhigt von meiner Gegenwart. Ich scheine eine recht aufreibende Wirkung auf ihre Nerven zu haben.«

»Meine Nerven sind völlig ruhig.« Sie umklammerte die letzte Zitrone fest mit ihrer einen Hand, den Korb mit ihrer anderen. »Ich bin einfach nur müde, und Ihre widerwärtige Gegenwart erfüllt mich mit dem Wunsch, ein ganzes Jahr lang zu schlafen.«

Er legte seine Hand auf die ihre. Caroline versuchte, ihre Hand wegzuziehen, doch sie war in Seide gefangen.

»Warum sind Sie dann immer noch hier?«

»Sie haben mich mit Ihren Drohungen zum Bleiben gedrungen. Es ist unhöflich von Ihnen, es anders hinstellen zu wollen.«

»Ausgezeichnet.« Und plötzlich war er nur noch einige wenige Zentimeter von ihr entfernt, beugte sich ganz dicht an sie heran, hob mit einem Finger ihr Kinn an. »Dann wäre es auch unhöflich, sich zu sträuben, wenn ich Sie jetzt küsse.«

Seine Fingerkuppe zog ihr Kinn zu ihm hin. Ein wohliges Gefühl durchströmte sie. Bannte sie wie einen Hasen, den der Fuchs in die Enge getrieben hatte.

Ihr Verstand drängte sie verzweifelt davonzulaufen. Sein Gesicht kam näher, das Aquamarinblau seiner Augen leuchtete strahlender, als sein Kopf den Blick auf die Sonne versperrte. Erregung pochte in ihrer Kehle, pulsierte weiter hinab bis tief in ihren Bauch, verbreitete Sinnlichkeit und angespannte Erwartung. Es war eine Erregung, die lange geschlummert hatte, bevor dieser Mann in ihr geordnetes Leben getreten war, und dann zu hundertfacher Stärke erwacht war.

»Hm … ich glaube, Sie haben keine Ahnung, wie verlockend Sie in diesem Moment aussehen.« Seine Lippen waren nur einen Atemhauch von ihren entfernt. Seine Stimme war tief und samten. »Ihre Augen sind fast schwarz vor Verlangen, das Blau ist wie von innen heraus verschluckt.« Der Finger wanderte an ihrem Kinn hinab zu ihrem Hals und weiter bis zu der Mulde an ihrer Halsbeuge. Sie hielt ihren Kopf stockstill, so als wäre der Mann ein Bildhauer und sie die Statue, die er erschaffen hatte.

Seine Wange strich sacht über die ihre, seine Lippen berührten wie ein Atemhauch ihr Ohr. »Möchten Sie jene Leidenschaft denn nicht wieder anstacheln, Caroline?«

»Nein«, flüsterte sie, auch wenn sie nicht wusste, wie sie es schaffte.

»Sind Sie sicher?« Die gewisperten Worte ließen die winzigen Haare in ihrem Ohr und in ihrem Nacken zu Berge stehen.

»Ganz sicher.« Ihr Herz schlug wie wild.

Er löste sich ganz langsam von ihr, und seine Miene verriet Befriedigung. Er glaubte ihr eindeutig nicht. »Ich glaube, ich könnte Sie gleich hier und jetzt nehmen. Könnte Sie gegen eine jener uralten Säulen lehnen und in Sie hineinstoßen, bis Sie zuckend und sich windend die antiken Götter um Erlösung anflehen. Ich glaube, Sie würden einfach Ihren Kopf in den Nacken legen und mich mit Ihrem Körper und Geist unbeschreibliche Dinge tun lassen.«

»Niemals.«

Er summte etwas. »Ja, natürlich würden Sie nicht passiv sein. Es würde mich kaum reizen, Sie gegen eine jener Säulen gelehnt zu nehmen, wenn Sie es wären.«

Sie drückte die Zitrone in ihrer Hand. »Ich meinte damit, dass Ihre kleine Vision niemals Wirklichkeit werden wird.«

»Das klingt mir doch sehr nach einer Herausforderung, Caroline. Nehmen Sie an dem Ball heute Abend teil?«

Sie versuchte, ihre Furcht zu verbergen. Er würde den ganzen Abend über mit ihr Katz und Maus spielen.

»Ich nehme das als ein Ja.« Er lächelte wissend und trat Schritt um Schritt zurück, ohne sie aus den Augen zu lassen. Selbst wenn er von ihr *zurückwich*, war er doch noch immer der Jäger, sie noch immer die Beute. »Ich sehe Sie dann heute Abend, meine Allerliebste.«

7

Erwachsene Frauen wurden dabei ertappt, wie sie auf offener Straße weinten, als sie keine Einladung zum ersten Ball des Turniers erhielten, welcher heute Abend stattfindet. Der Autor dieses Artikels war mit Freude und Bestürzung Zeuge, wie eine Countess von höchstem Rang und Ansehen in dem eleganten Putzmachergeschäft Chattery Hattery zusammenbrach, als ihr mitgeteilt wurde, dass ihr Name nicht auf der Gästeliste stand. Skandalöses Treiben ist heute Abend zu erwarten, wenn die verwegenen und charismatischen Persönlichkeiten, die an diesem Wettstreit teilnehmen, sich ein geselliges Stelldichein geben … bei dem Wölfe und Schafe sich mit einem Spiel amüsieren, welches die Schafe selten gewinnen …

Der örtliche Landadel und die Londoner High Society hatten sich in Scharen zu dem Ball eingefunden. Angesichts der lüsternen Blicke der Teilnehmer hegte Caroline die starke Vermutung, dass die freizügigeren Dorfmädchen das eine oder andere Schäferstündchen im Heu erwartete, wenn sie sich nicht vorsahen.

»Lady Sarah. Was für ein wunderschöner Abend.«

Der rothaarige Mann stellte sich zu ihnen, doch sein Blick

blieb auf Caroline gerichtet, selbst als er zu Sarah sprach. Ihr fielen die spöttischen Worte des Earls wieder ein.

»Mr. Everly«, sagte Sarah mit dem hohlen Lächeln, dass sie in Gesellschaft niemals ganz ablegen konnte. »Darf ich Ihnen meine Cousine Mrs. Martin vorstellen?«

Er verbeugte sich, ohne den Blick von ihr zu lassen. »Es ist mir ein Vergnügen.«

Caroline knickste artig und setzte ein Lächeln auf. »Ganz meinerseits, Mr. Everly.«

»Ich habe Sie mit Lady Sarah beim Pferderennen und beim Fechtturnier gesehen, aber ich glaube nicht, dass ich zuvor schon einmal das Vergnügen hatte, Ihnen zu begegnen.«

»Ich komme nur selten nach London.« Ihre unglückliche Entscheidung, mit Patrick durchzubrennen, sorgte dafür, dass sie in den feinen Kreisen nur selten empfangen wurde. Nur das Einwirken des Earls, der Patrick gezwungen hatte, sie zu heiraten, erlaubte ihr überhaupt, sich in diesen Kreisen zu bewegen.

»Sie haben nicht debütiert?«

»Nein, ich habe geheiratet, bevor ich meine Debütsaison hatte.« Höchstwahrscheinlich hätte sie sowieso keine Debütsaison bekommen, wenn man dem Earl Glauben schenken durfte. Er war zu jener Zeit außer Landes gewesen, was einer der Gründe dafür war, dass sie überhaupt hatte tun können, was sie getan hatte.

»Ah. Und Ihr Gatte …?«

Ihr aufgesetztes Lächeln wurde verkrampfter. Wie sehr sie doch diese Spielchen hasste. Und dass dieser Mann es wagte, sich vor Lady Sarahs Augen an sie heranzumachen, sprach Bände über seinen Charakter. »Verstorben.«

Das hörte er sichtlich gern, ganz wie sie erwartet hatte. Sie setzte ein strahlendes Lächeln auf. »Und wie kommt es, dass Sie hier auf Meadowbrook sind und an dem Turnier um die Hand von Lady Sarah teilnehmen?«

Sein kalkuliert gewinnender Blick wechselte zu Verblüffung, dann Unbehagen ob der neuen Richtung, die die Unterhaltung nahm. »Die liebliche Lady Sarah ist ein wahrlich unschätzbarer Preis«, sagte er mit einem gezwungenen Lächeln.

»Wie wahr, Mr. Everly.« Caroline lächelte Sarah zu, die unbeholfen und verschüchtert dabeistand. »Jene, die die Wahrheit dieser Feststellung erkennen, werden in der Tat einen unschätzbaren Preis erringen.«

Caroline tat so, als würde etwas auf der anderen Seite des Saals ihre Aufmerksamkeit erregen. »Oh, wenn Sie uns bitte entschuldigen würden, Mr. Everly. Lady Tevon scheint nach uns zu verlangen.«

»Aber natürlich«, sagte er eilig und sah mit einem Mal so aus, als könne er gar nicht schnell genug den Rückzug antreten.

Sarah hastete neben Caroline her von ihrem »Freier« weg. »O Caro.«

»Ssschh. Komm, lass uns bessere Gesellschaft suchen.«

»Bei den Leuten hier werden wir die kaum finden«, murmelte ihre Freundin.

»Um den armen Everly muss es heute Abend wirklich schlecht bestellt sein, dass er Sie so schnell vertrieben hat, Lady Sarah, Mrs. Martin.«

Die gefürchtete Stimme.

Die beiden Frauen blieben stehen und drehten sich um. Sebastien Deville lehnte an der Rückseite der Säule, an der sie gerade vorbeigekommen waren, sodass er vor ihren Blicken verborgen gewesen war. Der perfekte Platz zum Spionieren. Er hielt lässig ein Cognacglas zwischen seinen Fingern.

»Guten Abend, Mr. Deville«, sagte Sarah.

Deville verbeugte sich tief vor ihr und schenkte ihr seine volle Aufmerksamkeit, ganz im Gegensatz zu Everly. »Und auch Ihnen einen guten Abend, Lady Sarah. Es ist schon Wochen her, dass ich Sie zuletzt in London gesehen habe. Sie sehen heute Abend lieblicher aus denn je zuvor.«

Sarah errötete vor Vergnügen. Caroline spürte, wie auch ihre eigenen Wangen glühten, doch vor Zornesröte. Sarah sah in der Tat heute Abend ganz reizend aus. Lady Tevon mochte viele Fehler haben, doch sie besaß einen unübertroffenen Geschmack, was Mode anging, und hatte eine exquisite neue Garderobe für ihr Mündel ausgesucht.

Doch wie konnte er es wagen, Sarah mit seinem verlogenen Charme zu umgarnen.

»Vielen Dank, Mr. Deville. Sie sehen auch bestens aus.«

Er lächelte, vielleicht nicht ganz so anzüglich, wie er Caroline anlächelte, doch sie sah, wie Sarah noch roter anlief. »Eine erregende Jagd scheint mir immer zu bekommen.« Plötzlich fixierte er mit seinen aquamarinblauen Augen Caroline. »Mrs. Martin.«

»Mr. Deville.«

»Ich wusste gar nicht, dass Sie beide sich kennen«, sagte Sarah und schaute von einem zum anderen.

»Das tun wir auch nicht«, erklärte Caroline scharf.

Deville lächelte spöttisch. »Ach nein?«

»Nein.«

»Wie schade.«

»Komm, Sarah, lass uns Lady Tevon suchen.«

»Ja, husch, husch, *laufen* Sie nur.«

In Caroline sträubte sich alles, sie schubste Sarah aber weiter. Sarah stolperte nicht, denn ihre angeborene Anmut, die sich zeigte, wenn sie entspannt war, rettete sie. Sie hatte sich offenkundig so auf Caroline konzentriert, dass sie ganz vergessen hatte, nervös zu sein.

»Caro, was geht hier vor? Woher kennst du Mr. Deville?«

»Ein unglücklicher Umstand, das versichere ich dir.«

Sarah blieb im Schutz einer Topfpflanze stehen, eine gut abgeschirmte Stelle, zu der sie ihre Kenntnis des Ballsaals geführt hatte. »Erzähl es mir.«

Caroline winkte ab. »Unsere Wege haben sich gekreuzt. Ein dummer Zufall.«

Sarah sah sie forschend an. »O Caro, du verliebst dich doch nicht in ihn, oder?«

»Wie bitte?«, entfuhr es ihr, und sie war vor Entsetzen wie vom Donner gerührt.

»Bist du in Deville verliebt? Gott weiß, da wärst du nicht die Erste.«

»Sarah, mein Täubchen, ich würde mich eher in diesen Mr. Everly verlieben als in Mr. Deville.« Sie verlieh ihrer Stimme gerade eben die nötige Aufrichtigkeit. Im Geiste nickte sie bekräftigend.

»Nein.« Sarah schüttelte ihren Kopf. »Das glaube ich nicht. Die beiden sind aus gänzlich anderem Holz geschnitzt, auch wenn Everly sich wünscht, er wäre Mr. Deville ähnlicher.«

»Du *weißt*, dass ich mich nie in einen Mann von Mr. Devilles Sorte verlieben würde.«

Nicht noch einmal, blieb ungesagt.

Sarah kaute an ihrer Unterlippe. »Natürlich, Caro, natürlich. Aber Patrick –«

»War ein Fehler, den ich nicht zu wiederholen gedenke. Das habe ich dir schon oft gesagt.« Sie machte kehrt, um hinter der Reihe von Topfpflanzen in die andere Richtung davonzugehen, entdeckte jedoch, dass ein Stück weiter, verborgen in den Schatten, ein Mann stand und sie beobachtete.

»Gibt es denn kein Entkommen?«, schimpfte sie leise, doch nicht leise genug, wie es schien.

Der Mann hielt kapitulierend seine Hände hoch. »Verzeihen Sie mir, es war nicht meine Absicht zu lauschen, aber ich war hier, bevor Sie stehen blieben.«

Sarah reckte ihr Kinn vor. »Das ist – das ist noch lange kein Grund weiterzulauschen.«

Hocherfreut über die Reaktion ihrer Freundin schaute Caroline zu, wie der Mann ins Licht trat. Er sah recht ansprechend aus, mit glatten braunen Haaren und braunen Augen. Und er war auch recht angenehm im Umgang, soweit man das von irgendeinem Mann in diesem Turnier sagen konnte.

»Das stimmt, doch ich muss gestehen, ich war fasziniert.«

»Neugier ist keine Entschuldigung für unhöfliches Benehmen.« Sarahs Miene blieb trotzig.

Der Mann lächelte und streckte ihr seine Hand hin. »Ich habe leider niemanden, der mich vorstellen könnte, doch ich bin von dem brennenden Verlangen beseelt, mich Ihnen aller Unziemlichkeit zum Trotz selbst vorzustellen. Ich bin William Manning. Ich bitte vielmals um Entschuldigung, Lady Sarah.«

Sarah ergriff zaghaft seine Hand. »Mr. Manning.«

»Und Mrs. Martin.«

Carolines Verärgerung legte sich etwas, als der Mann seine Aufmerksamkeit sogleich wieder Sarah zuwandte. Sie konnte keinen Hinweis auf Falschheit an ihm entdecken, doch sie würde wachsam bleiben. Mitgiftjäger waren immer auf der Pirsch, und Caroline würde erst seine Motive ergründen müssen, bevor sie ihm über den Weg traute.

»Mein größter Wunsch war, von allen Anwesenden hier Ihre Bekanntschaft zu machen, Lady Sarah, und wie ich sehe, war mein Wunsch nicht unangebracht.« Seine Worte weckten Carolines Argwohn, doch sie konnte noch immer keinen Hinweis darauf finden, dass der Mann nicht aufrichtig war.

»Warum hatten Sie denn den Wunsch, mich kennenzulernen?« Ihre Freundin schaute verblüfft drein.

»Sie sind, zumindest zum Teil, der Grund für dieses Turnier, nicht wahr?«

Sarah verlor etwas von ihrem Schwung. »Ich glaube, ich bin mehr eine Randnotiz.«

William legte den Kopf schief. »Aber nicht, soweit es den König angeht, oder?«

Sie schaute einen Moment lang erschreckt drein, dann wurde ihre Miene argwöhnisch. »Wie kommen Sie darauf?«

Er schmunzelte. »Ich bin ein bloßer Beobachter. Ein unvoreingenommener Richter, wenn Sie so wollen.«

Caroline hatte William Manning noch nie zuvor gesehen, und doch kam er ihr irgendwie bekannt vor. Sie konnte nur nicht sagen, woher dieser Eindruck kam.

»Sie nehmen also nicht selbst an dem Wettstreit teil?« Sie hatte ihn nicht unter den Turnierteilnehmern bemerkt, doch wer vermochte schon zu sagen, welche neuen Teufeleien sie bei diesem Wettstreit noch erwarteten.

»Leider nein.« Er lächelte.

Dieser Mann war auf eine gänzlich andere Art gefährlich. Es ging etwas Friedvolles von ihm aus. Etwas Gesetztes. So als hätte er sein Innerstes erforscht und akzeptiert, was er dort gefunden hatte. Und mit diesen freundlichen Augen war er die Sorte Mann, dem man seine tiefsten Geheimnisse offenbarte.

Sarah schien das ebenfalls zu erkennen, denn ihre Miene wechselte zwischen Argwohn und Hoffnung hin und her. Argwohn, der aus Jahren enttäuschender Bekanntschaften geboren war. Hoffnung auf ein weiteres freundliches Gesicht in diesem ganzen Wahnsinn.

Williams Lächeln wurde strahlender. »Dürfte ich die Ladies begleiten, wo immer Sie auch hinmöchten?«

Caroline kam instinktiv zu einer Entscheidung. »Ja. Würden Sie uns vielleicht zur Tanzfläche geleiten? Die Musik fängt gleich an.«

Und wenn er ihrer Freundin an diesem Abend in irgendeiner Form wehtat, würde sie ihn in Stücke reißen.

Der amüsierte Ausdruck in seinen Augen schien zu besagen, dass er sich dessen vollends bewusst war. Was ihren Argwohn ebenso wie ihre Zuversicht wachsen ließ. Eine wahrlich sonderbare Mischung.

Er hielt jeder von ihnen beiden einen Arm hin.

»Und wo sind Sie her, Mr. Manning?«

»Aus London ursprünglich, doch ich bin erst jüngst aus den amerikanischen Kolonien zurückgekehrt. Im diplomatischen Auftrag des Königs.«

Der Saal füllte sich, als die Musiker ihre Instrumente stimmten.

»Wie faszinierend. Wohin führte Sie Ihre Reise?«, fragte Sarah.

Caroline behielt ein wachsames Auge auf ihre Freundin und ihren gemeinsamen neuen Bekannten, während sie gleichzeitig ihren Blick über die Menge schweifen ließ und das Gebaren all der »Freier« studierte und sie einteilte. Welche eingehender unter die Lupe genommen werden mussten, welche eine Neigung zum Trinken hatten oder dazu, über die Stränge zu schlagen.

Eine lang gezogene Geigennote verkündete den Beginn der Musik und des Tanzes. William Manning forderte Sarah auf, und sie mischten sich fröhlich in das Gemenge. Ein junger Mann forderte Caroline zum Tanz auf, doch sie lehnte ab und ließ sich stattdessen auf einen Sessel nahe der Ecke für die Matronen sinken. Ein guter Platz, um die jungen Mündel zu beobachten und den neuesten Klatsch auszutauschen.

Der perfekte Platz, um neue Intrigen einzufädeln.

Die älteren Matronen erhoben sich, und eine Gruppe von freizügigeren Frauen mittleren Alters nahmen ihre Plätze ein. Ein guter Querschnitt des Landadels der Gegend und der Londonerinnen. Alle ein wenig frivol.

»Eine gute Auswahl an Freiern für Lady Sarah. Können Sie

sich Sloane als Angehörigen des Hochadels vorstellen? Der Traumgemahl jeder Frau.«

»Sloane? Nein, Sebastien Deville«, trillerte eine andere Stimme. »Können Sie sich vorstellen, wie es wäre, wenn er der Mann wäre, der jeden Abend zu Ihnen nach Hause kommt?«

»Außer natürlich, dass es, sobald Sie mit ihm verheiratet wären, wohl kaum *Sie* wären, zu der er abends nach Hause käme.«

»Aber all diese Aufmerksamkeit für sich zu haben, selbst nur für einen flüchtigen Moment …«

»Mehr als einen flüchtigen Moment würde es auch nicht andauern. Deville gibt, nimmt und geht seiner Wege.«

»So wie ich gehört habe, ist das Geben und Nehmen jedes Quäntchen des nachfolgenden Herzeleids wert.«

»Dann sollten Sie einen Versuch mit ihm wagen, meine Teuerste. Auch wenn er sehr wählerisch ist. Durchaus überraschend, wenn man seinen unstillbaren Appetit auf Debütantinnen bedenkt.«

»Ich kann ein Loblied auf seine Vorzüge singen«, sagte eine aufreizende Frau, die Caroline auf den ersten Blick nicht mochte. Schamlos. Die Sorte Frau, die man entweder anziehend oder abstoßend fand. »Und ich werde sie bald wieder genießen.«

»Harriet, Ihre Vermessenheit ist ermüdend«, bemerkte eine andere Frau. »Mir wäre nicht aufgefallen, dass er Sie heute Abend auch nur eines Blickes gewürdigt hätte. Ich glaube, er hat eine andere Beute im Visier.«

»Wen?« Harriet schaute sich um, so als gäbe es keine Alternative für ihre Schönheit oder ihre Kunstfertigkeit. Ihr Blick blieb kurz an Caroline hängen, bevor sie sich wieder der Unterhaltung zuwandte. »Außerdem wird er diesen Wettstreit gewinnen. Und ich habe jedenfalls vor, mir einen Platz in seiner Nähe zu sichern.«

»Warum?«

»Haben Sie auch nur die leiseste Vorstellung, was ein Mann wie er mit dem Titel und der Macht, die er gewinnt, erreichen kann?« Verlangen und Gier schwangen in ihren Worten mit. »Er wird Berge versetzen.«

»Wann hätte Deville jemals Interesse daran gezeigt, der vornehmen Gesellschaft anzugehören? Er verabscheut sie.«

Harriet zuckte mit den Achseln, und ein vielsagendes Lächeln kräuselte ihre Lippen. »Sie sehen eben nur, was an der Oberfläche ist. Er wird gewinnen. Davon wird ihn nichts und niemand abhalten.«

Caroline war da anderer Ansicht. Sie hatte einige gut durchdachte Pläne, um Sebastien Deville vom Gewinnen abzuhalten.

»Ich bin immer noch der Meinung, dass Sloane eine reelle Chance hat. Und Lord Benedict hat ein ebensolches Verlangen zu gewinnen wie Deville, wenn nicht größer.«

»Und vergessen Sie nicht Timtree.«

»Amanda, Sie sind ja nur für Timtree, weil er mit Ihnen ein Schäferstündchen im Rosengarten hatte.«

Die Frau wurde rot, doch sie hielt ihren Kopf hoch erhoben. »Er hat sich bei dem Schikane-Rennen recht schlau angestellt.«

»Ja, aber was hätte er getan, wenn die Ringe an den richtigen Stellen platziert gewesen wären? Es braucht mehr als Schlauheit, um diese Art von Wettbewerb zu gewinnen.«

Eine Frau ganz dicht bei Caroline wandte sich an eine zweite. »Was meinen Sie mit ›den richtigen Stellen‹?«

»Die Ringe waren nicht da, wo sie hätten sein sollen. Es wurde als ein Streich abgetan.«

»Oh! Und die Degen auch?«

»Das war vermutlich auch ein Streich.« Die eine Frau wandte sich wieder der allgemeinen Unterhaltung zu, doch die andere, die Caroline näher war, schaute nachdenklich drein.

Caroline beugte sich zu ihr. »*Ich* habe gehört, der Cheevers'sche Geist stecke dahinter«, erklärte sie in verschwörerischem Ton.

Die Frau machte große Augen und schaute sich nervös um. »Der Geist? Die Gerüchte sind also wahr?«

»Selbstverständlich haben nur die *allerersten* Häuser Geister. Ein boshaftes Gespenst. Ich habe von einer der Zofen gehört, dass sie gesehen hätte, wie der Geist die Klingen berührte und ein Licht aufblitzen ließ. Lady Tevon sagte, sie habe gehört, dass der Geist auf dem Parcours des Schikane-Rennens gesehen wurde. Und Mrs. Dalworthy erwähnte, sie hätte eine gespenstische Erscheinung im Vestibül überrascht.«

Die betreffenden Frauen hatten natürlich nichts dergleichen gesagt. Doch das würde binnen einer Stunde keine Rolle mehr spielen. Nicht, nachdem sie so sorgfältig den Boden bereitet hatte, vor dem Fechtturnier, als sie die Saat ausgestreut hatte. Nun musste nur noch hie und da ein bisschen gewässert werden und …

Die Frau kam ins Grübeln. »Aber *natürlich*. Das muss es gewesen sein, was ich gestern Abend gesehen habe. Jetzt ergibt alles einen *Sinn*.«

Caroline nickte ernst. »Sehen Sie sich vor.«

»Oh, das *werde* ich.«

Und binnen einer Viertelstunde wurde diese Unterhaltung durch die versammelte Gästeschar weitergetragen. »Haben Sie schon gehört? Auf Meadowbrook spukt es. Es hat schon mindestens zehn Sichtungen des Gespenstes gegeben. Mrs. Kitchner sagt, der Geist sei in ihr Schlafgemach gekommen. Und dass er ihre silberne Haarbürste bewegt habe, *vor ihren Augen*, während sie am Frisiertisch saß.«

Bestens.

Die Frau, die das Gerücht »in Umlauf gebracht« hatte, war längst weggegangen, und eine andere hatte ihren Platz eingenommen. Sie wandte sich zu Caroline: »Ein Geist. Hat man da Worte?«

Caroline legte ihre Hand auf ihre Brust. »Einfach unglaublich!«

Und der Ball ging weiter. Caroline lehnte einen Tanz nach dem anderen ab, während Sarah weiterhin jeden annahm. Es lief ganz so, wie Caroline es geplant hatte, denn die Männer, die kamen, um sie zum Tanz aufzufordern, wandten sich stattdessen an Sarah. Dank ihrer anmutigen Bewegungen und geröteten Wangen, für die sie sich bei ihrem neuen Freund Mr. Manning bedanken konnte, der in unregelmäßigen Abständen für ein kurzes Geplänkel auftauchte, begannen nach und nach auch die anderen Männer, ein Auge auf Sarah zu werfen.

Der Ausdruck auf ihrem Gesicht verriet, dass die Kümmernisse von London so gut wie vergessen waren, zumindest für diesen Abend. Gut.

Doch Sarahs zukünftiges Glück bereitete Caroline weiterhin Sorgen. Sie beugte sich in allem den Wünschen ihres Vaters und würde niemals riskieren, ihn zu erzürnen. Als sie zum zweiten Mal mit William Manning tanzte, wuchs Carolines Ärger über den Earl. Er würde niemals zulassen, dass ein güterloser Titelloser seine Tochter heiratete. Und er würde sie niemals aus diesem Wettbewerb freigeben. Nicht, dass Sarah je aus eigenen Stücken aus dem Wettbewerb ausscheiden würde.

Caroline beobachtete das Treiben aus dem Schutz von Mannings Säule heraus, nachdem sie von einer weiteren Runde Geister-Klatsch im Damenzimmer zurückgekehrt war. Sie musste ihren Hut vor Manning ziehen – es war ein ausgezeichneter Platz, um zu sehen, ohne gesehen zu werden.

Ein Kribbeln lief über ihren Körper, als jemand hinter sie trat.

»Wollen Sie gar nicht tanzen?«, raunte eine Stimme.

Sie schaute zu, wie die Tänzer zusammenkamen und wieder auseinandergingen. Sie versuchte, ganz ruhig zu atmen. »Nein.«

»Wie schade.« Das Revers seines Rocks strich gegen ihre Schulter und über die Rückseite ihrer nackten Arme, als er sie umrundete. Caroline behielt ihre Augen starr auf die Tänzer gerichtet, während das Rauschen eines Sturmwindes auf Roseford durch ihren Kopf wisperte.

»Mir fällt auf, dass Sie ebenfalls noch nicht das Tanzbein geschwungen haben, Mr. Deville. Wollen Sie sich keine Blöße geben?«

»Ist das ein Angebot, sich persönlich von meiner Fertigkeit zu überzeugen?«

»Es war nur eine Beobachtung und eine Frage.«

»Feigling.«

Es lag etwas Lockendes, Sinnliches in der Luft und legte sich über ihren Zorn, zog sie gegen ihren Willen zu ihm. »Sie waren heute Abend in aller Munde. Man erzählt sich, dass Sie Jagd auf Debütantinnen machen und sich der Frauen entledigen, als wären es zerschlissene Taschentücher. Ich täte besser daran, überhaupt nicht mit Ihnen zu reden.«

»Oh, *Ihrer* würde ich mich niemals entledigen, Caroline.«

Die von einer erotischen Spannung aufgeladene Luft rieb über ihre nackte Haut. »Ich werde Ihnen kaum Gelegenheit dazu geben.« Sie bewegte sich verstohlen aus dem Schutz der Säule, sodass man sie sehen konnte und sie von seiner plötzlich erdrückenden Nähe befreit war.

»Haben Sie Angst um Ihren Ruf?«

»Vielleicht sollten Sie sich mehr Sorgen um den Ihren machen.«

Er lächelte verwegen. »Aber wo bliebe dann der Spaß?« Er zog einen Zigarillo aus der Innentasche seines Rocks.

»Sie haben doch wohl nicht vor, das abscheuliche Ding hier drinnen zu rauchen?«

»Wenn mir der Sinn danach steht, ja.« Er klopfte mit der Spitze auf seinen Ärmel.

Caroline machte ein verkniffenes Gesicht. Ihre Verärgerung war umso stärker, je weiter sie von ihm entfernt war. »Sie sind kein Gentleman.«

»Ich glaube, das haben wir bereits festgestellt. Und es ist auch gut so, denn ich glaube nicht, dass Sie viel auf mich geben würden, wenn ich es wäre.«

»Was für eine lächerliche Bemerkung.« Sie räusperte sich, denn sie hatte plötzlich einen Kloß im Hals.

»Aber es stimmt, oder nicht? In der Gegenwart von Männern wie Everly und Manning halten Sie Ihre Knie fest zusammengepresst, denn sie sind Ihnen zu affektiert oder zu gentlemanlike. Oh, aber Sie *mögen* höfliches, zuvorkommendes Benehmen ja, nicht wahr?«

Er zündete den mit Nelken aromatisierten Zigarillo an. Caroline starrte ihn ungläubig an, während er Rauch ausstieß.

Rauchen. In einem Ballsaal.

Gewiss, im Moment konnte ihn niemand sehen, doch irgendwie hatte Caroline nicht das Gefühl, dass ein Publikum den geringsten Unterschied für ihn bedeuten würde.

»Das tue ich, und Gentlemen rauchen nicht in Ballsälen. Selbst *Rüpel* rauchen nicht in Ballsälen.«

»Ich schätze, das macht mich dann wohl zu einem Heiligen.« Er lächelte und lehnte sich lässig gegen die Säule, die Füße an den Knöcheln überkreuzt.

Caroline verschränkte ihre Arme vor der Brust. »In einer Welt der Sünder würde man Sie gewiss als einen verehren.«

»Dann willkommen im Paradies.« Er breitete seine Hände

aus und wedelte mit seinem Zigarillo, als würde er einen Segen sprechen.

»Sie sind bewusst abscheulich.«

»Ich denke, wir haben bereits festgestellt, wie unendlich ermüdend es ist, gut zu sein.«

»Und warum das?« Sie legte ihren Kopf schief, und ihre Verdrossenheit über die Gefühle, die er in ihr weckte und die so ganz ihrem gesunden Menschenverstand widersprachen, ließ sie ihm entgegenschleudern: »Alles aus Rache an ihrem Bruder?«

Sein Blick wurde stechend, und sein überkreuzter Fuß begann, einen schnellen Rhythmus auf dem Parkett zu trommeln. Ein Rauchfähnchen stieg kräuselnd auf.

»Oder um die Aufmerksamkeit der feinen Gesellschaft auf sich zu ziehen?«, fuhr sie fort.

Die geflüsterten Geständnisse eines Mannes, der erzählte, dass er vor langer Zeit davon geträumt habe, sich in einen Sperling zu verwandeln und davonzufliegen, gingen ihr durch den Sinn. Ein Wunsch, der eher zu der Person passen wollte, als die er sich ihr auf Roseford präsentiert hatte und den sie so gar nicht mit dem gewieften Salonlöwen vor sich in Einklang bringen konnte.

»Wohl kaum.«

»Dann eben, um das Interesse Ihres Vaters zu erregen?« Sie musste dafür sorgen, dass er ihr vom Leib blieb, dass er sie nicht so durcheinanderbrachte.

Es blitzte etwas in seinen Augen auf, das sie nicht zu deuten vermochte. »Ich ahnte gar nicht, was für ein durchtriebener Verstand sich hinter jener eisigen Fassade verbirgt, Caroline.«

Ihren Namen so gedehnt von seinen Lippen zu hören, ärgerte sie nur noch mehr.

»In jedem Gerücht steckt ein Körnchen Wahrheit. Und wie

ich höre, muss Ihr Vater ständig Ihre Schandtaten wieder in Ordnung bringen. Sie riskieren mit Ihrem Benehmen also gar nichts, außer sich seine Aufmerksamkeit zu sichern.«

Er stieß ein hässliches, verbittertes Lachen aus. »Dummes Ding. Haben Sie das gehört? Ein Körnchen Wahrheit in den Gerüchten?«

Er stieß sich von der Säule ab und stand plötzlich direkt vor ihr, drückte eine unsichtbare Wand gegen ihre Brust. »Nun, ich habe gehört, Sie seien eine frigide Eisprinzessin«, sagte er, und die letzten Silben zischelte er wie eine wütende Schlange. »Wenn ich nicht mit eigenen Augen gesehen hätte, wie Sie letzte Woche *mitgegangen* sind, würde ich es sogar glauben.«

Er lehnte sich zurück und streifte Asche in den Blumentopf ab, der sie vor den Blicken der anderen Gäste verbarg.

Caroline erstarrte. Sie nickte knapp, machte auf dem Absatz kehrt und marschierte schnurgerade zu ihrem Platz nahe der Tanzfläche zurück. Dort fand man sich gerade für das nächste Stück zusammen, und Sarah hatte einen Tanzgefährten. Die alten Jungfern und Matronen gackerten wie eine Schar Hühner. Sie ließen sich wahrscheinlich über Sebastien Deville oder jemand ebenso Abstoßenden aus.

Ein Mann trat neben sie. »Mrs. Martin, würden Sie mir die Freude machen –«

»Ja«, raunzte sie und packte den überraschten Mann am Arm. Er fasste sich eilig wieder und hastete mit ihr auf die Tanzfläche.

Die ersten Schritte der Quadrille begannen, und jede Drehung erlaubte Caroline einen freien Blick quer über die Tanzfläche und in die Augen eines in eine Wolke aus Höllenfeuer gehüllten Dämons.

8

Werte Leser, als wir Ihnen die Hauptpersonen bei diesem Turnier vorstellten, wurde viel über die Beziehungen zwischen den Männern, die den Wettstreit ins Leben gerufen haben, und ihren um den Sieg kämpfenden Sprösslingen gesagt. Viel stand in der Vergangenheit in dieser Kolumne zu lesen – speziell Klatsch über die verschiedenen Mitglieder von Fortunas Sieben und ihre Nachkommen –, doch es muss auch etwas zu jenen Mitgliedern gesagt werden, welche beschlossen haben, sowohl ihre nachgeborenen rechtmäßigen Söhne als auch ihre unehelichen Söhne gegeneinander antreten zu lassen. Hier kündigt sich eine epische Schlacht vom Feinsten an, und man muss sich fragen, was einen solchen Mann antreibt, der bereitwillig die Lunte entzündet …

Sebastien drückte seinen Zigarillo in dem Blumentopf aus und atmete verärgert tief durch, als die Tänzer sich ein weiteres Mal drehten und er einen flüchtigen Blick auf einen hellblonden Schopf erhaschte.

»Da sind Sie ja.« Timtree kam zu ihm herüber. »Im kleinen Salon läuft ein Kartenspiel.«

Er zog seine Braue hoch. »Und?«

»Es geht um viel Geld.«

Sebastien bezweifelte das, doch da die Quadrille noch weitere zehn Minuten andauern würde und ihm nicht sonderlich der Sinn danach stand, seine Beute in den Armen eines anderen zu sehen, folgte er Timtree. »Warum fordern Sie gerade mich auf mitzumachen?« Timtree hatte gegen ihn immer Pech beim Kartenspiel.

»Oh, ich spiele nicht mit.« Er bedachte Sebastien mit einem verschlagenen Blick. »Aber Lord Benedict schon. Und der

Duke. Sein Eintreffen wurde gerade ausgerufen. Er ist einen Tag früher als erwartet aus London zurückgekehrt.«

Das war Sebastien entgangen. Das musste geschehen sein, als er sich mit Caroline unterhalten hatte.

»Sie haben mir den Abend verschönt, Timtree. Ich kann gar nicht sagen, wie dankbar ich Ihnen bin, dass Sie stehenden Fußes gekommen sind, um mich zu holen.«

»Jaja, es reicht.« Sein verschlagener Blick kehrte zurück. »Doch mit den Leuten, die dort im Salon versammelt sind ... da bietet sich so manche Gelegenheit für einen erinnerungswürdigen Abend.«

Timtree war der geborene Anstifter. Er besaß eine grausame Ader, was ihn zu einem ausgezeichneten Verbündeten, doch auch zu einem unerbittlichen Gegner machen konnte.

Es gab bereits sechs volle Tische. Sebastien zündete sich einen weiteren Zigarillo an, nunmehr erlaubterweise in der Bastion des Spielzimmers. Auch wenn es bei Weitem nicht so amüsant war wie Carolines entsetztes Gesicht zu sehen.

An dem Tisch mit Benedict, dem Duke, Cheevers und Petrie hatte das Spiel bereits begonnen. Benedict und Petrie spielten als Paar. Sebastien hielt sich mit einiger Mühe davon zurück, eine Grimasse zu schneiden, und bedachte stattdessen Timtree mit einem vielsagenden Blick, welchen dieser mit einem unverfrorenen Grinsen erwiderte. Timtree hatte also ganz genau gewusst, wie die Sache laufen würde. Der Bastard.

Sebastien steckte seine freie Hand in seine Hosentasche und lehnte sich abwartend gegen eine Bücherwand. Er rauchte, während Timtree einen laufenden Kommentar zum Geschehen abgab. Sie spielten beide ihre jeweilige Rolle, während sie auf den Beginn des nächsten Aktes warteten.

Der Duke machte eine kaum merkliche Geste mit seiner Hand, und Petrie entschuldigte sich aus der Runde. Der Duke winkte Sebastien heran.

Timtree grinste hämisch und zog sich in eine der verrauchten, schummrigen Ecken zurück, während Sebastien seinen Platz am Tisch einnahm.

Er setzte sich Benedict gegenüber und sah den Groll in den Augen seines Halbbruders. Sebastien lächelte nur, was Benedicts Zorn nur noch mehr erregte.

Cheevers drehte vier Karten um, um den Geber zu bestimmen. »Wie geht es Lord Grint?«

Sebastien beobachtete das Gesicht seines Gegenübers. Wenn es einen Menschen gab, den Benedict mit der gleichen Inbrunst hasste wie Sebastien, dann war es der Stammhalter des Dukes.

»Ihm geht es gut. Ich hätte ihn gern mit Ihrer Tochter verheiratet, aber er möchte sich nun einmal erst einen Namen im Parlament machen. Der Junge ist ein schlauer Kopf, wenn es um Politik geht.«

Cheevers nickte. »Auf ihn können Sie mit Recht stolz sein.« Die unausgesprochene Folgerung, dass er der Einzige war, auf den der Duke stolz sein konnte, entging Benedict nicht, und Sebastien sah, wie sich seine Schultern anspannten. Getrieben von einem winzig kleinen Quäntchen Mitleid, so winzig klein wie ein Staubkorn, aber nichtsdestotrotz unleugbar, senkte Sebastien seinen Zigarillo unter die Tischkante, ließ die Asche auf den kostbaren Läufer fallen und trat sie dann mit seinem Stiefel in den Flor.

»So wie Sie auf Ihren Sohn stolz sein können. Jungen können recht schwierig sein.«

Sebastien warf eine Karte auf den Tisch und überschlug kurz im Kopf, wie viel es seine neue tugendhafte Rolle kosten würde, wenn er den beiden Männern stattdessen sagen würde, was sie ihn mal könnten.

»Wenigstens haben Sie nur männliche Kinder, so ungebührlich sie sich auch benehmen mögen, anstatt vermaledeite Frauenzimmer«, bemerkte Cheevers.

»Sie haben eine Tochter, Cheevers, und dazu noch ein Vorbild sanftmütiger Sittsamkeit. Was haben Sie da schon zu klagen?«

Cheevers fuchtelte abfällig mit der Hand, in der er seine Karte hielt, bevor er diese ausspielte. »Setzen Sie eine in die Welt, dann können Sie es mir selbst sagen.«

Sebastiens und Benedicts Blicke trafen sich zufällig, und die gespiegelten Gefühle in ihren Augen verwandelten sich blitzschnell in Abneigung.

»Lady Sarah ist eine ganz reizende junge Lady«, sagte Benedict einlenkend. Der Speichellecker.

Der Duke spielte seine Karte aus. »Ja, Sie ist eine Bereicherung für das Turnier, Cheevers. Fügsam und gutmütig.«

»Sie tut, wie ihr geheißen wird, aber bei Frauenzimmern kann man sich da nie sicher sein.«

»Manchmal sind es die Stillen, die einen besonders nervös machen.« Sebastien spielte aus und gewann den Stich. »Sie könnten ein Komplott zum Umsturz Englands schmieden, und man würde es ihnen nicht anmerken.«

Benedict schnaubte verächtlich. »Nein, Sie wären zu sehr unter ihren Röcken beschäftigt.«

»Aber, aber, Benedict, mit Ihrer Erziehung ist es wohl nicht weit her«, gab er zurück, während er betont gelassen seine Karten studierte.

Der Duke zog eine Augenbraue hoch.

Sebastien zog ungerührt ebenfalls seine Braue und spielte für den nächsten Stich aus. »Lady Sarah könnte genau in diesem Moment ein Komplott schmieden, das Ende der Welt herbeizuführen.«

»Wenn sie das täte, dann gewiss nur unter jemand anderes Anleitung«, murmelte Cheevers so leise, dass Sebastien nicht sicher war, ob er auch richtig gehört hatte.

Benedicts Miene konnte nicht seine Schadenfreude verhehlen, als Cheevers bediente. Ganz ehrlich, war der Mann denn ein völliger Schafskopf? Nein, Sebastien kannte die Antwort darauf bereits. Natürlich würde Sebastien nach Benedicts Spiel drei Stiche zuvor diese Farbe ausspielen. Ungeachtet seiner Abneigung für seinen Spielpartner, verstand Sebastien sich aufs Gewinnen. Und wenn es ihm schon gegen den Strich ging, von Benedict geschlagen zu werden, war es ihm doppelt zuwider, den Duke und Cheevers gewinnen zu lassen.

Benedict war kein schlechter Kartenspieler. Sebastien hatte ihn gegen andere spielen sehen, und er schlug sich recht wacker. Doch es mangelte ihm an Finesse, und er konnte Sebastien nicht das Wasser reichen, denn er ließ sich von seinen Gefühlen lenken, und die Stärke seines Blattes ließ sich mühelos von seinem Gesicht und seinem Gebaren ablesen.

»Haben Sie Ihre Wetten gesetzt?«, fragte Cheevers den Duke.

»Ja, das habe ich.«

»Und worauf haben Sie gewettet, Vater?«, fragte Benedict dümmlich. Sebastien hätte am liebsten über den Tisch gelangt und ihm eine Ohrfeige dafür versetzt, dass er so bereitwillig in die Falle getappt war.

»Auf den Ausgang des Turniers natürlich.«

Benedict öffnete seinen Mund, und Sebastien konnte es nicht länger ertragen: »Benedict, fragen Sie nicht weiter, so Sie nicht wissen wollen, wie gering der Duke Sie schätzt.«

»Aber, aber, Sebastien. Du kannst wohl kaum wissen, was er fragen wollte oder wie ich antworten würde«, murmelte der Duke, und seine Augen blitzten zornig. Er war verärgert darüber, dass ihm sein kleines Spielchen verdorben worden war.

Sebastien zündete sich einen neuen Zigarillo an. Er würde gewiss einen Tag lang nicht atmen können, nachdem er den ganzen heutigen Abend über wie ein Schlot geraucht hatte. Doch sonst hätte er jemanden in der Luft zerrissen. Er wedelte den Rauch mit fuchtelnder Hand in Benedicts Richtung. »Dann nur zu. Sie haben ja noch nie den Unterschied zwischen einem guten Rat und einem Haufen Schafdung gekannt.«

Benedict bedachte ihn mit einem bösen Blick, dann wandte er sich zum Duke. »Und auf wen haben Sie als Sieger gesetzt?«

»Auf Sloane.«

Das hatte Benedict offensichtlich nicht erwartet. Wahrscheinlich hatte er gedacht, dass der Duke entweder auf ihn setzen oder ihn verhöhnen und auf Sebastien setzen würde. Er öffnete seinen Mund, dann schloss er ihn wieder. »Auf Sloane?«, brachte er schließlich heraus.

»Freilich. Er ist der haushohe Favorit.«

»Aber er ist ein Bastard.«

Sebastien schnaubte verächtlich und blies einen Rauchring an die vergoldete Decke.

Der Duke tat diesen Einwand mit einem Achselzucken ab. »Der Geburtsstand spielt für diese paar Monate keine Rolle.«

Benedict schaute entsetzt drein. Er öffnete seinen Mund, um etwas Dummes oder Bettelndes zu sagen. Sebastien lehnte sich zurück und trat mit seiner Stiefelspitze herzhaft gegen das Knie des anderen Mannes. Benedict klappte vornüber und offenbarte flüchtig sein Blatt. Sebastien entschied sich dementsprechend, eine andere Karte auszuspielen, als er vorgehabt hatte.

Der Schmerz des Trittes schien die Verbindung zwischen Benedicts Hohlkopf und seinem Mund jedoch nicht zu unterbrechen. »Warum setzen Sie auf eines anderen Mannes Sohn? Wenn Sie wenigstens auf Deville gesetzt hätten, dann würde es erklären –«

»Was würde es erklären? Ich habe auf den Favoriten gesetzt. Wenn du vorhast zu gewinnen, dann beweise, dass die Buchmacher sich geirrt haben.«

Cheevers nickte bei den Worten des Dukes beipflichtend und deutete auf Sebastien. »Deville scheint das Ganze nicht zu kümmern. Und er ist schließlich selbst ein Bastard.«

Sebastien zuckte mit den Achseln, während er mit einem nonchalanten Lächeln seinen Zigarillo auf den Teppich unter dem Tisch fallen ließ, wo dieser noch einen Moment weiterkokelte, bevor Sebastien ihn mit seinem Stiefel austrat. Er drückte ihn so tief in den Flor, dass es Wochen dauern würde, bevor man ihn entdeckte. »Warum sollte es mich scheren?«

Benedict schaute noch wütender drein, wenn das überhaupt möglich war.

Sebastien würde zehntausend Pfund wetten, dass der Duke *nicht* auf Sloane gesetzt hatte. Aber Benedict hatte ihren Vater noch nie durchschaut.

Als Duplikat eines Mannes wie dem Duke geboren zu sein, gab Sebastien einen genauen Einblick in die Gedankengänge und Beweggründe des Mannes. Und manchmal war das der schlimmste Fluch von allen.

»Mrs. Martin, Sie sehen nicht so aus, als würden Sie sich amüsieren.«

Caroline fuhr herum und sah William Manning auf der Terrasse. »Ganz im Gegenteil, Mr. Manning, ich habe einen sehr netten Abend.« Sie forderte ihn mit einer einladenden Geste auf, sich an der Balustrade, die Ausblick über den Garten bot, zu ihr zu gesellen.

Er lehnte sich rücklings gegen das steinerne Geländer und beobachtete den Ballsaal, die tanzenden Leiber und die strahlenden Gesichter. Gäste des Festes gingen vor ihnen hin und her, plauderten über das Turnier und suchten Kühlung von der Hitze im Saal.

Er wandte seinen Kopf zu ihr um und sah sie forschend an. »Sie billigen das Turnier nicht.«

Sie musterte ihn. Sie hatte ihn gerade erst kennengelernt, da konnte sie ihm kaum bereits vertrauen. Und doch war da etwas an ihm. Sie legte ihre Hände auf der Steinbalustrade übereinander. »Nein.«

»Da stehen Sie nicht allein.« Seine freundlichen braunen Augen wurden stechend, als er sich gegen die Balustrade gelehnt noch weiter zurückbeugte.

»Warum sind Sie dann hier, Mr. Manning?«

»Ich vermute, aus dem gleichen Grunde wie Sie.«

Sie legte den Kopf schief. Ihre Neugier war geweckt.

»Um Interessen zu wahren«, sagte er.

»Und wessen Interessen wahren Sie?«

Er lächelte, ein warmes Lächeln, das zum Austausch von Geheimnissen einlud. »Das spielt keine Rolle. Aber vielleicht haben wir das gleiche Ziel.«

»Und das wäre?«

»Sicherzustellen, dass der richtige Mann den Wettstreit gewinnt.«

»Ich glaube nicht, dass das möglich ist.«

»Ach, kommen Sie. Wenigstens ein oder zwei der Männer müssen doch ehrbar sein. Sloane zumindest.«

»Er ist ehrbar, aber er ist nicht der Richtige für Sarah.«

Er ahmte ihre Haltung nach und legte seinen Kopf schief. »Und warum nicht?«

Sie betrachtete Sloane, der auf der anderen Seite der Terrassentüren im Saal stand und mühelos die Frauen um ihn herum mit seinem Charme bezauberte. »Er würde sie gut behandeln, gewiss, aber er würde sie nie verstehen. Sie wäre nur ein Vogel in einem goldenen Käfig, wie so viele andere.«

»Und was ist gegen ein solches Leben einzuwenden?«

Sein Ton war aufrichtig fragend, also verschonte sie ihn mit dem Blick, der ihm ansonsten zuteilgeworden wäre. »Die Seele des Vogels siecht dahin und stirbt.« Eine Erinnerung an die Gemahlin des Earls schoss ihr durch den Sinn.

Sie schaute durch die Scheibe zu Sarah, die schon wieder tanzte und dabei ausnahmsweise einmal so aussah, als würde sie sich bei einem gesellschaftlichen Ereignis amüsieren. Einige der Wettstreiter würdigten sie durchaus eines zweiten Blickes. Doch zwischen jenen zweiten Blicken beäugten sie lüstern die gefallenen Ladies in ihrer Mitte.

Männer waren nicht treu. So war es in ihrer Gesellschaft nun mal. Und wenn es allein dieser Umstand wäre, dann hätte sie es vielleicht hinnehmen können. Doch einer Frau weiszumachen, dass sie die goldene Sonne und der silberne Mond sei, und dann anderen schöne Augen machen ... das Leid, der Schmerz ... sich fragen zu müssen, durch welchen ihrer Fehler sie das verdient hatte ...

Nein, das wollte sie um keinen Preis für Sarah.

»Sie meinen also, dass sie einen Mann braucht, der sie versteht, um glücklich zu werden?«, fragte William.

Caroline verzog das Gesicht. Wenn man es so ausdrückte, klang es schrecklich naiv. »Ich meine, dass sie noch immer jung genug ist, um sich dadurch zu definieren, wie andere sie behandeln.«

»Ah. Und Sie sind dafür zu alt?« Sein Ton war freundlich.

»Wohl eher zu abgeklärt und abgestumpft.«

Er nahm ihre Feststellung auf, pflichtete ihr aber weder bei noch widersprach er ihr. Sie lehnte sich gegen die Balustrade. Hier war jemand, der sie vielleicht ganz *sie selbst* sein lassen würde. Der Abend wurde anregender. Das bunte Treiben hüllte sie ein – das Geplauder, die Musik, das Geräusch von Füßen, die nach dem Takt tanzten.

Caroline fand ihre innere Ruhe wieder, zumindest teilweise. »Warum sind Sie hier, Mr. Manning?«

»Ich bin als Beobachter hier, wie ich Ihnen bereits sagte.«

Sie drehte sich zu ihm um, eine Hand noch immer auf der Balustrade ruhend.

Er hielt ihrem forschenden Blick unbekümmert stand. »Um zu gewährleisten, dass der Wettstreit in einer Weise durchgeführt wird, die die Zustimmung des Königs hat«, sagte er schließlich.

Ihr Herz schlug schneller. »Sie sind im Auftrag des Königs hier.«

»Ja. Meine Weisung ist, nicht einzugreifen, solange nicht etwas Gravierendes vorfällt.«

»Oh.« Ein weiterer Stolperstein für ihre Sabotagepläne – einer, der bedeutende Auswirkungen haben könnte. Sie lachte so leichtherzig, wie sie es vermochte. »Wie es klingt, werden Sie also während Ihres Aufenthalts hier recht untätig sein.«

Sein Blick schweifte zu dem Gedränge im Saal und den anderen Ballgästen auf der Terrasse. »Es kann eine Menge passieren. Hier steht viel auf dem Spiel.«

Caroline runzelte die Stirn. »Ja, für Lady Sarah.«

Er sah sie eindringlich an. »Für alle Beteiligten. Verstehen Sie, worum es bei diesem Wettstreit geht?«

»Um Preise und Ruhm. Stolz und Gier.«

Sein Blick wurde tadelnd, und Caroline errötete. »Für jeden Mann, der an diesem Wettstreit teilnimmt, ist es sowohl ein Traum als auch ein Albtraum.«

»Wie meinen Sie das?«

»Stellen Sie sich doch nur mal vor, jemand würde Ihnen alles, was Sie sich je gewünscht haben, in Aussicht stellen – alles, was Sie erstrebt haben, alles, was Ihnen verwehrt geblieben ist.«

»Ich verstehe nicht, wieso das schlecht für sie sein soll.«

»Ihr sehnlichster Wunsch – zum Greifen nah? Da würde jedem angst und bange werden.«

»Dann glauben Sie also, dass die meisten der Männer Angst haben?«

»Nein. Aber es geht auch nicht so sorglos zu, wie Sie es gerne hinstellen möchten, Mrs. Martin.«

Sie schluckte. »Ich will nur nicht, dass Lady Sarah verletzt wird.«

Er lächelte. »Das ist sehr lobenswert. Sie sind ihr eine gute Freundin.« Er wurde ernst. »Doch Sie können den Lauf der Dinge nicht aufhalten. Helfen Sie ihr stattdessen, die Dinge in eine andere Richtung zu lenken.«

Sein Blick schweifte abermals zum Ballsaal. »Ah, wie es aussieht, muss unsere Unterhaltung nun ein Ende nehmen. Auf ein andermal, Mrs. Martin, es war mir ein Vergnügen.«

Er lächelte und kehrte in den Saal zurück. In der Terrassentür begegnete ihm eine dunkle, gut aussehende Gestalt auf dem Weg nach draußen. Caroline verzog das Gesicht und löste sich von der Balustrade, um William zu folgen.

»Laufen Sie schon wieder weg, Caroline?«

»Mrs. Martin«, korrigierte sie ihn barsch.

»Und Sie sind verärgert. Ich muss vorhin etwas richtig gemacht haben.« Er trat neben sie und nahm Williams Platz ein, lehnte sich fast in der gleichen Haltung zurück, doch während William eine warme, freundliche Ausstrahlung hatte, knisterte alles um Deville herum vor Spannung.

»Das bezweifle ich.«

»Haben Sie mich vermisst?« Seine ebenmäßigen Zähne blitzten in einem spöttischen Grinsen auf.

»Ehrlich gesagt, der Abend ist seit Ihrem Verschwinden beständig besser geworden.«

»Das verletzt mich zutiefst, Caroline.«

»Wollen Sie mir einreden, dass Sie ein Herz haben?«

»Ein ganz armes, einsames.« Er legte seine Hand auf seine Brust, eine weitere treffsichere Nachahmung von Edmund Keans theatralischer Gestik.

Sie lächelte, wenn auch widerstrebend. »Wahrlich arm.«

»Durchbohrt.«

»Ich möchte sehr bezweifeln, dass irgendetwas jenen Panzer aus Arroganz durchbohren könnte.«

»Tanzen Sie mit mir.« Keine Bitte. Ein Befehl.

Ihr Herz schlug schneller. »Nein.«

Er stellte sich vor sie, verbarg sie vor den Blicken der anderen auf der Terrasse. Seine Finger wickelten sich um eine Locke ihres Haars, und Caroline vergaß schlagartig, wie man atmete, wie man sich rührte. »Tanzen Sie mit mir, Caroline.«

Sein Verlangen nach ihr spiegelte sich in dem klagenden Ton der Geige wider, und ihre Sehnsucht wurde durch die tiefen Noten der Bratsche musikalisch ausgedrückt. Sich gehen zu lassen, frei zu sein, sich von seinen Händen fesseln zu lassen.

Sie brach unter Aufbietung all ihrer Willenskraft den Bann und floh vor ihm, stolperte in den Ballsaal und mitten unter die Tänzer, die sich gerade auf die Tanzfläche begaben.

Eine Hand wirbelte sie herum. Ihr Busen wurde gegen seine Brust gepresst, verband sie miteinander, während der Rest ihres Körpers mit einem herrischen Ruck gegen den seinen gezogen wurde. Seine Finger schlangen sich um die ihren, und die Berührung raste wie ein Feuerball durch sie, schoss ihren Arm hinauf, an ihrem Rücken hinab und pulsierte dann in ihrem Unterleib.

»Was erlauben Sie sich?« Ihr beabsichtigtes Zischeln kam als ein heiseres Atemstocken heraus.

»Ich erlaube mir, mit der bezauberndsten Frau im Saal zu tanzen.« Starke Arme zogen sie auf die Tanzfläche und führten sie gekonnt, als das Tempo schneller wurde.

»Ich tanze nicht mit Ihnen.«

»Ich glaube, Sie werden feststellen, dass Sie es tun.« Er wirbelte sie im Kreis herum, wobei er sie zwischen den anderen Paaren auf der Tanzfläche dicht bei sich hielt.

Sie schluckte und schaute auf die verwischten Gesichter, die sich an ihr vorbeibewegten. Sie könnte sich von ihm losreißen. Könnte ihn auf der Tanzfläche stehen lassen. Könnte ihm eine Szene machen.

Seine Lippen senkten sich zu ihrem Ohr hinab. »Wollen Sie das wirklich?«

Sie konzentrierte sich ganz auf die bunten Formen und die lebhaften Gesichter, die an ihr vorbeiwirbelten.

»Sie ignorieren mich. Das trifft mich.«

»Ich wollte nicht mit Ihnen tanzen.« Sie wollte ihm *vor allem nicht* so nahe sein.

»Aber Sie tun es, Caroline.« Sein Unterleib stieß gegen den ihren und entsandte Signale in alle Teile ihres Körpers.

Dass sie sich körperlich von ihm angezogen fühlte, bedeutete überhaupt nichts. Seine Finger streichelten ihren Handrücken, und ihr stockte unwillkürlich der Atem. Verlangen war etwas gänzlich anderes als wahres, tiefes Gefühl.

»Sie denken, dass alles mit einem Schäferstündchen und einem Lächeln gelöst werden kann, nicht wahr?«

»Hmm ... das ist recht pikant ausgedrückt.« Caroline konnte in seinen Augen verschiedene Gefühlsregungen erkennen, doch sie vermochte keine davon zu deuten, sah nur ihren schnellen Wechsel. »Ich glaube, wir könnten mit jener Methode eines Ihrer Probleme lösen, Caroline. Könnten Sie ein wenig auftauen.«

»Ich muss nicht auftauen.«

»Sie schmelzen doch jetzt schon dahin.«

»Das scheint nur so von Ihrer schlaffen Führung.«

»Schlaff?« Er zog sie wieder fester an sich, und seine steife Männlichkeit presste gegen sie.

Sie trat ihm auf den Fuß.

»Sie tun mir weh, Caroline.«

»Das war meine Absicht.«

»Mein armes, einsames Herz«, klagte er.

»Sie sind der letzte Mann in diesem Saal, von dem ich glaube, dass er ein Herz besitzt, Mr. Deville.«

Er zog ihre Hand auf seine Brust, und sie spürte das regelmäßige Schlagen unter ihren Fingern. Sie verwünschte sich dafür, keine dickeren Handschuhe zu tragen.

»Ach nein?« Die geflüsterten Worte streichelten ihr Ohr.

Die Musik war plötzlich zu Ende, und sie riss sich aus seinen Armen los. »Nein.« Und mit diesem Wort ergriff sie eilig die Flucht.

Sie stürmte hüftschwingend davon. Ihre Haltung, die Art und Weise, wie sie ihn abgefertigt hatte, entfachte sein Blut. Seine eiskalte Fassade verbarg das Feuer, welches dahinter loderte.

Er reagierte in einer Weise, die ganz und gar nicht sein üblicher Stil war, aber andererseits war sie auch nicht seine übliche Beute. Er war schon zu lange keiner wirklichen Herausforderung mehr begegnet – das war alles. Und je tiefer sie fielen, desto befriedigender fand er es.

Benedict gesellte sich keuchend und feist grinsend am Rand der Tanzfläche zu ihm. »Hat Ihnen da jemand einen Korb gegeben, Deville?«

Sebastien grinste seinen Halbbruder nur spöttisch an, machte auf dem Absatz kehrt und ging durch die Terrassentüren hinaus, dicht gefolgt von Benedict.

»Sie halten sich an den Frauen schadlos, weil Sie mit Ihrer Respektlosigkeit nichts erreichen, Deville. Aber wenn Sie einmal Ihr gutes Aussehen und Ihren Charme verloren haben, nun, wie stehen Sie dann da?«

»In ungefähr der gleichen Position wie der Duke?« Der

Duke war beständig von Bewunderern und Mätressen umringt. »Schließlich bin ich ihm wenigstens wie aus dem Gesicht geschnitten.«

Er drehte sich um und sah gerade noch den unzulänglich verborgenen Zorn hinter Benedicts arroganter Miene auflodern. Der Schafskopf war ihm geradewegs ins offene Messer gelaufen.

»Wie wär's mit einer Wette, Deville?«

»Finden Sie nicht, dass es heute Abend schon genug Gerede über Wetten gegeben hat? Sie armer kleiner Idiot, Ihnen war doch vorhin ganz angst und bange, weil Daddy Ihnen nicht seine Liebe bewiesen hat.«

Benedict nahm es nicht gut auf, an ihr Kartenspiel erinnert oder ein Idiot geschimpft zu werden. Das war wirklich zu schade, denn er war ein absolutes Musterbeispiel desselbigen.

»Gossensprache. Genau da gehören Sie hin, Deville. Ich bezweifle, dass Sie irgendeine Frau dazu bekommen könnten, Sie aus freien Stücken auch nur zu küssen.«

»Sie langweilen mich, Benedict, wie üblich.«

»Haben Sie Angst, Deville?«

Timtree und Everly gesellten sich zu ihnen, und einige andere, die sich auf der Terrasse versammelt hatten, folgten ihrem Beispiel. »Was ist hier los?«, wollte Timtree wissen.

»Ich habe Deville eine Wette angeboten. Es geht um eine Frau.«

»Welche Frau?«

»Die Blonde.« Er zeigte durch die großen Glasscheiben auf sie, als Caroline sich gerade neben die Tochter des Earls stellte.

»Ein hübsches Ding, aber sie hat eine scharfe Zunge«, bemerkte Everly verschmitzt.

»Ich habe gesehen, wie gekonnt du vorhin mit ihr umgegangen bist«, erwiderte Sebastien.

Everlys Augen blitzten wütend. »Der würde ich schon schnell genug Gehorsam beibringen. Vielleicht sollten wir sie in den Siegerpreis des Turniers einschließen.«

»Ja, als Mätresse für den Sieger«, fügte ein anderer Mann hinzu.

»Und wie genau soll das gehen? Ich glaube, die Frau hat da ein Wörtchen mitzureden«, wandte Sloane ein. Sebastien wusste schon immer, dass es einen Grund gab, weshalb er den Mann mochte.

»Verflucht, Mann, Sie machen einem auch jeden Spaß kaputt.«

»Sie ist eine Witwe. Ohne Bälger, die ihr am Rockzipfel hängen. Vielleicht ist sie unfruchtbar.«

»Wenn dem so ist, wäre sie die perfekte Mätresse. Ein netter runder Bauch an einer Frau ist was Schönes, aber man will ja keinen Berg erklimmen müssen. Und dann die vermaledeiten Gefühlsausbrüche. Die Letzte hätte mir fast eine Vase auf dem Schädel zerdeppert. Nein, eine unfruchtbare Mätresse ist ein Gottesgeschenk«, pflichtete ein anderer Mann inbrünstig bei.

»Und keine zusätzlichen Bälger, die auch satt werden wollen. Deville hat wahrscheinlich schon mehr als genug kleine Bastarde.«

Er schenkte dem Mann einen verächtlichen Blick. »Ich habe überhaupt keine Bastarde, Petrie. Im Gegensatz zu Ihnen verstehe ich es, mich vor plärrenden Bälgern und der Franzosenkrankheit zu schützen.«

»Aber freilich doch, als ob Sie sich darum scheren würden, wo Sie Ihren Schaft hinstecken.«

Sebastien ignorierte ihn und hob sein Glas.

»Also, schließen wir sie nun mit ein? Ich würde zu gern sehen, ob sie auch an anderen Stellen blond ist«, sagte Everly.

Sebastiens Hand verkrampfte sich schmerzhaft um sein

Glas. Er zwang sich, seine Finger zu lockern. Er hatte die Frau bereits als seine Beute auserkoren, das war der einzige Grund für seinen Zorn. »Nein. Die Wette betraf mich allein.«

»Kommen Sie, dann wäre es doch für uns alle umso interessanter. Eine kleine Nebenwette zum Turnier.«

Benedict beobachtete ihn. Sebastien musste vorsichtig sein, wie er die Sache anging, sonst würde er Benedict eine Waffe gegen sich in die Hand geben.

»Benedict stellt den Einsatz für die Wette«, sagte er gelassen. »Was hat er dazu zu sagen?«

Benedict versuchte angestrengt, bei dem Wort »Einsatz« nicht das Gesicht zu verziehen. Ausgezeichnet.

»Es ist eine Wette zwischen uns beiden. Tut mir leid, Freunde.«

Einige der Männer stöhnten enttäuscht auf. Timtree sah mit einem vielsagenden Blick von Benedict zu Sebastien. »Und warum das?«

»Es geht um ein Grandien-Erbstück.«

Die Umstehenden wurden still, und eine seltsame Anspannung griff um sich. Sebastien trank einen Schluck und ließ das leere Glas zwischen seinen Fingern baumeln.

»Und was sind die Bedingungen dieser Wette?«

»Sie müssen mit ihr ins Bett gehen, das versteht sich von selbst. Und wir wollen Beweise dafür sehen.«

»Wie kindisch von Ihnen, Benedict. Einen Beweis zu verlangen, dass ich mich mit ihr vergnügt habe.«

Timtree zog eine Braue hoch. »Als ob wir Beweise bräuchten, dass Deville jedes Mädchen vernascht, das nicht bei drei auf den Bäumen ist.«

Die anderen Männer lachten, und Benedicts Miene verfinsterte sich. »Dann bringen Sie sie dazu, dass sie sich in Sie verliebt.«

Das Gelächter verstummte. Einige der Männer blickten interessiert drein, andere fühlten sich offenkundig in ihrem Voyeurismus betrogen.

Sebastien zündete sich einen Zigarillo an, um sein Unbehagen zu verbergen. »Was für ein faszinierender Vorschlag, Benedict. Liebe? Wer hätte gedacht, dass Sie sich als Romantiker entpuppen würden?« Er betonte das Wort »Romantiker« verächtlich. »Und was springt für Sie dabei heraus, mein junger Möchtegern-Verführer?«

Benedict konnte seinen Zorn kaum zügeln, doch sein Gesicht verriet auch etwas Manisches. »Zehntausend Pfund. Ein bloßes Almosen. Das große Vergnügen und der wahre Preis wird es sein, Sie verlieren zu sehen.«

Sebastien zog seine Augenbraue hoch und blies eine Rauchwolke in Benedicts Richtung. »Sehr leichtsinnig von Ihnen. Wie kommen Sie darauf, dass ich verlieren würde?«

»Niemand könnte sich jemals in jemanden wie Sie verlieben.«

Die Atmosphäre war schlagartig noch angespannter.

»Interessant. Ich kenne sehr viele Frauen, die Ihnen da widersprechen würden.«

»Ich sehe keine davon mit Ihnen zum Traualtar schreiten.«

Sebastien lächelte finster. »Ich habe nie eine dazu aufgefordert oder es mir von einer erhofft.«

»Und das soll ich Ihnen glauben?«

Sebastien klopfte achtlos die Asche von seinem Zigarillo. »Glauben Sie doch, was Sie wollen, Benedict. Es kümmert mich nicht.«

»Dann sagen Sie also Ja?«

»Welches Erbstück?«

Benedict tippte mit seinem Zeigefinger gegen seine Hüfte. Sebastien verstand die Geste. Die Patiere-Uhr. Sie war in sich selbst keine zehntausend Pfund wert, aber ihr Erinnerungswert als Familienerbstück und wie sehr der Duke sie schätzte, machten sie unendlich kostbarer. Der Duke hatte sie Benedict bei Erreichung der Volljährigkeit geschenkt. Sebastien hatte bei Erreichung der seinigen eine erlesene Flasche Bordeaux erhalten – ein unpersönliches Geschenk, welches er kurzerhand einem Bettler weitergegeben hatte, dem er auf der Straße begegnet war. Der drittgeborene Sohn des Dukes hatte offenkundig schon ausgesorgt, wenn er zum Äußersten bereit war und die Uhr verwettete. Entweder das, oder er war sich seiner ganz sicher.

Das Schweigen zog sich in die Länge. Die anderen Männer begannen, sich untereinander zu unterhalten, doch Sebastien rauchte stumm und betrachtete Benedict abschätzend.

Benedict strich mit seiner Hand über die steinerne Balustrade und beugte sich vor, sodass sein Kopf parallel zu Sebastiens war. »Ich kann den Wettstreit natürlich auch jederzeit für alle anderen öffnen«, flüsterte er.

Caroline flanierte mit einem anderen Mann und der Tochter des Hauses an den Terrassenfenstern vorbei. Alle Augen waren auf sie gerichtet. Benedict lehnte sich zurück, wurde wieder Teil der Runde. Da war etwas in seinen Augen, etwas, das Sebastien gar nicht gefallen wollte. So als wüsste er etwas, was sonst niemand wusste. Doch Sebastien wollte nicht einmal die Möglichkeit in Betracht ziehen, dass Benedict auch nur ansatzweise so gerissen sein konnte.

»Schlagen Sie ein?«, fragte Benedict.

Sebastien zog an seinem Zigarillo. Wenn er jetzt Anspruch auf sie erhob, würde es die anderen abhalten. Es wäre für die anderen unvertretbar, sich an das Objekt seiner Wette heranzumachen.

Und Liebe? Was verstand Benedict schon davon? Verlangen würde völlig genügen. Das konnte Sebastien mühelos entfachen. Und es gab keinerlei Nachteile. Benedict mochte das Geld brauchen, doch Sebastien konnte es sich leisten, zehntausend Pfund zu verlieren – nicht, dass er vorhatte, dies zu tun.

Es wäre ein süßer Triumph, die Uhr zu besitzen, Benedict ein weiteres Stück wegzunehmen. Dafür zu sorgen, dass Benedict den Duke wieder einmal enttäuschte. Und Caroline zu verführen, war sowieso bereits seine Absicht. Verlangen wurde so oft mit Liebe verwechselt. Jedes Mal, wenn er ein »verliebtes« Paar beobachtete, sah er statt Liebe nur brennendes Verlangen. Und Verlangen verebbte mit der Zeit. Wahre Liebe? Beinahe hätte er verächtlich geschnaubt.

»Ja. Bereiten Sie sich innerlich schon einmal darauf vor, sich von Ihrem Kleinod zu trennen.«

9

Es wurde uns Kunde von schändlichen Umtrieben zugetragen. Es verschlägt uns schier die Sprache, dass jemand versucht hat, die Hälfte der Wettkampfteilnehmer zu vergiften. Ebenso abscheulich sind Berichte über die Zerstörung persönlichen Eigentums, Entführung und sogar eine Messerstecherei! Eine Messerstecherei, werte Leser! Was wird als Nächstes kommen? Da die erste Ausscheidungsrunde des Turniers immer näher rückt, haben wir die düstere Ahnung, dass jenen, die die Schlusslichter des Wertungsfeldes darstellen, wahrlich schlimme Zeiten bevorstehen. Wozu könnten sie sich getrieben fühlen?

Es ist eine Tatsache, werte Leser, dass manche Leute alles tun würden, um ein Spiel oder eine Wette zu gewinnen …

Caroline kam mit ihrem Nähzeug im Arm in ihren Garten und blieb abrupt stehen. Auf ihrer Gartenbank lag ein Mann, ein Bein angewinkelt auf die Sitzfläche gestellt.

Sie kannte jenes Bein. Sie mochte es bis vor zwei Wochen noch nie gesehen haben, doch inzwischen war es ihr bestens vertraut.

Ein Bogen Papier lag auf seinem Bauch, und sein Unterarm lag quer über seinen Augen.

Caroline verschränkte ihre Arme und wippte ärgerlich mit ihrem Fuß. Der Mann rührte sich nicht. Was in aller Welt machte er denn hier vor ihrem Cottage? Sie schnaubte zynisch. Nein, dumme Frage. Er war offenkundig hier, um ihr das Leben schwerzumachen.

Sie räusperte sich. Keine Antwort.

Sie stellte ihr Nähzeug ab und trat zu ihm. Er rührte sich noch immer nicht. Sein linker Arm hing schlaff herunter, sodass seine Fingerspitzen die Grashalme unter der Bank berührten. Die Hand am Ende des Arms, der über seinen Augen lag, hielt etwas umklammert.

Was war es?

Sie änderte ihre Taktik und schlich auf Zehenspitzen im weiten Bogen um die Bank, achtsam darauf bedacht, ihn nicht aufzuwecken. Sie konnte nicht erkennen, was er da in seiner Faust hielt. Der Bogen hingegen lag ganz offen da. Caroline schlich dichter heran und schob einen Finger unter den Rand des Bogens. Behutsam hob sie die Ecke an und spähte darunter.

Und fand sich im nächsten Moment rücklings auf ihm liegend wieder.

Ein erstickter Laut entrang sich ihrer Kehle, als sich sein Arm um ihre Brust legte wie ein stählernes Band.

»Wenn Sie mir doch nur gesagt hätten, dass Sie ein wenig Sport auf dem Rücken treiben wollen, dann wäre ich Ihnen mit Freuden behilflich gewesen«, flüsterte er ihr ins Ohr.

Sie wehrte sich, und nach einigem Gerangel stellte sie fest, dass sie frei war. Sie stemmte sich hoch und wollte nicht einmal daran denken, wo sie ihre Hände platziert hatte, als er ein leises »Uff« ausstieß und ihre Hand in Körperteilen versank, die besser unberührt blieben.

Sie fuhr herum und sah, wie er schützend seine Hand über seine Weichteile hielt. »Das war sehr nah dran, Caroline. Ich gewinne langsam den Eindruck, dass Sie wirklich gern auf dem Rücken enden würden.«

Er richtete sich in eine sitzende Haltung auf, wobei er das Blatt Papier in seiner Faust blitzschnell zusammenknüllte und in seine Hosentasche steckte. Er ließ seinen Blick kurz suchend über den Boden schweifen, bevor er seine Aufmerksamkeit wieder Caroline zuwandte und sie charmant anlächelte. »Guten Tag.«

»Was machen Sie in meinem Garten?«

»Ich habe nur ein schönes Fleckchen zum Ausruhen und Nachdenken gesucht.«

»Zum Nachdenken? Worüber muss denn ein Mann wie Sie nachdenken?«

»Über die wunderschöne Frau, der dieses hübsche Plätzchen gehört.« Er deutete mit einer fuchtelnden Geste auf seine Umgebung.

Sie weigerte sich, sich von ihm umgarnen zu lassen, auch wenn seine Worte komische Dinge in ihrem Bauch taten. »Was haben Sie da?« Sie zeigte auf das Blatt Papier, dessen Ränder aus seiner Hosentasche ragten.

Er sah sie mit Unschuldsmiene an. »Ich weiß nicht.«

»Das Blatt in Ihrer Hosentasche?«

»Welches Blatt?«

»Das da.« Sie zeigte nachdrücklicher darauf.

Er schaute hinab, und sein Blick huschte über seine Hose und über den zerknüllten Bogen. »Ich weiß überhaupt nicht, wovon Sie reden.«

»Natürlich wissen Sie es.«

»Nein, tue ich nicht. Sie müssen mir zeigen, was Sie meinen.« Er stützte eine Hand auf die Bank und zog seine Augenbraue hoch.

Sie sah ihn verkniffen an. »Was machen Sie in meinem Garten, Mr. Deville?«

»Nennen Sie mich Sebastien. ›Mr. Deville‹ ist recht förmlich für einen Mann, der seine Hand unter Ihrem Rock hatte, finden Sie nicht?«

Einen Moment lang war sie sprachlos. Und dankbar dafür, dass ihre Haushilfe schon vor einiger Zeit heim ins Dorf gegangen war. Caroline erschauderte bei dem Gedanken, was die Dorfbewohner zu dieser pikanten Offenbarung sagen würden. »Nein. Und Förmlichkeit ist genau der Grund, weshalb ich beabsichtige, bei dieser Anrede zu bleiben. Ich kenne Sie so gut wie überhaupt nicht, Mr. Deville, ungeachtet der Tatsache, wo Ihre Finger gewesen sein mögen. Und was ich von Ihnen weiß, regt mich kaum dazu an, Sie bei Ihrem Vornamen zu nennen.«

»Sie verletzen mich, Caroline. Das war ein fast tödlicher Stich.«

»Nun, dann sollten Sie sich beeilen, die Wunde zu verbinden. Husch, husch, Mr. Deville. Die Hebamme wird sich Ihrer gerne annehmen.«

»Vielleicht später.« Sein musternder Blick wanderte über ihren Körper, machte eine genaue Bestandsaufnahme ihres Leibes, die Caroline ebenso verunsicherte wie verärgerte. »Kehren Sie gerade von der Verrichtung Ihrer Pflichten heim? Vom Umgang mit dem gemeinen Volk?«

»*Ich* gehöre selbst zum gemeinen Volk, falls Ihnen das entgangen ist.«

Sein Blick studierte weiter ihren Körper. »An Ihnen ist nichts Gemeines, mein Goldstern.«

»Was *wollen* Sie, Mr. Deville?«

Sie erwartete eine bissige Erwiderung, doch ein sonderbarer, ja fast verletzlicher Ausdruck huschte über sein Gesicht, hätte sie ihn eines solchen Gefühls für fähig gehalten.

Dann verzogen sich seine Lippen zu einem strahlenden Lächeln, und der Moment war vorbei, so als wäre es nie geschehen. »Wie wäre es mit einer Tasse Tee?«

»Nein.«

Sein verletzter Gesichtsausdruck war so übertrieben, dass Caroline beinahe geschmunzelt hätte. Beinahe.

»Bitte, Caroline. Ich bin ein sterbender Mann, der sich nichts mehr wünscht als einen Moment Ihre Aufmerksamkeit.«

Sie wäre ein dummes Schaf, wenn sie sich von diesem Blick hereinlegen ließe, besonders nachdem er mutwillig und erfolgreich versucht hatte, sie zu schockieren. Er schien dies zu merken und sah sie mit einem flehenden Hundeblick an.

Eine barsche Zurückweisung lag ihr auf der Zunge, doch dann bemerkte sie einen wachsamen Ausdruck in seinen leuchtenden aquamarinblauen Augen. So als wäre er bereits für eine Zurückweisung gewappnet.

»Na schön. Aber nur eine Tasse«, sagte sie, bereits erzürnt über sich selbst, weil sie nachgegeben hatte. Sie machte auf dem Absatz kehrt und ging in ihr Cottage, wobei sie halb erwartete, dass er ihr folgen, sich in ihr Haus drängen würde. Doch er saß noch immer ruhig und gelassen draußen, als sie zurückkehrte. Er streckte seine Hand aus, um die Tasse entgegenzunehmen, und seine langen Finger legten sich um das Porzellan.

Sie setzte sich züchtig auf die andere Gartenbank, ihre eigene Tasse in ihrer Hand umklammert.

»Vielen Dank, Mrs. Martin.«

Bei dieser Anrede fuhr ihr Kopf hoch. Er verströmte engelsgleiche Unschuld.

Ganz gegen ihren Willen musste sie schmunzeln. »Sie sind ein solcher Halunke.«

»Ja. Und ich muss hart rangenommen werden.«

Sie warf ihm über den Rand ihrer Tasse einen Blick zu. »Da haben Sie recht.«

»Ich liefere mich Ihrer Gnade aus. Wenn Sie es doch nur auf sich nehmen würden, mich auf den Pfad der Tugend zu führen.« Eine gelockte Strähne fiel ihm ins Gesicht, und er schüttelte sie sich mit einem Ruck seines Kopfes wieder aus der Stirn.

»Ich glaube, Sie kommen mit vielem durch allein ob der anmutigen Art, wie Sie Ihr Haar wieder aus dem Gesicht schütteln, Mr. Deville.«

Er zog einen Mundwinkel hoch. »Es ist ein wahrlich prächtiger Haarschopf, finden Sie nicht?«

»Nein, finde ich nicht.«

»Jetzt verhalten Sie sich aber absichtlich kratzbürstig.« Er reckte sich, ohne sie aus den Augen zu lassen. »Was wird denn das?« Er zeigte auf ihr Nähzeug.

Sie zog ein buntes Fähnchen auf ihren Schoß. »Girlanden für das Turnier. Nichts Aufregendes.«

Er nahm die Sache genauer in Augenschein, und Caroline knüllte sie eilig zusammen. »Ist es ein Geheimnis? Sie sehen für mich wie mittelalterliche Girlanden aus.«

»Es ist nichts, was Sie interessieren muss.«

»Aber ich werde nun wahrscheinlich nachts keinen Schlaf finden, weil ich mich frage, wie in aller Welt ich ein Banner nähen soll, bevor Lord Benedict das seine fertig hat. Ich bin überzeugt, dass er mit der Nadel geschickter umzugehen weiß als ich.«

Sie schmunzelte. »Ich glaube nicht, dass Sie sich in jener Hinsicht Sorgen machen müssen.«

Ihre Uhr im Haus schlug und verkündete die späte Stunde.

Caroline hatte vorgehabt, vor ihrer Verabredung im Dorf in der warmen Gartensonne an ihren Bannern zu arbeiten, doch sie hatte sich in der Zeit verschätzt. »Sie müssen mich jetzt entschuldigen, Mr. Deville, aber ich werde anderweitig erwartet.« Sie machte Anstalten aufzustehen.

»Ich könnte einwenden, dass Sie hier und jetzt gebraucht werden, auf meinem Schoß –«

Sie verhedderte sich in ihren Röcken. Augenblicklich packten sie Hände um ihre Taille und richteten sie wieder auf.

»Aber ich weiß, wenn es besser ist, den Kampf an einem anderen Tag fortzusetzen.« Seine Worte hauchten über ihr Haar, während er sie an sich gedrückt hielt.

Sie erwartete, dass er ihre Position ausnutzen würde, doch er ließ sie los und trat zurück. Seine Augen waren groß und arglos, und nur seine leicht gekräuselten Lippen verrieten das Fehlen jeglicher Unschuld.

»Bis später, Caroline.«

Seine Finger glitten von ihrer Taille und über die Rundung ihrer Hüften, bevor er sie gänzlich freigab. Er lächelte geheimnisvoll, und in seinen sündigen Augen stand ein Versprechen zu lesen, bevor er lässig den Gartenweg des Cottage hinunterschlenderte.

Sie schaute an sich hinab und entdeckte zu ihrer Überraschung Flecken auf ihrem Kleid. Genau wie in Roseford. Sie riss ihren Kopf herum und schaute Deville hinterher, bis er außer Sicht war. Und das Blatt Papier, welches aus seiner Hosentasche ragte, mit ihm verschwunden war.

Eine eilige Suche förderte ein Stück schwarzer Kreide zutage, das neben der Bank im Gras lag. Caroline hob es auf. Was war nur auf jenem Blatt gewesen?

Die nächste Woche verging in einem verschwommenen Nebel aus Wettkämpfen und Wortduellen – sowohl mit Deville als auch unter den anderen Gästen. Sarah und William waren fast ständig zusammen, um dem Treiben zuzuschauen. Caroline war ganz damit beschäftigt, Chaos zu stiften, und musste sich daher des Öfteren entschuldigen, um einen neuen Akt der Sabotage einzuleiten oder um ein abgeschiedenes Eckchen zu finden, wo sie ihrem unterdrückten Gelächter freien Lauf lassen konnte. Sport und Spiel gingen ihren Gang, sowohl was das Turnier betraf als auch unter den Hausgästen.

Das Bogenschützenturnier insbesondere war ein erlesenes Kunststück gewesen, mit brechenden Bogen, auseinanderfallenden Zielscheiben und verdrehten und abgeknickten Federn. Devilles schiere Entschlossenheit beim Schießen, selbst mit einem gebrochenen Bogen, hatte fast Schuldgefühle in ihr geweckt. Aber nur fast. Verdammt, der Mann hätte das Turnier trotzdem beinahe gewonnen.

Die wachsamen, nervösen Blicke der anderen Wettstreiter – und einiger Väter – weckten in ihr ein warmes, selbstgefälliges Gefühl des Triumphes. Aber sie war nicht allein für die Sabotage verantwortlich. Und deshalb weckte sie auch nicht den Argwohn des Earls. Zweimal war sie in seiner Begleitung gewesen, als genau zur rechten Zeit ein Schabernack getrieben wurde.

Andere Streiche, bei denen sie keine Hand im Spiel hatte, waren schlicht diabolisch gewesen – wiederholte Giftattacken hatten dazu geführt, dass nunmehr jeder Wettkampfteilnehmer sein Essen von einem Diener vorkosten ließ. Ein Mann war stundenlang in einem Nebenraum in einem wenig benutzten Flügel des Hauses eingesperrt gewesen. Ein anderer war systematisch seiner Garderobe beraubt worden – Stück um Stück, bis ihm nur noch eine Handvoll Kleidungsstücke zum Wechseln blieben. Das Letzte, was sie von jenem Debakel gesehen hatte, war der Leibdiener des Mannes, der wie von tausend Höllenhunden gehetzt die Auffahrt hinunterrannte.

Es gingen Gerüchte um, dass einige Sachen von Deville zerstört worden wären. Lord Benedict hatte zur selben Zeit, als diese Geschichte die Runde machte, ein sehr verdächtiges blaues Auge zur Schau getragen. Noch war niemand disqualifiziert worden, doch aufgrund dieser Vorfälle zeigte der Finger der Anklage schnurgerade auf die männliche Fraktion.

Die Boxkämpfe waren nicht nach Carolines Geschmack, doch sie erhielt Gelegenheit, die Früchte ihrer jüngsten Ränke zu begutachten, als die Frauen sich zum Zuschauen versammelten, angereizt von dem Anblick der ob der Sommerhitze spärlicher bekleideten Männer, welcher ihnen zu spekulieren erlaubte, was sie wohl darunter trugen. Jemand hatte mit den Unterhosen der Männer Schabernack getrieben – Juckpulver oder etwas Ähnliches –, was die meisten der Männer dazu veranlasst hatte, ohne selbige anzutreten. Oder zumindest ging das dementsprechende Gerücht um. Caroline konnte sich gar nichts Besseres vorstellen.

»Ein wahrer Prüfstein für Charakter und Stärke«, sagte eine der Frauen, die sich unter einem der für die Gäste im Garten aufgestellten Sonnenschirme Luft zufächelte.

Caroline und Sarah tauschten einen vielsagenden Blick aus.

»Ein Sport für ganze Männer«, pflichtete eine andere ihr bei.

»Nur die Tapfersten und Männlichsten können gewinnen.«

Ritsch. Das Geräusch von sich spannenden und platzenden Nähten hallte durch den im Hof aufgebauten Ring.

Das Hosen-Malheur des Mannes – eine sauber über die gesamte Länge geplatzte Mittelnaht an seinem Hinterteil – bewahrte Caroline davor, dass sie sich ob der Schwärmereien der Frauen ins Gebüsch übergeben musste.

Der Menge stockte der Atem. Der Mann riss entsetzt seine Augen weit auf und hielt sich eilig seine Hände vor sein

Hinterteil. Sein Gegner nutzte seine Ablenkung sogleich aus, und Spucke sprühte aus dem Mundwinkel des Mannes, als sein Kopf von dem Treffer gegen seine Wange herumgerissen wurde. Der getroffene Mann schien den Schlag jedoch kaum wahrzunehmen, als er zu den Seilen stolperte, die Hände noch immer fest über die geplatzte Naht gepresst.

Er schlüpfte eilig aus dem Ring und in einen langen Mantel, mit dem sein Leibdiener bereits hektisch winkte.

»Sieg durch Aufgabe!«

Zehn Minuten verstrichen, bevor den Zuschauern ein weiteres Spektakel geboten wurde. *Ritsch*. Die Hose des anderen Mannes musste etwas abgewetzter gewesen sein, denn der Riss zog sich im Zickzack von der Naht in eine ganz neue Richtung weiter. Der arme Kerl schaute ebenso entsetzt wie sein Vorgänger über diese Entblößung seines blanken Hinterns drein und lief zu seinem neben dem Ring wartenden Diener. Die anderen Diener suchten aufgescheucht nach Kleidungsstücken, um die Blößen ihrer Herren zu bedecken.

»Sieg durch Aufgabe!«

Hier und da ertönte das erste Gekicher, Funken, die ein Lauffeuer des Gelächters entzündeten. Einige in der Menge betasteten verstohlen ihre Hintern. Zwei der Wettkämpfer, denen der Gang in den Ring noch bevorstand, stürzten ins Herrenhaus, offenkundig, um dem Schicksal der anderen zu entgehen.

Caroline lächelte selbstgefällig, als Deville in den Ring trat.

Das Gelächter der Frauen wechselte zu allgemeinen Ohs und Ahs, als er leichtfüßig hin und her tänzelte und Schläge ins Leere ausführte, um seine Muskeln aufzuwärmen.

Wenige Minuten, nachdem der Faustkampf begonnen hatte, riss Devilles Hose mit einem Geräusch, das lauter als alle anderen war. *Riiiitsch*. Eine weiße Backe war vollständig in der Nachmittagssonne entblößt. Das Gekicher der Frauen erreichte neue Höhen. Doch statt aus dem Ring zu stürzen und damit seinem Gegner einen Sieg durch Aufgabe zu schenken, schenkte Deville nur den versammelten Damen ein Lächeln. Er verbeugte sich vor ihnen, ohne seinen Gegner aus den Augen zu lassen, und erlaubte den Frauen damit einen noch besseren Blick auf seine Gesäßbacke. Und dann ließ er seinen Gegner mit einer gut gezielten Geraden in einem Sprühregen aus Spucke und – nicht gerade gentlemanlike – Blut zu Boden gehen.

Caroline klappte die Kinnlade herunter, und das Gekicher verwandelte sich in bewunderndes Getuschel und einige anheuernde Rufe.

Nach Devilles stolzer Zurschaustellung machten die Männer es zu einem Spiel. Sie schienen sich richtiggehend darüber zu freuen, wenn das Geräusch von zerreißendem Stoff ertönte, und ihre roten, schweißtriefenden Gesichter grinsten breit. Sie machten sich einen Jux daraus, ihre blanken Gesäße in alle Richtungen herzuzeigen, und Caroline war nur froh, dass die jüngeren Frauen nach Devilles Auftritt eilig fortgeschafft worden waren. Die Männer, die aufgegeben hatten, forderten lautstark, abermals in den Ring gelassen zu werden, nun da Anstand und Sitte anscheinend keine Rolle mehr spielten. Caroline überlegte, ob sie sich besser gleich die Augen herausreißen sollte.

Als es mit dem Platzen der Hosen vorbei war, ging es im Ring wieder ernster zur Sache. Caroline versuchte ungerührt zuzuschauen, als Bateman mit weitaus mehr Gewalt, als ein Gentleman gemeinhin einsetzte, auf seinen Gegner einschlug. Bei jedem Treffer trug er ein hämisches Grinsen auf dem Gesicht. Empörtes Getuschel erhob sich unter den Zuschauern. Schließlich schickte Bateman seinen Gegner mit einem mächtigen rechten Haken zu Boden.

Der Mann lag einen Moment lang auf der Erde, sein Gesicht kreideweiß, wäre da nicht das verschmierte Blut gewesen. Dann rappelte er sich mit zitternden Händen wieder hoch. Caroline beobachtete dies mit Sorge, bis sie sah, dass sich die älteren Männer zusammenscharten und ihre gesenkten Köpfe schüttelten. Einer von ihnen, der Vater des Mannes, sah seinen viertgeborenen Sohn an, und die bittere Enttäuschung stand ihm ins Gesicht geschrieben.

Nachdem sie sich einen Moment lang beraten hatten, wandte Cheevers sich an die versammelte Menge. »Ich muss Ihnen mit Bedauern mitteilen, dass Mr. Toupnep nicht weiter an dem Wettkampf teilnehmen wird, da er nicht die nötige Punktzahl erreichen konnte.«

Toupnep stolperte aus dem Ring. Die freundlicheren Mitstreiter klopften ihm aufmunternd auf die Schulter, doch das vermochte ihm kaum Trost zu spenden. Bateman schnaubte verächtlich, und mehr als ein lodernder Blick ging in seine Richtung, vornehmlich von den rechtmäßigen Söhnen, doch einige Bastarde hatten ebenfalls angewiderte Mienen.

Toupneps Vater eilte ihm hinterher, während der geschlagene Mann zurück zum Herrenhaus taumelte.

Eine halbe Stunde später schied ein weiterer Mann zitternd und kreideweiß aus dem Turnier aus. Drei weitere sahen ausdrücklich grün im Gesicht aus. Caroline erkannte sie als die Männer mit der nunmehr niedrigsten Punktzahl, nachdem die beiden Schlusslichter ausgeschieden waren.

Deville beendete den zweiten Durchgang des Boxturniers mit einem Kampf gegen einen der drei Männer, einen der unehelichen Söhne. Doch schon nach einer Minute im Ring war klar zu erkennen, wer als Sieger hervorgehen würde.

Der Mann ließ kurz seine Hände sinken, was ihn jeder Deckung beraubte, eine Einladung, die niemand mit auch nur einem Quäntchen Können ungenutzt lassen würde.

Etwas – war es Bedauern? – blitzte flüchtig in Devilles Augen auf, bevor er eine ausdrucklose Maske aufsetzte und zu einem letzten Schlag ausholte. Der Schwinger war dazu gedacht, den anderen Mann niederzustrecken, ohne ihn bewusstlos zu schlagen oder ihm größere Verletzungen zuzufügen. Sie musste zugeben, dass Deville einer der Boxer war, die sich wie ein Gentleman benahmen, so überraschend das auch sein mochte.

Der zu Boden gegangene Mann schaute kurz auf die Erde, dann stand er entschlossen auf und schüttelte mit einem verkrampften Lächeln Devilles ausgestreckte Hand.

Caroline war zu weit entfernt, um zu verstehen, was gesagt wurde, doch etwas an Devilles eindringlichem Blick und seinen Worten sorgte dafür, dass sich die Schultern des Mannes leicht entspannten. Der disqualifizierte Mann nickte knapp und kehrte zur Gruppe zurück. Auch er wurde mit Schulterklopfen empfangen, und ein weiterer grollender Vater gesellte sich zu den Verlierern.

Caroline kaute an ihrer Unterlippe. Sie hatte die Männer am unteren Ende der Rangliste nicht gezielt sabotiert, weil keine Gefahr bestand, dass sie den Wettstreit gewinnen könnten. Caroline wollte sogar, dass sie sich hervortaten, denn wenn sie dafür sorgte, dass die Punkte breiter gestreut waren, könnte sie vielleicht *alle* unter der Grenze halten, die zum Vorankommen benötigt wurde. Die Wahrscheinlichkeit dafür war gering, doch wenn es um etwas ging, auf das sie so wenig Einfluss hatte, blieb ihr nichts anderes übrig, als zu hoffen. Und größtmögliches Chaos zu stiften.

Außerdem gehörten einige der ausgeschiedenen Männer zu den erträglicheren Wettstreitern. Zu den weniger Gierigen, besser gesagt. Caroline würde bei ihren Attacken härter zur Sache gehen und mit jenen höher oben auf der Rangliste heimtückischer verfahren müssen, genau so wie sie es mit

Deville beim Fechtturnier getan hatte. Vielleicht würden die Männer einfach zu dem Schluss kommen, dass der Preis der Mühe nicht wert war.

Das war natürlich reines Wunschdenken.

Sie erschauderte, als sie an Devilles Reaktion dachte, sollte er je herausfinden, dass sie hinter den meisten Angriffen auf ihn steckte. Er war jetzt schon so grimmig und verbissen, dass sie sich gar nicht vorstellen wollte, wie er dann sein würde.

»Diese Jungenstreiche müssen ein Ende haben.« Cheevers' Wangen waren puterrot. »Absolut lächerlich. Dies ist ein achtbares, bedeutsames Turnier. Wir suchen nach einem Sieger, der den Titel verdient.«

Sebastien hielt sich mit Mühe zurück, nicht die Augen zu verdrehen. Der Zorn über die Geschehnisse, deren Zeuge er gerade geworden war, strömte noch immer heiß durch seine Adern. *Sie werden nicht gewinnen.* Dieses Versprechen hatte er seinem zu Boden gegangenen Gegner gegeben. Der Teufel sollte ihn holen, wenn er einem der rechtmäßigen Söhne den Sieg überließ.

Er hatte angefangen, in der Gesellschaft der älteren Gentlemen eine Rolle zu spielen. Trug sein Potential als Sieger zur Schau. Und seine Bereitschaft, sich manierlich zu zeigen und ehrbar zu werden. Es war ein Bluff, wie beim Kartenspiel. Seine Rache und sein Zorn harrten unerbittlich auf die Chance zuzuschlagen, wie eingesperrte Raubtiere, die in ihrem Käfig auf und ab streiften.

»Wie kann es sein, dass der Strolch noch immer nicht entlarvt wurde?«, wollte Benedict wissen.

Sebastien warf ihm einen spöttischen Blick zu, und Benedict lief rot an. Als ob er einige der Schuldigen nicht ganz genau kennen würde. Dass mehr als eine Person hinter dem Schabernack steckte, war offensichtlich. Die Tatsache, dass

Cheevers und die anderen dies noch nicht erkannt hatten oder vorzogen, nichts davon zu erwähnen, ließ ihn sehr an der Aufrichtigkeit von Cheevers' *Zorn* zweifeln.

»Wir haben Leute darauf angesetzt, alle Disziplinen aufmerksam zu verfolgen.«

»Nun, dann setzen Sie mehr Wachen ein, Mann!«

Cheevers bedachte Parley mit einem solch drohenden Blick, dass dieser tatsächlich einen Schritt zurückwich. Idiot.

Sebastien musterte die anderen Wettstreiter. Benedict war ein Spitzenkandidat als Saboteur – besonders, da ein guter Teil der Attacken gegen Sebastien gerichtet waren, mehr als gegen die anderen Wettstreiter. Aber ... irgendetwas überzeugte nicht an Benedicts Schuld. Die Jungenstreiche, die waren ganz Benedicts Stil. Die Raffiniertheit, die verlangt war, um die Spiegel und Zugschnüre für das Fechtturnier zu platzieren, die Dreistigkeit, die sich in den geplatzten Hosen offenbarte ... das war jemand anderes.

Niemand benahm sich auffällig hinterhältig. Na ja, nicht hinterhältiger als üblich. Das Problem war, dass jeder der Anwesenden ein Motiv hatte und die meisten auch die Gelegenheit hatten. Abgesehen davon, einige Wächter einzustellen, die seine Sachen im Auge behielten und ihm den Rücken sowie die Rückseite deckten, würde er sich auf seine Instinkte und seine eigene Wachsamkeit verlassen müssen.

Petrie war krebsrot, während Cheevers' Tirade weiterging, und Sebastien hegte keinen Zweifel daran, dass Petrie für einige der Streiche verantwortlich war, doch Petrie war zutiefst bestürzt gewesen, als vorhin seine Hose geplatzt war, und das verriet, dass jemand anders ihn im Visier hatte – seine Hose war bedeutend weiter aufgerissen als bei den anderen. Nein, Petrie war es nicht.

Bateman steckte mit ziemlicher Sicherheit hinter dem Gift. Sebastien mochte über Männer spotten, die sich für Gentlemen hielten, doch es gab gewisse Grenzen, die kein Mann überschreiten sollte. Bateman war niederträchtig. Doch die heimtückischeren Machenschaften wie das Gift waren gegen alle gerichtet, und Bateman besaß schlicht nicht die Erfindungsgabe, die für die ausgeklügelteren Streiche nötig war.

Hinter dem Austausch der Anfangszeiten zweier Disziplinen, welcher vor allem Sloane, Benedict und Everly betroffen hatte, da ihre Zimmer am weitesten von den anderen entfernt lagen, musste einer der Väter stecken. Wenn Sebastien wetten müsste, dann würde er auf Timtrees Vater, Baron Tewks, tippen.

Sein Blick wanderte zu den Ladies, und er studierte Caroline, die immer wieder zur Tochter des Hauses schaute, ihr bei Unterhaltungen zur Seite stand und sie ganz allgemein wie eine Glucke beschützte.

Ein Gedanke regte sich in seinem Hinterkopf, während ihm die verschiedenen Streiche und ihre unterschiedliche Natur durch den Sinn gingen. Allgemeiner Schabernack, der gegen alle gerichtet war. Spezielle Listen und Tücken, die gegen die Anführer des Teilnehmerfeldes zielten.

Schutz. Und mit einem guten Grund, ganz speziell ihn ins Visier zu nehmen – sie war entsetzt und verängstigt gewesen, ihn nach ihrer Begegnung auf Roseford wiederzusehen, das war ihm bewusst. Sie besaß sowohl die Willenskraft als auch die Gelegenheit, eine Strategie zu ersinnen, und sie verfügte über einen wachen Verstand, um selbige auszuführen.

Jetzt, da er sie verdächtigte, kam kein anderer mehr als Schuldiger infrage. Sein Wettinstinkt sagte ihm, dass sie die Verantwortliche war.

Lange hatte er seinen Ärger unterdrückt, doch Sebastien drohte nun in Zorn auszubrechen und musste alle Kraft aufwenden, um sich nichts anmerken zu lassen.

Es gab mehr als einen Weg, eine Wette zu gewinnen. Die

arme liebste Caroline … hatte sich großen Ärger eingehandelt.

Caroline packte den letzten Markierungsstab und zog so fest sie konnte. Er rührte sich trotzdem nicht. Sie hätte einen Diener oder einen der Dorfbewohner um Hilfe bitten können, doch als ihr erst einmal die strengen Strafen bewusst geworden waren, die jeden erwarteten, der auf frischer Tat ertappt wurde, hatte sie die Idee sogleich verworfen. Sie hatte nur bei dem Schabernack im Stall Hilfe gehabt, und sie bereute zutiefst, andere in ihre Intrigen mit hineingezogen zu haben. Die gezielten Streiche waren sowieso weit lohnender. Wenn diese möglicherweise Deville etwas häufiger trafen als die anderen Wettstreiter, nun, dann ließ sich das eben nicht ändern.

Sie zog mit aller Kraft. Der Boden hielt noch einen letzten Moment lang eisern an dem Stab fest, dann kapitulierte er. Caroline kippte nach hinten über und erwartete, auf ihrem Hinterteil zu landen, herzlich über sich selbst zu lachen und sich sogleich wieder aufzurappeln. Stattdessen legten sich kräftige Arme um ihren Busen und stellten sie mühelos auf ihre Füße.

Sie war wie gelähmt, als die Arme sie wieder freigaben. Schließlich schluckte sie schwer, setzte ein Lächeln auf und drehte sich um, wobei sie den Stab hinter ihrem Rücken verbarg.

Sebastien Deville erwiderte ihr Lächeln nicht.

O weh.

»Vielen Dank für Ihre Hilfe.« Sie nickte und machte Anstalten, rücklings den Pfad entlang davonzugehen.

»Wollen Sie schon gehen, Caroline?« Er folgte ihr Schritt um Schritt, bis sie gegen einen Baum stieß.

»Ich muss mich vor der nächsten Disziplin umziehen. Sollten Sie sich nicht ausruhen, Mr. Deville?«

»Das sollte ich.« Er stützte seine Hand gegen den Ahorn, der hinter ihr aufragte. »Doch plötzlich wurde ich von dem brennenden Verlangen gepackt, mir noch einmal den Hindernisparcours anzuschauen.«

Caroline wedelte mit ihrer Hand. »Ich glaube, das hier ist er. Viel Glück.«

Sie versuchte, um den Baum herum zurückzuweichen. Sebastien lehnte sich gegen den dicken Stamm, sodass er erneut direkt vor ihr stand. Seine Hand wanderte an ihrem Arm hinab, den sie hinter ihrem Rücken hielt, dann weiter über ihre Finger und zog schließlich ganz ruhig und gelassen den Stab aus ihrem Griff.

»Zuerst dachte ich, die Streiche dienten dem Zweck, sich mittels Sabotage einen Vorteil zu verschaffen«, sagte er, seine Lippen nur eine Haaresbreite von ihren entfernt, während er den Markierungsstab aus ihren Fingern löste. »Eine einleuchtende Annahme, da hier die einen oder anderen Teilnehmer begünstigt werden. Aber nein, bei jener ersten Runde waren alle gleichermaßen betroffen. Kein Wettstreiter nutzte den Vorteil, indem er schnurgerade auf die Ringe zuhielt. Ein gekonnter Versuch des Schuldigen, seine Tat zu vertuschen? Vielleicht.«

Er trat einen halben Schritt zurück und ließ den Stab, der ihr so schwer erschienen war, zwischen seinen Fingern kreiseln. »Doch dann fiel mir auf, dass scheinbar nur jene, die weit oben in der Rangfolge standen, aufs Korn genommen wurden, allen voran ich. Wer würde so etwas tun? Eines der Schlusslichter des Turniers? Oder jemand, der nicht will, dass das Turnier fortgesetzt wird oder dass gewisse Leute gewinnen?«

Sie schwieg verkniffen.

»Vielleicht jemand mit einem starken Interesse an einem bestimmten Ausgang?« Er ließ abermals den Holzpflock kreiseln.

»Möglicherweise Lady Sarah?« Er schnalzte missbilligend mit der Zunge. »Was würde wohl der Earl dazu sagen?«

»Was wollen Sie?«

»Ich?« Er legte mit Unschuldsmiene seine freie Hand auf sein Herz, doch in seinen Augen loderte Wut. »Ich bin zu sehr Gentleman, um irgendetwas von einer Lady zu verlangen. Als der ehrbare, uneigennützige Mann, der ich bin, sollte ich stehenden Fußes zum Earl gehen und ihm meine Vermutungen mitteilen.«

»Lady Sarah hat nichts mit der Sabotage zu tun.«

»Ach nein?«

»Oh, Sie wissen das ganz genau.«

»Tu ich das?« Er zog mit der Spitze des Stabs träge ein Muster im Gras nach. Nur ein kurzes Stocken am Ende verriet seine wahren Gefühle. »Ich muss ausgenommen klug sein.«

»Ausgenommen.« Sie holte tief Luft. »Sie sind nicht zufällig hier entlanggekommen. Was hat es Ihnen verraten?«

Er musterte sie, sein nachdenklicher Blick noch immer von Verärgerung getrübt. »Sie nehmen der Sache wirklich den ganzen *Spaß*.«

»Gut.«

Seine Miene verfinsterte sich. »Es war der Schutzaspekt. Sie haben den nötigen Zugang. Sie haben die Motivation. Sie hassen dieses Turnier. Sie haben allen Grund, diesen Wettstreit sabotieren zu wollen.«

Ihr Herz klopfte so schnell, dass ihre Hände zitterten.

»Und …« Er zog das Wort in die Länge, während er vortrat und eine herabbaumelnde Locke ihres Haars berührte. »Sie haben allen Grund, mich ins Visier zu nehmen, nicht wahr, Caroline?«

Sie zitterte noch heftiger, als seine Finger sich um ihren Nacken legten und ihren Kopf zurückzogen. »Allen Grund zu wünschen, dass ich verliere.«

»Sie nehmen sich zu wichtig.« Ihr stockte der Atem, als sein Daumen über ihre Unterlippe strich.

»Ich weiß, dass ich Sie nehmen möchte.«

Ein erstickter Laut entrang sich ihrer Kehle, als er sich gegen sie drückte, sie miteinander verband. Alle Hitze in ihrem Körper schoss südwärts.

»Und Sie gleichzeitig über mein Knie legen möchte. Vielleicht beides im gleichen Durchgang.«

Seine Lippen hauchten über ihren Hals, dann drückten sie sich auf ihre Haut, lutschten, sogen sich fest, sodass sie zweifelsohne einen Knutschfleck hinterließen. »Oder ich könnte auch einfach dem Earl von Ihren Machenschaften erzählen«, flüsterte er in ihr Ohr.

Sie wand sich keuchend aus seinem Griff. »Das können Sie nicht tun. Sie haben keinerlei Beweise dafür.«

Er wedelte mit dem Stab. »Beweise?«

Sie machte sich gerade und verbannte alle Gefühle hinter eine Fassade aus Eis. Sie legte herausfordernd ihren Kopf schief. »Wie können Sie es wagen, das Turnier zu Ihrem eigenen Vorteil zu sabotieren, indem Sie jenen Markierungsstab entfernen, Mr. Deville?«

»Touché, Mrs. Martin.« Er lächelte süffisant. Seine Finger bewegten sich über den Stab, und Caroline fragte sich flüchtig, ob er ihn ihr in den Bauch rammen würde. »Ich bin nicht sicher, dass je eine Frau derart mein Interesse oder meinen Zorn geweckt hat wie Sie. Wenn Sie es auf die Spitze treiben, kann ich den Umgang zwischen uns bedeutend unangenehmer gestalten.«

Sie schluckte schwer. »Das dürfte schwierig sein. Wenn wir jetzt bitte unserer jeweiligen Wege gehen könnten?«

Er lachte leise. »Oh, das denke ich nicht, Caroline.«

»Sie haben keine Beweise. Ihr Wort steht gegen meines.«

»Obwohl mein Wort vielleicht nicht den größten Wert hat,

habe ich doch in etlichen der Fälle ein Alibi. Und ganz ehrlich gesagt, ich bin öfter als jeder andere Wettstreiter die Zielscheibe für die Streiche gewesen. Es ist schon sehr auffällig, dass der Saboteur mich derart ins Visier genommen hat.«

Sie musste unwillkürlich schlucken ob der Art und Weise, wie er diese Worte aussprach. So als ob er um ein dunkles Geheimnis wüsste, von dem sie nicht einmal ahnte, dass sie es hatte. »Es wäre Ihnen ein Leichtes gewesen, jemand anderen für die Sabotage zu bezahlen. Sich selber zum Ziel dieser Sabotage zu machen, ist der beste Weg, jeglichen Verdacht von Ihnen abzulenken.«

»Ich muss in der Tat genial sein. Aber nein, ich muss nur den Verdacht auf Sie lenken, und ich wette, alle möglichen Vorfälle – Diener, die Sie gesehen haben, Gäste, die Sie bemerkt haben – würden sich schlagartig aufklären.«

Sie wusste, dass er damit recht hatte. Sie war bislang nur erfolgreich gewesen, weil niemand sie verdächtigte. Sie wusste nicht, ob die Diener sie verraten würden. Einige wahrscheinlich, andere nicht. Aber die Gäste? Nein, die würden sich überschlagen, um Beweise zu finden und Sichtungen beizusteuern, genau wie sie es mit der erfundenen Geistergeschichte getan hatten.

»Sie wollen sich auf Klatsch und Tratsch verlassen?«

»Klatsch und Tratsch sind die Triebfeder meines Lebens.«

Wenn sie nicht so verängstigt gewesen wäre, hätte sie wahrscheinlich verächtlich geschnaubt. »Wollen Sie etwa behaupten, dass all die Dinge, die man sich über Sie erzählt, gar nicht stimmen?«

»Alles gemeine Lügen.« Sie sah schier einen Heiligenschein über seinem Kopf leuchten, als er sie mit weit aufgerissenen aquamarinblauen Augen unschuldig ansah.

»Und Sie haben sich noch nie an eine Debütantin herangemacht?«

»Oh, ich mache mich nur zu gern an sie heran.« Er schenkte ihr ein weiteres süffisantes Grinsen.

»Dann scheint es wohl so, als ob die Lügen wahr wären.«

»Nur gelegentlich.«

Sie raffte ihren Rock. »Was wollen Sie, Mr. Deville?«

»Ich will, dass Sie mich bei meinem Namen nennen.«

»Aber da stehen so viele zur Auswahl. Wüstling, Bankert, verfluchter –«

Er legte zwei Finger auf ihre Lippen, dann ließ er diese weiter hinabwandern und strich über ihre Unterlippe. »Sehr schlagfertig, mein Mädchen, aber es ist nicht gerade schlau von Ihnen, den Mann zu verärgern, der Sie zugrunderichten kann.«

Sie wich mit ihrem Gesicht zurück, doch seine Hand legte sich stattdessen um ihre Taille. »Mich zugrunderichten? Wohl kaum.«

»Ach nein? Dann sind Sie also nicht von Cheevers' Wohlwollen abhängig, um leben zu können? Und auch nicht von dem, was die Dorfbewohner von Ihnen denken?«

Sie schlug seine Hand weg. »Ich bin die Besitzerin meines Cottage.«

»Wie schnell sich das ändern kann. Eine alleinstehende Frau, ein Earl mit finsteren Absichten.«

Er hielt ihre Hand fest und presste sich gegen sie, während er in ihr Ohr flüsterte: »Die Adeligen haben alle Macht, haben Sie das noch nicht gelernt?«

Sie riss sich los, und er ließ es zu. »Was wollen Sie?«

»Was ich will? Nun, dass Sie weitermachen natürlich.«

Sie starrte ihn an, und ihre Brust hob und senkte sich, als wäre sie gerade ein Rennen gelaufen. »Sie sind verrückt.«

»Nein. Sabotieren Sie weiter das Turnier, Caroline. Nehmen Sie mich weiter aufs Korn, *zeigen* Sie mir das, was Sie mit aller Macht zu verbergen versuchen.«

»Es gibt nichts zu verbergen.«

»Ach nein?« Er zog seine Augenbraue hoch. »Wollen Sie nicht, dass ich gewinne, weil Sie mich für sich selbst wollen?«

»Sie sind tatsächlich verrückt.«

Er schmunzelte. »Natürlich nicht. Ich bin nichts weiter als ein Opportunist. Für jede Disziplin, die Sie sabotieren, verlange ich, dass Sie mir einen Sieg durch Aufgabe zugestehen.«

Seine Lippen berührten sacht ihr Ohr, als er seine Wange an die ihre schmiegte. »Wir werden unser eigenes Turnier abhalten, ja?«, flüsterte er. »Wenn Sie weitermachen, dann gibt mir das zu verstehen, dass Sie mir jene Siege zugestehen wollen. Und glauben Sie mir, sie werden die reinste Folter sein für jemanden, der sich für so sittsam hält wie Sie es tun.«

Sie wich von ihm zurück. »Das ist Erpressung.«

»Ist es das?« Er legte seinen Kopf schief, und in seinen Augen blitzte von neuem Zorn auf. »Sie versuchen, meine Chancen auf den Sieg zunichtezumachen. Ich sehe es nur als eine Erhöhung des Einsatzes.«

»Ich versuche, *allen* die Chancen auf den Sieg zunichtezumachen.«

»Ich glaube, darüber könnte man streiten, aber was kümmert es mich schon, was Sie den anderen antun? Sie versuchen, *meine* Chancen zunichtezumachen, ich verlange Genugtuung.«

»Sie sind kein Gentleman.«

Er berührte eine ihrer Locken und ließ seinen Finger an der Strähne hinabgleiten. »Ich glaube, das haben wir bereits hinlänglich festgestellt. Und ich glaube, wir haben ebenfalls festgestellt, dass Sie keine Lady sind.« Sie war wie vor den Kopf gestoßen. »Wie wollen Sie es haben? Soll ich aller Welt kundtun, dass Sie der Saboteur sind?«

Auf dem Weg näherten sich Stimmen. Deville zog vielsagend seine Augenbraue hoch und ließ den Markierungsstab in seiner anderen Hand kreiseln.

»Wie wollen Sie es haben, Caroline? Ich kann es Ihnen gleich hier und jetzt erzählen ... oder ...«

Die Stimmen kamen immer näher.

»Schon gut, schon gut.« Sie entriss ihm den Stab und wandte sich zum Gehen. Er drehte sie gnadenlos wieder herum. Sie stieß einen erschreckten Laut aus, als er seinen Leib gegen den ihren presste, sich wollüstig an sie schmiegte. Caroline spürte den schier übermächtigen Drang, ihren Körper mit dem seinen zusammenzufügen wie die Teile eines Puzzles.

Er lächelte sündig und ließ sie los.

Caroline stolperte ins Gebüsch, für den Moment orientierungslos vom Sturm der Gefühle. Den mit Erde verkrusteten Stab hielt sie an ihre Brust gedrückt. Sie mochte zuvor schon um ihr Seelenheil gefürchtet haben, aber da hatte sie keine Ahnung gehabt, wie groß die Schwierigkeiten, in denen sie steckte, wirklich waren.

10

Es ist eine Binsenweisheit, dass erwartungsvolle Spannung das erfüllendste Gefühlserlebnis ist. Dass eine gehörige Portion Herzklopfen wahre Wunder für die Verfassung bewirkt. Und an einem Ort, an dem beides in solcher Hülle und Fülle vertreten ist, muss man sich fragen, werte Leser, wie die Gäste und die Wettstreiter auf Meadowbrook ihre Trümpfe ausspielen und ihre Einsätze machen ...

Caroline wartete furchtsam wie eine Glocke, die gleich das letzte Stündlein schlagen würde. Ein Klopfen an ihrer Tür ließ sie zusammenschrecken, und ihr Arm schubste unwillkürlich die Kochtöpfe scheppernd gegeneinander. Caroline holte tief Luft und öffnete die Tür.

»Caroline!«

Sarah umarmte sie stürmisch und drängte sich dann an ihr vorbei. Caroline atmete erleichtert aus. »Sarah, was machst du denn hier?« Sie hatte erwartet, Deville dreist grinsend und lüstern vor der Tür zu sehen.

»Ich fahre nach London und wollte dich vor meiner Abreise unbedingt noch schen.«

»Du fährst nach London?«

»Ja. Lady Tevon hat mich bei Madame Tardineau zum Maßnehmen für mein Brautkleid angemeldet. Bei Madame Tardineau! Kannst du das glauben?« Sie drehte aufgeregt eine Pirouette. »Die beste Modistin von London wird mein Brautkleid schneidern. All die jüngeren Frauen begleiten uns. Wir werden einiges zusammen unternehmen und dann an einem Ball teilnehmen, der heute Abend nur für uns in London ausgerichtet wird. Sie alle sind so freundlich zu mir.« Sie strahlte.

Caroline schluckte. Es war schwer, angesichts von Sarahs Begeisterung etwas anderes als Freude an dieser Farce von einem Turnier zu empfinden. Und nach ihren geröteten Wangen zu urteilen, tat ihr auch Williams Freundschaft sehr gut. Vielleicht war es falsch von Caroline, sich gegen den Wettkampf zu stellen? Sarah würde die Ballkönigin sein. Ihre Reise würde –

Ihre *Reise*.

»Oh.« Carolines Stimme war schwach. Ihre vorrangigste Sorge galt schlagartig nicht mehr, Sarah zu beschützen, sondern sich selbst zu schützen. Sobald Sarah fort war, hielt Deville nichts mehr zurück.

Sarah ging aufgeregt durch die Küche und steckte sich eine reife Erdbeere in den Mund. »Ich muss mich auf den Weg machen, aber ich wollte mich vergewissern, dass du Bescheid weißt und einige Tage allein zurechtkommst.«

Caroline machte sich gerade. »Natürlich, du Dummerchen. Amüsier dich gut.«

Sarahs Lächeln erlosch. »Ich gebe mir alle Mühe. Ich rufe mir immer wieder ins Gedächtnis, dass ich in wenigen Monaten einen Mann heiraten muss, bei dessen Wahl ich keinerlei Mitspracherecht habe. William ist mir dabei eine Hilfe. Aber was, wenn der Sieger ein ganz abscheulicher Mensch ist? Wie Mr. Bateman?« Sie schüttelte sich.

Caroline stellte Bateman auf ihrer Eliminierungsliste ganz obenan. Es würde ihr ein Vergnügen sein, ihn kaltzustellen, besonders jetzt, da sie eine neue Taktik ersinnen musste, um Deville loszuwerden – oder ihm den Sieg über sich zu überlassen. Sie tätschelte aufmunternd Sarahs Hand. »Mach dir darüber jetzt noch keine Sorgen. Genieße deine Anprobe bei Madame Tardineau und amüsier dich mit den anderen.«

Sarahs Lächeln kehrte zurück, wenngleich nicht ganz so strahlend, doch zumindest stand es ihr besser als die bekümmerte Miene, die sie noch vor wenigen Wochen ständig aufgesetzt hatte. »Vielen Dank, Caro. Gräm dich nicht ohne mich«, gab sie kess zurück. »Ich sehe dich dann, wenn ich wieder zurück bin!«

Und schon war sie zur Tür hinaus.

Caroline sank gegen den Arbeitstisch. Die Woche wurde immer schlimmer.

»Aber, aber, so sehe ich Sie gar nicht gerne. Freuen Sie sich denn nicht, mich zu sehen?«

Sie riss den Kopf hoch und sah einen grinsenden Mund und glühende Augen, die sie von der offen stehenden Tür aus musterten. Er lehnte dreist im Türrahmen.

Caroline verschränkte ihre Arme vor der Brust. »Mir ist ganz elend zumute.«

Er löste sich vom Türrahmen und kam ohne Eile auf sie zu. »Nun, das müssen wir umgehend ändern.«

Sie suchte Schutz hinter dem Tisch und hielt abwehrend ihre Hände hoch, während ihr Blick zu der offenen Tür huschte.

»Wollen Sie weglaufen?«

»Ja«, erwiderte sie unverblümt.

Sie vermeinte, in seinen Augen von Herzen kommende Heiterkeit aufblitzen zu sehen, bevor er sie einholte und seine Finger ihr Kinn zu ihm wandten. »Aber, aber, Caroline, ich bin nur gekommen, um Ihnen eine Einladung zu überbringen, heute an einem Spieleabend auf Meadowbrook teilzunehmen.«

»Sarah fährt heute nach London, zusammen mit all den anderen jungen Ladies. Es besteht kein Anlass für mich, mich den Gästen anzuschließen.«

Seine makellosen Zähne blitzten sie an. »Vielleicht *möchten* wir einfach nur in den Genuss Ihrer Gesellschaft kommen.«

»Nun, dann tut es mir leid.«

Seine Finger glitten an ihren Hals hinab bis zu der Stelle, wo Haut auf Stoff traf. »Cheevers sagte, dass Sie kommen sollten.«

Sie erstarrte. »Und gehe ich recht in der Annahme, dass ihm jemand eingeflüstert hat, dass ich teilnehmen müsste?«

»Vielleicht.« Seine Finger zupften die Spitze an ihrem Kragen zurecht.

Sie schlug seine Hand weg. »Sind Sie gekommen, um den Lohn Ihrer Erpressung einzufordern?«

»Nein, nein, das wäre zu leicht.«

Sie starrte ihn an. »Sind Sie verrückt?«

»Soweit ich mir bewusst bin, nicht, aber Sie fragen mich das nicht zum ersten Mal.«

»Mrs. Martin?«, rief Mary, ihre Haushilfe, von draußen.

Carolines Herz setzte einen Schlag aus. Sebastien zog fragend eine Augenbraue hoch. »Legen Sie die Steine einfach neben die Bank«, rief sie zurück.

»Mach ich. Ich komme in fünf Minuten wieder!«

Wie herbeigezaubert tauchte eine Karte in Devilles Fingern auf, so hingedreht, dass Caroline die verschnörkelte Adresse sehen konnte. »Ihre Einladung.«

Sie griff danach, und er zog Caroline an sich. »Gesellschaftsspiele heute Abend, jetzt, da die Tochter des Hauses fort ist.«

»Ich bin kein Freund von Gesellschaftsspielen.« Sie zog erfolglos an dem Büttenpapier.

»Oh, da wäre ich mir nicht so sicher, Caroline.« Er ließ die Einladung los. »Bis heute Abend dann.« Er verließ das Cottage und folgte demselben Weg, den Sarah genommen hatte, doch sein Schritt hatte nichts von ihrem Schwung, sondern erinnerte stattdessen an das Pirschen eines Raubtiers.

Caroline klappte die Einladung auf und fluchte.

Das Abendessen war eine recht freundliche Angelegenheit gewesen, wenngleich die Atmosphäre von einer seltsamen unterdrückten Anspannung bestimmt war. Caroline hatte das Gefühl gehabt, alle würden sie beobachten. Sie zog sich nach dem Essen alsbald in das Damenzimmer zurück, um nachzuschauen, ob ihr etwas zwischen den Zähnen steckte. Nachdem sie sich vergewissert hatte, dass ihr Äußeres keinen Grund zur Beanstandung gab, begab sie sich in den großen Salon, wo die Frauen in kleinen Grüppchen um die vielen Spieltische standen und an ihrem Likör nippten. Als sie eintrat, stockte die Unterhaltung kurz, und alle richteten ihre Aufmerksamkeit auf sie. So abrupt, wie sie unterbrochen worden waren, wurden die Gespräche wieder aufgenommen, so als wäre nichts geschehen.

Harriet Noke kam hüftschwingend zu ihr herüber, fasste sie am Arm und zog sie beiseite. »Meine teure Mrs. Martin, wie schön, dass Sie uns mit Ihrer Anwesenheit beehren. Wir können es gar nicht abwarten, mehr über das Anwesen und den geheimnisvollen Geist, der hier sein Unwesen treibt, zu hören. Lady Tevon erwähnte, dass Sie den größten Teil Ihres Lebens hier verbracht haben und dass Sie uns mehr erzählen könnten.«

Harriet führte sie zu einer illustren Clique von Klatschbasen. Eine der Ladies beugte sich verschwörerisch zu ihr: »Ja, erzählen Sie uns alles. Wie war es, all die Jahre mit dem boshaften Geist zu leben?«

Caroline schaute sich um, während sie hektisch überlegte, was sie sagen sollte. »Es ist ausgesprochen lehrreich gewesen. Geister sind sonderbare –«

»Oh, wem sagen Sie das! Ich schwöre, ich habe ihn erst jüngst des Nachts im Schlafgemach nebenan stöhnen hören.«

»Das war der Baron, den du dabei gehört hast, wie er sich selbst zur Hand gegangen ist, Samantha«, bemerkte Harriet mit ihrer verruchten Stimme.

Die Frauen lachten.

»Als ob du besonders leise gewesen wärst, Harriet. Du hast gejauchzt wie eine rollige Katze. Zu schade, dass dein Tiger sich sein Vergnügen jetzt anderweitig sucht.«

»Und woher willst du das wissen, Liddy? Du bist doch viel zu sehr damit beschäftigt, dich von Everly beglücken zu lassen.«

Liddy warf einen Blick zu Caroline, bevor sie sich aufgebracht wieder Harriet zuwandte: »Du hältst dich für so schlau, Harriet.«

»Oh, das bin ich«, gab Harriet zurück.

Es war, als würde man eine weibliche Version von Deville

vor sich haben, aber ohne den Vorzug primitiver Anziehungskraft. Caroline verzog angewidert das Gesicht.

»Nun, ich schwöre, ich habe letzte Nacht den Geist gefühlt. Er hat meinen Oberschenkel berührt. So wie eine klamme Hand.« Die Frau schüttelte sich.

»Das war Petries Hand, Philla. Führ dich nicht auf wie eine dumme Gans.«

Wieder lachten die Frauen. Caroline fand die ganze Unterhaltung ekelerregend. Sie könnte in diesem Moment hundert andere, bessere Dinge tun. Könnte das Fest planen, sich mit den Dorfmatronen besprechen, den Kindern die Tänze beibringen, geistesabwesend ins Kaminfeuer starren. *Alles* war besser als das hier.

»Und wie steht es mit Ihnen, Mrs. Martin? Haben Sie einen Gentleman in Ihrem Gemach?«

Alle Frauen beugten sich neugierig vor, doch zu Carolines großer Erleichterung wählten die Männer eben diesen Moment, um im Pulk in den Salon einzumarschieren. Sie hatten sich nicht viel Zeit mit ihren Brandys und ihren Zigarren gelassen. Vielleicht hatten sie sich schnellstmöglich wieder zu den Frauen gesellen wollen, damit die richtigen Spiele beginnen konnten, oder vielleicht konnten sie es keinen Moment länger miteinander aushalten. Caroline fragte sich, ob nicht an beiden Mutmaßungen etwas Wahres war.

Die Männer verhielten sich bedeutend ungezwungener, nun da die unverheirateten Ladies weg waren und der Alkohol in Strömen floss. Die Unterhaltungen wurden anzüglicher, das Geschmuse offensichtlicher. Die Fesseln waren in einem Maße abgestreift, wie Caroline es noch nie zuvor hautnah miterlebt hatte, da ihr einziger wirklicher Kontakt mit der Crème de la Crème der feinen Gesellschaft aus Sarah bestand. Dies mutete eher wie ein Dorffest an, welches ein wenig aus dem Ruder gelaufen war.

Einige der Männer hielten schnurgerade auf die Klatschbasen zu, die Gruppe mit den hübschesten und freizügigsten Mitgliedern.

Leider gehörte auch Deville zu den Männern, die herübergeschlendert kamen. Eines musste ihm der Neid jedoch lassen: Er tat es bedeutend gekonnter als die anderen. Da war ein gewisses Widerstreben in seinem Gang, so als interessiere ihn keine der Frauen. Nachdem Caroline eine Anzahl zunehmend begehrlicher Blicke in seine Richtung bemerkt hatte, musste sie anerkennen, dass seine Taktik beeindruckend erfolgreich war.

»Sollen wir mit Scharaden und Kartenspielen beginnen? Wir haben mehr als genug Leute für beides«, schlug eine der Frauen vor.

Timtree fragte Deville etwas, und Devilles verruchtes Lachen floss wie in Wogen über Caroline hinweg.

Harriet beugte sich zu Caroline. »Kommt er Sie im Cottage besuchen, Mrs. Martin? Hat er Ihr Schlafgemach besucht, wie er meines besuchte?« Sie lächelte mit verschleiertem Blick. »Ich meine natürlich den Geist.«

Carolines Miene wurde unwillkürlich verkniffen. »Natürlich. Und nein, das hat er nicht, und das wird er auch nicht.«

»Schade«, sagte Harriet sichtlich mehr als befriedigt. Sie stand auf. »Sebastien, mein Lieber, sollen wir ein Paar bilden?«

Caroline erwartete halb, dass er zu ihr sehen würde, doch seine Augen huschten nicht einmal flüchtig in ihre Richtung. »Aber mit Vergnügen, Harriet.« Er bot ihr seinen Arm an.

Mistkerl. Mal hü, mal hott, nur um sie aus der Fassung zu bringen. Der unersättliche Frauenheld.

Die Kartenspieler begannen, nach Partnern Ausschau zu halten, während sich die anderen für die Scharaden versammelten. Caroline stand resigniert auf, um sich letzteren anzuschließen und über die nächste Stunde das wilde Gestikulieren und die sexuellen Anspielungen der Mitspieler zu ertragen.

»Mrs. Martin?«

Sie drehte sich um und sah sich Lord Benedict gegenüber, der sich höflich vor ihr verbeugte.

»Ja, Mylord?«

»Würden Sie mir die Freude machen, beim Whist meine Partnerin zu sein?«

Sie betrachtete die sich zusammenfindenden Paarungen für das Kartenspiel, dann die Scharadenspieler, die bereits anzügliche Gesten machten, während sie sich noch in Mannschaften aufteilten. Außerdem spielte sie eigentlich ganz gern Karten, erhielt aber viel zu selten Gelegenheit dazu. »Es wäre mir ein Vergnügen.«

»Ausgezeichnet.« Er lächelte, und ihr ging durch den Sinn, dass er unendlich attraktiver aussah, wenn er eine freundliche Miene machte. Die Ähnlichkeit zwischen Benedict und Deville war nicht ausgeprägt, aber doch zu erkennen, so wie die rosigen Streifen der Morgendämmerung am noch dunklen Himmel.

Er bot ihr seinen Arm an, und sie zögerte einen Moment, bevor sie sich bei ihm einhakte.

»Lord Benedict. Mrs. Martin.« Cheevers winkte sie herüber, ohne Caroline wirklich Beachtung zu schenken. Sie fragte sich, warum er sie überhaupt zu diesem Abend eingeladen hatte. Jemand musste die richtigen Worte gefunden haben, um ihn dazu zu überreden. Caroline vermied angestrengt, auch nur in Devilles Richtung zu schauen. Dass er sie erpresste, bedeutete noch lange nicht, dass er über sie bestimmen konnte.

Nicht in allem zumindest.

Cheevers begann, Vierergruppen für den ersten Whist-Robber zusammenzustellen. Und wie der Zufall es wollte …

»Lord Benedict, Mrs. Martin, Mr. Deville, Mrs. Noke.«

Während Cheevers die Namen ausrief, sah Caroline William, ein freundliches Gesicht inmitten all dieses Wahnsinns, in den Salon kommen und sich zu den Scharadenspielern gesellen. Hätte sie sich doch nur jener Gruppe angeschlossen. Sie hatte nicht einmal gewusst, dass William noch auf Meadowbrook weilte, da er beim Abendessen nicht zugegen gewesen war.

Sie rang sich ein Lächeln für Benedict ab und versuchte dabei den finsteren Blick zu ignorieren, mit dem Deville zu ihnen herüberstarrte. Benedict stierte seinerseits finster zu den anderen beiden, und während er einen Stuhl für sie hervorzog und ihr vielleicht mit etwas mehr Zuvorkommenheit, als unbedingt nötig war, beim Platznehmen half, fragte Caroline sich, worauf sie sich da eingelassen hatte, als sie der Teilnahme am Kartenspiel zugestimmt hatte.

Harriet musterte sie mit stechendem Blick. Deville und Benedict beäugten einander mit Verachtung und unverhohlenem Groll. Irgendwie hatte sie es geschafft, an einem Tisch zu enden, an dem es unter der Oberfläche heftiger brodelte als im Inneren des Vesuvs.

Sie wünschte sich in diesem Moment inständig, sie würde in ihrem Cottage vor dem anheimelnden Kaminfeuer sitzen und von besseren Zeiten träumen.

»Die höchste Karte gibt.«

»Dann wollen wir mal sehen, ob Sie seit dem letzten Mal besser Kartenspielen gelernt haben.« Deville trank einen Schluck von seinem Madeira, während er Benedict beiläufig verhöhnte, als ob es ihn keinerlei Überlegung kostete.

Harriet war eine aggressive Spielerin, die ihre Gegner hämisch ausstach und sich keinen Stich entgehen ließ. Benedict war ein penibler Spieler, der jeden Stich abwog und überlegte, auch wenn seinem Spiel trotzdem immer etwas Verzweifeltes anhaftete. Deville hingegen rekelte sich auf seinem Stuhl und überließ es Harriet, alle Stiche zu machen, während er nur scheinbar willkürlich Karten aus seinem Blatt zog und träge auf den Tisch warf. Nur seine Augen, die alles mit scharfem Blick verfolgten, straften seine Nonchalance Lügen.

Deville beunruhigte sie am meisten, und das mit Fug und Recht. Harriet mochte zwar eine gerissene Spielerin sein, doch sie erging sich in Schadenfreude. Wenn man sie lange genug beobachtete, konnte man leicht erkennen, welche Karten sie auf der Hand hatte. Benedict verriet ebenfalls die Stärke seines Blattes.

Devilles Miene hingegen war, anders als die ausdruckslosen Masken, die exzellente Kartenspieler so gekonnt zur Schau stellten, finster und gefährlich, nonchalant und gelangweilt. Sein Gesicht zeigte *zu viele* widersprüchliche Regungen, wie wenn sein grundlegender Ausdruck sich selten wandelte. Caroline konnte an seiner Miene nicht erraten, was für ein Blatt er hatte. Es schien immer so, als ob er die besten Karten auf der Hand hätte und gleichzeitig bluffen würde. Es war kein Wunder, dass er alle in den Wahnsinn trieb.

Harriet und Deville lagen drei zu eins vorn, als Benedict sagte: »Sollen wir eine Wette auf den Ausgang der nächsten Partie abschließen?«

»Ja.« Harriets Blick war verhangen, und sie strich mit ihren Karten aufreizend auf ihrem üppigen Dekolleté hin und her. »Sollen wir klein anfangen und den Einsatz dann erhöhen?«

»Warum nicht«, sagte Deville gelangweilt. Doch der Blick, mit dem er sie bedachte, verriet, dass er alles andere als gelangweilt war.

Caroline wandte sich zu ihrem Partner. »Es tut mir leid, aber ich bin kein großer Freund von Wetten, Lord Benedict«, erklärte sie ruhig und gelassen.

»Nicht?« Benedicts Blick wanderte von ihr zu Deville. »Wie

schade, denn es gibt andere an diesem Tisch, die ganz verliebt ins Wetten sind.«

Etwas Ungesagtes hing plötzlich im Raum.

Caroline lächelte entschlossen. »Bitte lassen Sie sich von mir nicht abhalten, untereinander zu wetten, aber dann eben ohne mich.«

»Oh, wir würden Sie unbedingt dabeihaben wollen, Mrs. Martin«, erwiderte Benedict und sah dabei weiter seinen Halbbruder an.

»Mrs. Martin, seien Sie doch keine Spielverderberin. Es ist doch nur eine kleine Wette. Sie können sich Ihre Prüderie gewiss für einen anderen Abend aufheben.« Harriet schüttelte forsch ihren Kopf, und eine Locke fiel ihr verführerisch in die Stirn.

»Ach, ich weiß nicht.« Deville schenkte Caroline einen ebenso wissenden wie sinnlichen Blick. »Ich persönlich finde Sie recht reizvoll.«

Caroline war in seinem Blick gefangen wie in einer Falle, doch ihr entging nicht der lodernde Zorn der Frau zu ihrer Linken.

»Genug des Unfugs. Sind Sie nun dabei oder nicht? Selbst Benedict ist bereit, einen Einsatz zu wagen, und dabei weiß jeder, dass er nie gegen Sebastien gewinnt. Vielleicht ist heute Ihr Glückstag.«

Benedict lief puterrot an, und es war etwas an seinem Gesichtsausdruck ... Und dann ging ihr plötzlich ein Licht auf. Benedict hatte sich in Harriet *verliebt*. Offenkundig teilte er Carolines Hang zu schwarzen Schafen und verbotener Frucht. Harriet war das weibliche Gegenstück zu Sebastien Deville.

Caroline verabscheute sie von ganzem Herzen.

Und war ihr da tatsächlich gerade in Gedanken erklärt, dass sie Sebastien Deville begehrte? Sie würde jenen Gedanken mit aller Macht ausmerzen, wenn sie morgen ihr Cottage sauber machte. Sie würde einmal kräftig den Boden schrubben, um unliebsame Elemente zu entfernen.

»Benedict gewinnt die meisten seiner Wetten«, widersprach der Geschmähte.

Harriet grinste. »Nicht gegen Sebastien. Es ist schwer, seinem Vorbild gerecht zu werden.«

Caroline studierte ihre Karten, während Harriet und Benedict sich ihr kleines Wortgefecht lieferten. Ihr Blatt war ausgezeichnet. Gut genug, um einen Einsatz zu wagen. Über die Hälfte der Stiche würden an sie gehen, wenn sie sich auf diese unerhörte Wette einließ. Sie kaute nachdenklich an ihrer Unterlippe. Als sie aufblickte, sah sie, dass Sebastien sie beobachtete. Er zog seine Braue hoch, grinste und wandte dann seine Augen von ihr ab.

»Also, was wollen wir wetten?« Harriets Karten wanderten von Neuem über ihr Dekolleté, tauchten in das Tal zwischen ihren Brüsten. Ihr glühender Blick schloss sie alle ein. »Sollen wir uns ein wenig miteinander amüsieren?«

Benedict fixierte Deville mit einem finsteren Blick, und seine Abscheu stand ihm unverkennbar ins Gesicht geschrieben. Deville hatte sich etwas besser im Griff, ohne dabei Harriet aus den Augen zu lassen. Der leicht verkrampfte Zug um seine Lippen verriet ihn, auch wenn seine Miene ansonsten ein meisterliches Abbild der Langeweile war. »Aber Harriet, müssen Sie Benedict denn immer so necken? Er macht sich dann nur falsche Hoffnungen.«

»Sie elender –«

Harriets helles Lachen ließ Benedict verstummen, und er sah sie abermals mit jenem begehrlichen Blick an. Wie schön. »Oh, Lord Benedict, was würden Sie denn vorschlagen?«

»Wie wäre es damit, wenn die Gewinner entscheiden? Alles, was sie wollen, steht zu ihrer freien Verfügung.«

Caroline blinzelte bestürzt. Sie hielt das für keine gute Idee.

Andererseits war es natürlich sehr gut möglich, dass Deville sich für Harriet entschied. Harriet würde zweifellos ihn wählen. Genau betrachtet, konnte Caroline also gar nicht verlieren, selbst wenn sie die Verliererin war, oder? Sie würde ganz einfach für jenen Abend von Deville befreit sein und unbemerkt von den anderen Gästen entschwinden. Und falls Deville gewann und sie auswählte … nun, was ihn betraf, steckte sie sowieso schon in größten Schwierigkeiten. Sie fuhr sich nervös mit der Zunge über den Mund.

Harriet schürzte ihre sinnlichen Lippen und ließ sich den Vorschlag durch den Kopf gehen. »Nicht sehr aufregend, aber ich sehe die Möglichkeiten, uns der Spreu zu entledigen.«

Offensichtlich war Harriet auch überzeugt, dass sie sich ihrer in eben der Art und Weise entledigen konnte, die Caroline sich wünschte.

»Mrs. Martin? Sind Sie dabei?«, fragte Benedict. Sein Blick hatte etwas Sehnsüchtiges und unendlich Mitleiderregendes.

Deville sah sie herausfordernd an.

Caroline sinnierte über ihr Blatt, ihr Siegesblatt, nach und über die Chance, dass sie Deville loswerden oder in seinen Armen enden könnte. Benedicts Augen flehten sie an …

»Na schön«, hauchte sie und hasste sich bereits für ihre Entscheidung.

Irgendwo in den Tiefen der Hölle lachte Patrick sich schallend ins Fäustchen.

Harriet schaute sehr zufrieden drein und nahm ihre Karten hoch. Deville würdigte die seinen kaum eines Blickes. Benedict starrte mit eiserner Entschlossenheit auf sein Blatt.

Caroline und Benedict gewannen. Beinahe jede Partie.

Die Bestürzung auf Harriets Gesicht war unbezahlbar. Die Bestürzung auf Benedicts Gesicht war beinahe ebenso befriedigend. Deville schaute nur gelangweilt drein, wie immer.

»Wir haben gewonnen«, verkündete Benedict, so als könne er es selbst kaum glauben.

Caroline runzelte die Stirn. »So seltsam ist das nicht. Kartenspiel hat viel mit Glück zu tun.«

Benedict und Harriet sahen sie jeder auf seine Art ungläubig an, während Deville einfach nur amüsiert wirkte.

Deville zündete sich bereits einen Zigarillo an und blies den Rauch zur Decke, während er sich auf seinem Stuhl so weit wie möglich zurücklehnte.

Benedict sah noch immer aus, als könne er sein Glück kaum fassen.

Harriet verschränkte die Arme. Offensichtlich wusste sie Benedicts Zeichen richtig zu deuten. »Nichts spricht dagegen, dass die Gewinner einander auswählen.« Sie warf Caroline einen kritischen Blick zu. »Manche Männer sind ja begierig auf dralle, sittsame Landmädchen.«

Benedict schenkte Caroline einen respektvollen Blick, was ihn in ihrer Achtung steigen ließ. »Mrs. Martin ist eine schöne Frau.« Er verstummte abrupt, so als wäre ihm plötzlich ein Gedanke gekommen, und sein Gesicht nahm einen seltsamen Ausdruck an, während er einen verstohlenen Blick auf Deville warf.

Deville erstarrte, den Zigarillo an seinen Lippen, sodass der sich schlängelnde Rauch einen Moment lang seine Züge verbarg, bevor er einen Zug nahm, Benedict durchdringend fixierte und den Rauch in seine Richtung blies.

Benedict wedelte mit einer knappen Geste den Rauch aus seinem Gesicht. Seine Augen funkelten zornig. Er öffnete seinen Mund, dann besann er sich eines anderen, denn die selten zum Einsatz kommende Selbstbeherrschung ergriff von ihm Besitz. Er riss seine Augen von Deville los und sah mit eindringlichem, gequältem Blick zu Caroline, dann wurde sein Blick allzu offensichtlich sanfter, da er zu Harriet weiterwanderte.

»Sollen wir uns zurückziehen?«, sagte Benedict zu Harriet. Caroline musste es ihm lassen, er klang gelassener, als sie erwartet hatte.

Harriet blitzte Benedict böse an. »Na schön«, sagte sie ungnädig. Sie sah ein letztes Mal zu Deville, dann bedachte sie Caroline mit einem vernichtenden Blick. »Ich wünsche Ihnen eine gute Nacht.«

Sie stolzierte aus dem Salon, dichtauf gefolgt von Benedict.

»Vergessen Sie nicht, was wohin gehört, Benny. Ich bin sicher, Harriet wird Ihnen zur Hand gehen, sollten Sie Nachhilfe brauchen«, rief Deville ihnen hinterher.

Wenn Blicke töten könnten, hätte jener, den Benedict über seine Schulter warf, Deville auf der Stelle niedergestreckt.

»Das war nicht sehr nett von Ihnen«, sagte sie.

»Nicht?« Er schenkte ihr einen schamlosen Blick voller Missachtung. »Benedict ist ein Bastard. Leider nicht im herkömmlichen Sinne.«

Bevor Caroline etwas darauf erwidern konnte, lächelte er sein typisches anzügliches Lächeln und blies Rauch an die Decke. »Einen Moment lang dachte ich, Benedict würde Sie wählen, um mir eins auszuwischen. Ich hätte ihn natürlich erschlagen, wenn Sie eingewilligt hätten.«

»Sie haben kein Recht, so etwas zu sagen.«

Er beugte sich vor und drückte seinen Zigarillo aus. »Ach nein?«

»Nein, und außerdem verstehe ich nicht, womit Benedict solch garstige Bemerkungen verdient hat.«

»Benedict verdient alles, was er bekommt.«

»Warum? Was hat er Ihnen getan?«

Devilles Lächeln war nicht im Geringsten aufrichtig, als er den Zigarillostummel in einem Kupferübertopf ausdrückte. »Benny kann mir gar nichts mehr anhaben. Besonders nach Ende des Turniers nicht mehr.«

»Und was erwarten Sie, was dann passiert?«

Er zog seine Augenbraue hoch. »Ich erwarte zu gewinnen.«

Ihr Magen zog sich zusammen. »Sarah wird niemals mit Ihnen glücklich werden.«

»Und Sie denken, Sie würde mit Benedict glücklich werden? Oder mit Everly?«

Sie machte ein verkniffenes Gesicht.

»Nein«, sagte er. »Sabotieren Sie nur weiter den Wettbewerb, um Ihr Lämmchen vor all den großen bösen Wölfen zu beschützen, und ich werde einfordern, was mir zusteht. Und dann werden wir ja sehen, wer am Ende triumphiert.«

Der Salon leerte sich nach und nach, während die Gäste sich entweder zu Paaren zusammenfanden oder sich für andere Amüsements in andere Räume begaben.

Deville stand auf. »Kommen Sie.«

Sie traten in den Korridor und folgten einer kleinen Gruppe, die zum See unterwegs war. Auf dem Weg entledigten sich die Pärchen bereits stolpernd und lachend ihrer Kleidung. Caroline konnte sich glücklich schätzen, wenn nicht einige von ihnen die Meile bis zu ihrem Cottage torkelten und sich mit Gewalt Einlass verschafften, um dort in ihrem betrunkenen Zustand zu kopulieren.

Sie beobachtete gerade interessiert eine Frau, die vergeblich versuchte, ihr Korsett abzulegen, und sich dabei hilflos in den Schnürbändern verhedderte, als Deville sich umdrehte, sie mit Schwung in ein dunkles Zimmer zog und eilig die Tür hinter ihnen schloss.

Die vom Boden bis zur Decke reichenden Fenster des kleinen Salons ließen genug Mondlicht herein, sodass Caroline Devilles Züge ausmachen konnte, und erlaubten ihr gleichzeitig, das erste Grüppchen der trunkenen Zecher zu sehen, die aus der Hintertür hinaus in den Garten drängten.

Ein Schlüssel wurde im Schloss herumgedreht. Deville kam ohne Eile auf sie zu, und seine Züge wechselten zwischen hell und dunkel, als er durch einen Mondstrahl, dann durch Schatten und dann wieder durch einen Mondstrahl ging. »Ich denke, es ist an der Zeit, dass ich Ihre Aufgabe einfordere.«

Caroline wich gegen einen Sesselrücken zurück. Ihr Herz raste. »Aber ich bin diejenige, die das Kartenspiel gewonnen hat. Von dem Moment an, als wir die Wette abgeschlossen haben. Und es war abgemacht, dass der Gewinner die freie Wahl hat. Und ich habe mich dafür entschieden, nach Hause zu gehen.«

Er legt eine Hand um ihre Taille. »Denken Sie, ich hätte nicht gewusst, dass ich die erste Partie verlieren würde? Ich habe es von Ihrem Gesicht abgelesen, als Sie Ihre Karten studiert haben.« Seine Lippen strichen ganz sacht über ihren Nacken, und ihr stockte der Atem.

»Aber das war nur eine Partie. Wir haben beinahe jede Partie gewonnen.«

»Vielleicht habe ich ja die Karten zu Ihren Gunsten gemischt.«

Er lutschte an der pochenden Ader an der Seite ihres Halses. »Sie haben gemogelt«, sagte Caroline mit erstickter Stimme.

»Für Sie.« Seine Lippen wanderten weiter über ihre Haut. »Nur um zu verlieren. Ich gewinne lieber aus eigenen Stücken.«

»Aber Sie haben *gemogelt*.«

»Ihre Empörung ist köstlich.« Seine Lippen bewegten sich an ihrem Kinn entlang, während seine andere Hand sich um ihre Taille legte und sie an sich zog. »Sie sollten diese Kunstfertigkeit lernen – Sie müssen verstehen, wie man betrügt, um andere beim Betrügen zu erwischen. Es überrascht mich, dass Harriet nichts gewittert hat. Sie ist eine berüchtigte Schummlerin. Sie glauben doch nicht, dass ihre Brüste zufällig so oft Benedicts Ärmel gestreift haben, oder?«

Seine Hände wanderten an ihrem Oberkörper hinauf und über die Seiten ihrer Brüste, bevor sie zu ihrer Taille zurückkehrten. »Wir hätten gewinnen können, wenn ich Ihnen nicht geholfen hätte. Schade. Ich hätte Sie heute Nacht in einem Rausch der Ekstase nehmen können, ohne eine Aufgabe von Ihnen einzufordern.« Er hob ihre Hand, schob einen ihrer Finger in seinen Mund und umspielte ihn in unbeschreiblich lustvoller Weise mit seiner Zunge.

»Aber warum haben Sie es dann getan?«

Er grinste im Mondlicht. Er gab ihren Finger aus seinem Mund frei. »Weil ich es kann. Außerdem –« Seine Finger gruben sich in ihr Haar und zogen ihren Kopf in den Nacken. »– hätte Harriet die Dinge heute Abend durcheinandergebracht. Und Sie gehören mir bereits. Was bedeutet der Sieg, Sie heute für eine Nacht in mein Bett zu bekommen, wenn ich Sie verführen und für ewig dort bannen kann?«

Er lehnte sich ganz leicht zurück und strich mit seinem Daumen über ihre Lippen. »Und das werde ich, darauf können Sie sich verlassen. Aber heute Nacht … heute Nacht hole ich mir nur einen kleinen Vorgeschmack.«

Endlich drückten sich seine Lippen auf die ihren, glühend und stürmisch. Fordernd. Berauschend. Besitzergreifend. Er drückte sie mit dem Rücken gegen die Wand und war nach eiligem Bauschen und Rascheln ihrer Röcke auch schon zwischen ihren Beinen, und sie bäumte sich auf und schob sich gegen ihn in einer feurigeren, hingebungsvolleren Wiederholung ihrer Begegnung auf Roseford.

11

Ein Dieb hilft einem armen Blumenmädchen auf der Straße. Ein Wüstling macht sich nicht über eine naive Unschuld her. Manchmal überraschen uns Menschen, und manchmal erschüttern sie einen bis in die Grundfeste. Man muss sich fragen, ob es nicht alles Teil eines erhabenen Doppelspiels ist.

Caroline tippte sich nachdenklich gegen ihr Kinn und schaute mit zusammengekniffenen Augen in den strahlenden Sonnenschein. »Noah, lass uns die andere Richtung nehmen.« Der Knabe nickte und malte ein Quadrat um einen anderen Teil des Rasters, dann sah er abwartend zu Caroline.

»Bestens. Genauso werden wir es aufbauen, meinst du nicht?«

Seine Wangen wurden rot, wie dies nur die Wangen eines sechzehnjährigen Knaben können. »Ja, Mrs. Martin.«

»Ich denke, wir sollten Mrs. Francis fragen, wo sie den Kuchenstand haben will. Meinst du, du könntest sie heute Nachmittag fragen?«

»Natürlich, Mrs. Martin.« Er sprang auf, als sie die Pläne aufrollte und auf die Bank legte. »Und ich werde auch mit Mr. Reede und Mr. Wallace über die Stände sprechen.«

»Ausgezeichnet. Die Komiteemitglieder und ich müssen uns morgen treffen. Du nimmst mir wirklich die Last meiner Arbeit ab, Noah.«

Der Knabe lief noch röter an. »Was ich tue, ist wirklich nicht der Rede wert, Mrs. Martin.«

»Unsinn. So, gib die hier deiner Mutter und verdreh nicht allen Mädchen im Dorf den Kopf.« Sie gab ihm einen Korb mit Krapfen, den sie neben den rankenden Tomatenstauden abgestellt hatte.

Wenn seine Wangen noch röter geworden wären, hätte Caroline nicht mehr gewusst, welcher Name auf der Farbskala zutreffend gewesen wäre. »Das werd ich. Und natürlich nicht. Ich wollte sagen, ja, Mrs. Martin.«

Noah trollte sich, und so musste Caroline ihr Schmunzeln nicht verbergen. Sie erinnerte sich an die Schwärmereien jenes Alters. An die Unschuld. Dass Noah sich ihretwegen fast überschlug, war mehr als schmeichelhaft. Und es würde, ach, ein paar Wochen oder vielleicht sogar Monate andauern, bevor er sich Hals über Kopf in die Nächste verliebte. So war es nun einmal mit sechzehnjährigen Burschen.

Noah war ein guter Junge. Er würde zu einem starken und rechtschaffenden Mann heranwachsen. Nicht wie Patrick, der ein schwacher, treuloser Junge gewesen war. Caroline strich die Sorgenfalten auf ihrer Stirn glatt, die der Gedanke an Patrick hervorgebracht hatte, und wandte sich um.

So als hätte ihn der Dämon der Verderbnis und Versuchung heraufbeschworen, lehnte Deville an ihrer Tür.

»Eine Ihrer Eroberungen unter den Dorfjungen, Caroline?«

Sie blieb wie angewurzelt stehen. Es wäre blanker Irrsinn zu versuchen, in ihr Cottage zu gehen, da er ihr zweifelsohne folgen würde. Nach dem, was am gestrigen Abend geschehen war … nein, das war keine gute Idee. »Unsinn. Noah wird schon bald wieder den Dorfmädchen hinterherlaufen.«

»Denken Sie, dass es so leicht wäre, Sie zu vergessen?«

»Wenn ich es täte, würde ich es kaum Ihnen auf die Nase binden.« Sie verschränkte ihre Arme.

Er lachte auf. »Wie ich sehe, sind Sie heil und sicher nach Hause gekommen.«

»Das wissen Sie ganz genau, Sie Schuft.«

Er legte seine Hand aufs Herz. »Sie haben mir nicht erlaubt hereinzukommen – wie konnte ich gewiss sein, dass Ihnen kein finsterer Schurke im Haus aufgelauert und sie entführt hat?«

»Als ob Sie nicht wie ein mondsüchtiges Schaf zum Fenster hereingestarrt hätten, bevor Sie sich aus meinem Garten getrollt haben.«

Ein Grinsen kräuselte seine Lippen. »Und was wollte der junge Noah nun von Ihnen?«

»Er hilft mir bei den Vorbereitungen des Mittsommerfestes.«

»Ich wette, dass Sie Noah in Ihr Cottage einlassen.«

»Wenn Sie es wirklich wissen wollen, wir treffen uns gemeinhin hier draußen im Freien. Es gibt Anstandsregeln, selbst wenn der Junge nicht viel mehr als halb so alt wie ich ist.«

»Reifere Frauen fühlen sich oft zu Männern seines Alters hingezogen.«

»Ich bin sicher, dass Sie Erfahrungen mit Frauen jeden Alters haben.« Sie trommelte mit dem Fuß auf. »Nun, Mr. Deville, was führt Sie hierher?«

»Tee?«

»Ich habe Ihnen vor ein paar Tagen unklugerweise eine Tasse Tee gebracht, wie Sie sich erinnern mögen. Sie haben mir meine Gastfreundlichkeit mit Erpressung vergolten.«

»Ich kann mir unter den Umständen kein Bedauern abringen. Um ehrlich zu sein, es könnte gut sein, dass ich mehr als Tee von Ihnen möchte.« Er drückte seinen Rücken durch und stieß sich mit seinen Schultern von der Tür ab.

Ein Schauder fuhr ihr durch Mark und Bein, und sie wich aus Selbstschutz zurück. Die dürren, niedrig hängenden Äste des Ahorns bohrten sich in ihren Rücken und drängten sie vorwärts.

Seine Lippen ergriffen mit der gleichen Entschlossenheit wie am vergangenen Abend von den ihren Besitz. Doch während gestern Leidenschaft gefordert war, war es diesmal anders. Kräftige, weiche Lippen streichelten sacht die ihren, öffneten ihren Mund, drangen jedoch nicht ein. Zärtliche Berührungen, sanfte Liebkosungen, das Sehnen nach einem teuren Geliebten.

Caroline versuchte mit aller Macht, nicht zu reagieren, sich nicht in seinem Griff zu regen. Seine Hände wanderten hinauf zu ihren Wangen, umfassten sie, während seine Lippen sie zaghaft kosteten, wie ein sehr geschickter Anfänger in Liebesdingen. Doch sie wusste, dass Deville kein Anfänger war. Dies war eine Verführung erster Güte.

Und doch, als seine Finger sie so behutsam wie das zarteste Porzellan berührten und sich tief aus seiner Kehle ein Laut erhob, als würde er das köstlichste Dessert kosten, drängte alles in ihr danach, ihm zu antworten.

Ihr Körper schmiegte sich gegen ihn, ihre Finger klammerten sich in sein Hemd, und als er einen wohligen Seufzer gegen ihre Lippen hauchte, musste sie ihre ganze Kraft aufbieten, um nicht ebenfalls zu seufzen. Seine Finger gruben sich in ihr Haar, noch immer behutsam, noch immer sacht und zärtlich wie der Kuss.

Es war der Traumkuss jeder Debütantin, und Caroline konnte nicht einmal darüber genügend Zorn heraufbeschwören, um ihn wegzustoßen. Es war einfach zu schön. Während seine Finger zärtlich durch die Haare in ihrem Nacken strichen, stahl sich hinterlistig der Gedanke in ihren Kopf, wie schön es sein könnte, sich seiner Verführung hinzugeben. Solange sie einen klaren Kopf bewahrte … solange sie ihm nicht ihr Herz schenkte …

»Vielen Dank für Ihre Begleitung, Mr. Miller. Aber ich bin vollends in der Lage, den Rest des Weges selbst zu finden«, verkündete eine durchdringende Stimme.

Caroline stieß Sebastien weg, und ihr blieb schier das Herz stehen, als die Stimmen näher kamen.

»Durchaus, Mrs. Francis, ich wollte nur –«

»Einen guten Tag noch, Mr. Miller«, schickte die ältere Frau Noah seiner Wege.

Caroline schaute sich hektisch um, doch das Cottage war zu weit weg, und der gegenüberliegende Pfad schien hundert Meter entfernt. Sebastien zog fragend seine Brauen hoch, und sein sinnlicher Mund öffnete sich, um etwas zu sagen, sehr wahrscheinlich entweder eine amüsante oder eine bissige Bemerkung. Schritte näherten sich auf dem Weg, und Caroline tat das Einzige, was ihr einfiel – sie legte ihre Hände gegen Sebastiens Brust und schubste ihn rücklings über die Bank ins Gebüsch. Er purzelte über die steinerne Sitzbank und verschwand im Gestrüpp unter den ausladenden Ästen des Baums.

Caroline strich eilig ihr Kleid glatt, brachte mit schnellen Fingern ihr Haar in Ordnung und trat mit einem strahlenden Lächeln der Matrone entgegen, die eben in diesem Moment in all ihrer leuchtend rosa Pracht in Carolines Garten einfiel.

»Mrs. Francis, wie schön, Sie zu sehen.« Sie streckte beide Hände aus.

»Mrs. Martin. Mr. Miller sagte, dass Sie Pläne für mich zur Ansicht hätten? Er hat mich auf dem Rückweg ins Dorf angehalten und mich förmlich mit Gewalt dazu gedrängt, Sie unverzüglich aufzusuchen.« Sie schaute tadelnd an ihrer langen Nase hinab, ihr Gesicht wohl geschützt vor der Sonne von einem üppig mit Äpfeln und Vögeln verzierten Hut.

Caroline verfluchte Noah im Stillen und setzte ein noch strahlenderes Lächeln auf. »Ich entschuldige mich vielmals, Mrs. Francis. Mr. Miller ist ein lieber Junge und will nur helfen.«

»Solange das alles ist, was er will.« Sie sah Caroline missbilligend an, dann setzte sie sich auf die Steinbank unter dem Baum.

Caroline hielt ihr Lächeln bemüht herzlich und ignorierte ebenso bemüht den Stiefel, der unter der Bank hervorragte und Zeugnis davon ablegte, dass sie in der Tat nicht so züchtig war, wie man es erwarten sollte. Der Stiefel verschwand ruckartig, und sie betete, dass Deville nicht plötzlich wie ein Springteufel aus seinem Versteck kam und ihren Ruf ein für alle Mal zunichtemachte.

Sie griff nach den Plänen, erleichtert darüber, dass diese noch immer im Garten lagen. Die Matrone würde sich zweifelsohne umschauen, falls Caroline ins Haus ging. Ein zügelloser Wüstling, der sich in ihrem Gebüsch herumtrieb, war nicht unbedingt eine Entdeckung, die sie einer solch rigorosen Frau zumuten wollte.

Mrs. Francis nahm die Skizzen für das Dorffest wohlwollend nickend entgegen. »Ausgezeichnet. Sie haben sich wahrlich hervorgetan, Mrs. Martin.«

Sie konnte sich nicht einmal flüchtig im Abglanz dieses seltenen Lobes sonnen, denn sie war zu besorgt ob des braunen Schopfes und der aquamarinblauen Augen, welche sie hinter den voluminösen rosa Röcken der Frau hervorlugen sah.

»Ihre Mutter wäre stolz auf Sie.«

Einen Moment lang schnürte sich ihr die Kehle zu, und sie musste mühevoll den Kloß in ihrem Hals hinunterschlucken. »Danke, Mrs. Francis.«

Die Frau tätschelte ihre Hand. »Wir waren nicht sicher, was werden würde, als Sie in das Dorf zurückkehrten, nachdem Sie mit *diesem Kerl* durchgebrannt waren. Es freut mich zu sehen, dass Sie die Irrsinnigkeit Ihres Tuns erkannt und sich zum Guten gewandelt haben.«

Caroline hatte bereits wieder einen Kloß im Hals, als unvermittelt ein weißes Hemd aufblitzte.

»Sie sind ein angesehenes Mitglied der Gemeinde geworden und ein gutes Vorbild für die jungen Mädchen. Ganz wie es uns gepredigt wird, Fehler kommen vor, aber wir lernen aus ihnen und wiederholen diese Fehler nie.«

Hier war endlich die Anerkennung der gestrengen Matronen, die sich seit dem Tode ihrer Eltern langsam für sie erwärmt hatten, und Caroline konnte sich nicht einmal darüber erfreuen.

»Sie sind den jungen Frauen ein gutes Beispiel. Und auch Lady Sarah haben Ihr Rat und Ihre Einsicht sehr geholfen. Wie ich höre, ist Sie richtiggehend aufgeblüht.«

»Ja, Lady Sarah ist wunderbar.«

Lange einsame Nächte lagen vor ihr, wie sie dies schon so lange taten. Alles in dem Versuch, dem Bild getreu zu leben, welches sie von sich selbst geschaffen hatte. Ein Bild, dem sie verzweifelt nachgestrebt hatte. Vielleicht würde sie dann – Nein. Sie erstickte jenen Gedanken im Keim.

»Geschmacklos, wie es auf Meadowbrook zugeht, und einiges von dem, was sich dort abspielt …« Sie schüttelte den Kopf. »Die Londoner vergessen sich gelegentlich.«

Mrs. Francis war die strengste der Matronen. Die meisten Dorfbewohner waren weniger harsch in ihrem Urteil – und bei den Dorffesten konnte es manchmal auch ein wenig zügellos zugehen. Doch es war Mrs. Francis' Anerkennung, nach der Caroline gestrebt hatte. Wenn sie ihre Anerkennung hatte, würde sie gewiss auch Vergebung erfahren von – Nein. Sie brauchte keine Vergebung! Ihr musste nichts vergeben werden. Sie hatte sich nichts vorzuwerfen.

Der beständige Sog der sündigen Gedanken erschöpfte sie.

»Ich weiß, dass Sie gezwungen sind, sich daran zu beteiligen, um Lady Sarah zur Seite zu stehen. Keine Sorge, Mrs. Martin, wir halten das nicht gegen Sie.«

Caroline murmelte ihren Dank, außerstande, mehr zu sagen, denn ihre Stimme versagte.

Mrs. Francis sah sich die Skizze an. »Ja, das ist bestens.

Alle freuen sich schon auf das Fest.« Sie nickte nachdrücklich. »Ich werde dies an das Komitee geben, und wir werden die Vorbereitungen in Angriff nehmen, sobald wir uns für den Platz für das Mittsommerfeuer entschieden haben.«

Mrs. Francis verabschiedete sich, und sobald sie außer Sichtweite war, sackte Caroline gegen den nächststehenden Baum. Sie wusste nicht, warum sie sich nach Unterhaltungen mit einer der Matronen immer so ausgelaugt fühlte. Wenn sie wirklich danach strebte, von ihnen akzeptiert zu werden, sollte sie dann nicht froh und glücklich sein?

Das Gebüsch raschelte, und ein Stiefel setzte erst auf Stein und dann lautstark auf der Erde auf. »Sagen Sie mir nicht, dass Sie diesen Mist glauben!«

Sie konnte nicht einmal die Kraft aufbringen, ihren Kopf herumzudrehen. Sie schloss die Augen und legte ihren Kopf gegen den Baumstamm. »Verschwinden Sie.«

»›Keine Sorge, wir halten das nicht gegen Sie‹«, äffte er die Matrone nach. »Ich sehe, dass ich im rechten Moment nach Meadowbrook gekommen bin.«

Sie löste sich von dem Baum und ging auf das Cottage zu.

Sebastien holte sie beim dritten Schritt ein. Ein Blatt hatte sich in seinen Haaren verfangen. »Glauben Sie dieses Geschwätz tatsächlich? Dass Sie sich gut benehmen müssen, um akzeptiert zu werden?«

»So ist es nun mal«, erwiderte sie knapp.

»Unsinn.«

»Nun, wir sehen ja, wie weit Sie es mit dieser Einstellung gebracht haben.«

Die verkrampfte Haltung seiner Arme und Schultern verriet ihr, dass sie mit ihrer Bemerkung ins Schwarze getroffen hatte. Er war blitzschnell, und Caroline fand sich unvermittelt rücklings gegen einen Baum gedrückt wieder. Sebastien drängte sich gegen sie.

»Früher habe ich ihre Spielchen mitgespielt. Es hat mir nichts eingebracht. Welchen Sinn hat es also?« Er fuhr mit seinem Zeigefinger an ihrem Hals hinab, und ihr Herz schlug schneller. »Besonders, wenn es Besseres zu tun gibt.«

Sie schlug seine Hand weg. »Sie haben leicht reden. Ihr Vater ist ein Duke.«

»Für meinen Vater existiere ich gar nicht.«

»Ach, ich bitte Sie.« Sie duckte sich unter seinem Arm hindurch und befreite sich von ihm. »Ihr Vater kann kaum seine Augen von Ihnen losreißen. Wenn mir jemand leidtut, dann Ihr Bruder.«

»Ich habe keinen Bruder.«

Sie schnaubte verächtlich und machte Anstalten wegzugehen. Er hielt sie zurück und zog sie wieder an sich. »Wollen Sie wirklich eine jener tugendsamen Frauen sein, die ein ewiges Mauerblümchendasein fristen?«, flüsterte er ihr ins Ohr. »Wollen Sie sich all den Spaß und das Vergnügen versagen, die Sie haben könnten?«

»Lassen Sie mich los.«

»Nein.« Er wirbelte sie herum, und sie sah einen wilden Ausdruck in seinen Augen lodern. Seine Finger strichen über ihren Rücken, an ihrem Rückgrat hinauf. »Sagen Sie mir, dass Sie das nicht wollen.«

»Ich will das nicht.« Ihre Stimme war belegt.

»Lügnerin.«

Seine Lippen berührten ganz sacht die ihren, und ihre Arme hoben sich wie aus eigenem Antrieb und legten sich um seinen Hals. Ihre Finger gruben sich in das lange Haar in seinem Nacken. Sündigkeit und verbotenes Verlangen packten sie und ergriffen von ihrem Körper Besitz.

Sie stieß ihn von sich weg und schaute sich abermals hektisch um. Sie standen mitten im Freien. Wenn Mrs. Francis zurückkommen würde, würde sie alles sehen.

»Machen Sie sich Sorgen, was diese alten Schachteln denken könnten?« Er trat näher zu ihr. »Ich sollte Sie mitten bei einer ihrer Zusammenkünfte nehmen. Das würde denen den Schock ihres Lebens versetzen und Sie von Ihren Hemmungen befreien.«

Sie wich zurück. Er machte einen Schritt auf sie zu. »Nein! Bleiben Sie da stehen.«

Er zog gebieterisch seine Augenbraue hoch. »Oder was?«

Sie legte ihre Hand gegen seine Brust. »Ich kann zu allem anderen nicht auch noch mit Ihnen fertig werden.«

Etwas blitzte in seinen Augen auf. »Es gibt nichts, mit dem Sie fertig werden müssen.«

»Sie machen mich ganz verrückt.« Sie war sich bewusst, dass ein gepeinigtes Zittern in ihrer Stimme mitschwang, doch sie konnte nichts dagegen machen.

Er hielt sie mit seinem Blick gebannt, während seine Hand zärtlich ihr Haar streichelte, es löste und sie an ihn zog. »Dann werden wir zusammen verrückt sein.«

Zähne berührten ihren Hals, knabberten sacht daran. Sie erschauderte, und ihre Hände klammerten sich an sein Hemd, um sie vor dem Stürzen zu bewahren – sowohl körperlich als auch emotional. Ihre Hand streifte den Rand eines zerknüllten Papierbogens. Es fühlte sich genauso an, wie sie es von dem allgegenwärtigen Pergament erwartet hatte, das immer aus seiner Tasche ragte. Sie packte es, als wäre es eine Rettungsleine für ihren Verstand, während sie versuchte, an alles andere zu denken, nur nicht daran, wie sich seine Lippen auf ihrer Hand anfühlten, wie er ihren Körper dazu brachte, sich ihm vollkommen hinzugeben und körperlich ihm zu gehören, solange sie konnte. Ihre Finger klammerten sich voller Verzweiflung um das Papier, und sie zog daran.

Ihr stockte der Atem, als sein Mund unter ihrem Kinn träge seine Kreise zog, und es brauchte drei Anläufe, bevor sie das Blatt in ihre eigene Tasche gesteckt hatte. Sie atmete keuchend, und ihre Wangen glühten rot – sie fühlte das heiße Blut unter der Haut pulsieren. Er würde ihren Diebstahl bemerken. Er würde mehr von ihr fordern. Ihre Seele vielleicht.

Doch er lächelte sie nur an. Ein sanftes Lächeln. Ein Lächeln, dem sie leicht zum Opfer fallen könnte, wenn sie nicht längst gewarnt wäre. Ein Lächeln, das wie ein Strudel an jeder Faser ihres Seins sog, *obwohl* sie gewarnt war.

Und sie gab sich hin. Ein klein wenig. Sie grub eine Hand in sein Haar und presste ihre Lippen auf die seinen und küsste ihn mit dem gleichen unerträglichen Genuss, in dem er Meister war.

Er strich mit seinen Fingern über ihr Ohr, an ihrem Kiefer entlang zu ihrem Kinn, während seine Lippen sich mit ebenjenem seelenraubenden Genuss von ihren lösten. »Genau dann, wenn ich denke, dass Sie vielleicht doch nicht ganz perfekt sind, überraschen Sie mich.«

»Nichts als schöne Worte.« Sie versuchte, das Beben in ihrer Stimme zu unterdrücken.

»Ich sehe sie eher als listige Worte«, flüsterte er auf ihre Haut, und der Atemhauch bewegte die feinen Härchen in ihrem Nacken. »Ein guter Jäger setzt jede Waffe ein, die ihm zur Verfügung steht. Und wenn er erst einmal seine Beute auserkoren hat, dann kann ihn nichts mehr von der Fährte abbringen.«

Etwas in ihr lehnte sich dagegen auf, seine Beute zu sein, doch etwas Mächtigeres und Heimtückischeres wünschte sich nichts mehr, als sich von ihm erlegen zu lassen. Wünschte sich nichts mehr, als der Brennpunkt all jener dunklen, berauschenden, ungebändigten Leidenschaft zu sein.

Ihr Herz schnürte sich zusammen, und sie stieß ihn von sich weg, um nicht zuzulassen, dass jener flatternde Schlag zu überwältigender Begierde wurde. Sie schluckte. »Auf Wiedersehen, Mr. Deville.«

Er legte einen Finger unter ihr Kinn. »Bis bald, Caroline.«

Er marschierte den Weg hinunter, und ihre Augen folgten ihm und musterten ihn von hinten – ein Anblick, der ihr sehr gefiel. Sie legte ihre Finger unwillkürlich auf die Lippen, riss sie wieder weg und eilte ins Cottage an den Küchentisch. Sie wollte sich das Blatt anschauen, bevor er bemerkte, dass sie es stibitzt hatte. Sie musste sehen, was er so verborgen hielt.

Caroline strich mit ihrer Hand über das Papier, und das Bild erwachte zum Leben, als ihre Fingerspitzen die Oberfläche glätteten, an den Rändern zupfte, das Blatt behutsam entfaltete. Ihr stockte der Atem. Schnelle Striche und verwischte Straffuren erschufen ein von Verzweiflung gezeichnetes Gesicht. Als ob der Künstler aus tiefster Seele die dargestellten Gefühle verstand. Der Mann auf dem Bild *flehte* sie an. Sie strich mit den Fingern über die Rückseite des Blattes. Ertastete jeden Strich, folgte ihm mit ihren Nägeln wie angespitzte Kreide auf Papier. Das Sterben der Hoffnung. Die Rückkehr in eine elende Existenz.

Sie erkannte das Gesicht. Die erstaunliche Ähnlichkeit. Der erste Mann, der aus dem Turnier ausgeschieden war. Weil die Regeln ihm keine zweite Chance auf den Siegerpreis erlaubten. Batemans Spott, der Ärger seines Vaters, die Verzweiflung.

Etwas tief in ihrem Innern regte sich, erwachte, zerrte an den Ketten, die sie geschaffen hatte. Das Bild, die geschwungenen Striche, griffen in ihre Seele und schlossen sich um die starren Linien, die sie gezogen hatte.

Sie schluckte. Deville konnte das nicht gezeichnet haben. Er musste es aus anderer Quelle erworben haben. Jemand anders musste es in ihrem Garten verloren haben, und er hatte es aus dem Gebüsch aufgehoben.

Denk nicht an die Verbesserungen, die er der Roseford-Zeichnung angedeihen ließ.

Sie studierte die Emotionen, die jeder Linie innewohnten. Einfühlungsvermögen und Einsicht, eine Verletzlichkeit, die jemand wie Sebastien Deville niemals besitzen konnte. Nein, jemand anders musste dies gezeichnet haben. Deville musste es jemandem gestohlen und in seine Tasche gestopft haben. Es war ein Beweis für seine schamlose, räuberische Natur, nicht für sein künstlerisches Talent. Kein Beweis für irgendwelche Tiefen.

Schritte näherten sich hallend auf dem gepflasterten Weg, und Caroline schaute sich hektisch in der Küche um. Sie konnte das Blatt nicht zerknüllen. Dass Deville dies getan hatte, war Frevel genug. Sie schob den Bogen eilig unter einen Topf und stürzte zum Fenster. Verborgen von der zarten Gardine spähte sie hinaus und sah ihn mit angestrengter Miene den Bereich um die Bank herum absuchen.

Ein letzter Blick zum Cottage ließ Caroline eilig zurückweichen. Als sie den Mut fand, ans Fenster zurückzukehren, war er verschwunden.

Er war der Künstler.

Sie fuhr erschrocken zusammen, als in der Küche ein Topf auf den Boden krachte. Ihre Hand flog an ihre Brust, um das wilde Schlagen ihres Herzens zu beruhigen.

Sebastien Deville trieb sie langsam, aber sicher in den Wahnsinn.

12

Bei einem Anwesen von der Größe von Meadowbrook, mit seinem Übermaß an Domestiken und erdrückendem Prunk, drängt sich einem der Gedanke auf, dass einige der Wettstrei-

ter, die sich gerade eben unter ferner liefen halten – und von denen gibt es viele! –, dies tun, um weiterhin die Großzügigkeit und das Spektakel zu genießen. Dass jeder Mann, der sich ernstliche Hoffnungen auf den Sieg bei diesem Turnier macht, jeden noch so kleinen Vorteil ausnutzt, steht außer Frage. Es ist kein bloßer Wettstreit im körperlichen wie geistigen Sinne, sondern auch in emotionaler Hinsicht. Nur die Starken werden gewinnen, und selbst sie werden möglicherweise nicht ungeschoren davonkommen.

»Die letzte Runde vor den Ferien ist eine Prüfung für Gentlemen. Da es sich dabei um eine subjektivere Herausforderung handelt, werden fünfzehn Gentlemen die Wettstreiter in den verschiedenen Einzelübungen bewerten. An jeder der fünf Stationen werden jeweils drei Schiedsrichter sitzen. Konversation, Modeverständnis, Auftreten, Strategie und Bildung werden auf die Probe gestellt werden. Jeder der Schiedsrichter kann und darf Fragen stellen. An jeder Station ergibt sich Ihre Gesamtpunktzahl aus dem Mittelwert der Wertungen der drei Schiedsrichter.«

Eine Punktejury würde der Befangenheit Grenzen setzen. Auch wenn es grundsätzlich ein subjektiver Wettstreit blieb. Es war wirklich ein verfluchter Zirkus. Sebastien lächelte Cheevers an, statt seine Zähne zu blecken, wie er es lieber getan hätte.

Rache.

Er zog gelassen sein Los, das die Reihenfolge bestimmte. Einige Ladies kicherten und kamen auf Hörweite heran, um zu belauschen, was an den Stationen besprochen wurde.

Sebastien war gerade bei der Konversationsprüfung und diskutierte über Politik und Gesetze, als er eine Veränderung im Publikum bemerkte. Die Ladies rutschten auf ihren Plätzen hin und her. Ein entblößter Fußknöchel hier, ein nasses

Kleid dort, dazwischen ein verrutschtes Mieder, das eine steife braune Brustwarze hervorlugen ließ. Everly, der sich zusammen mit Sebastien der Prüfung unterzog, verlor mitten im Satz den Faden.

»Mr. Everly? Die Korngesetze?«

Doch Everly war wie gebannt von den zur Schau gestellten Reizen.

»Ich bin der Ansicht, dass diese Gesetze überprüft werden müssen«, griff Sebastien geschickt die Frage auf, während Everly versuchte, seine Augen von einem besonders üppigen Busen loszureißen. »Diskussion und Argumentation sind die Markenzeichen eines Gentlemans.«

Und diese Männer unterstützten die Korngesetze bis zum Äußersten.

»Ja«, sagte Everly mit einem letzten Blick auf die prallen Hügel. »Mein lieber Schwan ... will sagen, Gentlemen, die wissen da Bescheid und denen schwant dann schon was.«

Ein weiterer Mann durch Evas Sündigkeit verdammt.

Verwirrt von seiner Antwort, sahen die älteren Männer einander an, dann räusperte Baron Tewks sich. »Ja, nun gut, aber wie stehen Sie persönlich zu –«

Und die Fragerei ging weiter, langweilig und banal. Sebastien setzte nur die Hälfte seines Hirns ein – es würde schon einen willentlichen Selbstmord brauchen, um nach diesem Aussetzer im Vergleich zu Everly nicht gut abzuschneiden. Die andere Hälfte seines Hirns suchte während der Pausen, wenn er keinen Blickkontakt mit den Richtern halten musste, das Publikum ab.

Was war bloß in die Frauen gefahren? Die jüngeren Ladies, die Anstandsdamen und die Matronen saßen alle züchtig auf ihren Plätzen in den vorderen Reihen. Doch die offenherzigen, frivoleren Frauen saßen in den hinteren Reihen aufrecht auf ihren Stühlen und stellten ihre Reize zur Schau.

Überall im Saal wurden Männer von ebendiesen Reizen in die Knie gezwungen. Parley rutschte von seinem Stuhl, Petrie sah mit seiner heruntergeklappten Kinnlade aus, als würde er an Maulsperre leiden, Timtree schaute amüsiert drein, doch seine Augen fixierten gebannt eine der Witwen, die abwechselnd mit einem Schleier einladend Teile ihrer Anatomie vor seinen Blicken verbarg und enthüllte.

Bateman war entweder im Himmel oder in der Hölle, während sein Blick unruhig umherschweifte. Sloane war der Einzige, der noch einigermaßen gefasst wirkte, und selbst er schaute während der Pausen zwischen den Fragen der Richter und seinen Antworten neugierig in die Menge.

Einige der älteren Männer wurden aufmerksam. Der tattrige Compton gab nicht einmal mehr vor, Fragen zu stellen. Sebastien grinste. Es würde ein Kinderspiel werden.

Erst als es an die Prüfung über Stil und Modeverständnis ging, wurde schließlich auch er auf eine harte Probe gestellt.

Er band gerade einen Wasserfallknoten, als er Caroline erspähte. Sie fixierte ihn mit starrem Blick und lächelte, als ob etwas Wunderbares an ihm war, das sie soeben erst entdeckt hatte. Sie lächelte beinahe *zärtlich*, so als würde er ihr am Herzen liegen. Fast wäre ihm die Krawatte zerrissen, und der Knoten entglitt seinen Fingern.

»O weh, Mr. Deville. Die ersten fünfzehn Knoten sind Ihnen so gut gelungen. Ich war fest überzeugt, dass Sie auch diesen im Handumdrehen binden.«

Sebastien blickte finster zu der nunmehr verlassenen Stelle hinter einem Gewirr von Zimmerfarnen, wo sie gestanden hatte. Er nahm eine neue Krawatte und band den Knoten, die Augen starr darauf gerichtet, was er tat.

Als seine Augen Caroline schließlich wiederentdeckten, unterhielt sie sich angeregt mit Benedict, ganz züchtig und sittsam und nicht wie die anderen durchgedrehten Frauen, die inzwischen entweder ihre süße Folter aufgegeben hatten oder sich mehr vorsahen, seit die vorderen Reihen angefangen hatten, sich suchend nach der Ursache für das sonderbare Verhalten der Männer umzuschauen. Ein eisiger Schauder lief über seinen Rücken, als Caroline ganz fasziniert von seinem Halbbruder schien.

Die Runde dauerte den gesamten Nachmittag und bis in den Abend hinein an. Für die erschwerenden Umstände machte er eindeutig einen ebenso schönen wie hellen Goldschopf verantwortlich. Er konnte einfach ihr Lächeln nicht vergessen.

»Angeblich war der Schabernack heute Nachmittag Marjorie Widwells Einfall«, flüsterte Timtree, als sich alle zum Abendessen versammelten. »Ich hatte schon die Befürchtung, Petrie würde sich bleibenden Schaden zufügen, so oft wie er umgefallen ist.«

Marjorie Widwell war ein geistloses kicherndes Schaf. Eine willige Mitläuferin ohne eigenen Verstand. Sebastien hegte wenig Zweifel daran, wer ihr die Idee eingeflüstert hatte, damit sie sie verbreitete. Und verbreitet hatte sie sich wie ein Lauffeuer. Fast ein Drittel der freizügigeren Frauen hatten mitgemacht. Und es hatte zu der erdrückenden Atmosphäre beigetragen. Der Raum, die Ränder der Gläser und Kelche, selbst jeder Tropfen Wein war von der Anspannung getrübt gewesen.

Caroline nahm ihm gegenüber am Esstisch Platz. Gerade weit genug entfernt, um in Sicherheit zu sein. Er schwenkte seinen Brandy im Glas, während er darüber sinnierte, wie wunderschön sie ausgestreckt auf dem Tisch aussehen würde, den Rücken durchgedrückt und die Beine gespreizt. Der Brandy fing das Licht einer der Wandleuchten ein und ließ die Flüssigkeit in warmem Gold und glühendem Braun schillern.

Ihre Blicke trafen sich flüchtig, und Carolines Wangen entflammten in einem reizvollen Rosa, bevor sie sich wieder abwandte.

Die Jagd. Die Spannung und die Erregung. Nie zuvor war sie so überwältigend gewesen. Nie zuvor war die Beute so lohnend gewesen.

Sebastien bemerkte, dass der Duke ihn mit hochgezogener Augenbraue ansah. Sebastien schwenkte abermals seinen Brandy im Glas. Der Duke wusste zweifellos von der Wette, auch wenn das keine Rolle spielte. Der Duke würde davon ausgehen, dass es sich um das gleiche Spielchen handelte, das Sebastien mit dem Plumley-Mädchen und den vielen anderen Lämmchen gespielt hatte, die er verlockt und um seinen Finger gewickelt hatte, ohne je wirklich mit ihnen ins Bett zu gehen. Die Zahlen mochten von der Gerüchteküche übertrieben worden sein, doch seine Einstellung war bei jeder Eroberung die gleiche gewesen.

Doch bei dieser war etwas anders. Diese ging ihm unter die Haut, ließ ihn nicht los, raubte ihm den Schlaf, beherrschte seine Gedanken und sein Verlangen. Zu seiner Bestürzung stellte er fest, dass selbst Carolines wahrscheinliche Unwissenheit, wie sie unerwünschte Schwangerschaften verhüten konnte, seiner verwirrten Begierde keinen Abbruch tat. Er verspürte den überwältigenden, unbezähmbaren Drang, sie mit Haut und Haar zu besitzen.

Nicht nur, sie betteln zu lassen, weil sie sich nach ihm verzehrte, sondern das Einzige zu sein, woran sie morgens, mittags und abends denken konnte. Das Erste zu sein, das ihr durch den Sinn ging, wenn sie ihr Unterhemd über ihren nackten Rumpf zog, ihre Strümpfe über ihre wohl geformten Knöchel streifte, ihre Halskette auf die prallen Wölbungen ihres Dekolletés legte. Das Letzte zu sein, woran sie dachte, wenn sie all dies wieder ablegte.

Etwas hatte sich verändert. Der Ansporn war nicht mehr

der gleiche. Das Turnier verstärkte seinen Jagdinstinkt. Die Frau war gänzlich anders als alle anderen, die er je gekannt hatte. Unschuld vom Lande und verbitterte Ehefrau. Stark und unendlich verletzlich. Leicht gefügig zu machen, leicht zu beeindrucken, doch mit einem Herzen, das gegen alle Verführungskünste gefeit war.

Die Jagd war niemals süßer gewesen. Hatte niemals den ungewissen Kitzel eines Sieges besessen, der nur durch Kapitulation errungen werden konnte. War niemals so von der Erregung reinen Verlangens getrieben gewesen.

Es war nicht länger das Verlangen, eine Wette zu gewinnen oder eine Frau nur zum Spaß zu bezwingen. Das grenzenlose Begehren, sie zu besitzen, war aus einem bedeutend tieferen Gefühl geboren.

Das Abendessen ging weiter. Die Unterhaltung floss so freigiebig wie der Wein. Und Sebastien fuhr fort, sie Schicht um Schicht bloßzulegen, während das zarte Rosa ihrer Wangen zu Scharlachrot wurde, während das leichte Rucken ihrer Brüste, wenn ihr Atem stockte, zum Heben und Senken tiefer Seufzer wurde.

Er schwenkte seinen Brandy und lächelte sündig. Sie ahnte ja nicht, dass zwei Wochen süßer Marter vor ihr lagen. Er würde schon bald jenes geheime Lächeln auf ihrem Gesicht wiedersehen, und wenn er alle Waffen in seinem Arsenal zum Einsatz bringen musste.

Er verlangte danach – nach jenem kleinen Kitzel, jenem Schaudern, jenem warmen Kribbeln, welches ihn mit einer tiefen Unruhe und gleichzeitig mit einem überschäumenden Gefühl der Lebendigkeit erfüllte.

Eine erwartungsvolle Spannung bestimmte jenes letzte abendliche Fest vor der zweiwöchigen Unterbrechung. Caroline verstand inzwischen die wahre Natur jener Spannung, der Zusammenprall von Jung und Alt, wohingegen sie zuvor nur ein unbestimmtes Kribbeln empfunden hatte, ein vages Gefühl, das sie einfach nicht greifen konnte.

Sie hatte Deville noch nicht entdeckt. Dass sie überhaupt nach ihm Ausschau hielt, beunruhigte sie.

Sarah unterhielt sich angeregt mit Everly und Lady Tevon. Sarah wäre wahrscheinlich ein Eingreifen in Bezug auf Lady Tevon ganz lieb gewesen, doch im Angesicht eines Wüstlings wie Everly empfand Caroline unvermittelt eine Seelenverwandtschaft mit der Anstandsdame und deren schwerer Pflicht.

Sie entdeckte William, der allein in der Ecke stand und die drei mit verkniffener Miene beobachtete.

»Ihre Miene verheißt nichts Gutes, William«, sagte sie, als sie sich neben ihn stellte.

Sein Gesicht wurde augenblicklich ausdruckslos, alle Emotion wie weggewischt. Er wandte sich zu ihr um. »Caroline. Sie sehen heute Abend ganz bezaubernd aus.«

»Danke.« Sie nahm das Kompliment mit einem freundlichen Nicken entgegen. »Ich muss sagen, dass ich mich schon sehr auf die Unterbrechung des Turniers freue.«

»Ja, ich denke, viele haben es dringend nötig, sich von den Anstrengungen zu erholen. Nichts hilft da besser, als nach London zu fahren und sich beim Kartenspiel oder anderen Vergnügungen zu entspannen.«

»Fahren Sie auch zurück?«

»Ja, ich muss dem König Bericht erstatten.«

Sie schauten beide wieder zu Sarah und Everly. »Sarah wird mir die zwei Wochen über fehlen«, sagte sie. »Die anderen jungen Frauen allerdings weniger.«

»Ihnen werden sich dort ganz andere Amüsements bieten. Es wird ihnen guttun, wieder unter andere Leute zu kommen und etwas anderes als dieses Turnier zu sehen.«

»Ja.« Sie wandte sich zu William. »Also, haben Sie sich in Sarah verliebt, oder haben Sie Everly auf dem Kieker?«

Seine Miene wurde abweisend, doch dann wurde sein Gesicht unvermittelt wieder freundlich. »Ich würde das als Affront auffassen, wüsste ich nicht, wie ergeben Sie Lady Sarah zugetan sind.«

»Es freut mich, dass Sie sich nicht gekränkt fühlen.«

Er lächelte reuig, dann kehrte sein Blick zu den dreien auf der anderen Scite des Saals zurück. »Spielt es eine Rolle, welches von beidem es ist? Nichts kann diesen Wettbewerb aufhalten. Nicht einmal die eine oder andere Sabotage.«

Caroline war wie vom Donner gerührt.

»Oder Schiebung, was auch immer.«

Ihr Herz fing wieder an wie wild zu pochen, und sie fragte sich, ob es angesichts der ständigen Schrecken und Sebastien Deville jemals wieder regelmäßig schlagen würde. »Irgendetwas muss dieses Turnier doch aufhalten. Sie sind der Abgesandte des Königs. Sie können doch gewiss an ihn appellieren, oder nicht? Schließlich ist Sarah sein Patenkind.«

Er schüttelte bereits den Kopf, noch bevor sie zu Ende gesprochen hatte. »Und was genau soll ich ihm sagen? Der König findet, dass sie eine gute Partie machen wird. Der Sieg bei diesem Wettstreit bringt höchstes Prestige mit sich. Lady Sarah würde gefeiert werden. Deshalb ist Lord Cheevers ja so am Ausgang interessiert.«

»Cheevers schert sich einen feuchten Kehricht um Sarah.«

»Oh, das würde ich nicht sagen. Ein wenig schert sie ihn schon, meinen Sie nicht?« Er zeigte auf den Earl, der ganz aufgeblasen dastand und seine Tochter und das Geschehen beobachtete. Seine Begeisterung offenbarte für Caroline nicht den liebenden Blick des Vaters, sondern das kalte Funkeln der Gier.

»Nein, tue ich nicht. Ich sehe nur Gier und Besitzerstolz. Nichts Warmherzigeres.«

»Caroline, finden Sie nicht, dass Sie da etwas harsch urteilen?«

»Mitnichten. Im Gegensatz zu Ihnen habe ich seinen Umgang mit Sarah seit Jahren beobachten können.«

»Das gestehe ich Ihnen wohl oder übel zu. Aber ich glaube fest, dass er nur das Beste für seine Tochter will. Er geht es vielleicht nur falsch an. Die feine Gesellschaft ist nicht für ihre beispielhafte Kinderaufzucht bekannt. Doch manchmal sehen die Eltern, was das Beste für ihr Kind ist.«

Caroline dachte an ihre Eltern. An ihre liebevollen Gesten. Daran, wie sie ihnen getrotzt hatte, um mit Patrick durchzubrennen. Wie sie seinen verführerischen Worten erlegen war. Wie der Earl hatte einschreiten müssen, um sie aus dem Schlamassel zu retten.

Sie dachte an die hier vertretenen Väter, von denen die meisten nicht einen Pfifferling auf ihre Sprösslinge gaben, außer als Möglichkeit, ihrem eigenen Ruf und Ansehen Auftrieb zu geben.

»Dann meinen Sie also, dass es für Sarah das Beste wäre, wenn sie den Sieger heiratet? Cheevers weiß ja nicht einmal, wer der Sieger werden wird.«

William antwortete nicht sofort. »Die Zeit wird es lehren«, sagte er schließlich. »Kommen Sie, lassen Sie uns ein wenig umherschlendern.«

Sie machten eine große Runde durch den Saal, schlenderten dabei hinter einigen anderen Paaren her – sowohl Männern wie Frauen.

»Ich wollte Sie warnen, sich bei Sebastien Deville vorzusehen.«

Sie sah ihn bestürzt an und blieb stehen. »Ich weiß nicht, was Sie meinen.«

Er neigte seinen Kopf zur Seite, dann legte er ihre Hand wieder auf seinen Arm und ging weiter. »Ich habe letztens abends gesehen, wie Sie mit ihm zusammen das Herrenhaus verlassen haben.«

»Ich dachte, Sie hätten beim Scharaderaten mitgespielt?«

»Habe ich auch. Eine Weile. Aber Sie vergessen meinen Auftrag hier. Ich bin ein Beobachter, kein Teilnehmer.«

Caroline sah zu Boden.

»Missverstehen Sie mich nicht, Caroline, ich werfe es Ihnen nicht vor, dass Sie an seinem Arm den Ball verlassen haben. Er ist nicht Sarahs Zukünftiger, noch nicht zumindest, und sie ist an ihm nicht mehr oder weniger interessiert als all die anderen jungen Dinger, die sich nach ein bisschen Gefahr und Abenteuer sehnen. Ich möchte Ihnen nur dringend ans Herz legen, im Umgang mit ihm Vorsicht walten zu lassen.«

»Er hat mich nur zurück zu meinem Cottage begleitet, aber ich versichere Ihnen, dass er nicht mit hereingekommen ist.«

Er schenkte ihr ein müdes Lächeln. »Nein, Sie müssen es mir nicht erklären. Ich bin nicht Ihr Beichtvater. Ich bin nur ein Freund, zumindest hoffe ich das.«

»Und ich weiß Ihren Rat zu schätzen. Obwohl ich denke, dass jeder gut daran täte, im Umgang mit einem Mann von Devilles Schlag Vorsicht walten zu lassen.«

Er lachte leise. »Ja. Genau wie im Umgang mit einem Panther oder einer Schlange. Gefährlich und unberechenbar, immer bereit zuzuschlagen.«

»Menschen können sich ändern und entwickeln.« Sie hatte es getan, und um ganz ehrlich zu sein, sie schien sich noch immer im Zustand der Wandlung zu befinden. Und seine Zeichnung deutete auf eine mögliche Selbsterkenntnis hin, die nur darauf wartete, sich Bahn zu brechen. Auch wenn sie natürlich wusste, dass Künstler dafür berüchtigt waren, niemals in sich selbst zu erkennen, was sie in ihren Bildern einfingen.

»Es braucht schon viel, dass sich ein Mann wie Deville ändert. Zerfressen von Verbitterung und Zorn. Fest davon überzeugt, dass Macht und Gewalt das sind, was er wirklich ersehnt und braucht.« Es stand ein seltsamer Ausdruck in Williams Augen, so als wäre sein Blick für den Moment nach innen gekehrt. »Ich weiß, wie das ist. Und das wird sich mit der Zeit mäßigen. Deville ist außerordentlich klug. Aber wird es rechtzeitig für Sie geschehen?«

Sie wand sich unter seinem Blick. »Es ist nicht meine Absicht, irgendjemanden zu ändern.«

»Vielleicht. Oder vielleicht werden Sie auch der Ansporn für seine Wandlung sein. Doch er ist fest entschlossen, dieses Turnier zu gewinnen. Es steht ein Gut auf dem Spiel, das Deville um jeden Preis besitzen will.«

Sie erstarrte, denn sie erinnerte sich an den Ausdruck in Devilles Augen, als er sagte, er wüsste, warum sie Roseford zeichnete.

»Eine der Ländereien seiner Mutter. Der Duke hat es nach ihrem Tod dem Grundschuldgläubiger abgekauft, bevor Deville die Schuld abbezahlen konnte.«

Sie wollte sich gar nicht ausmalen, was er empfunden haben musste, das Gut zu *verlieren*. Die Wut, die in ihm gebrodelt haben musste – kein Wunder, dass er den Duke so hasste.

»Können Sie sich vorstellen, was geschehen würde, falls Lord Benedict als Sieger aus dem Turnier hervorgeht und somit das gewinnt, was Deville mehr als alles auf der Welt begehrt?«

Nein, sie konnte es sich nicht vorstellen. Sie biss sich auf die Unterlippe.

»Unterschätzen Sie diesen Wettbewerb nicht, Caroline.«

»Das tue ich nicht. Ich will nur nicht, dass es Sarah ergeht wie …« Ihre Stimme erstarb, und sie wich Williams Blick aus.

»Ich habe vom Ihrer ersten Ehe gehört.« Seine Stimme war warm und mitfühlend.

»Sie wissen bestens Bescheid.« Sie gab sich alle Mühe, das Lächeln auf ihrem Gesicht zu halten, während sie die Rücken des Paares fünf Meter vor ihnen fixierte.

»Ich sehe, dass ich an ein unliebsames Thema gerührt habe. Lassen Sie mich daher nur noch einmal meine Warnung bezüglich Deville wiederholen. Passen Sie auf Ihr Herz auf.«

Sie lächelte übertrieben unbekümmert. »Ich denke nicht, dass Sie sich in dieser Hinsicht Sorgen machen müssen. Vielleicht könnten wir uns zum Büfett mit den Erfrischungen begeben und uns ein Glas Limonade gönnen? Ich bin am Verdursten.«

William schenkte ihr ein warmes Lächeln und führte sie in die gewünschte Richtung. Caroline fühlte sich nicht wirklich besser nach einem Glas Wein. Oder zwei.

Die Gäste verließen nach und nach das Fest. Einige zogen sich in ihre eigenen Gemächer zurück – andere zogen sich in die Gemächer anderer zurück. Caroline ging zwischen den letzten Gästen umher und fragte sich, warum sie geblieben war. Sarah war vor einer halben Stunde zu Bett gegangen, und ihr Gesicht hatte eine gewisse Anspannung verraten, die zu Beginn des Abends nicht da gewesen war. Williams Miene war ebenfalls finsterer, als er wenige Minuten nach Sarah den Salon verlassen hatte. Sie hatten sich offenkundig gestritten, doch keiner der beiden – vor allem nicht Sarah – weihte Caroline ein.

Caroline erinnerte sich an Sarahs verkrampftes Lächeln, als sie sich erkundigt hatte, ob es ihr gut ginge.

»Ja. Mach dir meinetwegen keine Sorgen. London wird mich gewiss aufheitern.«

»Wer hat dir wehgetan? Everly?«

»Nein, nicht Everly. Niemand. Bitte, lass es gut sein, Caro.« Sie lächelte ein wenig zu unbekümmert. »Mein Vater sagt, dass ich mich sehr gut mache.«

Carolines Lächeln war ebenso falsch und aufgesetzt wie das ihrer Freundin. Sie hatte sich nichts vorzuwerfen, wenn sie nach Hause ging, jetzt da Sarah sich zurückgezogen hatte. Und doch war sie immer noch hier und streifte ziellos umher, während in ihrem Kopf alles durcheinanderging.

Deville rekelte sich in der Ecke und verfolgte sie mit glühenden Blicken. Sie sah ihm kurz in die Augen, dann wandte sie sich ab und mischte sich zielstrebig unter die verbliebenen Gäste.

»Mrs. Martin, wenn ich mich nicht irre?«

Sie schaute nach rechts und sah, dass Mr. Bateman sich zu ihr gesellt hatte und ihr auf ihrer Runde folgte.

»John Bateman.« Er lächelte sie an, doch entgegen seiner Absicht fand Caroline ihn nicht im Geringsten charmant.

Sie nickte ihm zu und ging weiter. Sie hatte ihn dabei beobachtet, wie er mehr als eine der Frauen mit seinem *Charme* zu umgarnen suchte. Er genoss unter ihnen keinen sonderlich beeindruckenden Ruf.

»Mir ist aufgefallen, dass Sie sich mit der Tochter des Hauses gut zu verstehen scheinen.«

»Wir sind Freundinnen«, erwiderte sie knapp und beschleunigte ihre Schritte, auch wenn das in der Menge nicht einfach war.

»Das bedeutet, dass Sie und ich uns schon bald sehr nahestehen werden.«

»Das bezweifle ich sehr.« Ihre Worte waren so hart wie ein eisiger Wind.

Er lächelte nur noch spöttischer. »Ich mag es, wenn ein Füllen feurig ist. Dann macht das Einreiten umso mehr Spaß.«

Hier war ein Mann mit der gleichen Abstammung wie Deville, doch während Devilles spöttisches Lächeln ihn irgendwie unberührbar und gerade deswegen umso anziehender wirken ließ, wirkte Bateman einfach nur … bedrohlich. Beide Männer hatten etwas Gefährliches an sich, das Deville faszinierend machte, wogegen die Wirkung bei Bateman schlicht abstoßend war. Vielleicht lag es an dem deutlichen Eindruck, dass Deville keine Gewalt einsetzen musste, um zu bekommen, was er wollte.

Dass seine Beute sich ihm bereitwillig hingeben würde.

»Dann ist es wirklich schade, dass es hier keine Pferde für Sie gibt, Mr. Bateman. Wenn Sie mich jetzt bitte entschuldigen würden.«

Sie entdeckte Deville unter den Gästen. Sie entschied, dass er bei Weitem die bessere Alternative war, und machte sich in seine Richtung auf. Er trug noch immer das gleiche heißblütige Lächeln zur Schau, doch dann sah er rechts neben sie, und sein Blick wurde eisig. Caroline verlor ihn in der Menge wieder aus den Augen.

»Er wird nicht gewinnen.«

Sie knirschte mit den Zähnen, lächelte aber nichtsdestotrotz einer vorbeischlendernden Witwe zu, die sich angeregt mit einem andern Gast unterhielt. »Ich weiß nicht, wovon Sie sprechen, Mr. Bateman.«

»Deville. Ich habe gesehen, wie Sie einander schöne Augen machen.«

Sie suchte kurz nach einem für sich allein stehenden Gast, dem sie sich anschließen konnte, doch plötzlich schienen sich alle bereits zu Paaren und Grüppchen zusammengefunden zu haben, sodass nur Bateman und sie übrig blieben.

»Nennt man das so, wenn sich zufällig die Blicke mit denen einer anderen Person treffen?«

»Das war mehr als ein zufälliger Blickkontakt. Jeder, der

Augen im Kopf hat, kann sehen, dass er Sie ins Visier genommen hat.«

»Dass er mich ins Visier genommen hat? Bei Ihnen klingt es ja wie ein Bogenschießturnier, und ich erinnere mich noch gut daran, dass Mr. Deville jene Disziplin des Wettbewerbs nicht gewonnen hat.« Sie drängte sich an einem anderen Paar vorbei, in der Hoffnung, Bateman abzuschütteln, doch er blieb stur an ihrer Seite. »Und ich glaube mich zu erinnern, dass auch Sie nicht allzu gut abgeschnitten haben.«

Das war nicht gerade ein Kompliment, doch was Unhöflichkeit anging, musste man sich bei ihm nicht vorsehen, und außerdem war sie in der Menge sicher.

Sie warf einen verstohlenen Blick zu ihm und sah, dass seine Augen eisig wurden. »Es würde wirklich Spaß machen, Sie einzureiten. Jetzt verstehe ich, warum Deville die Herausforderung angenommen hat. Er ist nur aus einem Grund hinter Ihnen her. Und sobald er bekommen hat, was er will, wirft er Sie einfach weg.«

»Ach, und was soll er von mir wollen? Meine Schlagfertigkeit?«

»Sie können nicht von mir erwarten, dass ich Ihnen das verrate. Das würde gegen den Ehrenkodex verstoßen.« Angesichts seines fiesen Grinsens bezweifelte Caroline, dass ein Mann wie Bateman sich um den »Ehrenkodex« scherte, außer wenn die Berufung darauf ihm nützte. »Aber seien Sie versichert, dass Deville kein wirkliches Interesse an Ihnen hat. Ich hingegen schon.«

»Schön für Sie.«

»Sie sollten auf den Sieger setzen, Mrs. Martin. Es wäre in Ihrem besten Interesse.«

»Ich glaube kaum, dass Sie wissen, was in meinem besten Interesse ist. Und ich denke, dass Sie mich mit Mrs. Noke verwechseln.«

Er lachte, ein harscher Laut, der sie ein wenig an Devilles Lachen erinnerte, wenn er verärgert war. Sie sah Bateman an, suchte nach einer jener verborgenen Tiefen, die ihr bei Deville entgangen waren, doch sie konnte kein Anzeichen darauf entdecken.

»Sie scheinen etwas zurückhaltender als die Frauen ihrer Couleur zu sein. Aber ein Vogel ist wie der andere.«

»Welch weise Einsicht.« Sie schwenkte in eine andere Richtung ab, doch er folgte ihr unbeirrt. »Ich denke, Sie sollten jetzt vielleicht besser Ihres eigenen Weges gehen, Mr. Bateman.«

»Deville ist landhungrig«, höhnte er, ohne auf ihre Bitte zu hören. »Nicht gerade etwas, das eine kluge Frau anziehend findet, da es alles verfügbare Geld verschlingt. Ich bezweifle, dass er auch nur eine Krone sein Eigen nennt, auch wenn er so tut, als sei er gut bemittelt.«

»Mir entgeht der Sinn Ihrer Bemerkungen, Mr. Bateman.« Abermals wechselte sie ihre Richtung, doch er hing an ihr wie eine Klette.

»Wenn er so viel Geld hätte, wie die Leute behaupten, dann könnte er sich jedes Anwesen kaufen statt dieser armseligen Scholle, nach der er so giert.«

»Armselig ist wohl kaum das richtige Wort. Roseford Grange besitzt so manchen Reiz.« Sie wusste nicht, warum sie ihn verteidigte, doch die wunderschönen Linien der Zeichnung hatten sich in ihr Gedächtnis eingebrannt. »Und es ist sein Familienbesitz –«

»Unsinn. Es ist wertloses Land. Und er ist keine sentimentale Natur. Ich bin sicher, dass er keinen einzigen Penny hat.«

Sie blieb stehen und musterte ihn mit gerümpfter Nase. »Sie klingen neidisch.«

»Neidisch auf Deville?« Er schnaubte verächtlich. »Der

Mann besitzt nichts, was ich haben will. Er hält sich für was Besseres, weil er der Sohn eines Dukes ist.«

»Dann sollten Sie vielleicht weniger Zeit darauf verschwenden, sich über ihn Gedanken zu machen.«

Sein Blick wanderte über ihren Körper. »Ich schätze, *eine Sache* besitzt er schon, die ich haben will.«

Sie blieb abermals stehen und ballte ihre Fäuste. »Sie sind alle gleich. Es ist Irrsinn. Aber Deville besitzt wenigstens Tiefe. Da ist mehr als nur die hohle Fassade.« Sie dachte an den Ausdruck auf Devilles Gesicht, als sein letzter Schlag jenen Mann aus dem Wettkampf befördert hatte. Dann dachte sie an Batemans Miene. »Er mag arrogant und herrisch und ganz allgemein ein Ärgernis sein, aber er hat zumindest eine Seele. Was haben Sie?«

Batemanns Kinnlade klappte herunter, und Caroline machte auf dem Absatz kehrt, um abermals die Richtung zu wechseln, nur um unvermittelt gegen seine muskulöse Brust zu stoßen.

»Meine Beschützerin«, spöttelte Deville.

Sie blickte auf und sah giftig in sein markantes Gesicht. Er musterte sie kurz, so als könne sie bei seiner Verteidigung Narben davongetragen haben, und wandte sich dann mit eisigem Blick und drohender Haltung zu Bateman um.

Erzürnt trat sie Deville mit aller Kraft auf den Fuß, auch wenn ihr feiner Schuh seinem Stiefel keinen großen Schaden zuzufügen vermochte, dann stürmte sie aus dem Saal, um sich auf dem schnellsten Wege nach Hause zu begeben. Wie sie es schon vor einer Stunde hätte tun sollen. Sie hätte den dummen, aufdringlichen Gedanken, die William ihr eingegeben hatte, keine Aufmerksamkeit schenken dürfen.

Deville holte sie auf halbem Wege über den Hof ein. Der Halbmond ging am Himmel auf und beleuchtete alles mit seinem silbernen Schein.

»Caroline«, rief er.

»Gehen Sie weg«, rief sie über ihre Schulter zurück.

Er fasste sie am Arm und brachte sie zum Stehen. »Sie hätten wenigstens einen der Diener bitten sollen, Sie nach Hause zu begleiten.«

Das hätte sie, doch sie war zu wütend gewesen, um daran zu denken. »Ich kenne den Weg zu meinem Cottage. Und es dürften mir kaum plündernde Wikinger auflauern, um mich zu verschleppen.«

Seine Augen blitzten amüsiert. »Das ist gut zu wissen. Aber es treiben sich hier eine Menge betrunkener Männer herum.« Seine Miene wurde ernst. »Oder Männer wie Bateman.«

»Und Sie?«

»Ich habe heute Abend kaum ein Glas getrunken«, erwiderte er so, als wäre ihm die wahre Stoßrichtung ihrer Worte entgangen.

»Nun, Sie sind nicht gerade ungefährlich.« Sie schüttelte seine Hand ab und ging weiter auf den Hain zu.

»Danke.«

Sie fuhr herum und stemmte ihre Hände in die Hüften. »Was ist denn bloß mit Ihnen allen los? Hungernd nach Beachtung oder nach Zuneigung, ich weiß nicht, welches von beidem es ist.«

»Vielleicht keines von beidem?«

Sie wandte sich wieder zum Gehen, doch dann wirbelte sie abermals herum, und seine angeborene Geschmeidigkeit war das Einzige, was sie beide vor einem Zusammenstoß bewahrte.

»Und die Arroganz! Sie kämpfen mit Zähnen und Klauen um irgendeinen Preis, und doch fühlen Sie sich alle verhöhnt und gekränkt.«

Er zog eine anmutige Braue hoch. »Aber, aber, was soll denn dieser Trotzanfall?«

Sie stieß ihm mit dem Zeigefinger gegen die Brust. »Ich habe keine Trotzanfälle. Ich verliere niemals meine Würde.«

Sie machte sich gerade und marschierte durch das kleine Wäldchen zu ihrem Cottage. Ihre Schritte versuchte sie so ausholend wie möglich zu machen, um ihren Vorsprung vor ihm zu halten.

»Sie unterstellen uns Gefühle, von denen ich nicht sicher bin, dass wir sie haben.«

»Gefühle, die Sie nicht haben? Wie Schmerz, Verlust, Qual?«

Er runzelte die Stirn. »Wovon –«

»Wie jene Männer, die aus dem Turnier ausscheiden mussten? Ich weiß, dass Sie Mitleid mit ihnen hatten.«

Seine Augen wurden schmal. Die Grillen zirpten in den Büschen vor ihrer Haustür, während sich ihre Brust von ihren gepressten Atemzügen hob und senkte. »Sie haben die Zeichnung gefunden.«

Etwas in ihren Augen musste sie verraten haben.

»Sie haben die Zeichnung *gestohlen.*« Sein abschätzender Blick wanderte zu ihren Lippen. »Aber, aber, Caroline. Eine Saboteurin *und* eine Diebin. Was Sie nicht alles anstellen, um meine Achtung zu erringen.«

»Als ob ich es nötig hätte, Ihre Achtung zu erringen. Sie stolzieren doch sowieso schon wie ein Pfau vor meiner Nase umher.«

»Es scheint seine Wirkung nicht zu verfehlen. Schauen Sie sich nur an.«

Sie drehte sich um und öffnete mit ungelenken Fingern die Tür ihres Cottage. Seine Hand legte sich über die ihre auf dem Knauf.

»Die Zeichnung. Holen Sie sie und geben Sie sie mir zurück.«

Ihr Atem traf gegen das Eichenholz der Tür, während er sich gegen sie drückte. »Ich gebe sie Ihnen zurück, wenn Sie versprechen, Ihrer Erpressung abzuschwören.«

Er nahm seine Hand weg, rührte sich aber ansonsten nicht von der Stelle. »Ein Handel?«

»Ja«, erklärte sie mit fester Stimme.

»Nein.«

»Nein?« Sie drehte sich um, gefangen zwischen seinem Körper und der Tür. »Aber wollen Sie Ihre Zeichnung denn nicht wiederhaben?«

»Es gibt andere.« Die Schatten tanzten über sein Gesicht, das dem ihren so nah war.

Sie versuchte verzweifelt, sich von ihm zu befreien. »Was, wenn ich den Gästen davon erzähle?«

»Dass ich zeichne?« Er zog seine Augenbraue hoch. »Das gehört zu den Beschäftigungen eines Gentlemans. Niemand wird sich darüber das Maul zerreißen.«

Doch das stimmte nicht ganz. Sie konnte es in seinen Augen lesen. Sie sah ihn durchdringend an. »Sie wollen nicht, dass irgendjemand die Zeichnung sieht. Sie verrät zu viel.«

»Ach, und was verrät sie?« Sein Mund bewegte sich auf den ihren zu.

»Dass Sie verletzlich sind«, hauchte sie. »Dass Sie den Preis zu sehr begehren.«

Er besaß die Frechheit zu lachen, während sich seine Lippen bis um Haaresbreite zu den ihren herabsenkten. »Das fühlt und begehrt jeder, der an diesem Wettbewerb teilnimmt. Sie können es gern verbreiten, das ficht mich nicht an.«

»Die Zeichnung erlaubt einen Einblick in Ihr Innerstes.«

»Glauben Sie das wirklich?« Er lachte, doch die Fältchen um seine Augen und seine Mundwinkel waren nach unten gezogen. »Nur zu, zeigen Sie die Zeichnung herum. Dann sehen Sie ja, was die Leute sagen.«

Sie musterte ihn einen Moment lang. Überlegte, es darauf ankommen zu lassen. »Nein. Gute Nacht, Mr. Deville.«

Sie griff hinter sich und drehte den Türknauf, doch statt rücklings in das Cottage zu stolpern, wurde sie in warme Arme gezogen …

»Ich glaube nicht, dass ich schon bereit bin, den Abend enden zu lassen.« Weiche Lippen pressten sich in einem leidenschaftlichen Kuss auf die ihren. Es war ein Kuss, der mehr versprach, der von unergründeten Tiefen kündete, ganz wie seine Zeichnung es getan hatte. Ein süßer Kuss, zärtlich, berauschend, der sie völlig überrumpelte.

… er drängte sie ins Cottage.

13

Welche große Taten oder Skandale mögen sich wohl heute Abend zutragen? Die Spannung hält uns gebannt, während wir den heißesten Stunden des Sommers vor der Unterbrechung des Turniers entgegenfiebern.

Ein warmer, würziger Duft hüllte sie ein, lockte sie.

Lippen wanderten von ihrem Ohr zu ihrem Haaransatz im Nacken.

Er schob ihr Haar zur Seite und drückte seine Lippen auf die Stelle. Ihr Atem stockte, als die Wärme seines Mundes in ihre Haut eindrang und sich von dort in alle Richtungen ausbreitete. An ihrem Hals hinab, an ihrem Bauch hinab, an ihren Beinen hinab bis zu ihren Knien, die weich wurden und nachgaben.

»Sssch, Caro.« Er sprach den Kosenamen anders aus als die anderen, mit weicheren Vokalen, mehr wie eine italienische Koseform, nicht wie eine bloße Kurzform ihres Namens. Ganz anders als die herzliche, vertrauliche Weise, in der Sarah es aussprach. Eher wie der sehnende Refrain eines Bittgebets an einen Geliebten.

»Wir dürfen nicht –« Ihr Atem stockte abermals, als er an ihrem Hals knabberte.

»Ein Knutschfleck zum Zeichen, dass Sie mein sind? Dazu braucht es nicht viel.« Der Druck seiner Lippen wurde stärker, fordernder.

Die betäubende Wirkung verband sich mit dem Schrecken, und sie stieß ihn von sich. »Nein.«

Seine Augen waren halb geschlossen, so als wäre er derjenige, der von der Leidenschaft betäubt wurde, nicht sie. »Welch bitterliche Enttäuschung.«

Sie holte bebend Luft und versuchte, den Aufruhr der Gefühle in ihrem Innern zu besänftigen. »Na schön. Nehmen Sie sich Ihren Kuss, Ihren Tribut, und –«

Sein Finger strich über die nackte Haut am Rand ihres Mieders. »Sie schaffen es immer wieder, andere nach Ihrer Pfeife tanzen zu lassen – die Frauen, die jungen Burschen, selbst diese schreckliche alte Vettel Mrs. Francis. Sie alle fressen Ihnen aus der Hand. Ich muss gestehen, dass es eine sehr einladende Hand ist und dass ich durchaus versucht bin, daraus zu naschen, aber ich habe zu lange selbst alle Fäden in der Hand gehabt. Ich stelle die Bedingungen dafür, wie und wann Sie sich mir hingeben.«

Empörung übermannte sie. »Sie wagen es –«

Sein Finger schob sich unter den Rand ihres Mieders und die Kante ihres steifen Schnürleibchens. Seine Fingerspitze strich über ihre Brustwarze und erstickte alles, was über ihre Lippen hätte kommen können.

»Sie sind eine so süße, reife Frucht. Und so empört und trotzig. Rote Wangen und wogender Busen. Dachten Sie wirklich, ich würde im Gegenzug einen bloßen Kuss verlangen?« Sein Finger wanderte abermals den gleichen Pfad entlang, zwickte abermals ihre Brustwarze, und die wollüstige Hitze und die Empörung verschmolzen augenblicklich zu einem Lauffeuer. »Wissen Sie, was ich tue, wenn ich mir ausmale, wie Sie ausgestreckt auf dem Rücken liegen, sich meiner Hand entgegenrecken, sich aufbäumend gegen meine Lenden drücken? Hemmungslos und lüstern und ganz und gar unwiderstehlich?«

Caroline konnte sich nicht rühren, konnte nichts erwidern.

Er beugte seinen Mund ganz dicht an ihr Ohr. »Wissen Sie, wie oft ich mir selbst Erleichterung verschafft und mir dabei vorgestellt habe, dass sie mich anlächeln würden, dass ich in Sie eindringen würde, dass Sie mich ganz in sich aufnehmen würden?«

Ein erstickter Laut war das Einzige, was Caroline hervorbrachte.

»Sie können gern versuchen, sich einzureden, dass es keine Träume der Erfüllung sind, die Sie Nacht für Nacht haben, doch Ihr Körper sagt etwas gänzlich anderes.« Seine Hand glitt an ihrem Rücken hinab und über ihren Po. Sie schmiegte sich unwillkürlich an ihn, wickelte sich wie angegossen um sein Bein.

Seine zweite Hand umfasste ebenfalls ihr Hinterteil, zog sie in einem sinnlichen Rhythmus an seinen Oberschenkel, machte sie heiß. Die Tür zu ihrem Cottage verschwand aus ihrem Blick, und Caroline glaubte nicht, dass sie sich auch nur empört aufschwingen könnte, sollte einer der Gäste die Tür öffnen und hereinspähen. Alles kreiste um den wohligen Schauder, den sie verspürte, als er mit seinem Bein gegen sie rieb, um die Hitze und das erregende Kribbeln, um das lodernde Feuer in seinen Augen.

»Und deshalb weiß ich, dass ich Sie besitzen werde. Mit

Haut und Haar.« Er beugte seinen Kopf vor und rieb seine Wange an der ihren. »Und ich kann nicht warten.«

Sie spürte den Druck der Wand in ihrem Rücken, spürte den Druck seines Beins, das unerbittliche Reiben und Pressen. Seine Lippen wanderten an ihrem Kinn entlang, zu ihrem Hals hinab, an ihrer Kehle hinunter. Sie legte ihren Hinterkopf gegen die Wand, während er sich weiter über sie hermachte. Die Decke verschwamm, und wenn Caroline aufgefordert worden wäre, ihre Einrichtung zu beschreiben, dann hätte sie nicht ein einziges Stück benennen können. Sie schmiegte sich auf Zehenspitzen an ihn, und die Woge der Ekstase ging hoch, schlug immer höher. Die Gewaltigkeit der herannahenden Explosion raubte ihr den Atem.

»Sie wollen nicht, dass ich äußerlich mein Zeichen auf Ihnen hinterlasse, aber ich glaube, dass ich es innerlich tun kann.«

Seine Zunge schob sich unter die Rüschenlitze ihres Mieders. Seine Hand umfasste eine ihrer Brüste, und ihre steife Knospe rieb gegen den Stoff, als er die Brust aus dem Mieder befreite und an seine Lippen hob. Er lutschte saugend daran, einmal, zweimal, drückte fest seinen Schenkel zwischen ihre Beine, und Caroline wand sich zuckend, während sie wimmerte und stöhnte. Seine Lippen pressten sich auf die ihren, sogen hungrig ihre Laute ein, genau wie er es gerade eben noch mit einem anderen Körperteil von ihr getan hatte. Sie wurde von einem heftigen Schaudern geschüttelt, und er nahm langsam und behutsam sein Bein weg, ließ Caroline sacht auf den Boden sinken, bis ihre Füße wieder Halt hatten.

»Sie haben, was mich angeht, ein gefährlicheres Spiel gespielt, als Sie wahrscheinlich ahnen. Und ich muss gestehen –« Er wickelte eine Strähne ihres Haars um seinen Zeigefinger. »– dass es in mir die Lust auf mehr weckt, auch wenn ich nur zu genau die Listen und Ränke der Frauen kenne.«

»Ich habe mich niemals Listen und Ränken bedient«, hauchte sie und versuchte mit aller Kraft, ihren Körper und ihren Verstand zur Ruhe zu bringen.

»Was Sie nur umso lieblicher macht. Ich sehe Sie dann morgen früh, Caroline«, flüsterte er. »Und am Morgen danach und dem Morgen danach.«

14

Manchmal handelt das Herz ohne die Erlaubnis des Verstandes, wie Ihnen jedes flatterhafte junge Mädchen sagen wird. Das ist nun einmal die Krux, wenn wir uns von den uns auferlegten Fesseln der Moral befreien.

»Das war eine ausgezeichnete Lösung. Er ist ein so wortkarger, strenger Mann, unser Mr. Wallace. Ich glaube, er hat das Fest gut im Griff«, sagte Mrs. Francis.

Caroline nickte, während sie sich fragte, wie sie darauf kamen, dass er irgendetwas im Griff hätte, einmal abgesehen davon, Anweisungen für Dinge zu geben, die bereits erledigt waren.

»Die Frage nach dem richtigen Platz für das Mittsommerfeuer ist noch immer nicht zur vollen Zufriedenheit gelöst. Wenn Mr. Wallace meint, dass der Platz noch einmal überdacht werden sollte, dann muss dies natürlich geschehen.«

Caroline nickte etwas schroffer. »Ich werde mich dem gleich annehmen.«

»Lassen Sie sich dabei von Mr. Wallaces Vorschlägen und Einsichten leiten. Er hat einen solch guten Einfluss auf Ihre Entscheidungen.«

Caroline hielt die Luft an und nickte mit zusammengebissenen Zähnen. Gleich würde ihr der Geduldsfaden reißen.

»Ich glaube, er ist Ihnen sehr gewogen.«

»Ich fühle mich natürlich geehrt, aber –«

»Ja, ich halte es für eine exzellente Partie. Ich werde mich darum kümmern, das richtige Wort ins richtige Ohr zu flüstern.«

»Es wäre mir lieber, wenn Sie es nicht täten, Mrs. Francis. Ich bin durchaus in der Lage, für mich selbst einzutreten.« Es mischten sich schon genügend Leute in ihre Angelegenheiten ein. Und außerdem war sie heute einfach störrisch.

Mrs. Francis reckte ihr Kinn vor. »Zu stolz für einen gut gemeinten Rat, das ist schade, Mrs. Martin.«

Caroline schluckte. Der rebellische Gedanke, dass sie nicht auf das Wohlwollen dieser Frau angewiesen war, schoss ihr in den Sinn. Sie verdrängte ihn sogleich wieder. Devilles schlechter Einfluss war schlimmer, als sie befürchtet hatte. »Nicht zu stolz, Mrs. Francis, einfach nur noch nicht bereit. Es ist nicht gut, Dinge zu überstürzen, sagen Sie das nicht immer?«

Die Matrone schien nicht erfreut darüber, mit ihren eigenen Worten geschlagen zu werden, doch Caroline war es leid, immer klein beizugeben. »In der Tat. Aber wenn Sie nicht das Gute direkt vor Ihrer Nase erkennen, dann könnten Sie am Ende mit leeren Händen dastehen. Guten Tag, Mrs. Martin.«

Caroline schaute ihr einen Moment hinterher, als sie davonmarschierte, dann drehte sie sich auf dem Absatz um und ging den Weg entlang.

An der Gabelung des Wegs blieb sie wie angewurzelt stehen, denn sie sah *ihn* rauchend an einem Baum lehnen. Die lässige Geringschätzung, die er an den Tag legte, fraß förmlich die Rinde vom Stamm. »Sind Sie je irgendwo anders als in meiner Nähe?«

»Nicht, wenn ich es verhindern kann«, erwiderte er und

nahm den Zigarillo aus seinem Mund. Ein Lächeln kräuselte seine Lippen.

»Ich bin im Moment nicht gut auf Sie zu sprechen. Sie üben einen schlechten Einfluss auf mich aus.«

»Freut mich zu hören.«

»Das sollte es aber nicht. Es ist sehr gut möglich, dass ich von nun an jeglichen Kontakt mit Ihnen meiden werde.«

Er zog anzüglich eine Augenbraue hoch und tippte auf seinen Oberschenkel. »Ich glaube nicht, dass ich das zulassen werde. Wer würde mir sonst die Langeweile vertreiben?«

»Das ist mir egal. Ich habe Ihnen doch gesagt, dass Sie während der Turnierpause wegfahren sollten. Dass Sie sich unendlich langweilen würden, da es Ihnen sichtlich an interessanten Beschäftigungen mangelt. Leider habe ich im Moment keine Zeit, Ihnen als Unterhaltung zu dienen, Mr. Deville. Ich bin in Eile.«

»Bin ich noch immer Mr. Deville? Wie schade«, murrte er.

Sie trat an ihm vorbei, gestählt von ihrem Entschluss, ihn fest im Zaum zu halten und sich als die fähige, strenge Frau zu präsentieren, die sie wenn nötig sein konnte.

Er löste sich von dem Baum und marschierte hinter ihr her. Seine ausholenden Schritte brachten ihn alsbald neben sie. »Wohin gehen wir?«

»Das Komitee kann sich nicht entscheiden, wo sie die Stände und die Bühne aufbauen wollen. *Meine* Aufgabe ist es daher, Skizzen der verschiedenen Möglichkeiten anzufertigen, damit es ihnen die Entscheidung erleichtert.«

»Ist das Ihr Ernst?«

»Aber natürlich.« Sie biss die Zähne zusammen und versuchte, seinen ungläubigen Ton zu überhören. Sie ärgerte sich fast mehr darüber, dass sie dies allein Mr. Wallaces wegen noch einmal machen musste, als über Deville.

»Sie scheinen sich darauf zu freuen.«

»Das tue ich nicht.«

»Nun, dann muss ich Ihnen helfen. Nichts läge mir ferner, als einer Lady nicht aus der Klemme zu helfen.«

Sie bog vom Weg ab und ging über die offenen Wiesen des Tals. »Nein, danke.«

Sie erreichte die Stelle und malte sich im Geiste die Aufstellung aus. Warum Mr. Wallace nicht einfach ihre Vorschläge annehmen konnte …

Deville trat neben sie. »Das hier kommt mir bekannt vor.«

Caroline schürzte die Lippen und versuchte, alles im Geiste umzuarrangieren. Wenn der Tisch hier stünde und die erste Stuhlreihe dort, genau wie in ihrem Entwurf …

»Was machen Sie?«

»Ich denke nach.«

Wenn das Mittsommerfeuer dort errichtet wurde und die –

»Worüber?«

Sie blitzte ihn wütend an. »Wenn Sie doch nur stören, dann können Sie mir lieber helfen.«

Die nächste Viertelstunde über gab sie Anweisungen, die von einem zunehmend ungehaltenen Wüstling ausgeführt wurden.

Sie tippte mit dem Zeigefinger gedankenverloren gegen ihre geschürzten Lippen. »Legen Sie den dort hinüber.« Sie zeigte auf eine Säule, und Deville bewegte den Stein, den sie benutzte, um sich das Ergebnis besser vorstellen zu können, dorthin. »Und den nächsten da hinüber.«

Er trug beflissen den anderen Stein an seinen neuen Platz, auch wenn es eher so wirkte, als ob er ihn ganz beiläufig hochhob. Alles, was er tat, beinhaltete eine sinnliche Bewegung, einen Blick oder ein sündiges Lächeln.

»Ausgezeichnet.« Sie nickte nachdrücklich und studierte

die Aufstellung. »Auf diese Weise ist es so viel einfacher, es sich vorzustellen.«

»Was soll das Ganze hier eigentlich werden? Ich bin die ganze Zeit ein braver Junge als Ihr Deckhengst gewesen und habe keine Fragen gestellt.«

»Mein Deckhengst?« Sie schnaubte verächtlich. »Wohl eher mein wackerer Esel.«

Er zog seine Augenbraue hoch. »Caroline, was soll das Ganze hier?«

»Ich brauche einen guten Platz für das Mittsommerfeuer. Irgendwo, wo es nicht im Weg ist, aber gleichzeitig im Mittelpunkt des Geschehens. Das Problem ist, dass die Steine das Tanzen erschweren.«

»Ein Mittsommerfeuer?«, fragte er tonlos.

»Nun ja, es ist kaum ein Problem von epischen Ausmaßen, aber wir brauchen eines«, verteidigte sie sich.

Er schaute sich flüchtig um und zeigte dann mit dem Finger. »Dort.«

»Dort? Wie können Sie das sagen? Sie haben sich ja gar nicht richtig umgeschaut.«

Er bedachte sie mit einem strengen Blick. »Errichten Sie das Feuer dort.«

Sie kaute nachdenklich an ihrer Lippe. »Ich weiß nicht.«

Er ließ den Stein fallen, den er in der Hand hielt, und zauberte von irgendwoher einen zerknüllten Bogen Papier und ein Stück schwarzer Kreide hervor. Ein paar schnelle Striche mit der Kreide, dann mit seinem wischenden Finger, während das Blatt als Unterlage auf seiner anderen Handfläche lag, und schließlich hielt er Caroline die Zeichnung hin.

Sie griff danach. Die skizzierten Linien waren frei gezogen und fließend, verliehen allem auf dem Papier Bewegung, während die skizzierten Figuren um das Feuer tanzten. Das Feuer, die Tische und die Stühle waren genau dort, wo Caroline sie haben wollte, alles hatte seinen Platz, der *perfekt* gewählt war. Er hatte binnen zwei Minuten ihr Problem gelöst.

»Wie haben Sie …«

Er verschränkte seine Arme. »Können wir jetzt gehen?«

Sie studierte weiter die Skizze, die Emotionen, von denen er wahrscheinlich nicht einmal ahnte, dass er sie offenbarte – und entsetzt wäre, wenn er es je herausfand. Die unerbittlichen Einblicke auf den Mann hinter den Masken. Caroline faltete das Blatt sorgfältig zusammen und steckte es in ihre Tasche. »Kann ich Sie zu einer kleinen Brotzeit einladen?«

Entsetzen packte sie, noch bevor sie die Frage ganz ausgesprochen hatte. Wenn irgendjemand zum Cottage käme, während er dort war … doch es schoss ihr noch etwas anderes durch den Sinn, als sie seinen abschätzenden Blick und den zufriedenen Ausdruck auf seinem Gesicht, welcher darauf folgte, sah.

»Mit dem größten Vergnügen.«

Sie war etwas überrascht, als er ihr half, ein Tablett mit Käse, Obst und Wurst zurechtzumachen, und schnitt und schälte, was nötig war. Mary war zu Besuch in einem Nachbarort, um für ihre kranke Mutter zu sorgen, daher war Caroline wenigstens eine Woche auf sich allein gestellt.

»Warum sind Sie mitgekommen?« Sie knabberte an einer Apfelspalte, während sie das Tablett auf den Tisch stellten und sich setzten. Sie fragte sich noch immer, warum er ihr bei dem Entwurf geholfen hatte.

»Ist es denn nicht offensichtlich, warum ich geblieben bin?«

»Wollen Sie wieder einmal meine Gunst einfordern?«

»Was, wenn ich es als Gunst betrachte, einfach nur an Ihrer Seite zu sein?«

Sie starrte ihn an, dann griff sie sich eine weitere Apfelspalte und knabberte daran.

»Sind Sie beim Essen immer so zurückhaltend?«

»Was, im Gegensatz dazu, alles einfach hinunterzuschlingen, wie Sie es tun?«

»Sie knabbern daran wie ein Eichhörnchen. Nicht mit der Absicht, das Aroma auszukosten, sondern schlicht und einfach als eine Methode, um die Nuss im Griff zu behalten.«

»Ich esse langsam und mit Bedacht, um die Essenz auszukosten.«

»Ach wirklich?«

Sie langte nach einer Erdbeere, ihrer Lieblingsfrucht, und biss die Spitze ab. Das süße Aroma explodierte auf ihrer Zunge. »Es schmeckt besser so. Man hat länger etwas davon.«

»Sie können doch einfach eine weitere nehmen.« Er steckte sich eine ganze Erdbeere in den Mund.

Sie sah ihn mit verhangenem Blick an, während sie die nächste Erdbeere nahm. »Das unterscheidet uns eben. Sie sehen nur einen endlosen Nachschub an Erdbeeren. Eine so gut wie die nächste. Während ich versuche, an jenen, die ich habe, festzuhalten und sie zu genießen.«

Er machte ein verkniffenes Gesicht. »Ich versichere Ihnen, ich genieße sie nach allen Regeln der Kunst.«

»Oh, ich bezweifle nicht, dass Sie sie für den flüchtigen Moment, den es dauert, sie zu vernaschen, tatsächlich genießen. Doch dann wenden Sie sich sogleich der nächsten Frucht zu.« Sie zeigte auf eine Birne. »Oder der nächsten Obstschale.«

»Höre ich da einen Anflug von Eifersucht heraus?«

»Es war einfach eine Beobachtung und gesunder Menschenverstand.«

»Und ich denke, dass Sie sich da irren, Caroline.«

»Tue ich das, *Sebastien*?«

Seine Augen wurden dunkler vor Vergnügen, als sie ihn bei

seinem Vornamen nannte. »Sie verlassen sich zu sehr auf Ihren gesunden Menschenverstand, anstatt sich einfach dem Genuss und dem Vergnügen vor Ihrer Nase hinzugeben.«

»Das liegt daran, dass ich weiß, wohin jener Genuss und jenes Vergnügen führen. Und wie das Ganze endet.«

Er stieß eine Birnenspalte an und ließ sie auf ihrer gerundeten Seite schaukeln. »Wie ich höre, hat Ihr Gatte als Mann nicht viel getaugt.«

Sie war wie vom Donner gerührt. »Oh, als *Mann* konnte ihm so schnell keiner das Wasser reichen. Aber als Gatte hat er nicht viel getaugt.« Hatte er überhaupt nichts getaugt, um ehrlich zu sein.

»Und Sie messen alle Männer an seinen Unzulänglichkeiten?«

»Nur jene, die in seine Fußstapfen treten.«

Er zog eine Augenbraue hoch. »Sie haben also eine Schwäche für Freigeister. Meinen Sie nicht, dass das etwas über Ihr wahres Ich sagt?«

»Dass ich einen Hang zu schmerzlichen Beziehungen habe?«

»Dass Sie in Ihrem Herzen auch ein Freigeist sind.«

Sie lachte. Sie konnte nicht wieder aufhören zu lachen. »Sie haben eine rege Fantasie, das muss man Ihnen lassen. Ich schätze, das geht wohl Hand in Hand mit Ihrem künstlerischen Talent.«

»Mit gewissen meiner Talente jedenfalls.« Seine Hand streifte Carolines, als er eine weitere Fruchtspalte auswählte. »Ihr Gatte verfügte nicht einmal über ein regelmäßiges Einkommen, stimmt das? Hatte weder Rang noch Stellung.«

»Es spielt keine Rolle, welche Stellung ein Mann hat. Es sind die inneren Werte, die zählen.«

»Dieses Märchen glauben Sie doch nicht wirklich, oder?«

»Doch«, erwiderte sie verhalten. Patrick war ein abschreckendes Beispiel, doch ihr Papa war das Beste, das man sich wünschen konnte. Der Earl besaß Macht und Geld in Hülle und Fülle, doch in jeder anderen Hinsicht war Papa ihm haushoch überlegen gewesen. »Warum auch nicht?«

»Niemand glaubt, dass es die inneren Werte sind, die zählen. Da können Sie jede der Frauen im Haus fragen.«

»Ich muss niemand anderen fragen. Ich weiß, was ich glaube, Mr. Deville.«

»Sie *denken* nur, dass Sie das glauben. Es ist eine noble Einstellung, doch naiv. Ein Mann wird in dieser Welt an dem gemessen, was er besitzt. Was er darstellt.«

»Dann ist es schlecht um das gemeine Volk bestellt, oder nicht?«

»Unbedingt. Man sieht sie nur selten die Adeligen ausstechen, oder? Wer nichts hat … der hat wirklich nichts.«

»Das ist Unfug. Und was für eine trübe Sichtweise des Lebens.«

»Es ist besser, die Wahrheit zu erkennen, als sich etwas vorzumachen.«

»Dann sagen Sie also, dass nur jemand von niedrigerer Stellung als Sie willens wäre, Sie zu heiraten?«

»Natürlich.«

»Dann kennen Sie wahrlich einige armselige Menschen.«

»Sie können alle Frauen auf Meadowbrook fragen.«

»Ich wiederhole, dass ich das nicht nötig habe.« Sie verschränkte ihre Arme. »Ich bin mit einem Mann durchgebrannt, der nichts besaß, weil ich dachte, dass er innere Werte besäße.«

»Und Sie haben sich geirrt.«

»In dem Fall, ja«, sagte sie so beherrscht, wie sie es vermochte. »Doch das tut der Tatsache keinen Abbruch, dass er weniger hatte als ich und dass ich trotzdem mit ihm durchgebrannt bin.«

»Und Sie waren unglücklich.«

»Ich war unglücklich wegen der Umstände, nicht weil es eine irrige Überzeugung ist. Doch alle Männer daran zu messen –«

»Sie können mir nicht erzählen, dass Sie *nicht* alle Männer an Ihrem Gatten messen.« Das traf sie sichtlich, und sie erstarrte. »Sie messen alle Männer an ihrem Maß oder besser gesagt an ihrer Maßlosigkeit.«

Sebastien beobachtete, wie sie erstarrte. Wie sie versuchte, sich zu verteidigen. Seine Lippen verzogen sich zu einem gezwungenen Lächeln, denn sein Verdacht hatte sich bestätigt.

»Ich liebte Patrick, Mr. Deville. Es gab einmal eine Zeit, wo sein Lächeln mir kostbarer war als alle Schätze der Welt«, gestand sie leise.

Sebastiens Lächeln erlosch, und sein Blick wurde bohrend. »Und?«

»Und ...« Sie rollte ihre Teetasse zwischen ihren Handflächen. »Er fand, dass das nicht genug war.«

»Er hat sich eine Geliebte genommen?«

»Es gab eine ganze Reihe von Frauen, nicht nur eine. Und er trank immer mehr, spielte immer öfter. Lief fort. Es wurde alles recht unerfreulich.«

»Ihr Versuch ist also nicht erfolgreich gewesen.«

»Meinen *Versuch*? Mein *Leben*. Warum erzähle ich Ihnen das alles überhaupt?« Sie stand abrupt auf und sammelte mit fahrigen Händen das Geschirr vom Tisch ein und trug es zur Spüle.

Etwas Undefinierbares regte sich in ihm. »Sie scheinen jetzt aber ganz gut zurechtzukommen.«

Sie schrubbte hartnäckig an einem Teller, den Rücken Deville zugewandt.

Er stand auf, nahm ihr den Teller aus den Händen und legte

ihn auf der Arbeitsfläche ab. Dann schob er sie sacht mit seinem Oberschenkel zur Seite und drehte sie gerade so weit zu sich, dass er die Strähnen an ihrer Schläfe glätten konnte, die sich zu lösen suchten. »Warum lassen Sie es nicht einfach gut sein, Caroline?«

»Um was zu tun? Wissen Sie, wie hart ich dafür gearbeitet habe, jene falsche Entscheidung hinter mir zu lassen?«

»Es war eine einzige falsche Entscheidung. Das bedeutet nicht, dass Sie den gleichen Fehler noch einmal begehen würden.«

»Sind Sie da so sicher?« Sie schenkte ihm einen ironischen Blick, den er mit einem gewinnenden Lächeln erwiderte.

»Unbedingt.« Er hauchte einen Kuss auf ihre Schläfe, auf die Strähnen, die er eben noch mit seinen Fingerspitzen geglättet hatte. Er fühlte, wie sie erschaudernd gegen ihn sank, und einen Moment lang überkam ihn der unbehagliche Gedanke, dass er sein Unterfangen vielleicht nicht fortsetzen sollte – dass er sie vielleicht besser in Ruhe und halbwegs intakt lassen sollte. Doch dann presste sie gegen ihn, nahm seinen Trost an, schmiegte ihren wunderbaren Körper an ihn – das Versprechen einer völligen Vereinigung mit ihr, wie zwei Teile eines Puzzles –, und alle Unsicherheit war wie weggewischt.

Außerdem tat er ihr einen Gefallen damit, jenen Teil ihres Selbst zu befreien, den sie lange unterdrückt hatte. Sie würde es ihm letztendlich danken.

Das seltsame, unbehagliche Gefühl kehrte zurück, und er verdrängte es gnadenlos, während seine Hand über ihren Rücken wanderte und sie enger an ihn zog, sie beinahe ganz miteinander verschmolzen. Fast. Sein Körper drängte ihn, bis zum Letzten zu gehen. Doch seine jahrelange Erfahrung im Studium der Frauen sagte ihm, dass der richtige Zeitpunkt noch nicht gekommen war. *Noch nicht.*

Seine Fingerspitzen strichen über den Rücken ihres Kleides, glätteten den Stoff, bewegten sich an ihrem Rückgrat hinab. Dann riss er seine Hand wieder hoch und legte sie in ihren Nacken, auch wenn sein Körper alle Befehle seines Verstandes ignorierte und seine Finger danach gierten, ihr Hinterteil zu umspannen und sie enger an ihn zu ziehen.

Sie löste sich von ihm. Zögernd. Als ob sie lieber an ihn geschmiegt bleiben würde.

Bestens. Noch vor Einbruch der Nacht würde sie vor ihm kapitulieren und sich ihm voll und ganz hingeben.

»Ich muss ins Dorf und den Entwurf abgeben und dann den Kindern ihren neuen Tanz beibringen.« Sie schubste ihn beiseite und wusch einen weiteren Teller ab. »Ich werde den Rest des Tages fort sein, daher werden Sie gewiss nach Meadowbrook zurückkehren wollen, um sich anderen Vergnügungen hinzugeben.«

Nicht bestens. »Ich dachte, dass Ihre öden Aufgaben für das Dorf erledigt wären?«

»Nein.«

»Bleiben Sie hier.« Er schenkte ihr sein einnehmendstes Lächeln, welches niemals seine Wirkung verfehlte. »Ich werde auch ganz brav sein.«

Ihre Miene entspannte sich flüchtig, dann verhärteten sich ihre Züge wieder, und sie legte ihren Kopf auf die Seite. »Nein. Treiben Sie es nicht zu weit, Sebastien, sonst sind all Ihre Listen umsonst gewesen.«

Bestürzung und Vergnügen durchströmten ihn zu gleichen Teilen. Die Mischung aus Unschuld und stählernem Willen war, als würden spitze Fingernägel über seinen Rücken fahren, gefolgt von einem Becher warmen Honigs, der über seine Lenden geträufelt wurde.

»Dann werde ich Sie wohl oder übel begleiten müssen.«

Sie sah ihn zweifelnd an. »Erstens habe ich Sie nicht darum

gebeten. Zweitens sind es Kinder. Irgendwie sehe ich nicht, dass Sie … oder die Kinder … eine Begegnung überstehen würden.«

»Ich liebe Kinder.«

Elende kleine Quälgeister. Rotznäsig und anstrengend.

»Gut. Na dann –« Sie trocknete sich ihre Hände ab. »– Da werde ich sicher etwas zu lachen haben. Und Sie können tanzen. Wir werden sehen, wie lange Sie es aushalten.«

Es war eine Pattsituation. Caroline verkniff sich mit Mühe ein Lächeln. Sebastien stand mit hochgezogener Augenbraue vor den aufgereihten Kindern, die ihn ihrerseits mit einem ganzen Spektrum an Gesichtsausdrücken anstarrten. Einige Gesichter spiegelten seine etwas angewiderte Miene wider, andere waren neugierig, und einige der kleinen Mädchen himmelten ihn bereits an. Caroline entschied, den Dingen ihren Lauf zu lassen, während sie den Platz zum Üben freiräumte.

»Was will der denn hier?« Phillip, einer der ältesten Jungen in der Gruppe und ein kleiner Rabauke, zeigte mit dem Daumen auf Sebastien.

»Er wird uns beim Lernen des Tanzes helfen.«

Der Knabe verschränkte seine Arme. »Wir brauchen ihn nicht.«

Sebastien lehnte an einem Baum. Der vermaledeite Mann schien immer einen zur Hand zu haben. »Dann zeig mir mal, wie du tanzen kannst.«

»Ich kenn die Schritte noch nicht.«

»Dann brauchst du wohl doch einen Lehrer, Holzkopf.«

Phillip lief scharlachrot an. »Holzkopf? Ein geschniegelter Dandy nennt mich einen Holzkopf?«

»So hat es den Eindruck. Erkennst du keinen maßgeschneiderten Zwirn, wenn du ihn siehst?« Er schnippte gegen sein Revers.

Phillip schnippte gegen seinen eigenen Kragen. »Mrs. Martin sagt, es ist der Mann unter der Kleidung, der zählt. Keine Ahnung, warum sie sich mit Ihresgleichen abgibt.« Diese Bemerkung entbehrte nicht einer gewissen Ironie, da Phillip immer gut gekleidet war. Als Sohn einer der wohlhabenderen Familien im Dorf spielte er vor den anderen gern den großen Mann. Caroline hatte mit diesem Sinnspruch ebenso ihm wie dem lieben Noah einen Denkzettel verpassen wollen.

»Das reicht jetzt, Phillip«, wies sie ihn zurecht.

Phillip sah Sebastien noch finsterer an, und Caroline entschied, ihn im Auge zu behalten, für den Fall, dass er anfing, die Jüngeren zu drangsalieren, um seine Wut an ihnen auszulassen.

Eines der kleinsten Mädchen, Polly, zupfte an Sebastiens Rockschößen. »Ich mag dich«, sagte es so entwaffnend, wie es nur eine Sechsjährige konnte.

Er kniete sich hin. »Das beweist deinen guten Geschmack.«

Caroline verdrehte die Augen und klatschte in die Hände. »Findet euch jetzt zu Paaren zusammen.«

Die jüngeren Knaben bildeten widerstrebend mit den jüngeren Mädchen Paare, während die älteren weit weniger Zurückhaltung an den Tag legten, sich das Mädchen ihrer Wahl zu schnappen.

»Dann wollen wir mal mit den Jungen anfangen. Mädchen, ihr macht alles spiegelverkehrt nach. Rechter Fuß vor. Ja. Ein Schritt nach links. Gut.«

Sie rief weiter die Schritte aus. Die Kinder glitten mehr oder weniger gekonnt dahin, verhedderten sich hier und da mit ihren Füßen, machten aber wacker weiter. Sie schafften einen Durchgang des achtminütigen Tanzes.

»Dann wollen wir es noch mal von vorn –«

Kräftige Arme schwenkten sie im Kreis herum. Der erste

Schritt hätte sie zum Stolpern gebracht, wenn ihre Füße überhaupt den Boden berührt hätten. Er setzte sie in der richtigen Position ab, schubste sie ganz leicht in die nächste Schrittfolge, führte sie, drehte sie wirbelnd herum, war sanft, wenn es verlangt war, nachdrücklich, wenn nötig.

Mit großen Augen kamen die Kinder zum Ende des Tanzes. Neu gefundener Respekt leuchtete in den Augen der Knaben, auch wenn Noah verärgert schien. Die Mädchen machten verzückte Kuhaugen.

Caroline glättete ihr Haar und versuchte, ihr rasendes Herz zu beruhigen. »Lasst uns die Partner tauschen. Tauscht mit dem Paar zu eurer Rechten.«

Sie wechselten weiter untereinander, und Sebastien überraschte sie damit, dass er zwischendrin mit den kleineren Mädchen tanzte. Sie hatte erwartet, dass er mit den älteren tanzen würde, die mehr in Sarahs Alter und damit wie geschaffen fürs Schäkern waren. Doch er überließ sie den älteren Burschen, was ihm noch mehr Respekt bei jener Gruppe einzubringen schien.

Sie legten eine Pause ein, und ein zaghafter Vorstoß eines der älteren Jungen öffnete die Schleusen und alsbald war Sebastien umringt und wurde mit Fragen bombardiert. Selbst Noah drückte sich am Rand der Traube herum. Noch überraschender war der augenscheinliche Ernst, mit dem Sebastien jede Frage überdachte, bevor er antwortete. Caroline näherte sich der Schar.

»... gib acht, dass du nicht in diesen Ruf gerätst«, erklärte Sebastien gerade. Einer der Jungen bemerkte Caroline und stupste mit dem Ellbogen den Knaben neben sich an, und dieses Anstupsen wurde durch die gesamte Gruppe weitergegeben. »Es hilft deiner Jagd nicht –« Ein Junge in vorderster Reihe gestikulierte heftig.

»– wenn du deine Jagdausrüstung und deine Hunde nicht

dabei hast.« Er wandte sich zu Caroline um. »Mrs. Martin, wollten Sie etwas von mir?«

Sie war überzeugt, dass »Jagdausrüstung und Hunde« nicht das war, was er ursprünglich hatte sagen wollen. »Ich war nur neugierig, worüber Sie sich unterhalten.«

»Über Jagdtaktiken, mehr nicht.«

»Sie sollten über das Tanzen sprechen.«

»Und darüber, was uns das Jagen über das Tanzen lehrt, natürlich. Sie wären überrascht, wie eng beides miteinander verwandt ist.«

»Bitte erleuchten Sie mich.«

Er zog wieder einmal jene infernalische Braue hoch. »Lieber nicht. Sie haben die Dinge, bei denen Sie sich auskennen, und ich habe die meinen.« Er deutete zu den Mädchen, die miteinander übten. »Wir werden uns gleich wieder zu Ihnen gesellen.«

Sie schaute missbilligend drein, doch die flehenden Blicke der Jungen, selbst Noahs, ließen sie kapitulieren. Sie drehte sich seufzend um.

»Aber Mr. Deville, wie lockt man denn nun die Beute von der Herde weg?«

Caroline kniff ihre Augen zu und entschied, dass sie das nicht gehört hatte.

Zehn Minuten später waren die beiden Gruppen wieder vereint, und die älteren Kinder übten miteinander die Schritte, wobei die Jungen sich diesmal bedeutend gewandter anstellten als zuvor. Sebastien hatte ihnen nicht einen einzigen Schritt gezeigt, doch ihre Bewegungen waren entschlossener, selbst wenn sie falsch waren, und die Art, wie sie führten, schien die Mädchen sehr zu beeindrucken.

Sebastien kümmerte sich um die Jüngeren, während Caroline einzelnen Tänzern half. Eine Weile später trat sie zu ihm, umringt von einer Schar Mädchen jeden Alters.

»Also, wenn einer der Jungs euch zu eng an sich zieht, dann tretet ihr ihm einfach so auf den Fuß. Schaut her.« Er stampfte auf einen dicken Zweig. Sein Blick fiel auf Caroline. »Mrs. Martin kann euch erklären, wie nützlich das ist, um Jungen im Zaum zu halten. Versucht es nur selbst.«

Alle Mädchen stampften zaghaft auf. Polly machte einen Satz und sprang auf den Zweig, begleitet von dem Schlachtruf: »Lass das sein, Bursche!«

»Im Ansatz gut, Polly, aber pass auf, dass die Wucht deines Trittes dem Vergehen angemessen ist. Wenn er dir nur ein klein wenig zu sehr auf den Pelz rückt, reicht ein leichter Druck.«

Sie stampfte abermals mit beiden Füßen auf, dann sah sie ihn lobheischend an. Er überlegte einen Moment, dann zuckte er mit den Achseln. »Nun, du wirst auf jeden Fall einen bleibenden Eindruck hinterlassen.«

Caroline klatschte in die Hände. »Es wird langsam Zeit für euch, wieder zu euren alltäglichen Pflichten zurückzukehren. Ein letzter Durchgang noch. Alle Mann«, rief sie über die Köpfe der Gruppe hinweg.

Hier und dort hörte man ein Aufstöhnen, so sonderbar das auch war. Einige der Jungs sahen richtiggehend enttäuscht aus.

»Ja, kommt alle her. Stellt euch auf. Jungs, rechter Fuß«, sagte Sebastien.

Er zog Caroline abermals mit Schwung zum Tanz, doch diesmal war sie vorbereitet. Hin und wieder kündigte er rufend eine neue Schrittfolge an, und auch die anderen Jungs riefen Einsätze aus. Die Welt drehte sich, Farben verwischten und wurden leuchtender, als Caroline sich an ihn schmiegte und er sich an sie.

Alles war, als wäre es so bestimmt.

Er zog sie an sich und beugte sie beim letzten Schritt über seinen Arm nach hinten.

»Mrs. Martin! Treten Sie ihm auf den Fuß!«

Pollys Ruf ließ die anderen Kinder in schallendes Gelächter ausbrechen und löste die angespannte Atmosphäre, die während des Tanzes geherrscht hatte.

Sie gingen nebeneinander den Weg entlang, eingehüllt in ein trautes Schweigen, so ganz anders als Sebastien es bislang in der Gesellschaft von Frauen erlebt hatte. Gemeinhin wollten sie unablässig reden oder umschmeichelt werden. Nicht, dass alle so waren, aber die meisten seiner Bekannten, die Frauen der Hautevolee, waren es.

»Sie können gut mit Kindern umgehen.«

»Höre ich da Erstaunen in Ihrer Stimme mitschwingen?«

»Ich muss gestehen, dass ich tatsächlich erstaunt bin. Ich hätte nicht gedacht, dass Sie sie auch nur um sich haben können, ganz zu schweigen davon, dass Sie so tatkräftig mitgeholfen haben. Was haben Sie den Jungen denn erzählt?«

»Ich habe sie nur daran erinnert, worum es beim Tanzen geht.«

»Man tanzt, weil es Spaß macht.«

Er sah sie an, unsicher, ob ihr nüchterner Ton sarkastisch oder aufrichtig gemeint war. Sie erwiderte seinen Blick offen und aufrichtig.

»Das glauben Sie doch nicht wirklich, oder?«

»Doch. Tanzen ist wunderbar. Das Bewegen zur Musik. Der Körper singt förmlich mit den Instrumenten mit.«

Und wieder verrieten ihre Züge flüchtig die Leidenschaft, die unter ihrer Haut vibrierte. Sein Körper begann zu pulsieren. »Tanzen ist ein Paarungsritual.«

Sie schnaubte verächtlich. »Warum überrascht mich nicht, dass Sie das so sehen?«

Er wirbelte sie abrupt herum, beugte sie gekonnt nach hinten, und sein Gesicht war nur wenige Zentimeter von ihrem entfernt. Sein Blick wanderte genüsslich von ihren Augen zu ihrem Mund und wieder zurück. »Und Sie nicht?«

»Nein.« Doch ihre Stimme war zu rauchig.

Er richtete sie widerstrebend wieder auf. »Unterschätzen Sie nicht die Macht des Tanzes. Die Möglichkeit, zu berühren und zu führen, mehr über seinen Partner zu erfahren.«

»Bei Ihnen klingt es wie eine Unterhaltung.«

»Ist es das nicht? Tanz erlaubt dem Körper, sich auszudrücken, ohne dass der Mund dazwischenkommt.« Er lächelte verschmitzt. »Nicht, dass ich etwas gegen die Kommunikation von Lippen einzuwenden hätte.«

»Sie sind ein unverbesserlicher Lüstling.«

Doch es schwang kein Feuer der Verärgerung in ihren Worten mit. Es klang beinahe … liebevoll. Sie war überraschend gelöst. Das Miteinander mit den Kindern hatte ihr etwas von ihrer Strenge genommen, wie dies seine Absicht gewesen war. Die kleinen Frechdachse hatten sich als recht amüsant erwiesen. Er hatte seit seiner eigenen Kindheit keinen Kontakt mehr mit Kindern gehabt und daher eine Horde kreischender Wildfänge erwartet.

Nicht, dass sie keine kreischenden Wildfänge gewesen wären. Aber eben amüsante kreischende Wildfänge.

»Tanzen ist ein Paarungsritual«, wiederholte er bekräftigend.

»Ich gestehe Ihnen wenn auch widerstrebend zu, dass das Tanzen dem Werben von Männern und Frauen dienlich sein kann.«

»Um den *perfekten* Partner zu finden.«

Sie schüttelte den Kopf. »Es gibt viele Paare, die nicht gut zusammen tanzen und trotzdem sehr glücklich miteinander sind.«

»Haben Sie und Patrick gut zusammen getanzt?«

»Er war ein wunderbarer Tänzer. Er tanzte mit jeder gut.«

Ein Anflug von Sarkasmus stahl sich in ihre Stimme. »Nun, wenn Sie recht haben, dann muss ich wohl davon ausgehen, dass ein Mann, der mit allen Frauen gut tanzt, für sie alle der perfekte Partner ist?«

Er grinste auf eine Weise, die dazu gedacht war, sie zu erzürnen, doch ihre Miene verriet keinen wirklichen Ärger, während sie beide sich weiterstritten und unterhielten – während er die angenehmste Plauderei genoss, die er je mit einer Frau gehabt hatte. Er wollte noch immer unaussprechliche Dinge mit ihr treiben, doch es war etwas ausgesprochen Befriedigendes daran, ihr beim Kochen zuzuschauen, beim Abendessen über den Tisch Blicke mit ihr auszutauschen, sie mit Anekdoten aus London zu unterhalten, während sie vor dem Kamin auf dem Sofa saß und Banner für das Turnier nähte.

Sebastien bemerkte, wie ihr die Augen zufielen. Ihre Atemzüge wurden flacher. Er wusste, dass es mit seiner Verführung gut voranging. Doch dass sie sich in seiner Gegenwart so sorglos und ungezwungen fühlte, dass sie einschlief, während er in ihrem Cottage war, überraschte ihn. Ebenso wie das friedvolle Gefühl, das ihn einhüllte, während er in dem abgewetzten, gemütlichen Sessel vor dem langsam erlöschenden Feuer saß und sie im Schlaf beobachtete.

Er überlegte, zum Herrenhaus zurückzukehren. Ein Holzscheit knackte, und die anheimelnde Gemütlichkeit hielt ihn in seinem Sessel fest. Er holte ein Blatt Papier und die Kreide hervor, die er immer in einem eingenähten Beutel bei sich trug. Er hatte eine ganze Reihe von Hosen unwiederbringlich mit der schwarzen Kreide ruiniert, bevor er sich die Lösung ersonnen hatte.

Er begann mit ihrem Gesicht. Mit schnellen Strichen skizzierte er ihre Züge, die Form ihres Gesichts, den sanften Schwung ihres Kinns, die Flächen ihrer Wangen. Er wischte mit seinem Daumen über ihren Hals, verwischte die Linien zu der mit Haken geschlossenen Kante des Mieders hin. Er strich mit seinem Zeigefinger über ihren Haaransatz, verwandelte die Haare in einen zarten Halo um ihr Gesicht, den Rest ihrer blonden Locken ausgebreitet wie ein Kissen auf der Rückenlehne des Sofas.

Sie war wunderschön, das stand außer Frage. Doch es war die Hand unter ihrem Kinn, die Art, wie sie einen Fuß unter ihr anderes Bein gezogen hatte, die ihn bezauberten. Der friedvolle Ausdruck auf ihrem Gesicht, die Wimpern, die ganz zart die Wangen berührten, die er so gern mit seinen bloßen Fingern gestreichelt hätte. Doch gleichzeitig wünschte er sich, den Stoff ihres Kleides mit kohlenschwarzen Flecken zu übersäen und dann auf dem Absatz kehrtzumachen und zurück zum Herrenhaus mit seiner unbefleckten, prachtvollen Fassade und dem Versprechen auf unvorstellbare Schätze zu eilen.

Das Bild nahm Formen an, Einzelheiten wurden hinzugefügt, wurden Teil des Ganzen. Sie seufzte, und seine Augen wanderten zu ihrer schlafenden Gestalt, dann wieder zurück zu seiner Zeichnung.

Schließlich war das Werk vollendet. Caroline war gut getroffen, und das Bild spiegelte ein Gefühl von Frieden und Behaglichkeit wider. Da war etwas, das er nie hatte einfangen können, wenn sie wach war. Das er bislang noch in keiner der halb vollendeten Zeichnungen, die er von ihr angefertigt hatte, in ihren Augen hatte wiedergeben können. Etwas, das Caroline ureigen war und das er einfach nicht aufs Papier hatte bannen können.

Er holte sein Taschentuch hervor und wischte sich seine kreidegeschwärzten Finger ab.

Sebastien stand auf und schob seine Arme unter Carolines Knie. Sie legte schlaftrunken ihre Arme um seinen Hals, und er verspürte einen Stich. Das Gefühl, dass er einzufangen suchte, entglitt ihm abermals.

Er trug Caroline in ihr Schlafzimmer und nahm sich kurz einen Moment, um sich umzuschauen, bevor er sie auf das Bett legte.

Das Zimmer war in Cremefarben und Gold gehalten, gesprenkelt mit den bunteren Farben von Zierrat und Bildern. Er zog die Bettdecke zurück und legte Caroline behutsam auf die Matratze. Die oberen Schnürbänder ihres Kleides waren von seinen erfahrenen Fingern schnell gelöst. Der viel gewaschene Musselin war weich und flaumig und weckte Gefühle von Behaglichkeit und Sehnsucht in ihm. Er streifte das Kleid erst von einem Arm, dann vom zweiten, wobei er Caroline vorsichtig hin und her bewegte, um seine Aufgabe zu erleichtern.

Der Drang, sie zu wecken und ihr all die Dinge zu zeigen, die sie zusammen genießen konnten, war stark, doch ihre vom Schlaf entspannten Züge, die zarten Locken, die ihr Gesicht einrahmten, ließen ihn damit fortfahren, sie in der gleichen ruhigen Weise auszuziehen, wie er angefangen hatte.

Das Kleid glitt an ihren Beinen hinunter, wurde sanft von den wohlgeformten Gliedern gestreift. Ein schweres goldenes Medaillon rutschte zur Seite herunter und baumelte dort, zerrte an ihrer zarten Haut. Sebastien hatte sich oft gefragt, was es wohl enthalten mochte. Er griff danach und drehte es in seiner Hand herum. Seine Finger schlossen sich um die Ränder. Der Verschluss lockte ihn, das Medaillon aufschnappen zu lassen. Die verführerische Anziehung des Goldes lag im Widerstreit mit seiner tiefen Abneigung gegen die Farbe und alles, wofür sie stand. Mit Mühe widerstand er dem Drang, es ihr zusammen mit allen anderen Kleidungsstücken abzunehmen, und legte es Caroline zurück auf die Brust.

All das Gold im Schlafzimmer erdrückte ihn schier; das

fein gesponnene Gold ihres Haars; der goldene Schimmer des Lampenlichts; das mit Gold durchwirkte Bettzeug. Alles in ihm verlangte nach einem Befreiungsschlag. Er wollte über diese goldene Unberührtheit herfallen, bis Caroline ihn anflehte und spitze Schreie ausstieß, bis sie sich vor Lust aufbäumte, bis er das Gold zügellos unter seinen Händen fühlte, seiner Macht ausgeliefert.

Doch es war die Bettdecke statt ihres Unterhemds, die er in seinen Fäusten ballte. Die schwer errungene Selbstbeherrschung, die seinen Zorn in Hass, seinen Ärger über den Verlust in Verbitterung verwandelt hatte, zwang ihn, sie nicht anzurühren. Um keinen Preis jene Beherrschung aufzugeben, um keinen Preis dem Zauberbann eines anderen zu erliegen. Sie regte sich leicht und drückte mit einer Hand gegen seinen Schenkel. Es wäre ein Kinderspiel, sich zu nehmen, was ihm so bereitwillig angeboten werden würde, wenn er erst einmal anfinge. Sie gaben sich ihm alle hin, wenn er es wollte.

Er war noch nie zuvor so versucht gewesen. Oder seines eigenen Untergangs so gewiss.

Er zog die Decke bis zu Carolines Kinn hoch, steckte sie um ihre Schultern fest, strich die goldenen Strähnen aus ihrem Gesicht und breitete sie auf dem Kissen aus. Der gute Geist, der sich immer zuerst um andere kümmerte. Der mehr für andere empfand als bloßes Verlangen oder blanken Hass. Der andere nicht allein nach ihrer Nützlichkeit beurteilte. Der möglicherweise sogar zwischen Liebe und Lust unterscheiden konnte.

Ihre Wange drückte sich im Schlaf gegen seine Finger, und er streichelte die zarte Haut.

Nein, Liebe war nichts weiter als eine mildere Form des Verlangens. Ein Verlangen nach Nähe oder elterlicher Zuneigung oder Verständnis. Liebe endete, wenn ein Mensch seine Nützlichkeit verlor – wenn sein Reiz als Gefährte, als Gewinner, als Trophäe nachließ. Wenn jene Gefühle verblassten, was blieb dann noch von der Liebe übrig?

Er stand auf und schaute sich im fahlen Kerzenschein im Zimmer um, betrachtete die weich gezeichneten Umrisse, das sanft schimmernde Gold. Er blies die Kerze aus und verließ das Zimmer. Er würde seine Mission fortsetzen, denn im Moment konnte und wollte er nicht einmal daran denken, etwas anderes zu tun.

15

London erstrahlt von den Wettstreitern, die für die nächsten vierzehn Tage in ihren Schoß heimgekehrt sind. Man muss sich fragen, warum nicht alle Gäste für die Dauer der Turnierpause den Weg hierher zurückgefunden haben.

Eine wunderschöne altrosafarbene Rose zwinkerte ihr vom Kissen neben ihr zu. Caroline lächelte, drehte sich um, schloss wieder ihre Augen, dann zuckte sie erschreckt zusammen.

All ihre Sinne waren schlagartig hellwach. Eine nachhängende würzige Wärme verriet ihr, dass Sebastien in diesem Zimmer gewesen war, auch wenn es schon mehrere Stunden her gewesen sein musste. Sie trug noch immer ihr Unterhemd und ihre Schnürleibchen, nunmehr zerknittert und zerknautscht. Es gab keine Liegedelle irgendwo sonst auf dem Bett. Kein Ziehen oder Wundsein an ihrem Körper. Vogelgezwitscher und das Keckern der Eichhörnchen waren die einzigen Geräusche, die an ihr Ohr drangen.

Sie drehte sich wieder zu der zarten Blüte um. Caroline konnte sich nicht einmal daran erinnern, dass sie eingeschlafen war. Und sie erinnerte sich schon gar nicht daran, ins Bett gebracht worden zu sein. Und die Blume? Er musste noch einmal zurückgekommen sein, um sie dort aufs Kissen zu legen.

Caroline nahm sie und hob sie an ihre Nase. An dem süßen Duft erkannte sie, dass es eine Rose aus ihrem eigenen Garten sein musste. Unwillkürlich lächelte sie ein zweites Mal.

Der Mann war eine Plage, so betörend wie die Rose, so gefährlich wie die Dornen, die er vom Stiel geschnitten hatte. Abwechselnd rücksichtsvoll und rüde. Er hatte etwas von einem unliebsamen Haustier – eines, das vor aller Augen auf den Boden machte und dann mit einem kessen Blick in die Runde schaute, als wolle es sagen: *Und*?

Das Bild ließ sie schmunzeln, und sie drückte die Rose an ihre Brust. Sie musste vorsichtig sein, gewiss, aber das Leben war mehr als die Summe ihrer Ängste, so begründet diese vielleicht auch sein mochten.

Vor ihrem geistigen Auge tauchten Bilder von Patrick auf. Von verwegenen Blicken und Händen, von Versprechen, die immer wieder gebrochen wurden. Von einem Treuegelöbnis, das zu zerwühlten Betten und Herzeleid, Techtelmechteln und Enttäuschung führte. Von einer Heirat, die ohne die Einmischung des Earls niemals stattgefunden hätte – ein neuer Name für sie, im Austausch für eine Handvoll Goldstücke und Stolz.

Caroline betrachtete die Rose. Der Earl würde nicht zweimal den gleichen Fehler auf diese Weise wieder in Ordnung bringen, doch ausnahmsweise fürchtete sie den Zorn des Earls nicht. Die Entscheidung lag bei ihr. Und Sebastien machte keine Versprechungen. Sie wusste, wo sie mit ihm stand.

Es waren die falschen Versprechungen und der Verrat, die am meisten wehtaten. Solange sie ihre Gefühle im Griff hatte, konnte sie Lebewohl sagen, wenn das Turnier zu Ende war.

An diese Überzeugung musste sie sich klammern.

Das Fest war bereits in vollem Gange, als Sebastien zu den Ruinen spazierte. Seine Augen suchten sogleich nach Caroline und fanden sie mitten im bunten Treiben. Sie nickte und zeigte zu den anderen.

Ihr goldenes Haar glitzerte im Schein der Laternen und des Mittsommerfeuers. Drei Männer flankierten sie auf der zu ihm gewandten Seite, alle drei herausgeputzt in ihrem besten Anzug. Selbst die männlichen Vertreter des Landadels konnten sich nicht einmal mit den vulgärsten Moden der Hautevolee messen. Sebastien wollte der Ausdruck in ihren Augen gar nicht gefallen – die bewundernden und begehrlichen Blicke. Selbst aus dieser Entfernung konnte er sehen, wie sich die rostigen Räder in ihren Köpfen drehten, während sie Caroline betrachteten oder sie etwas fragten, während sie studierten, wie beim Reden ihr Kehlkopf hüpfte und sie ihren Kopf zur Seite neigte.

Er entfachte seine Zunderbüchse und stieß eine Rauchwolke aus. Es wäre ein Leichtes, die »Besten« von ihnen abzuservieren. In London wäre ihm diese Notwendigkeit nicht einmal in den Sinn gekommen, doch hier, mit ihr, wurde er von einem nur mit Mühe zu zügelnden Drang übermannt, jemandem an die Kehle zu gehen.

Der Mann in Blau würde als Erster an die Reihe kommen. Wie ein feiger Schwächling würde er sich entweder aufblasen oder sich heulend trollen. Der Mann in Grün –

Etwas zupfte an seinem Ärmel. Er sah hinab und blickte in große glänzende Augen, die ihn anstarrten.

»Mr. Deville, ich weiß meine Schritte nicht mehr«, flüsterte Polly in einem Tonfall, der alles andere als leise war.

Ihre schmutzigen, klebrigen Händchen packten seinen eleganten Rock, während sie blinzelnd gegen ihre Tränen ankämpfte. Abscheuliche kleine Geschöpfe, Kinder. Er sollte seinen maßgeschneiderten Rock aus ihren Fingern befreien, um von dem feinen Stoff zu retten, was noch zu retten war. Der Feuerschein spiegelte sich in ihren Augen und ließ diese blaugrau glänzen, ganz so wie Carolines. Ein winziger verkappter Engel.

Er kniete sich hin, was ihr erlaubte, einen weiteren Teil seines Rocks zu packen und ebenfalls zu besudeln. »Du hast die Schritte des Tanzes vergessen?« Er drückte seinen Zigarillo in der Erde aus, während er wie gebannt die Farbe ihrer Augen fixierte, die einem anderen perfekten Paar so ähnlich waren.

»Ja.« Sie ließ ihr Köpfchen hängen.

»Nun, das geht natürlich nicht an.« Er hob ihr Kinn an. »Hast du eines der anderen Mädchen um Hilfe gebeten?«

Sie verzog das Gesicht. »Sie sagen alle, sie wären zu beschäftigt. Dabei schauen Sie nur den Jungen hinterher und kichern.«

»Was ist mit den Jungen? Hast du Noah gefragt?«

Sie schüttelte bekümmert ihr Köpfchen. »Die sind zu sehr damit beschäftigt, den Mädchen hinterherzuschauen und zu kichern.«

Er musste unwillkürlich schmunzeln. »Dann gibt es nur eine Lösung.« Er richtete sich auf und streckte ihr seine Hand hin. »Rechts, zurück, links.«

Sie tanzten gerade außerhalb des ersten Säulenkreises. Gerade weit genug entfernt, dass keiner der nahe dem Mittsommerfeuer Stehenden sie sehen würde.

Polly trat ihm im Durchschnitt bei zwei von fünf Schritten auf den Fuß, und so ging er dazu über, sie einfach im Kreis herumzuwirbeln, was sie lachend und kieksend mit sich geschehen ließ. Als er sie schließlich wieder auf den Boden stellte, keuchte sie, und ihr Gesicht war ganz rot.

»Ich muss Mama die Schritte zeigen, bevor ich sie wieder vergesse.«

»Na, dann lauf schnell zu ihr.«

Sie winkte und lief den sanften Hang hinunter davon.

Ein träges Klatschen ertönte zu seiner Linken, und eine innere Stimme verriet ihm, wer es war, bevor er sie sah. Caroline lehnte an einer der Säulen, in spöttischer Nachahmung einer seiner gern benutzten Posen. »Aber, aber, Mr. Deville, ist sie nicht ein wenig zu jung für Sie?«

»Wie vulgär von Ihnen, Caroline, mir so etwas zu unterstellen. Ich bin schockiert.« Er kam herübergeschlendert und beugte sich über sie, gegen dieselbe Säule gelehnt. Er behielt seine Hände in seinen Hosentaschen und benutzte nur seine Schultern, um näher an sie heranzurutschen. Er sah mit Befriedigung, wie ihre Augen dunkel wurden und sie ihre Lippen benetzte. Sie schaute sich verstohlen um, zweifellos, um sich zu vergewissern, dass sie nicht beobachtet wurden.

Das Mondlicht und der Feuerschein wurden glitzernd und funkelnd von den Säulen reflektiert, sodass sie die Schatten abwechselnd versammelten und vertrieben.

Caroline neigte ihren Kopf zur Seite. »Ich bin sicher, dass Sie nur wenig schockieren kann.«

»Oh, mich schockiert vieles, nur eben nicht die Dinge, die gemeinhin andere schockieren.«

»Hm. Nun, ich kann in diesem Fall leider nicht das Gleiche von mir behaupten. Ich kann gar nicht glauben, dass Sie gekommen sind.« Sie sah ihn skeptisch an, dann ließ sie ihren Blick über die ausgelassene Menge weiter hangabwärts schweifen.

»Nicht?« Er berührte eine Locke. »Wissen Sie denn nicht, dass ich alles für Sie tun würde?«

»Wenn Sie bleiben, werden Sie sich benehmen müssen«, erwiderte sie trocken.

»Ich werde der charmanteste Gentleman sein, der ich nur sein kann.« Er lächelte einnehmend.

Sie kaute auf ihrer Unterlippe. »Ich weiß nicht …«

»Kommen Sie, Caroline, wo ist denn Ihr Humor geblieben? Haben Sie sich nicht vorhin ein lustiges Schauspiel mit den Kindern vorgestellt? Denken Sie doch nur, welches Schauspiel sich Ihnen bieten wird, wenn ich mich unter das gemeine Volk mische.«

Sie zögerte.

»Mrs. Martin!« Noah kam auf die Lichtung gestürmt. »Der Gruppentanz fängt gleich an! Wie gut, dass ich den Saum Ihres Kleides erspäht habe!« Er kam um sie herum gelaufen, blieb jedoch wie angewurzelt stehen, als er Sebastien sah.

»Oh. Guten Abend, Sir.«

Sebastien neigte seinen Kopf.

»Werden Sie auch am Fest teilnehmen?«

»Ich glaube, das werde ich, danke auch, Mr. Miller. Sollen wir uns mal anschauen, was uns auf dem Festplatz erwartet?«

Er marschierte mit Noah zusammen den Hang hinunter. Caroline eilte nervös hinter ihnen her.

»Noah, du wirst dich um Mr. Deville kümmern, nicht wahr? Ihn einigen der Männer vorstellen?« Sie bedachte Sebastien mit einem ebenso warnenden wie herausfordernden Blick, bevor sie ihn stehen ließ und zu den Matronen hinüberging.

Noah schaute etwas verunsichert drein, doch dann zeigte er auf das Feuer, auf die leuchtenden Gestalten und die fröhlichen Gesichter. Hände wurden eilig vor Münder gehoben und verstohlene Blicke folgten Sebastien, während der versammelte Pöbel tuschelte und stierte. Sebastien setzte sein entwaffnendstes Lächeln auf und begann, mit den abweisender aussehenden Frauen und Männern zu plaudern. Er verstand sich bestens darauf, den manierlichen Gentleman vorzuschützen, wenn es sein musste, und die einzige Art und Weise, an Caroline heranzukommen, war, heute Abend eben diese Rolle zu spielen. Sie würde es ihm kaum danken, wenn er ihren guten Ruf in Gefahr brachte.

Nein, dachte er bei sich, als ihre vormaligen Freier ihm die Hand schüttelten, er würde niemand anderem Gelegenheit geben herauszufinden, was sie mit solcher Mühe hinter ihrer beeindruckend tüchtigen Fassade zu verbergen suchte. Er lächelte charmant und beteiligte sich an einer Unterhaltung über Saatgut, während er sie verstohlen dabei beobachtete, wie sie alle bezauberte.

Sie kümmerte sich um die Kinder. Sie kümmerte sich um die Rüpel. Sie kümmerte sich um die Matronen und die Moralapostel. Sie kümmerte sich um die Männer, die zu tief ins Glas geschaut hatten und auf ihrer Suche nach einer stützenden Schulter ihre Hände etwas zu freizügig wandern ließen. Sebastien war sicher, dass manch einer von ihnen blaue Flecken an den Rippen aufwies, nachdem sie sich um ihn »gekümmert« hatte.

Sie hatte ihm niemals mit dem Ellbogen in die Rippen gestoßen, nicht einmal, wenn er sich am ungehörigsten aufgeführt hatte. Nicht, dass er je erwartet hatte, mit dem Ellbogen gestoßen zu werden, doch jetzt wunderte er sich, warum es nie passiert war. Sie war offensichtlich mehr als fähig und bereit dazu.

»Mr. Deville, wenn ich mich nicht irre?«

Ein streng gekleideter Mann stand vor ihm. Sein braunes Haar war an den Schläfen schon leicht ergraut, und sein Rücken war so gerade, als ob er einen Stock verschluckt hätte.

»Ja. Ich glaube nicht, dass ich schon das *Vergnügen* hatte.«

Hmmm. Er musste nur auf den Großteil von ihnen einen guten Eindruck machen. Aus irgendeinem Grunde richteten sich bei diesem Mann seine Nackenhaare auf.

»Mr. Wallace.«

Ah, dies war also der Mann, der ein Auge auf Caroline geworfen hatte und den die Matronen mit ihr verkuppeln wollten. Er musterte den Mann eingehender. Nein, der kam überhaupt nicht in Frage.

Er überlegte noch, ob er ihn schlicht ignorieren oder ihm die Nase brechen sollte, als Wallace das Wort ergriff.

»Woher kennen Sie Mrs. Martin?«

Sebastien musterte den Mann von oben bis unten. »Wir haben uns auf Meadowbrook kennengelernt. Sie hilft beim Turnier.«

»Dann sind Sie also einer der Rivalen?« Er sagte es in demselben Ton, als würde er eine Küchenschabe beschreiben.

»Ich bin *der* Rivale.«

Der Mann richtete sich noch stocksteifer auf. Er war also nicht auf den Kopf gefallen. Er verstand genau, was Sebastien sagte.

»Das Turnier wird in einigen Wochen zu Ende sein, und dann sind Sie nichts weiter als eine verblasste Erinnerung, Mr. Deville. Ich würde mir an Ihrer Stelle nicht zu viel anmaßen.«

Sebastien verspürte abermals jenen seltsamen Stich, doch er verdrängte das Gefühl. Eines Tages mochte er einmal eine verblasste Erinnerung sein, doch dieser spießige Mann würde das letzte sorglose Licht in jenem wunderschönen blauen Augenpaar auslöschen, wenn er die Gelegenheit dazu erhielt. Doch das würde Sebastien niemals zulassen.

»Aber Sie sind es hier, der anmaßend ist, oder nicht?« Er rollte lächelnd einen Zigarillo, den er sich noch nicht angezündet hatte, zwischen seinen Fingern. »Es hat Sie nicht sehr weit gebracht, und ich würde einmal sagen, dass Sie es auch zukünftig nicht weiter bringen werden. Vielleicht sollten Sie sich den kleinen Wink von der Lady selbst zu Herzen nehmen? Warum halten Sie nicht nach einem biedererem Modell Ausschau, das Ihre Avancen willkommen heißt?«

Der Mann lief rot an und machte seinen Mund auf, doch ein Zupfen an Sebastiens Ärmel ließ ihn nach unten schauen.

»Tanzen Sie noch einmal mit mir?«

Sebastien grinste Wallace an, dann bückte er sich und bot Polly seinen Arm an. »Aber natürlich, mein liebstes Mädchen.«

Sie ließen den wutschnaubenden Mann stehen.

Die Musik erfüllte und umhüllte sie, während sie zuschaute, wie Sebastien mit Polly tanzte und Noah mit einem hübschen Dorfmädchen, das er schon den ganzen Abend angehimmelt hatte. Alle fanden sich zu Paaren zusammen und amüsierten sich. Selbst Mr. Wallace ließ sie ausnahmsweise in Frieden. Sie hatte ihn schon gute zehn Minuten nicht mehr gesehen, und dabei konnte man sich gemeinhin darauf verlassen, dass er nicht von ihrer Seite wich und ihre Entscheidungen rügte. Selbst die Matronen waren gelösterer Stimmung unter dem berauschenden Mittsommermond. Befreit und bereit, sich zu vergnügen.

Caroline wollte tanzen, wollte ebenfalls unbekümmert sein. Wollte die Musik und die Leidenschaft fühlen, die Befreiung. Doch sie konnte es sich noch nicht erlauben. Sie hatte gerade die Achtung der Matronen errungen. Sie brauchte einen Platz …

Die perfekte Stelle lockte im Mondschein, und Caroline wurde wie magisch angezogen. Sie ließ die neugierigen Blicke und die Mahnungen an falsche Entscheidungen in der Vergangenheit hinter sich zurück und verschwand in der Nacht, um die Erfüllung zu suchen, nach der sie so verlangte. Um frei zu sein, und wenn auch nur für einen flüchtigen Moment.

Er hatte sie am Rand der Tanzfläche mit dem Fuß wippen sehen, während sie versuchte, die Musik und das Tanzen zu ignorieren. Während sie versuchte, unnahbar und beherrscht zu sein. Er hatte mit Polly getanzt, und als er sich wieder umdrehte, war sie verschwunden.

Er hatte sich von den anderen entschuldigt und begab sich an den Rand des Festplatzes, in der Hoffnung, dass alle denken würden, er wolle sich nur erleichtern.

Er begann, auf der Suche nach ihr den Festplatz zu umrunden. Sie war auf keinen Fall bereits nach Hause gegangen. Nicht von ihrem Fest. Nicht nach all den Vorbereitungen und der Mühe. Sie war die Gastgeberin, die Königin, die Generalin der versammelten Truppen. Die nicht an den Festivitäten teilnehmen konnte, weil sie in der Öffentlichkeit um jeden Preis und zu allen Zeiten ihre Würde wahren wollte.

Er schaute sich suchend im Gelände um. Wo konnte sie hingegangen sein?

Sein Blick wanderte zu den Ruinen, und er hielt instinktiv auf die Säulen zu, auf das zerstörte Herrenhaus am Hang. Die Ruinen waren dunkel und von Schatten verhangen, und es spukte dort, wenn man Carolines Geschichten Glauben schenkte.

Er hörte ein leises Rascheln, als er dem Pfad in das noch erhaltene Vestibül des einstmals prachtvollen Palastsaals folgte. Er hätte beinahe an Gespenster glauben können, als er sie dabei beobachtete, wie sie sich herumbewegte.

Sie wiegte sich in den dunklen Schatten, tanzte, ihr Körper bog sich und drehte sich, verborgen vor den Blicken der Festgäste, doch nah genug, um die Musik, das Gelächter, den Gesang der Leute hören zu können. Die Atmosphäre zwischen den kalten Steinen war schier lebendig. Es knackte und knisterte, und die Geräusche hallten in einer gespenstischen, hypnotischen Weise wider, schlangen sich um ihre Glieder und bewegten sie im Rhythmus der Melodie. Caroline wiegte sich wie eine irdische Fee, der es nicht erlaubt war, sich bei Tage zu zeigen, und die deshalb nur in der Nacht ertappt werden konnte, von dem beharrlichen oder mit Glück gesegneten Mann, der zufällig auf sie stieß.

Sebastien wurde über die umgestürzten Steine und den mondbeschienenen Pfad zu ihr hingezogen. Und als sie eine kleine Pirouette schnurgerade in seine Arme drehte, erstarrten sie beide, und das Gelächter vom Fest brach sich über ihnen, die Stimmen und die Fideln, das Geplapper und der Frohsinn wogten um sie herum und verschmolzen zu einem perfekten Augenblick, der zugleich trivial und banal war.

Er hob ihre Hand an seinen Mund und küsste ihre Fingerknöchel, ohne seinen Blick von ihren Augen zu lösen, während seine Lippen über die makellose Haut wanderten und seine Finger sich fest um die ihren schlossen. Er wirbelte sie blitzschnell um die eigene Achse, und ihr stockte der Atem. Ihre Augen strahlten im Mondschein, zuerst erschreckt, dann erfüllt von einem Gefühl, das bloße Begierde weit überschritt und an blanken Hunger grenzte. Sinnlich, lüstern und selbstsicher sah sie ihm tief in die Augen, brach diesen Blickkontakt erst ab, als er sie abermals herumwirbelte, nur um ihn sogleich wieder aufzunehmen. Das tiefe Verlangen in ihren Augen ließ es ihm wie flüssiges Feuer über den Rücken laufen.

Er drehte sie mit Schwung gegen seine Brust, und sie hob instinktiv ihre Hände und grub ihre Finger in sein Haar. Ihr Atem schlug keuchend gegen seinen Hals, ihre Lippen hauchten gegen sein Kinn, während er die Führung bei diesem sonderbaren Tanz übernahm, den er noch nie getanzt hatte. Noch nie auch nur versucht hatte. Ein drängendes Verlangen, welches sich im Rhythmus der Musik regte, dessen Taktschlag mehr in seinem Blut pulsierte denn in seine Ohren flüsterte. Gefangen in einem Zauberbann, mit dem sie ihn belegt hatte, einem Zauberbann, dem auch sie selbst erlegen war, hier inmitten eines Tempels aus uraltem Stein.

Eine verbotene Sehnsucht, sich dem Lied der Sirenen hinzugeben, wallte in ihm hoch, und er drehte sich mit Caroline lustvoll im Kreis, bis er sie schließlich gegen eine eingestürzte Wand schob, sich an sie drückte und mit seinem Mund von ihren Lippen Besitz ergriff, während sie versuchte, ihn zu besteigen, sich auf ihn zu setzen und den Zauberbann zu erfüllen. Verzweifelte, drängende Bewegung, wimmerndes Stöhnen, verbotene Versprechen.

Etwas daran, das Ritual zwischen diesen alten Steinen zu vollenden, sagte, dass es für immer wäre, und er widerstand dem Sog, dem Sehnen nach Heim und Herd und von Leidenschaft erfüllter Liebe und Caroline, das in ihm aufstieg. Er zog an ihren Nackenhaaren, beugte sie nach hinten und nahm ihre Brust in seinen Mund. Seine Hand wanderte ihren Schenkel hinauf, und seine Finger strichen die feuchten Löckchen beiseite und tauchten in die honigsüßen Tiefen darunter ab. Er umfasste sie mit seiner Hand, öffnete sie mit seinen Fingern, sodass sein Daumen ungehindert die dort verborgene Perle streicheln konnte. Ihre Finger gruben sich fester in sein Haar, was ihn dazu anspornte, noch gieriger an ihrer lieblichen Brustwarze zu lutschen, noch tiefer in sie einzudringen, noch heftiger mit seinem Daumen zu reiben und zu massieren.

Sie drückte sich erschaudernd gegen ihn, beugte ihren Rücken ganz durch, zog stärker an seinen Haaren und massierte seinen Nacken. »Sebastien.« Sein Name war ein bloßer Atemhauch auf ihren Lippen, und er drückte sich gegen sie, plötzlich überwältigt von Lust und Leidenschaft und Verlangen.

Er zerrte an den Knöpfen seiner Hose, befreite sich. Der steinerne Zirkel um ihn herum wisperte beharrlich, verhöhnte ihn, drängte ihn zu kapitulieren. Er sog gierig an ihrer Brustwarze, und sie stieß einen spitzen Schrei aus. Er zog ihren

Kopf zu sich und presste seine Lippen auf ihren Mund, küsste sie mit der gleichen ungezügelten Inbrunst, mit der sie seinen Kuss erwiderte, während er fühlte, wie das spinnwebfeine Netz des Zauberbanns sich immer enger um sie zusammenzog. Er nahm sich selbst fest in die Hand und kam im selben Moment, als sie entrückt in seinen Kuss stöhnte und ihr Zucken und Erschaudern ihn nur umso entschlossener machte, in ihr zu sein.

Das spinnwebfeine Netz des Zauberbanns zerriss, die fernen Schreie von Pfauen hallten durch den Lärm des Festes, dessen Stimmen und Geräusche wie mit einem Paukenschlag in sein Bewusstsein zurückfluteten.

Er nahm behutsam seine Hand weg, trat von ihr zurück und brachte sich in Ordnung. Carolines Haar war ein zerzaustes Vogelnest, ihre Lippen waren geschwollen und einladend, ihr Blick war verhangen und sie sah wunderschön aus. Ihre blaugrauen Augen weiteten sich, und sie hob eine Hand, um ihr Haar zu richten, während ihre andere Hand das Gleiche mit ihrem Kleid versuchte.

Die Musik wallte abermals um die Ruinen, und Caroline erstarrte plötzlich wie vom Donner gerührt mitten im Glattstreichen ihres Kleides. Er berührte ihre Hand, verschränkte seine Finger mit den ihren und zog sie mit einer fließenden Bewegung in einen Tanz, schwenkte sie zur Musik hin und her, hielt sie an sich geschmiegt. »Warum tanzen Sie nicht zusammen mit den anderen auf der Lichtung?«

Einen Moment lang dachte er, sie würde ihm nicht antworten. Dann entspannten sich ihre Schultern, und sie überließ sich seiner Führung. »Ich verliere mich in der Musik.«

In der Ferne erscholl Jauchzen und Gejohle. »Vorhin haben sich etliche Leute in der Musik verloren. Und das scheint immer noch so zu sein, wenn man nach dem Krach gehen kann.«

»Und haben Sie nicht die Blicke bemerkt, die sie geerntet haben?«

»Neidische Blicke. Wenn Sie so tanzen würden, wie Sie es taten, als ich Sie gefunden haben, dann würde sich niemand mehr auf irgendetwas anderes konzentrieren können. Ungebändigt und frei.«

Er konnte ihren Gesichtsausdruck nicht mehr lesen, denn sie senkte den Kopf. »Die meisten Menschen ziehen folgsam und zahm vor.«

Er strich mit einem Finger über ihre Wange und hob ihr Kinn an, sodass sie ihn wieder ansah. Sein Finger setzte seine Wanderschaft fort, an ihrem Hals hinab, dann weiter an ihrem Mieder hinunter. Ihr Herz begann zu flattern, sie war ungezügelt und fühlte sich so lebendig. Die zarte Röte ihrer Wangen, ihres Halses und ihres Dekolletés waren das Lieblichste, was er je gesehen hatte.

»Zahm ist langweilig. Wildheit bedeutet Lebendigkeit.«

Der wehmütige Ausdruck auf ihrem Gesicht vertiefte sich. »Wildheit bedeutet einen völligen Mangel an Disziplin.«

Seine Finger bewegten sich unter den ihren, hoben ihre Hand, streichelten die empfindsame Stelle an der Innenseite des Handgelenks. »Wildheit bedeutet Leidenschaft.«

»Leidenschaft führt zu Kummer.«

»Kummer ist ein Zustand ohne Leidenschaft.«

»Aber einer, der aus tieferen Gefühlen geboren ist. Sie suchen nach Leidenschaft ohne tiefere Gefühle.«

Er hob ihre Hand an seine Lippen. »Die Leidenschaft birgt viele tiefste Gefühle und Empfindungen.«

Sie sah ihn mit großen Augen an. »Wünschen Sie sich denn nie auch nur für einen flüchtigen Moment das Versprechen auf etwas Tiefergehendes, Einzigartigeres? Etwas, das Sie umschließt, das Sie zermalmt, während es Sie im gleichen Moment befreit?«

Sein Magen zog sich zusammen, und er drängte die Gefühle, die sich wie verschlungene Ranken aus einem unergründlichen Winkel seiner Seele hochwanden und drohten, sich in seiner Kehle zu verkeilen, mit aller Macht wieder zurück. Er fuhr fort, ihre Finger, ihr Handgelenk zu küssen, sodass sie nicht in seinem Gesicht lesen konnte. »Sie sprechen aus Erfahrung, doch es ist keine glückliche Erfahrung.«

Wieder senkte sie ihren Kopf. »Nein, aber ich laufe schon so lange weg, aus Angst, meinen Fehler zu wiederholen. Lasse mir meine Handlungen davon diktieren. Mit Patrick fehlte etwas. Ich dachte, es wäre da, doch rückblickend sehe ich nur eine gähnende Leere. Ich habe ihn geliebt. Aber es war die Liebe eines dummen Mädchens, das den Umständen zum Opfer fiel.«

»Und jetzt? Wollen Sie die wahre Liebe erleben?« Ihm ging durch den Sinn, wie leicht es wäre, aus diesem Ruinenkreis zu entfliehen, der sich mit jeder verstreichenden Minute enger um ihn zu schließen schien.

Sie lächelte wehmütig. »Nein, ich will nur keine Angst mehr haben. Vor meinem eigenen Urteilsvermögen, vor Männern wie Ihnen.«

Seine Erleichterung war nicht ganz ungetrübt. »Ich glaube, ich sollte mich beleidigt fühlen.«

»Männer wie Sie kann man nicht beleidigen.« Ihr Ton war beinahe liebevoll. Er war nicht sicher, was ihn mehr erboste – dass sie ihn als einen von vielen sah oder dass sie seinen Status als verwegener Draufgänger so voll und ganz akzeptierte und sich daher darüber lustig machen konnte.

Er stellte sich ihr Gesicht vor, jünger, doch noch immer reizend und voller Verlangen, während sie erregt und strahlend den gesichtslosen Patrick anschaute. Zärtlich und voller verrückter Ideen und übermächtiger Gefühle. Er hatte diesen Gesichtsausdruck bei jedem neuen Jahrgang von Debütantinnen gesehen, wenn ihre Blicke sich mit seinem trafen. Das Bild von Caroline, wie sie irgendeinen gesichtslosen Mann anhimmelte, ärgerte ihn mehr, als er zugeben wollte.

Schatten flackerten über ihre Augen hinweg, als sie sich aus der Dunkelheit löste und in das Mondlicht trat. Der silberne Schein beleuchtete ihre Haut und ihr Haar. Eine ungebändigte Nachtfee, die gerade ihre Flügel erhalten hatte.

Ein Lächeln spielte um ihre Lippen, und ihr verhangener Blick barg ein Versprechen. Sie nahm seine Hand und ging einige Schritte rückwärts, bevor sie seine Hand wieder losließ, sich umdrehte und hell lachend aus dem von Säulen gesäumten Ruinensaal lief.

Sie war plötzlich ein ganz anderer Mensch. Sie zog verblüffte Dorfbewohner in den Tanzkreis, verbreitete ihr Licht und ihre Freude. Nein, das stimmte nicht, dachte er bei sich, als er an den Händen gefasst und mit in das bunte Treiben gezogen wurde. Sie war noch derselbe Mensch. Dies war eine andere Seite der wahren Caroline.

Es war spät, als das Fest langsam zu Ende ging. Alle sahen sehr zufrieden aus, als sie torkelnd die Lichtung verließen. Selbst die Matronen waren dazu verleitet worden, sich der wogenden und sich wiegenden Menge anzuschließen, nachdem Caroline die Kinder angehalten hatte, sie zum Tanzen aufzufordern. Auch sie waren dem Zauber des Abends anheimgefallen.

Alles in allem war der Abend ein uneingeschränkter Erfolg. In jeder Hinsicht, dachte Caroline, noch immer etwas schwindelig und atemlos.

Sebastien brachte sie zu ihrem Cottage, und sie kämpfte einen Moment lang mit dem Schloss der Haustür, da ihre Hände förmlich zitterten. Er nahm ihr den Schlüssel ab, steckte ihn ins Schloss und drehte ihn mit einer lässigen Bewegung herum.

»Möchten Sie noch auf einen Tee hereinkommen?«, platzte sie heraus und starrte dabei auf seine Finger und den Schlüssel, den sie gerade losgelassen hatten. Ihr schlug nur Schweigen entgegen, und erst als sie den Knauf umfasst und die Tür geöffnet hatte, wagte sie, ihren Blick zu heben.

»Nein, ich will keinen Tee.« Er trat die letzten verbliebenen Schritte zu ihr, drängte sie sacht ins Cottage und schloss die Tür hinter sich ab. »Ich will Sie.«

Seine Stimme war leise und klang seltsam belegt. Caroline wich unwillkürlich zurück, ganz wie das gejagte Beutetier, als das sie sich so oft in seiner Gegenwart fühlte. Ihr lief ein kalter Schauder über den Rücken, der glühenden Hitze, die jeder ihrer Poren entströmte, zum Trotz.

Plötzlich war die Wand hinter ihr, und ein Bilderrahmen grub sich in ihre Haut, ein seltsamer Gegensatz zu dem warmen, weichen Mund auf ihren Lippen und dem sanften Druck der Finger, die sie drängten, sich hinzugeben.

Der Moment war gekommen – glühende Leidenschaft und schlechtes Urteilsvermögen. Brennende Lust und Gefühle in einem unleugbar gefährlichen Paket. Nicht sicher. Nicht harmlos. Nicht mit einer netten kleinen Schleife zusammengebunden, hinter der sie sich verstecken konnte.

Ein Finger strich fragend über die blanke Haut ihres Dekolletés. Sie gab ihm ihre Antwort mit einem Kuss.

Mit einigen wenigen gekonnten Bewegungen hatte er ihr das Kleid heruntergestreift und drückte seine heißen Lippen auf ihren Mund, ihren Hals, ihre Brüste, während er sie rücklings den Flur hinunter zu ihrem Schlafzimmer steuerte. Irgendwie gelang es ihm, sie beide ihrer Kleidung zu entledigen, während er sich an ihr gütlich tat und sie an seinen Haaren zog, um seinen Mund fester an dem ihren zu fühlen.

Er drehte sich, zog sie mit sich, und zusammen fielen sie aufs Bett, die Glieder und die wenigen verbliebenen Kleidungsstücke eng miteinander verschlungen, während sie gegenseitig den Mund des anderen erforschten und ihre Hände immer fordernder wurden.

Sie wanderte mit ihrer Hand an seiner Brust hinab und packte ihn, umfasste ihn fest mit ihren Fingern und begann, ihn zu massieren. Er ging mit seinen Händen auf Entdeckungsreise. In beiden vibrierte noch die Erregung des Festes. Ihr Körper reagierte, als wäre sie für ihn geschaffen.

Er strich mit seiner Hand an ihrer Seite hinab zu ihrer Taille, zu ihrem Hinterteil, packte sie, drehte sie mit schnellem Griff herum und zog ihre Hüften hoch – und glitt fast mühelos in sie hinein, füllte sie aus. Sie erschauderte und grub ihre Finger in seine Schultern. Nie zuvor hatte sich etwas so gut, so perfekt angefühlt.

Der letzte leichte innere Widerstand schwand dahin, als er ihre beiden Körper miteinander verschmolz.

Sein Kopf sank auf ihre Schulter, seine schweren, keuchenden Atemzüge hauchten über ihre Haut. Er stützte sich hoch und sah ihr in die Augen. Er bewegte sich ganz langsam einmal im Kreis, dann zog er sich ebenso langsam zurück. Sie bäumte sich auf, wollte die Verbindung nicht aufgeben, doch er hielt reglos seine Position.

Von seinem Gesicht konnte man ablesen, wie stark er sich konzentrierte und wie sehr er sich auf das Kommende freute. Seine Augen leuchteten, als er sich auf eine Hand stützte und mit den Fingern seiner anderen über ihren nackten Rumpf strich, über ihre Brüste und um sie herum und eine Brustwarze zupfend und reibend dazu brachte, sich steif und hart aufzurichten.

Ihr stockte der Atem, und er lächelte. Er schnippte mit seinem Daumen gegen ihre Brustwarze, und Caroline bäumte sich abermals auf. Dann drang er in sie hinein, hart, tief, schob sie mit der Wucht seines Stoßes auf dem Bett nach oben, drückte sie fest auf die Matratze, trieb sie in einen Rausch der Lust.

Sie legte ihre Hand auf seinen Nacken, zog ihn zu sich, zog seine Lippen auf die ihren, und jeder Kuss war eine Widerspiegelung der Bewegungen weiter unten. Sie spürte, dass sie dem Höhepunkt immer näher kam, der ihr in der Vergangenheit so oft verwehrt geblieben war. Doch jetzt war er hier, neckte sie, reizte sie, lockte sie mit gleißender Intensität. Sie griff danach und wurde plötzlich herumgedreht, schaute unvermittelt nach unten statt nach oben.

»Ich habe zu lange darauf gewartet, in Ihnen zu sein, um es so schnell schon enden zu lassen.«

Er zog sie nachdrücklicher auf sich und streckte sich genüsslich, während sie auf ihm hinabglitt und ihn tiefer in sich aufnahm. Sie bog ihren Rücken durch, gewann so das zusätzliche kleine bisschen, fühlte ihn so tief in sich, dass sie unwillkürlich die Augen schloss. Hände packten ihre Hüften und zogen sie herab, und aus dem zusätzlichen kleinen bisschen wurde das bisschen mehr. Feuergleiche Hitze züngelte empor, und jeder Teil ihres Körpers von ihren Haarwurzeln bis zu ihren Zehen fühlte sich wunderbar und erfüllt an. Der Höhepunkt lockte noch beharrlicher. Noch gleißender.

Sebastien bäumte sich auf und zog sie ganz langsam herab, Sekunde um Sekunde eine süße Folter. Das Feuer züngelte von Neuem hoch, und irgendwo in ihrem Bauch begann ein dumpfes Pulsieren, als er eine Stelle tief in ihr berührte und dann daran vorbeiglitt, angetrieben von unbezähmbarem Verlangen.

Sie hob ihre Hüften und ließ sich ebenso langsam herabsinken. Er stöhnte, stimmte in ihre lustvollen Laute mit ein. Sie wiederholte die Bewegung, doch diesmal unwillkürlich ruckartiger, während sich sein Gesicht anspannte und sich seine Brust von seinen schweren Atemzügen hob und senkte. Seine Finger gruben sich in ihre Hüften, zwangen sie, ihn bis zum Schaft in sich aufzunehmen und nach mehr zu betteln.

Drängende Bewegungen, um sie noch enger miteinander zu verschmelzen, wurden hektischer, ekstatischer, und schon bald begann sie zu zucken, während sie auf ihm ritt. Ihre Hände klammerten sich an seine Schultern, ihr Kopf war in den Nacken geworfen, ihre Brüste strichen baumelnd auf seiner Brust hin und her, ein Metronom ihrer Lust.

»Sie haben ja nicht die leiseste Ahnung –« Sein Gesicht verzerrte sich, und sein Atem ging stockend. »– wie Sie in diesem Moment aussehen.«

Er verlangsamte seine Bewegungen, neckend, herausfordernd, doch das konnte den Höhepunkt nicht mehr aufhalten, der mit rasender Geschwindigkeit auf sie zukam oder sie auf ihn, angespornt von allem an ihm – dem Ausdruck in seinen Augen, der Berührung seiner Hände und den Bewegungen in ihr. All ihr Zusammenspiel hatte nur dazu gedient, die Gefühle noch intensiver zu machen, die tief in ihr pochten und pulsierten, während sie wie im Rausch einen wilden Ritt zum Gipfel der Glückseligkeit absolvierte.

Höher, höher und immer höher stieg sie auf, bis sie ihn endlich erreichte und plötzlich wieder auf dem Rücken lag, den Blick an die Decke gerichtet, während sich die Wogen der Verzückung über ihr brachen und er unerbittlich in sie hineinstieß, wieder und immer wieder, und sich die Wellen in ihr ausbreiteten und sie immer höher trugen, bis sie schließlich ihren Mund zu einem stummen Schrei öffnete. Er ergoss sich in sie, und sie spürte einen weiteren Höhepunkt in dieser nicht endenden Ekstase, der allgewaltigsten Ekstase ihres Lebens, und sie schlang ihre Beine fester um ihn, während er die Grundfeste ihres Cottage – und ihrer Seele – erbeben ließ.

16

Eifersucht ist eine Urgewalt, die einen Menschen zum Äußersten treiben kann. Wir haben über die letzten Wochen auf Meadowbrook mehr als genug Sturm und Drang gesehen, aber während der Ferien wird doch gewiss auch dieses Gefühl eine wohl verdiente Ruhepause einlegen.

Sie erwachte mit einem Lächeln und streckte sich räkelnd – angenehm wund, belebt und frei. Sie drehte sich um und entdeckte ein Blatt Papier auf dem leeren Kissen neben sich. Dem weichen Stoff haftete noch immer sein Duft an. Caroline nahm den Bogen und drehte ihn zu sich um. Es war eine Zeichnung von ihr, wie sie friedlich schlief – ganz sanfte Linien und verwischte Striche. Sie berührte sacht den leicht geschwungenen, nach hinten gelegten Arm, die stacheligen Wimpern auf der Wange, die um die Beine gewickelte Wolldecke.

Sie lächelte glücklich und drückte die Zeichnung an ihre Brust.

Am Donnerstag hatte er ihr einen süß duftenden Wildblumenstrauß hinterlassen. Am Freitag war es eine wunderschöne Zeichnung ihres Cottages gewesen, alles ganz gemütlich und anheimelnd. Am Samstag hatte er ihr einen zarten, fein gearbeiteten Feenring dagelassen.

Sie berührte den Ring mit ihren Fingerspitzen und lachte trunken vor Glück. Es wäre klug, ihre übersprudelnde gute Laune nicht so offen zu zeigen. Es wäre klug, wachsam zu bleiben, um sich nicht zu verraten, doch sie konnte einfach nicht die negativen Gefühle aufbringen, die es dazu brauchte. Es fühlte sich viel zu gut an, frei zu sein. Sie hatte sich so lange selbst eingesperrt.

Als die Uhr zwölf Uhr mittags schlug, drehte Caroline

sich um und sah ihn in der Tür lehnen. Das Haar fiel ihm in die Augen, und er sah schlicht zum Anbeißen aus. Sie wusste nicht, was er jeden Vormittag machte. Wusste nur, dass er jede Nacht, wenn sie einschlief, in ihrem Bett war und dass er fort war, wenn sie aufwachte, und an seiner Stelle ein Geschenk auf dem Kissen neben ihr lag.

»Bist du so weit?«

»Was haben wir denn heute vor?«, fragte sie.

»Ich fordere dich zu einer Runde Quoits heraus.«

»Quoits?«

»Ein Spiel, bei dem man mit Ringen nach Pflöcken wirft.« Er ahmte gestikulierend das Werfen nach.

Sie gab ihm einen Klaps auf den Arm. »Ssschh. Warum gerade Quoits, meinte ich.«

»Ich kann dich genüsslich vernaschen, nachdem ich gewonnen habe.« Er beugte sich noch immer an den Rahmen gelehnt vor. »Vielleicht gleich dort in dem Gebüsch, wenn du ganz, ganz schlecht bist.«

Ihr wurde ganz heiß bei der Erinnerung an ein ähnliches Erlebnis zwei Tage zuvor.

»Es kehren immer mehr Gäste zurück. Es bleiben uns nur noch wenige Tage.«

Er zuckte mit den Achseln, doch seine aquamarinblauen Augen verdüsterten sich ob dieser Mahnung. »Na und? Wir lassen sie einfach nicht mitspielen, falls sie fragen sollten. Ich überlasse es dir, ihnen einen Klaps zu geben, wenn sie es versuchen. Du kannst das so gut. Ich werde dich bald mal übers Knie legen und den Gefallen erwidern müssen, aber auf anderen Teilen deines Körpers.«

Eine Hand streichelte ihren Po und drückte eine Backe. Sie schmiegte sich instinktiv gegen seine Hand, und er zog sie gegen seine glühenden Lenden. »Oder wir könnten auch einfach den Nachmittag hier verbringen.«

Sie erschauderte und fand, dass das eine ausgezeichnete Idee wäre. Niemand würde sie ver –

Herrje. »Noah kommt vorbei, um die Büsche zurückzuschneiden. Es geht nicht.«

»Wann kommt er denn?«

»In einer Stunde.«

»Hm, dann bleibt uns jede Menge Zeit.«

Es war bereits zwei Uhr nachmittags, als sie nach einem kichernden Versteckspiel mit Noah, der immer wieder argwöhnisch zum Cottage geschaut hatte, schließlich am Quoits-Spielfeld eintrafen.

Caroline war eine recht gute Werferin, denn sie hatte früher schon mit Patrick gespielt. Sie ließ ein Stück ihrer Vergangenheit fahren, als sie mit Sebastien auf das Feld trat. Kein Patrick mehr. Kein Verharren in der Vergangenheit.

Sie begannen mit dem Spiel. Sebastien war so siegeshungrig wie in allem anderen, das er unternahm. Doch er lächelte jetzt mehr, als er es je vor der Unterbrechung des Turniers getan hatte. Lächelte heute mehr, als er in all den vergangenen Wochen des Wettkampfes zusammen gelächelt hatte.

Etwas Kaltes hob ihr Kleid an, rieb an ihrem Bein, während sie versuchte, den ersten Ring der neuen Runde zu werfen. Sie schrie erschreckt auf und machte einen Satz in die Luft, als er seinen Ring zwischen ihre Schenkel schob. Der Wurf ging himmelweit am Ziel vorbei.

Sie lachte übermütig. »Was machst du da?«

»Ich schummle. Das sollte doch offensichtlich sein.« Er zog eine Augenbraue hoch, doch sein Lächeln wurde schnell zu einem Grinsen. »Was machst du denn?«

»*Ich* spiele nach den Regeln.« Sie wich ihm mit einem Schritt zur Seite aus, als er nach ihr griff.

»Das können wir nicht zulassen.« Er reckte sich, fasste sie um die Taille und zog sie zu sich. Sie wand sich und quiekte, und er schwenkte sie im Kreis herum, und bei dem Gerangel flog ihr der zweite Ring aus der Hand. Sebastiens Fuß verhedderte sich in ihren Röcken, und sie fielen beide lachend auf den Boden. Er landete auf dem Rücken, und sie auf ihm. Sie kicherte und drehte sich auf seiner Brust um.

Ihr Kichern wurde zu einem ausgewachsenen Prusten, als sie ihn unter sich ausgestreckt einen Mundvoll Stoff ausspucken sah. Ihr Rock war gerade weit genug hochgerutscht, um ihre Gesichter teilweise zu verhüllen. Seine Finger gruben sich träge in ihre Nackenhaare und zogen sie dichter heran. Der Ausdruck auf seinem Gesicht ließ ein wollüstiges Kribbeln über ihren Körper laufen. Sie schmiegte sich an ihn und wollte sich gerade der Einladung in seinen Augen hingeben, als ein Stiefel in ihr Blickfeld trat.

Caroline sah an dem Bein hinauf zu den verschränkten Armen und der missbilligenden Miene von Lord Cheevers. Entsetzen und Schrecken vermengten sich zu einer unverdaulichen Mischung. Sie rappelte sich eilig in eine sitzende Haltung hoch. Sebastien gab sie frei, auch wenn seine Finger liebkosend in ihrem Nacken verharrten, als sie sich aufrichtete.

»Mylord«, sagte Caroline.

»Mrs. Martin. Mr. Deville. Wie ich sehe, genießen Sie ... die nachmittägliche Sonne.«

Sebastien blieb liegen, seinen Kopf auf seine Hand gestützt, sein Bein angewinkelt, während er mit seiner anderen Hand gelassen Grashalme aus dem Rasen rupfte. »Es ist ein schöner Nachmittag.«

»Das ist es.« Cheevers' Miene war strenger, als Caroline es seit Langem gesehen hatte.

»Mrs. Martin, wenn Sie mir bitte ins Haus folgen würden, ich möchte mit Ihnen sprechen.«

Sie wandte sich zu Sebastien um, dessen Blick ausdruckslos war. Seine Miene war die des Mannes, den sie vor Wochen gekannt hatte. Er winkte sie mit einer trägen Geste weg, während er die Grashalme aus seiner anderen Hand fallen ließ. »Vielen Dank für das Spiel, Mrs. Martin. Ich hoffe, dass wir beim Abendessen das Vergnügen Ihrer Gesellschaft haben.« Er betonte ihren vollen Namen, den er schon länger nicht mehr benutzt hatte. Doch sie war ihm dankbar, dass er entschieden hatte, im Beisein von Cheevers dazu zurückzukehren.

»Vielen Dank, Mr. Deville. Ich, ich sehe Sie dann beim Abendessen.« Sie hatte nicht die Absicht gehabt, im Herrenhaus zu Abend zu essen, doch nun würde ihr nichts anderes übrig bleiben, wenn sie nicht wollte, dass Cheevers dachte, sie hätten ein Stelldichein in ihrem Cottage.

Der Earl wippte verärgert mit dem Fuß, dann drehte er sich auf dem Absatz um. Caroline folgte ihm verzagt in sein Schreibzimmer. Sobald sie eingetreten war, schlug er die Tür zu.

»Was soll diese Narretei?«

Sie nahm alle Selbstbeherrschung zusammen. »Wir haben ein Spiel gespielt, mehr nicht.«

»Ein Spiel. Ein Spiel? Eines, das beinhaltet, dass Sie Deville zu Willen sind?« Seine normalerweise stählerne Stimme hatte einen ungewöhnlichen kreischenden Unterton. »Haben Sie die leiseste Ahnung, in welchem Ruf dieser Mann steht? Haben Sie die leiseste Ahnung, wer sein Vater ist? Haben Sie die leiseste Ahnung, was hier auf dem Spiel steht?«

»Ich bin mir der Antworten auf all diese Fragen sehr wohl bewusst, Mylord.«

»Dann wissen Sie auch, dass er seine Frauen wechselt wie seine Hemden?«

»Das scheint mir doch etwas übertrieben, My –«

»Ich kann nicht glauben, dass Sie, ausgerechnet *Sie*, auf diesen Süßholzraspler hereingefallen sind. Was geht denn heutzutage bloß in den Köpfen der Weiber vor?«

»Die Weiber, die auf schöne Worte und Geld hereinfallen, meinen Sie?«, gab sie kühl zurück.

Er sah sie böse an. »Ich hatte erwartet, das Turnier würde beinhalten, dass sich die meisten oder auch alle der Wettstreiter der verfügbaren erfahreneren weiblichen Gäste bedienen würden. Ich hatte nicht erwartet, dass sie dazu gehören würden.«

»Ich bin alt genug, um selbst zu entscheiden, ob ich jemandem zu Diensten sein will.«

»Nun, wir wissen ja bestens, wie es um Ihre Entscheidungen bestellt ist.«

»Das ist nicht fair. Ich bin nicht mehr jung und naiv.«

»Umso schlimmer! Sie haben Ihrer Mutter das Herz gebrochen, als Sie mit diesem mittellosen Hurensohn durchgebrannt sind.«

»Ich habe auch Papas Herz gebrochen. Er ist kurz darauf gestorben«, sagte sie bitter und sah, wie der Blick des Earls eisig wurde. »Aber ich werde den gleichen Fehler nicht zweimal machen.«

»Das tun Sie bereits, wenn Sie sich auch nur mit Deville abgeben.«

»Sie wissen ja nicht –«

»Wenn Deville das Turnier gewinnt, wird er ein sehr mächtiger Mann sein. Das Erinnerungsvermögen der Hautevolee ist selektiv, und er ist ein Mann, der sie leicht seine Sünden vergessen lassen kann, wenn er es richtig angeht. Er weiß das. Wir alle wissen das. Das wird er niemals aufgeben, für nichts auf der Welt.« Der Earl verstummte abrupt und fixierte sie mit einem einschüchternden Blick. »Und die Frau, die ihn heiratet, wird an dieser Macht teilhaben. Es gibt nur eine Person, die er heiraten kann, um jenen Einfluss zu gewinnen.«

Caroline erstarrte. Das Blut rauschte in ihren Ohren. »Es sind zwölf Männer übrig, die um den Preis konkurrieren. Deville ist beileibe nicht der erklärte Sieger. Und Sarah hat ihr Auge auf andere Wettstreiter ge –«

»Das dumme Ding. Die verbleibenden Runden sind alle zu Devilles Gunsten. Er musste nichts weiter tun, als sich während der ersten Hälfte des Turniers in der oberen Hälfte der Wertungen zu halten. Er hat sogar weit besser abgeschnitten. Er ist gemeinschaftlich auf dem ersten Platz! Er wird zweifelsohne gewinnen. Und Sie vergnügen sich da draußen mit ihm.« Seine Miene wurde verkniffen. »Mit dem zukünftigen Gatten Ihrer Cousine.«

Sie hatte Mühe, Luft zu bekommen. Einatmen. Ausatmen. Ihr Atem blieb stockend. »Ich glaube das einfach nicht.«

»Was glauben Sie nicht? Denken Sie, Deville würde sich der Heiratsklausel nicht beugen? Denken Sie, dass Deville den Wettkampf für Sie aufgeben würde?« Er lachte gehässig. »Um Sie zu heiraten? Dann würde er endgültig aus der feinen Gesellschaft ausgestoßen werden. Der Duke würde selbst die wenige Unterstützung aufgeben, die er ihm bislang hat zugutekommen lassen. Deville würde mit einer solchen Partie nichts gewinnen. Der Siegerpreis bietet ihm alles, was er sich je erträumt hat. Der Duke von Grandien wird schon dafür Sorge tragen.«

»Bei Ihnen klingt es so, als wäre er schon der festgeschriebene Sieger. Was ist mit dem anderen Sohn des Dukes?«

»Lord Benedict? Deville würde sich von der Blackfriars-Brücke stürzen, bevor er ihn gewinnen ließe.«

»Und Sloane? Bei Ihnen klingt es so, als hätte keiner der anderen eine Chance. Everly, Parley –«

»Sie haben alle eine *Chance*. Das Turnier ist von uns allen gemeinsam ersonnen worden, und die Stärken eines jeden Sohnes wurden bedacht. Aber nur die Stärksten, die Verschlagensten, diejenigen, die den Sieg am brennendsten begehren, werden es bis zur Endrunde schaffen. Nur einer wird gewinnen. Und in unserem diabolischen Drang, den Preis so verlockend wie möglich zu machen, haben wir dem Sieger zu viel offeriert. Sie haben den Kontrakt nicht gelesen. Der Sieger wird mehr Macht besitzen als wir alle zusammen, wenn er sie richtig zu nutzen weiß. Die anderen Väter mögen glauben, dass ihre Nachkommenschaft gewinnen wird, aber merken Sie sich meine Worte, am Ende wird es Deville sein, der vor dem Kontrakt steht. Und er wird unterzeichnen.«

Ihr Herz schien in jedem Teil ihres Körpers zu pochen – in ihren Ohren, ihren Beinen, ihrem Bauch.

»Sarah will ihn nicht heiraten. Es wäre katastrophal für alle beide.«

»Katastrophal? Macht, große Macht und Reichtum? Ein neuer Titel?«

»Sarah –«

Cheevers machte eine abrupte Geste. »Gehen Sie. Ich will Sie nicht mehr sehen. Vergnügen Sie sich mit Deville. Sehen Sie zu, was es Ihnen einbringt.« Er ging zur Tür und riss diese auf. »Aber kommen Sie nicht heulend zu mir gelaufen –«, zischte er, als sie an ihm vorbeiging. »– wenn Lady Sarah ihn heiratet und Sie in Ihrem kleinen Cottage hocken. Verlassen und allein.«

Die Tür schlug hinter ihr zu. Caroline eilte aufgebracht durch das Herrenhaus, angetrieben von ihrer Wut. Sie fragte sich, ob Sebastien noch immer auf dem Rasen säße und Grashalme ausrupfte, oder ob er inzwischen anderen Vergnügungen nachging. Er könnte bei einer anderen Frau sein. Es waren immer noch einige auf Meadowbrook. Harriet Noke war überraschenderweise abgereist, doch andere waren geblieben, von denen mehrere begierig die Gelegenheit nutzen würden, eine Affäre mit ihm zu beginnen.

Die Worte des Earls gingen ihr nicht aus dem Kopf. Sarah und Sebastien? Schon bei der bloßen Vorstellung wurde ihr übel, nicht nur ob der Tatsache, dass sie derzeit eine Liebelei mit ihm hatte, sondern vor allem, weil sie wusste, dass Sarah mit ihm unglücklich wäre. Sarah besaß tief in sich eine stille Kraft, wenn sie nur genügend Zutrauen zu sich selber hätte, sie zum Vorschein zu bringen, doch sie würde niemals mit jemandem fertig werden, der so wild und zügellos war wie –

Eine Hand drehte sie abrupt herum. Sie wurde gegen eine Brust gewirbelt und gleichzeitig in eine kleine Nische in der Wand gedrückt. Dass keine Diener in dem Korridor waren, war ein kleines Wunder.

Der feste Griff und der erotische Duft verrieten ihr, wer sie festhielt. Seine Hände hielten ihre Taille umfasst, während er ihren Hals liebkoste. »Warst du je Cheevers' Mätresse?«

»Was? Nein!«, erwiderte sie mit erstickter Stimme. Bestürzung mischte sich mit Entsetzen, als sie sich zu ihm umdrehte. Die Gedanken überschlugen sich in ihrem Kopf. Cheevers' Worte, ihre Zweifel, die Reaktion ihres Körpers auf Sebastien, das leichte, doch so beängstigende Sehnen, welches sie in seiner Gegenwart empfand.

Er legte seinen Kopf schief und musterte sie. »Du bist ganz nach seinem Geschmack. Und du lebst auf dem Anwesen.«

Sie konnte keine Erwiderung herausbringen.

»Du kannst es mir gerne sagen, wenn du es warst. Ich muss gestehen, dass der bloße Gedanke mich mit dem Drang erfüllt, ihn zu erwürgen, aber nichts läge mir ferner, als dir einen Mann vor mir zu missgönnen. Ich kann trotzdem derjenige sein, der dich wild macht.«

»Nein, ich war nie seine Mätresse. Wirklich nicht.« Das Entsetzen war das bestimmende Element, weit stärker als die Bestürzung, bis sie sich seine Feststellung durch den Kopf gehen ließ. »Bist du eifersüchtig?«

»Schrecklich. Ich bin fürchterlich besitzergreifend, wenn ich etwas habe, das ich unbedingt haben wollte.« Er drückte ihren Kopf sacht in ihren Nacken und sog kräftig genug an der pulsierenden Ader an der Seite ihres Halses, dass er einen Knutschfleck hinterließ. »Dabei bin ich früher nie besitzergreifend in Bezug auf eine Frau gewesen«, flüsterte er gegen ihren Hals. »Ich frage mich, mit welchem Zauberbann du mich belegt hast?«

Ihr Entsetzen und ihre Verwirrung wurde von Lust verdrängt und von der vagen Hoffnung, dass der Earl sich vielleicht irren könnte. Er hatte sich früher schon geirrt. Oft. Und der Gedanke, dass es hier möglicherweise um mehr ging, war zu verlockend, um davon abzulassen. Es würde noch genug Zeit für Zweifel und Vorwürfe bleiben, wenn das Turnier wieder begann. Im Moment wollte sie nur die Freiheit und die unbeschwerte Lust genießen, die Sebastien geweckt hatte.

Sie sah ihm tief in die Augen. »Ein streng gehüteter Feenzauber, der dich dazu bringt, dich unsterblich in mich zu verlieben.« Es sollte eigentlich unbekümmert und neckend klingen, doch die Worte kamen in weit ernsterem Ton heraus, als sie beabsichtigt hatte.

»Hm.« Etwas flackerte in seinen Augen auf. Die gleiche Maske, die er vor so langer Zeit auf Roseford hatte fallen lassen, als er von dem einsamen Giebel sprach, ließ er nun abermals fallen. »Ich glaube, dafür musst du bestraft werden.«

»Du hast all deine Siege über mich eingefordert.«

Seine Lippen machten sich wieder über ihren Hals her. »Aber, aber, Caro, willst du wirklich auf dieser Abmachung bestehen? Ich denke nicht, dass die Abmachung überhaupt gilt, bis das Turnier weitergeht.«

Er öffnete die Tür hinter sich, die in ein altes Schreibzimmer führte, welches der Earl früher einmal benutzt hatte. Als sie das letzte Mal in diesem Zimmer gewesen war, war es fast leer geräumt gewesen.

Hände umfassten sie, und sein Duft hüllte sie abermals ein,

als er sie in den Raum und an sich zog. Die untergehende Sonne schien durch die halb verhangenen Fenster, und der Garten war zwischen den nicht vollständig geschlossenen Vorhängen sichtbar. Etwas schepperte leise, und er wandte sich von ihr ab, um die Tür in Augenschein zu nehmen, die er abzuschließen suchte.

Er drehte sich wieder zu ihr um, zog sie an sich, brannte ihr mit seinen Lippen, seinen Händen sein Zeichen auf. »Kein Schlüssel, Caro. Du musst sehr, sehr leise sein.«

»Was?«, fragte sie, etwas benommen.

»Du musst leise sein, weil ich dich gleich hier vor der Nase des Earls nehmen werde. Vor der Nase der anderen Gäste. In diesem Zimmer ohne Schloss.«

»Ich glaube nicht –«

Finger griffen in ihr Haar, und sie sank gegen ihn, schmiegte sich an ihn wie angegossen. Er beugte sie nach hinten, strich mit seinen Fingern hinab, hinab, hinab, dann ließ er sie um Carolines Hals wandern und hinunter zu ihrem Dekolleté. Sie sah, wie seine Augen das Zimmer absuchten, während seine Finger über ihre Haut glitten. Sie hob ihren Kopf gerade genug, um das spärliche Mobiliar zu sehen. Das Einzige im Zimmer, das aussah, als ob es nicht schon beim bloßen Ansehen kaputtgehen würde, war ein reich mit Schnitzereien verzierter Sekretär mit einer Schreibunterlage aus burgunderfarbenem Leder.

Ihre Vernunft kehrte zurück, als sie erkannte, was gleich geschehen würde, direkt vor der Nase des Earl, wie er es ausgedrückt hatte.

»O nein, ich kann nicht –«

Er zog ihren Kopf in ihren Nacken und verschlang ihre Lippen. »Ich würde niemals zulassen, dass du dir darauf deinen hübschen Rücken wehtust«, sagte er, ohne seinen Mund von dem ihren zu lösen.

Sie entspannte sich ein wenig. »Also nur einen Kuss?«

»Das denke ich nicht.« Er musterte sie eingehend, und es war etwas an der Art, wie er sich ihr näherte, wie sein Mund sich Zentimeter um Zentimeter an sie heranpirschte, das ihr Herz schneller schlagen ließ, sodass es wild in ihrer Brust hämmerte. Seine Lippen kräuselten sich.

Er ließ sie los, und sie wich einen Schritt zurück, brachte Abstand zwischen sich und ihn.

Ihre Nervosität wuchs, statt nachzulassen. Sie lachte gezwungen. »Sollen wir uns dann zum Abendessen wieder zusammenfinden?«

»Ja, warum nicht?« Doch seine Augen sagten das genaue Gegenteil, und er begann, sich ihr abermals zu nähern.

Sie wich zurück, bis sie gegen den Schreibtisch stieß. Sie wollte diesen seitlich umrunden, doch Sebastien hielt sie am Handgelenk fest. Er hob ihre Hand ganz langsam an seine Lippen und küsste, leckte, lutschte die empfindliche Stelle an der Innenseite des Handgelenks.

Er machte zwei Schritte nach vorn und zwängte Caroline zwischen seinen leicht gespreizten Beinen und dem Schreibtisch ein, beugte sie leicht nach hinten. Es hatte wenig Zweck, sich zu wehren, schon gar nicht, wenn ihr Herz raste und ihr Körper sich nach ihm verzehrte.

»Ich dachte, du hättest versprochen, du würdest nicht zulassen, dass ich mir meinen hübschen Rücken darauf wehtue?« Ihre Stimme war ein bloßes Wispern unter seinem glühenden Blick, welcher ihr ebenso sein Zeichen aufbrannte, wie seine Lippen es gerade an ihrem Hals getan hatten.

»Das werde ich auch nicht.« Er beugte sich vor und flüsterte in ihr Ohr: »Aber von deiner Vorderseite habe ich nichts gesagt.«

Das Feuer der Begierde strömte durch ihre Adern, vermischt mit Panik, als sie seine Worte vernahm. Sie war überzeugt gewesen, dass er es hier, bei helllichtem Tage, selbst wenn sich dieser Tag dem Abend zuneigte, niemals wirklich tun würde. Jeder, der zufällig im Garten an den Fenstern vorbeiging, würde sie sehen können, wenn er genau hinschaute.

Sie versuchte, sich von ihm zu befreien. Ein Teil von ihr kämpfte gegen ihn an, während ein anderer Teil gegen sie selbst ankämpfte, während sie durch ihre Bewegungen immer wieder gegeneinanderstießen. »Sebastien, lass mich los.«

Er knabberte an ihrem Ohr. »Nein.«

»Sebast –«

Er drehte sie so blitzschnell herum, dass sie über ihre Röcke gestolpert wäre, wenn er sie nicht so fest im Griff gehabt hätte.

»Sebastien, das ist doch Wahnsinn. Der Earl ist bereits verärgert, und dabei war die Situation, in der er uns ertappt hat, nicht halb so kompromittierend –«

Er schubste sie auf den Schreibtisch, und sie klammerte sich fest. »Es ist keine gute Idee, von einem anderen Mann zu sprechen, wenn du gerade dabei bist, mein zu werden, Caro.«

Seine freie Hand raffte gekonnt ihre Röcke, seine Finger umfassten sie, entdeckten zu ihrer Bestürzung mühelos, wie erregt sie bereits war.

»Ich sagte dir doch, dass –«

Seine Hand drückte fester auf ihren Rücken, nicht so fest, dass es wehtat, nur gerade fest genug, dass ihre Brüste tiefer auf das Leder gepresst wurden. »Ich werde dich so hart nehmen, dass du dich nicht mehr an deinen eigenen Namen erinnern kannst, wenn ich mit dir fertig bin, und schon gar nicht an den deines schäbigen Taugenichts von einem Ehemann oder irgendjemanden davor oder danach.«

Panik packte sie, ebenso wie brennende Begierde.

»Lass mich gehen«, flüsterte sie, doch ihr Atem war zu keuchend, ihre Stimme zu belegt vor Begehren.

»Um keinen Preis«, flüsterte er zurück.

Und dann zog er sie rücklings gegen sich, hob ihre Röcke und drückte sie wieder auf den Schreibtisch, sodass der gebauschte Stoff wie ein Kissen unter ihrem Bauch lag und sie anhob. Ein glatter, runder Beschlagnagel am Schreibtisch rieb gegen sie, und ihre Worte blieben ihr im Hals stecken, als Sebastien einen Moment lang innehielt und sie dann abermals bewusst gegen den Beschlagnagel drückte.

Ein Finger umspielte ihre pulsierenden Venuslippen und fand schließlich seinen Weg in sie hinein, beugte sich genau an der richtigen Stelle, entfachte einen feurigen Pfad in ihr. Ihr keuchender Atem hauchte über die Schreibtischplatte, und ihre Finger suchten hektisch tastend nach etwas, an dem sie sich festhalten konnte, während ihre Welt auf den Kopf gestellt wurde. Sie drängte gegen ihn, versuchte sich vom Schreibtisch abzustoßen, auf ihn zu, von ihm weg – ihr Begehren widersprach sich, und dessen kollidierende Kräfte brachten sie schier um den Verstand.

Seine eine Hand ruhte in ihrem Kreuz und hielt sie weiter auf dem Tisch. Caroline hörte, wie er seinen Hosenstall öffnete. Jeden Moment konnte jemand hereinkommen und sie überraschen – noch fast bei hellem Tageslicht, sie über den Schreibtisch gebeugt, entblößt unter hochgeschobenen Röcken und darauf wartend, von Sebastien, der zum Zustoßen bereit hinter ihr stand, unerbittlich genommen zu werden.

Bestürzung, vermischt mit Begierde und Erkenntnis.

»Sebastien –«

Er stieß in sie hinein, und ihre flehentliche Bitte wurde zu einem animalischen Laut ob der schieren Wucht, mit der er sie so abrupt und in diesem Winkel ausfüllte.

Im Flur erschollen Schritte. Caroline erstarrte, jeder Muskel verkrampfte sich, während Sebastiens Kopf auf ihre Schulterblätter sackte und er ein tiefes Stöhnen ausstieß, als sie sich um ihn herum zusammenzog.

Sein Atem strich hauchend über ihr Ohr. »Mein, ganz mein.« Ein weiterer, wuchtiger Stoß schob ihre entblößte Vorderseite über den Beschlagnagel am Schreibtisch und brachte alle Nerven ihres Körpers zum Singen, während seine Erklärung sie zu ungeahnten Höhen der Wollust trieb.

»Sag mir, dass du mein bist, Caroline.« Er tauchte in sie ein, immer tiefer, und ein weiteres Stöhnen entrang sich ihrer Kehle.

»Da ist es wieder«, sagte eine Stimme.

Sie verkrampfte sich in einer panischen Warnung an ihn, und er sank mit einem Schaudern gegen sie. »Seb –« Stoff zerriss, und lange Finger stopften ihr einen Bausch in den Mund. Dann stieß er auch schon wieder in sie hinein, ganz offensichtlich unbeeindruckt von der Tatsache, dass auf der anderen Seite der Tür Leute waren und sie sich in unmittelbarer Gefahr befanden, entdeckt zu werden.

Er zog sich fast ganz aus ihr zurück und glitt dann in einer so langen, fließenden Bewegung wieder in sie hinein, dass sie gegen den Beschlagnagel stieß und dieser langsam gegen sie rieb in einer Weise, die sie noch stärker erschaudern ließ, und sie grub ihre Finger wie Krallen in die Schreibtischplatte. Sie biss so fest sie konnte auf den Stoffbausch. Sebastien glitt abermals in sie hinein, drang bis zum Anschlag in sie vor, und ihre Brüste befreiten sich aus ihrem Ausschnitt, als sie über das Leder schleiften und sich an dem Prägemuster rieben. Caroline fing vor lauter sinnlichen Überreizung zu wimmern an.

»Das klingt wie eine Katze. Eine rollige Katze. Vielleicht gibt es den Geist, von dem die Frauen so viel reden, ja tatsächlich. Kommen Sie, Sie schulden mir noch eine Partie Billard vor dem Abendessen.«

Sebastien zog sich einen Moment lang einige Zentimeter zurück, als die Schritte den Flur entlang davongingen, dann hob er ihre Hüften an und rammte unerbittlich in sie hinein und traf dabei etwas tief in ihr, sodass sie Sterne sah. Der Drang, ihrerseits rückwärts gegen ihn zu stoßen und dabei seinen Namen zu rufen, machte sie ganz trunken.

Dann würde sie ihm wahrlich mit Haut und Haar gehören, und das konnte sie nicht zulassen, nicht nach den Warnungen des Earls oder ihrer eigenen tief sitzenden Ängste, die immer noch in ihr rumorten. Sie grub ihre Fingernägel in die Schreibtischplatte, doch sie wusste, selbst wenn sie alles in ihrer Macht Stehende tat, um ihre Selbstbeherrschung zu bewahren, würde er nichtsdestotrotz ihrem Körper jegliche Reaktion entlocken, die er wollte.

Er hielt einen Moment inne und bedeckte ihre Schulterblätter, ihren Nacken mit zärtlichen Küssen, strich sacht ihr Haar zur Seite, streichelte ihren Rücken, weckte eine lustvolle Hitze in ihren Gliedern, während seine Hände über ihre Schultern wanderten, an ihren Armen hinab, die sich unter seinen Liebkosungen ganz entspannt hatten. Seine Finger strichen über die empfindliche Innenfläche ihres Ellbogens, an ihrem Unterarm entlang und verschränkten sich schließlich mit ihren Fingern und zogen sie auf die Lederauflage des Schreibtisches.

Seine Lippen behielten einen steten Rhythmus bei.

»Sag, dass du mir gehörst, Caroline.« Er benutzte ihre verschränkten Hände, um sie gegen sich zu ziehen. Die Zärtlichkeit war wie weggewischt, und rohe Begierde trat an ihren Platz. Er wiegte voller Wucht mit seinen Lenden gegen sie, traf Stellen, die sie noch nicht einmal benennen konnte. Ließ sie Sterne sehen und trieb sie dazu, mit ihren Nägeln lange Kratzer in das Leder zu reißen. Sie fühlte, wie er die Intensität seiner Bewegungen änderte, und in Antwort darauf spannte sich alles in ihrem Innern an, zog sich in Erwartung der Explosion zusammen.

Seine Hände packten ihre Hüften, während er in sie eindrang. Der Beschlagnagel, das erhabene Muster des Leders und seine Stöße ließen sie Sinnloses in den Stoffbausch stöhnen. Und nach den Geräuschen über und hinter ihr zu urteilen, musste er sich auch selbst etwas in den Mund gestopft haben.

Abrupt hielt er inne, erstarrt an der Schwelle zur völligen Ekstase, und sie reckte sich ihm drängend entgegen. »Sag es.«

Sie schüttelte ihren Kopf, beinahe wahnsinnig vor Lust. Sie würde ihm nicht diese Macht in die Hand geben.

»Sag es, Caro.«

Er zog den Stofffetzen aus ihrem Mund und umspannte dann ihre Brüste fest mit beiden Händen, während er sich weiter mit kurzen, harten Stößen in ihr bewegte, sie ausfüllte, doch ohne ihr die Erlösung von dem überwältigenden angestauten Druck zu erlauben. Er zwirbelte ihre Brustwarzen zwischen seinen Fingern und spießte sie auf, bis sich ihrer Kehle ein wimmernder Laut entrang, welcher schließlich ein Wort formte: »Ja.«

Der erstickte Aufschrei, mit dem er sich tiefer, als sie je für möglich gehalten hatte, in sie ergoss, brachte auch sie zum Höhepunkt, und sie krallte sich an den Schreibtisch und zog sich fester und fester um ihn zusammen, begegnete jedem seiner Stöße, erwiderte sie mit gleicher Inbrunst, bis sie zu entkräftet war, um sich zu rühren, und seine Stirn auf ihrem Rücken ruhte. Er glitt aus ihr heraus, und sie empfand diesen Verlust beinahe schmerzlich, als er sie auf seine Arme hob, um sie auf den Schreibtisch zu legen, wo er ihre Kleidung richtete und sie säuberte. Und er sah sie mit feurigen Augen an.

»Ich sagte dir ja, dass du mir gehörst, Caroline.«

17

Lang gehütete Geheimnisse bleiben selten geheim in einer so auf Gerüchte und Anspielungen, Verrat und Stolz versessenen Gesellschaft. Man sollte immer achtgeben, was man bei einem Spiel mit solch weitreichenden und tiefgehenden Konsequenzen offenbart.

Ein Scheit brach knisternd im Kamin. Kreide huschte schabend über Papier. Sie stach ein weiteres Loch in ihre Stickerei und zog den Faden durch, während sie die trauliche Stimmung genoss. Sie setzte von Neuem die Nadel an und hätte sich beinahe in den Daumen gestochen, als sich Finger um ihre Halskette schlossen, an der Kette hinabglitten und sich um das schwere Goldmedaillon legten. Sie sah ihm tief und fragend in die Augen – sein Blick war neugierig und konzentriert. Wenn sie recht darüber nachdachte, hatte sie schon seit Wochen kaum einen Anflug von blasierter Kälte in seinen aquamarinblauen Augen entdecken können.

Er schien sie um Erlaubnis zu ersuchen. Sie nickte. Sein Finger ließ das Medaillon aufschnappen.

»Wer ist das?«

Sie musste nicht hinschauen, um zu wissen, was er sah. »Mama und Papa.« Sie berührte sacht das Medaillon. Die Miniatur war schon sehr lange darin.

»Du kommst nach deiner Mutter.«

»Ja.«

»Du siehst deinem Vater überhaupt nicht ähnlich.«

»Oh, das tue ich, wenn du genau hinschaust.«

Sie sah ihm zu, während er das Porträt studierte und ganz leicht den goldenen Anhänger streichelte. »Die Wangen vielleicht.«

»Ein altes Familienmerkmal.« Sie zog ihm die Kette aus den Fingern und betrachtete die Miniatur.

»Hast du kein Bild für die andere Hälfte?«

»Nein.« Sie hatte sich einstmals eines gewünscht, eines mit verwegenen Zügen und kühnem Blick. Jene verwegenen Züge waren zu einer fahlen Erinnerung verblasst.

»Ah.«

Er spielte mit einer Pastellkreide, und es lag etwas wie Befriedigung in seinem Blick.

Sie wandten sich wieder ihren jeweiligen Beschäftigungen zu. Er seiner Zeichnung, sie ihrer Stickerei. Es war beruhigend. Rein und raus mit der Nadel. Ohne irgendeine Sorge, außer einen perfekten Stich nach dem anderen zu machen. Ihre Füße behaglich unter seine Beine geschoben, während er an sie gelehnt dasaß. Ein liebliches Summen, die entfernte Musik der Grillen und Nachtvögel, erfüllte den Abend.

Am Morgen würden die Gäste zurückkehren, und das Turnier würde weitergehen. Es würde gewiss etwas peinlich werden, jedenfalls für sie. Sebastien schien niemals irgendetwas peinlich zu sein.

Sie machte ihren letzten Stich, und als sie aufschaute, sah sie, dass er sie beobachtete, seine Zeichenutensilien neben sich ausgebreitet. Caroline legte ihre fertige Stickerei beiseite und streckte ihm ihre Hand hin. Er stand mit katzengleicher Anmut auf, hob sie mühelos hoch und stellte sie auf ihre Füße. Warme Hände schmiegten sich an ihre Wangen. Ein zärtliches Verlangen regte sich, als er mit seinen Daumen über ihre Haut strich. Er zog sie an sich, und ein inniger Kuss entfachte ihr Feuer.

Er zog sie ins Schlafzimmer, und sie sanken in einem Knäuel aus Kleidungsstücken und verschlungenen Leibern auf das Bett. Er liebkoste sie innerlich wie äußerlich, schmiegte sich an sie und in sie. Unbeschreibliche Wonne vermischte sich mit dem Ausdruck auf seinem Gesicht über ihr, ein Ausdruck, den sie nicht zu lesen vermochte, als er ein letztes Mal tief in sie eindrang und sie sich aufbäumte und die Sterne berührte.

Die sanfte Morgensonne, die zum Fenster hereinschien, und die Geräusche ihres jüngst heimgekehrten Hausmädchens, das in der Küche seiner Arbeit nachging, weckten Caroline. Nichts lag auf dem Kissen neben ihr. Enttäuschung stieg in ihr auf, auch wenn sie sich eine dumme Gans schimpfte, weil sie überhaupt erwartet hatte, dort etwas zu finden – vorzugsweise einen dicken Schopf braunen Haars und einen dazugehörigen atemberaubenden Körper. Oder eine Blume, ein kleines Kuriosum, eine wunderschöne Zeichnung ...

Nichts.

Sie kaute an ihrer Lippe. Sie mochte eine dumme Gans sein, doch er hatte noch nie versäumt, ihr etwas zu hinterlassen – kleine persönliche Geschenke, die sie erfreuten oder amüsierten.

Am Sonntag hatte er ihr einen Satz der besten Pastellkreiden auf das Kissen gelegt. Am Montag war es Zeichenpapier gewesen, das wahrscheinlich mehr gekostet hatte, als sie im Jahr für Essen ausgab. Am Dienstag hatte er eine wunderschöne, nicht unterschriebene Botschaft hinterlassen, die sie dazu brachte, ihn bei seiner Rückkehr stürmisch zu küssen.

Sie schloss die Augen. Doch das Turnier würde bald wieder beginnen, und sie war selbst nichts weiter als eine nette Ablenkung, eine kleine Unterhaltung. Das durfte und konnte sie nicht vergessen, selbst inmitten des Sturms der Gefühle, den er heraufbeschworen hatte.

Sie setzte sich auf, und ihr Medaillon rutschte zur Seite und baumelte schwer um ihren Hals. Sie zog es wieder so hin, dass es in der Mitte ihres Dekolletés lag. Doch dann bemerkte sie einen verschmierten Kreidefleck auf der glänzenden Oberfläche, und ihre Neugier war geweckt. Sie ließ den Verschluss aufschnappen.

Ihr stockte der Atem.

Eine winzige Zeichnung von einer blonden Fee, die mit ausgebreiteten Armen ausgelassen tanzte, zierte nun die bislang leere Hälfte des Medaillons.

Sebastien ließ das Cottage hinter sich und marschierte quer über die Wiesen zum Herrenhaus. Er war tiefer in den Abgrund gestürzt. Abgestoßen und angezogen, eifersüchtig und verzweifelt. Ihr nah zu sein, war eine Sucht, die er nicht aufgeben konnte.

Eine Kutsche bog in die Auffahrt, ein ferner Punkt von seiner momentanen Position aus. Er sah, dass einige Männer bereits auf waren und auf dem Gelände umhergingen, das Terrain für die nächste Disziplin in Augenschein nahmen, ihre Strategie planten und sich sehr wahrscheinlich Mittel und Wege überlegten, wie sie die anderen Wettstreiter kaltstellen konnten.

Benedicts brauner Schopf verschwand in dem Heckenlabyrinth zur Linken. Everly and Parley folgten dichtauf – er konnte Parleys unverwechselbar stocksteifen Gang und Everlys rotes Haar erkennen. Höchstwahrscheinlich heckten sie irgendwelchen Schabernack oder boshafte Streiche gegen einen oder alle der verbliebenen Bastarde aus.

Es war ein verführerischer Gedanke gewesen, einfach zu vergessen … zu vergessen, warum er hier war und warum er gewinnen musste. Er gewann nicht nur für sich selbst, auch wenn er den Lohn ernten würde.

Und eine ganz annehmbare Braut obendrauf.

Anfangs war Lady Sarah – oder ehrlich gesagt *jede*, die als Braut dazugegeben wurde – eine bloße Fußnote, ein Anhang gewesen. Der unwichtigste Teil des Kontrakts. Sie war wohlgeboren, fügsam, unauffällig, konnte einen Haushalt führen. Es war nichts Bemerkenswertes an ihr, doch sie würde eine gute, achtbare Ehefrau abgeben, die vergessen war, sobald die Kontrakte unterzeichnet und einige *rechtmäßige* Kinder gezeugt worden waren. Seine Lippen kräuselten sich. Welche Scharaden man im Leben doch spielen musste.

Es würde ihn auch jetzt nicht weiter kümmern, wenn er auch nur die leiseste Hoffnung hegte, er könne nach dem Sieg seine Liaison mit Caroline fortsetzen und den Status quo wahren. Obwohl es immer ein Vabanquespiel war, sich auf den Status quo zu verlassen. Der blieb selten so, wie man erwartete.

Was, wenn sie schwanger wurde? War er verdammt, die Fehler seines Vaters zu wiederholen und damit eine Frau zu strafen, an der ihm tatsächlich etwas lag? Nein.

Und davon einmal ganz abgesehen, wenn es in England eine Frau gab, die sich niemals auf eine Affäre mit dem Gemahl ihrer heißgeliebten Cousine einlassen würde ... nun, er hatte es geschafft, eben mit dieser Frau eine Affäre zu beginnen.

Es blieb noch immer Zeit, die Sache erst mal zu verdrängen. Er würde sich erst den Kopf darüber zerbrechen, wenn es unbedingt sein musste.

»Deville!«

Er drehte sich um und sah Sloane und Timtree zu ihm herüberwinken. Er schlenderte zu ihnen, wobei er amüsiert bemerkte, dass Timtree finster das Labyrinth fixierte.

»Machen Sie sich wegen der drei Wichte Sorgen?«

»Sie haben sie auch gesehen?« Timtree machte ein verkniffenes Gesicht. Er war in der Mitte der führenden Gruppe in der Wertung, und Parley und Everly hatten über ihn hergezogen.

»Habe ich.«

»Wir gehen ihnen hinterher.«

Sebastien hielt ihn am Ärmel zurück, bevor er den zweiten Schritt machen konnte. »Timtree, benutzen Sie Ihren Verstand. Die wollen, dass ihnen jemand folgt. Sie haben sich zu auffällig benommen. Schicken Sie eine Zofe aus, um herauszufinden, was sie im Schilde führen, oder die Witwe, mit der Sie sich in jeder freien Minute vergnügen.«

Timtree lief einen Moment lang puterrot an.

»Und wir gehen rauf und schauen uns die Sache aus den Fenstern im ersten Stock des Westflügels an. Von einem der Fenster kann man direkt ins Labyrinth sehen.«

Timtree lief abermals rot an, und Sebastien hatte den dringenden Verdacht, dass Timtree und seine Witwe sich in den vergangenen Wochen – waren es jetzt sechs? – im Labyrinth verlustiert hatten.

»Sie haben einen rechten Narren an ihr gefressen, nicht wahr?«

Sloane schwieg, doch seine Erheiterung war unübersehbar, als sie durch die hohen Türen in das reich mit Blattgold verzierte hintere Vestibül eintraten.

»Sie müssen gerade reden, Deville. Sie sind diesem blonden Ding doch kaum von der Seite gewichen, wie man so hört«, erwiderte Timtree.

»Sie können wohl kaum erwarten, dass ich eine so reizvolle Frau aufgebe, oder?«

Timtree warf ihm einen Blick zu, in dem fast so etwas wie Achtung zu lesen war. »Sie sollten sich besser vorsehen, Deville. Entweder das, oder Sie überlassen einem von uns Ihren Platz an der Spitze. Wir werden die drei schon in die Knie zwingen.«

Sloane schnaubte, als wolle er etwas einwenden. Er war ernsthafter Anwärter auf den ersten Platz, daher konnte Sebastien seine Verärgerung verstehen.

»Timtree, mein Bester, Sie sind ja verrückt.«

Der Mann mit der Hakennase zuckte mit den Achseln. »Es ist Ihnen doch bewusst, dass es nur eine Frage der Zeit ist, bis Benedict ihr die Bedingungen Ihrer Wette hinterbringt, oder?«

Sebastien erstarrte mitten im Schritt, dann zwang er sich weiterzugehen. »Natürlich.«

Verflixt … nein. Er hatte die Wette ganz verdrängt. Natürlich würde Benedict es ausplaudern, und im ungünstigsten Moment.

Sie stiegen die Treppe hinauf, und er nickte zu allem, was die anderen beiden sagten. Er brauchte eine Handhabe gegen Benedict.

Der erste Stock des Westflügels war praktisch verlassen von Gästen. Bedienstete gingen fast unbemerkt zu den Türen hinein und hinaus und die Korridore entlang, erfüllten so unauffällig wie möglich ihre Pflichten. Er betrachtete einen Mann, der die Antiquitäten auf den Säulen im Korridor abstaubte. Dies war Benedicts Flügel. Jener Diener machte wahrscheinlich tagaus, tagein in diesen Fluren und Zimmern sauber.

Sebastien summte leise vor sich hin. Gewöhnlich überließ er seinem Diener das Spionieren, da er sich nicht selbst die Hände damit schmutzig machen wollte, denn er war fest entschlossen, nach eigenem Vermögen den Sieg zu erringen und ihnen zu zeigen … nun, etwas eben.

Sebastien schüttelte den Kopf, um wieder einen klaren Gedanken fassen zu können. Dann schaute er sich im Korridor um und führte die anderen beiden zu dem kleinen Alkoven mit dem Fenster. Grousett war ein Meister darin, Plätze aufzuspüren, die entweder für ein verschwiegenes Stelldichein geeignet oder dazu dienlich waren, andere bei einem Stelldichein zu überraschen – was immer benötigt wurde. Er hatte diesen

Alkoven mit Ausblick über das Labyrinth in der ersten Woche des Turniers entdeckt. Sebastien hatte das Labyrinth seither strikt gemieden.

Ein weiterer Lakai mit einem Staubtuch in der Hand kam vorbei, doch dieser Mann sah ganz und gar nicht wie ein Hausdiener aus. Er hatte etwas viel zu Verschlagenes an sich. Sebastien hätte ihn leicht für einen Dieb gehalten, wäre da nicht die Tatsache gewesen, dass die anderen Bediensteten ihn kaum eines Blickes würdigten. Sie kannten ihn.

Der Mann hatte schnurgerade den Alkoven angesteuert, doch als er die drei darin erspähte, hatte er sogleich seine Richtung geändert. Er staubte eine Büste ab, welche der andere Diener bereits auf Hochglanz poliert hatte.

Ah. Cheevers hatte also endlich angefangen, Beobachter auszuschicken. Wartete er hinter den Kulissen auf eine günstige Gelegenheit, das Turnier zu beeinflussen, sollte er jemanden finden, dem er den Sieg nicht gönnte. Oder hielt er einfach nur ein wachsames Auge auf die Geschehnisse? Hielt Ausschau um des einen oder anderen zukünftigen Gefallens willen?

Sie drängten sich in den Alkoven und schauten aus dem Fenster. Das Trio machte irgendetwas in der Mitte des Labyrinths. Von diesem Blickwinkel aus ließ sich nur schwer erkennen, was genau sie trieben, aber es sah aus, als würden sie etwas in einer der Hecken verstecken.

Sebastien behielt den Diener im Auge, der geistesabwesend die Tapete abstaubte und dabei versuchte, nicht zu offensichtlich erkennen zu lassen, dass er sie beobachtete. Selbst wenn sie nicht genau dingfest machen konnten, was die drei im Labyrinth anstellten, hatte dieses Unterfangen, sie auszuspionieren, das Blatt doch entschieden zu Sebastiens Gunsten gewendet – nur eben auf eine Weise, die er nicht erwartet hatte.

»Sie kommen wieder zurück. Wir könnten sie abfangen.

Kommen Sie, wir verfolgen sie und sehen mal zu«, sagte Timtree.

Sloane und Timtree marschierten davon, während sie sich darüber ausließen, wie sie diese neuen Erkenntnisse einsetzen könnten, um den Männern eine Falle zu stellen. Sebastien wartete, bis sie weit genug weg waren, dann ging er mit einem Lächeln auf dem Gesicht und einer Hand in seiner Hosentasche zu dem Diener.

Sebastien rekelte sich im kleinen Salon und lächelte voller Befriedigung, als er hörte, wie sich die Tür öffnete und wieder schloss.

Benedict kam herein und entdeckte ihn sofort. »Was machen Sie in meinen Gemächern? Finney? Finney?«, rief er, ohne Sebastien aus den Augen zu lassen.

»Ihr Leibdiener ist heute Nachmittag ... anderweitig gebunden. Keine Sorge, er hat nicht mehr einstecken müssen als das, was Sie meinem Diener zugefügt haben.«

Benedict schaute sich argwöhnisch um, während er näher kam. »Was wollen Sie?«

»Einen Handel.«

»Was haben Sie anzubieten?«

»Einer von Cheevers' Bediensteten hat Sie im Labyrinth beobachtet, beim Betreten meiner Gemächer und als Sie Ihren Leibdiener mit einer ›verdächtigen‹ Substanz in die Küche geschickt haben. Aber, aber, Benedict, ich habe nie gedacht, dass Sie hinter den ruchloseren Attacken stecken, aber selbst ein bloßer Jungenstreich – werden die anderen Ihnen glauben, dass Sie nichts mit der tatsächlichen Giftattacke zu tun hatten?«

Benedict wurde kreideweiß.

Sebastien rieb mit seinem Daumen über den Stoff der Sessellehne. »Er kann dem Earl jederzeit berichten, was er gesehen hat, es ist nicht nötig, dass ich etwas davon sage.«

Benedict drückte mit jedem Atemzug seine Brust weiter vor. »Und?« Er verschränkte nachdrücklich seine Arme.

Sebastien zog seine Augenbraue hoch. »Und?«

»Sie sind verdammt noch mal gekommen, um mir einen Handel vorzuschlagen, Deville, also hören Sie auf, mich zu verhöhnen.«

»Ah, niemand spielt heutzutage noch diese Spielchen. Ich habe Cheevers' Diener einen … kleinen Anreiz zukommen lassen, damit er das Gesehene für sich behält.«

Er musste Benedict nicht erst sagen, dass ein anderer Bediensteter Cheevers sehr wahrscheinlich davon erzählen würde. Er glaubte nicht, dass Cheevers Benedict ohne weiteren Anlass aus dem Turnier disqualifizieren würde.

»Warum? Warum wollen Sie nicht, dass ich aus dem Turnier geworfen werde?« Blanke Ungläubigkeit stand Benedict ins Gesicht geschrieben.

Ja, warum sorgte er nicht dafür, dass Benedict disqualifiziert wurde? Er könnte Cheevers gegenüber einfach bestätigen, was vorgefallen war, um ihn wissen zu lassen, dass er Bescheid wusste, und der Earl würde sehr wahrscheinlich gezwungen sein zu handeln. Die Frage ließ ihn etwas unbehaglich auf seinem Sessel herumrutschen.

»Weil ich das nicht nötig habe.«

Benedict schnaubte verächtlich. Er ließ sich in einen Sessel sinken und wartete auf Sebastiens Forderung. »Nun?«

»Unsere Wette bezüglich Mrs. Martin. Sie ist hiermit aufgehoben und hat niemals existiert. Haben Sie mich verstanden?«

Benedict machte große Augen, dann wurde seine Miene verkniffen, als er sich die Sache durch den Kopf gehen ließ. »Eine gelungene Wette, was? Ich *wusste* es.«

»Sie wussten … Sie *wissen* überhaupt nichts.«

Ein hämischer Zug breitete sich auf Benedicts Gesicht aus.

»Da haben Sie sich großen Ärger eingehandelt, mein teurer illegitimer Bruder. Ich bin immer noch fest entschlossen, Sie zu schlagen, aber im Grunde muss ich nur Zweiter werden, solange Sie Erster sind, nicht wahr? Sie werden nicht unterzeichnen können.«

»Ich werde unterzeichnen können, und mehr noch, ich werde mir dabei Ihr Gesicht vorstellen.«

Benedict öffnete seine verschränkten Arme und trommelte mit einem Finger auf der Sessellehne. »Wir waren nicht unter uns, als wir die Wette abgeschlossen haben. Wie wollen Sie die anderen davon abhalten, es ihr zu erzählen? Glauben Sie, dass Sie alle erpressen können?«

»Das ist Ihre Aufgabe. Erzählen Sie ihnen was immer nötig ist, um jene, die davon wissen, zum Schweigen zu bringen.«

Benedicts Mundwinkel zogen sich nach unten. »Mrs. Martin scheint eine recht nette Frau zu sein. Eigentlich zu gut für Sie. Aber das sind ja die meisten.«

»Ja, heul, heul, grein, grein. Ist die Sache abgemacht?«

Benedict zeichnete mit seinem Finger das Muster des Sesselstoffes nach. »Ja.«

Er war sich bewusst, dass er Benedict eine Waffe gegen sich in die Hand gab, aber er würde mit den Konsequenzen schon fertig werden. Er wusste, wie Caroline reagieren würde, wenn sie von der Wette erfuhr, selbst wenn diese ihre Beziehung schon seit Wochen nicht mehr bestimmt hatte. Da ihnen nur noch eine Woche blieb, bevor das Turnier weiterging, wollte er ihre Affäre nicht abbrechen, bevor es Zeit wurde, sie zu beenden.

18

Oh Meadowbrook, mögest du unsere Tintenfässchen füllen und unsere Federn anspornen! Welche Intrigen spinnst du, um uns damit von Neuem in Atem zu halten? Kein Geheimnis wird in deinen Mauern gewahrt bleiben.

Gesellschaftspiele, Feste, Kartenspiele und Vergnügungen. Die vergangenen Tage waren mit Wettkämpfen und Taktieren erfüllt gewesen. Caroline hatte Sebastien kaum zu Gesicht bekommen, außer des nachts, wenn er sich in ihr Cottage stahl. Sarah hatte sie bei Tag sonderbar angeschaut – verwirrt und forschend. Doch auch sie war mitgenommen, und ihre ganze Aufmerksamkeit galt William.

Sobald das Turnier an diesem Abend nach London umgezogen war, würden sie sich zusammensetzen und sich unterhalten. Die meisten Gäste folgten dem Turnier in die Hauptstadt, daher würden Sarah und sie sich selbst überlassen sein.

Cheevers klatschte in die Hände. Der Earl musste mittlerweile fast fünfzig Paar Handschuhe aufgebraucht haben. »Für heute haben wir etwas ganz Besonderes geplant. Kein Teil des Wettstreits, der Morgen in London weitergehen wird, sondern ein zusätzliches Spiel, an dem wir uns alle beteiligen, bevor die Kutschen abfahren.«

Die Ladies kicherten, als er ihnen einen tadelnden Blick zuwarf.

»Eine Schatzsuche, deren Preis eine mit drei Rubinen besetzte Halskette ist.«

Die Ladies hörten auf zu kichern und hörten nun ebenso interessiert wie die Männer zu, wenn nicht sogar interessierter.

»Wir werden Lose ziehen für die Mannschaften.«

Caroline seufzte, wohl wissend, dass ihr Name zweifellos mit dabei sein würde.

Die ersten Namen wurden aus dem Korb gezogen, und die Mannschaften formierten sich. Bunt zusammengewürfelte Mannschaften, bestehend aus verschiedensten Mischungen von Wettstreitern, Frauen, Vätern und nicht am Turnier teilnehmenden Söhnen. Sarah wurde für eine Mannschaft ausgewählt, der auch Everly, William und Timtree angehörten. Caroline hoffte inständig, William würde dafür Sorge tragen, dass sie nicht in das Visier der anderen beiden geriet.

Der Duke von Grandien wurde als der Anführer der nächsten zu formierenden Mannschaft ausgewählt. Er griff in den Korb, um die Lose für seine Mannschaftsmitglieder zu ziehen. Von dem Platz aus, wo sie saß, konnte sie sehen, wie er gleichgültig die Umstehenden betrachtete, während er das nächste Los zog.

»Sebastien.«

Caroline gab sich alle Mühe, ihr Gesicht ausdruckslos zu halten. Sie fragte sich, ob sie die Einzige war, die bemerkte, wie sich Sebastiens Schultern verkrampften, wie sein Körper erstarrte. Doch schon im nächsten Moment erhob er sich lässig aus seinem Sessel und ging zu seinem Vater.

Die Hand des Dukes verschwand wieder im Korb. »Benedict.«

Auch Benedict trat widerstrebend vor, und Getuschel erhob sich, bevor der Duke dieses mit einem eisigen Blick zum Verstummen brachte. Er griff abermals in den Korb.

»Caroline Martin.«

Sie war wie vom Donner gerührt. Nur Sarahs bestürzter Blick und ihre auffällig drängenden Gesten aus der Menge heraus brachten Caroline dazu, sich von ihrem Platz zu erheben.

»Mrs. Martin«, begrüßte der Duke sie. Sein Blick war stechend.

Er reichte Cheevers den Korb zurück, und Caroline sah, wie die Lose aus den Fingern des Dukes wieder in den Korb fielen. Was für ein gerissener Mann. Sie würde ihren letzten Hut darauf verwetten, dass ihre Namen überhaupt nicht in dem Korb gewesen waren.

Das bedeutete, dass der Earl in seinen Plan, was immer dieser beinhalten mochte, eingeweiht war. Beklommene Neugier pulsierte durch ihre Adern.

Sie stand neben den Männern, während die anderen Mannschaften gebildet wurden. Ihre Fantasie ging mit ihr durch, als viele der männlichen Teilnehmer sie beäugten, und das nicht gerade schüchtern, sondern eher wachsam. Es war beunruhigend. Harriet Nokes Blick war kühl, doch sehr zu Carolines Verblüffung und wachsendem Unbehagen neigte sie ihren Kopf in einer fast kameradschaftlichen Geste.

Sobald alle Mannschaften gebildet waren, reichte Cheevers jedem Anführer einen Stapel Papiere. Der Duke blätterte sie durch und sortierte sie. Sebastien hatte bereits einen Zigarillo hervorgeholt und zündete ihn nun an. Caroline war viel zu sehr daran gewöhnt, mit ihm allein zu sein, und da er selten in ihrer Gegenwart rauchte, empfand sie es als störend, dass er es jetzt tat.

Der Duke reichte Sebastien eines der Papiere, ohne ihn anzusehen. Sebastien nahm es mit lässiger Hand entgegen und stieß dabei eine Rauchwolke aus. Er mochte Benedicts Zorn darüber, übergangen worden zu sein, bemerkt haben, aber ausnahmsweise weidete er sich nicht voller Schadenfreude daran. »Karten des Geländes. Sie sehen aus, als wären sie von einer einst vertrauten Hand angefertigt worden – einer Hand, die nunmehr glücklicherweise unvertraut ist.«

Sie beugte sich vor und sah, dass es die Karten waren, die sie vor Beginn des Turniers angefertigt hatte. Bevor sie Roseford gezeichnet hatte. Bevor sie Sebastien Deville begegnet war.

Doch die einfallslosen Karten trugen Markierungen, die nicht von ihr stammten. Linien und Striche und etwas wie ein großer Strahlenkranz. Eine Legende erklärte, für wie viele Schritte jeder Strich stand und was die anderen Symbole bedeuteten.

Der Earl räusperte sich. »Jede Karte ist anders, sodass die Mannschaften einander nicht einfach folgen können, aber es gibt Überschneidungen zwischen den verschiedenen Karten, sodass Sie an jedem Punkt anderen Gegnern zuvorkommen müssen. Alle Mannschaften beginnen am Labyrinth.«

Der Earl und seine Schar von Advokaten hatten offenbar ihre Lektion von dem Schikane-Rennen gelernt.

Caroline sah, wie Timtree und Everly miteinander stritten, während Sarah an ihrer Unterlippe kaute. Sarah würde nichts sagen, um sich über die beiden hinwegzusetzen, auch wenn sie das Anwesen wie ihre Westentasche kannte. Schließlich trat William zwischen die beiden und riss Everly die Karte aus der Hand, was diesem gar nicht gefiel. Everly mochte nicht wissen, dass William die Rückendeckung des Königs hatte, doch Timtree war sich dessen offensichtlich bewusst, denn er grinste und überließ mit einer nonchalanten Geste Sarah das Sagen.

»Sie sollten Mrs. Martin die Karte geben«, erklärte Sebastien und ließ das Blatt zwischen zwei Fingern baumeln.

Benedict streckte seine Hand aus. »Das ist ja wieder mal typisch, dass Sie versuchen, sich aus der Sache herauszuwinden, Deville. Ich werde uns schon gut zu führen wissen.« Er griff nach der Karte, doch der Duke würdigte ihn nicht einmal eines Blickes, als er Benedicts Tirade mit einer knappen, scharfen Handbewegung abtat.

»Dann geben Sie die Karte doch Mrs. Martin. Wir werden schon sehen, was die Frau zuwege bringt. Sie muss ja schließlich in irgendetwas unglaublich gut sein, dass Sie sich solchen Zuspruchs erfreut.«

Widerlicher Kerl. Sie hätte sich am liebsten Sebastiens Zunderbüchse geborgt und die Karte verbrannt.

Sebastien reichte ihr die Karte und zwinkerte ihr verborgen hinter einer Rauchwolke zu. Benedict konnte das Zwinkern nicht sehen, und das war auch besser so, denn er schaute bereits verdrießlich drein. Sie wusste, dass die beiden sich nicht mochten. Dass sie einander verabscheuten. Doch ihr tat der affektierte Geck Leid, der bei seinem Vater immer den Kürzeren zog.

Als sie das Labyrinth betraten, konnte sie sich nicht zurückhalten und flüsterte Benedict zu: »Sie sollten sich nicht so zu Herzen nehmen, was der Duke sagt. Das will er doch nur. Ich würde ihm nicht dieses Vergnügen gönnen.«

Benedict sah sie überrascht an, kniff seine Lippen zusammen und ging weiter, ohne etwas zu erwidern.

Er stellte sich am Eingang des Labyrinths auf, wo sich die anderen Mannschaften bereits versammelt hatten. Eine große Schar von Schaulustigen wimmelte aufgeregt und begierig umher.

»Dies ist eine Schatzsuche. Sie müssen alle Gegenstände auf der Liste finden und als Erste die Ziellinie überqueren.« Cheevers hielt die Halskette hoch, sodass sie in der Sonne funkelte. »Viel Glück. Sie können beginnen.«

Einige der Mannschaften machten sich sogleich in verschiedene Richtungen auf, während andere sich über ihre Karten beugten und diese angestrengt studierten.

Der Duke sah Caroline mit hochgezogener Augenbraue an. Die erste Markierung bedeutete fünfzehn Schritte innerhalb des Labyrinths und nach rechts schauen. Caroline wiederholte die Anweisung, und schon machten sie sich alle auf. Die drei Männer marschierten mit ausholenden Schritten voran, wobei jeder Mann für sich selbst zählte, da keiner den anderen traute.

Sie fanden die entsprechende Stelle und erspähten sogleich einen kleinen Ring in der Hecke. Ringe aus der ersten Runde kamen hier abermals zum Einsatz, und Caroline verspürte einen seltsamen Kitzel bei dem Gedanken an diese Tatsache, so als ob sich der Kreis schloss.

Sie fanden die ersten drei »Schätze« ohne größere Mühe. Der Duke und Sebastien marschierten schnurgerade auf den nächsten zu. Caroline folgte ihnen mit langsamerem Schritt. Sie drehte sich um und sah Benedict nahe der Stelle, wo sie den dritten Ring gefunden hatten, stehen und gedankenverloren eine Wildblume berühren. Er hatte einen wehmütigen Gesichtsausdruck. Er wähnte sich offensichtlich unbeobachtet, und Caroline wurde abermals von Mitleid für ihn ergriffen.

»Wir rennen zwar nicht wie ungezogene Kinder, aber wir trödeln auch nicht so wie du, Benedict«, rügte ihn der Duke scharf über seine Schulter.

Benedict erwiderte nichts, doch seine ganze Haltung war verkrampft. Es war die vierte Kränkung dieser gleichgültigen Art. Selbst als er mit dem Tempo des Dukes und Sebastiens mitgehalten hatte, war Benedict für die Anzahl der Schritte in seinem Gang verhöhnt worden – »tollpatschig«, hatte der Duke gesagt.

Sie fuhren mit der Schatzsuche fort, doch jede Bemerkung und Erwiderung hatte etwas Eisiges, Angespanntes.

Der Duke hatte nicht eine einzige negative Bemerkung über Sebastiens Rolle gemacht, doch er ließ ihn nicht aus den Augen. Das Oberhaupt derer von Grandien fragte sich offenkundig, ob Sebastien sich einen Fehltritt leisten und ihn enttäuschen würde. Und so wie Sebastien sich verhielt, war er sich dieses Blicks mehr als bewusst und kannte ihn nur zu gut. Er schaute Benedict verächtlich an, als sein Halbbruder einen recht dummen Vorschlag machte.

Und schlagartig hatte Caroline eine Erleuchtung. Jeder Sohn dachte, dass der Vater den anderen vorzog. Benedict würde niemals Sebastiens Leid glauben, und Sebastien würde niemals eingestehen, dass der Duke Benedict schäbig behandelte. Sebastien zeigte dem Duke in allem, was er tat, dass er ihn gernhaben könne, wohingegen Benedict beständig versuchte, sich anzubiedern.

Zu versunken in ihre neu gewonnene Erkenntnis, stieß sie gegen Sebastiens Rücken.

Sebastien fuhr herum und fing sie auf, als sie nach hinten kippte. Seine Hände fassten sie fest und sicher um die Taille, während sie ihre Arme um seinen Hals warf. Er erstarrte kurz. Caroline sah ihn bestürzt an, und der übermächtige Drang, ob der Lächerlichkeit des ganzen Spiels schallend loszulachen, stieg in ihr auf. Sie kicherte, und in seinen Augen flackerte Belustigung auf, bevor sein Blick glühender wurde. Er hob sie hoch, und ihre Finger legten sich fester um seinen Nacken, brachten sie einander näher.

»Wenn Sie Mrs. Martin wieder absetzen würden, könnten wir mit der Schatzsuche weitermachen.«

Sebastien würdigte Benedict keines Blickes, doch er lächelte Caroline vielsagend an, bevor er sie wieder auf die Füße stellte. Sie strich fahrig mit der Hand über ihr Kleid, und für den Moment hatte sie gänzlich vergessen, dass sie beide nicht allein waren.

Benedicts Gesicht war verkniffen, aber er nickte ihr zu, bevor er auf dem Weg weiterging. Der Duke sah sie durchdringend an, bevor auch er weiterging. Sie fragte sich, was für ein Bild sie beide abgegeben hatten.

»Kümmer dich nicht um sie. Benedict war schon immer eingebildet und zimperlich. Und der Duke – wen interessiert schon seine Meinung?«

Sie dachte an ihre eigene Beziehung zum Earl und wie viel

Macht er besaß. Nein, sie glaubte nicht, dass Sebastien die Meinung des Dukes so wenig bedeutete. Aber sie war auch sicher, dass er sich niemals von der Meinung des Dukes beeinflussen ließe, ganz im Gegensatz zu Benedict.

Sie fanden den letzten Ring und hielten auf die Ziellinie zu, um mit gesundem Vorsprung zum Sieg zu schreiten. Die drei konnten sich vielleicht nicht leiden, aber sie arbeiteten bemerkenswert gut zusammen – wenn man die immer mitschwingende Anspannung und Abneigung außer Acht ließ.

Cheevers übergab dem Duke die Schatulle mit der Halskette und einige andere Preise. »Herzlichen Glückwunsch an den Duke und seine Mannschaft!« Er wandte sich zu den versammelten Gästen um. »Sie können gern hier draußen weiterspielen oder aber ins Haus zurückgehen. Der erste Kutschenkonvoi wird nach dem Abendessen abfahren, für jene, die zusammen reisen möchten.«

Der Duke klappte die Schatulle auf und inspizierte die Halskette darin. »Ich glaube, dieser Preis sollte an Mrs. Martin gehen, dafür, dass Sie es mit uns dreien ausgehalten hat.« Er bedachte die beiden jüngeren Männer mit einem stechenden Blick, bei dem Caroline ganz mulmig wurde. »Würdet ihr mir da nicht zustimmen, Jungs?«

Sebastien zog ob dieser Anrede die Braue hoch und tippte mit einem noch nicht angezündeten Zigarillo gegen sein Bein. Benedict beobachtete seinen Vater argwöhnisch.

»Schließlich hat sie Sebastien geholfen, seine Wette zu gewinnen, oder nicht? Da ihr Jungs eine Wette über sie abgeschlossen habt, halte ich es nur für gerecht, wenn Sie einen Lohn dafür erhält.«

Benedict wurde kreideweiß und sah mit panisch weit aufgerissenen Augen zu Sebastien. Caroline wandte sich zu Sebastien um, der seinerseits mit ausdruckslosen, kalten Augen den Duke fixierte. Es war ein tödlicher Blick.

»Was für eine Wette?«, fragte eine unvertraut klingende Stimme aus ihrem Mund.

Der Duke sah sie amüsiert an. »Ich glaube, bei der Wette ging es zuerst darum, wer Sie ins Bett bekommen würde, doch dann wurde daraus, dass Sie dazu gebracht werden sollten, sich in Sebastien zu verlieben. Da es bestens bekannt ist, dass Sebastien nicht an die Liebe glaubt und Benedict dumme schwärmerische Vorstellungen von jenem Gefühlszustand hat, muss ich mich zum Schiedsrichter erklären, und ich glaube, dass die Wette entschieden ist. Ich habe mir die Freiheit genommen, den Einsatz für die Wette aus Benedicts Zimmer zu holen. Zur rechten Zeit, wie es sich zeigt. Ihr Gesichtsausdruck, als Sie stolperten und Sebastien Sie auffing, war wohl kaum gespielt.«

Er hielt eine Taschenuhr hoch und streckte sie Sebastien hin, der sich auf dem Absatz umdrehte und wortlos davonging. Der Duke steckte schmunzelnd die Uhr wieder in seine Westentasche. Benedict schaute seltsam beklommen drein, während sein Blick von dem ihm abgekehrten Rücken seines Bruders zum Duke und dann zu Caroline huschte. Er stürzte Sebastien hinterher.

»Gute Manieren liegen offensichtlich nicht in der Familie, aber andere schlechte Eigenschaften leider schon.« Die Umrisse des Dukes verschwammen, doch sein Mund bewegte sich weiter. Er tippte auf die Schatulle. »Sie haben es sich verdient, Mrs. Martin. Einen schönen Tag noch.«

Wie benommen nahm sie die Schatulle entgegen, die ihr in die Hände gedrückt wurde. Der Duke lächelte und ging in dieselbe Richtung davon, die seine Söhne genommen hatten.

Der Earl trat in ihr Blickfeld. »Mrs. Martin? Mrs. Martin, ich möchte, dass Sie einige Erledigungen für mich machen.«

Sie schluckte schwer und nickte. Nur weil Sebastien ausgesehen hatte, als würde er dem Duke liebend gern den Hals umdrehen, bedeutete das noch lange nicht, dass es die Wette nicht gegeben hatte, und Benedicts sonderbare Reaktion deutete ebenfalls darauf hin, dass zumindest eine gewisse Wahrheit in den Worten des Dukes steckte.

»Gut. Zuerst möchte ich, dass Sie ins Dorf gehen, dann zum Wallace-Haus, um dort einen Brief abzugeben. Dann –«

Ihr Verstand setzte wieder ein. Caroline hielt ihre Hand hoch. »Warum schicken Sie mich los, um diese Erledigungen zu machen? Sie haben jede Menge Diener, und ich gehöre nicht dazu.« Sie machte sich gerade. Hier war etwas, worauf sie Einfluss hatte.

»Alle sind damit beschäftigt, den Gästen beim Packen zu helfen. Außerdem können Sie Mr. Wallace dazu überreden, den doppelten vereinbarten Pachtzins zu zahlen. Ich weiß aus mehreren verlässlichen Quellen, dass er um Ihre Hand anhalten wird.«

Ihre Lippen verzogen sich zu einem bitteren Lächeln, denn sie erkannte den Einfluss des Earls nicht nur in dieser Sache. »Geben Sie mir einfach, was immer Sie wollen. Ich muss gestehen, dass es mir im Moment egal ist.« Sie würde von Sebastien herausfinden, worum es bei dieser Wette ging, doch nach dem, wie sie ihn über die vergangenen sechs Wochen kennengelernt hatte, ergab diese Wette durchaus einen Sinn, auch wenn die zugrunde liegenden Gefühle es nicht taten. Wenn er nicht zu ihr kommen sollte, wäre das allein schon eine Antwort.

Sie machte die Erledigungen, und als sie schließlich zurückkehrte, war es bereits nach dem Abendessen und die meisten Gäste waren abgereist. Insbesondere der eine Gast, nach dem sie sich erkundigt hatte. Die aufmerksamen Blicke der anderen Männer zu Beginn der Schatzsuche ergaben nun einen Sinn, dachte sie bei sich. Sie wussten wahrscheinlich alle von der Wette. Kein Wunder, dass Cheevers versucht hatte, sie zu warnen. Warum hatte er es ihr nicht einfach rundheraus gesagt, statt sich auf die Spielchen des Dukes einzulassen?

Sie gab die eingewickelte Schatulle, welche sie den ganzen Tag über mit sich herumgetragen hatte, einem Boten, der alsbald Richtung London aufbrechen würde. »Bring das zum Haus von Mr. Sebastien Deville.« Sie gab ihm die Adresse, die sie gefunden hatte, als sie das Schreibzimmer des Earls durchsuchte. »Sag ihm, er hätte es sich verdient.«

Als der Junge die Auffahrt hinunter verschwand, übermannte sie kurz die Kleinlichkeit ihres Tuns, doch dann machte sie sich gerade und hielt ihren Kopf hoch.

Sie schützte Sarah gegenüber Kopfweh vor und kehrte bekümmert zu ihrem Cottage zurück. Die Gründe, Sarah alles zu erzählen, waren alle ganz durcheinandergeraten, und sie musste erst einmal gründlich nachdenken.

Sie öffnete das Medaillon, verärgert darüber, dass der Drang, die Zeichnung zu entfernen, ebenso stark war wie das Verlangen, diese für immer zu behalten. Stattdessen nahm sie das Medaillon ab und legte es auf den Nachttisch. Sie versuchte, nicht an das volle braune Haar und die zärtlichen aquamarinblauen Augen, die plötzlich höhnisch und hämisch werden konnten, zu denken.

Sie sah weder die Blume noch die Botschaft, die fremde Hände von ihrem Kissen entfernt hatten, bevor sie nach Hause gekommen war.

19

Das Turnier kehrt heute Abend nach London zurück! Einladungen wurden verschickt, Dienstboten wurden eingestellt, und der Wettstreit wird fröhlich und erbittert werden. Wer sind jene, die sich glücklich schätzen können, einen Platz in der ersten Reihe ergattert zu haben? Nur die Crème de la Crème der feinen Gesellschaft – jene, die alsbald einen neuen Stern in ihrer Mitte willkommen heißen würden.

Das Päckchen wurde abgegeben, als Sebastien ermattet an einem Knopf nestelte. Der Abend war die Hölle gewesen. Er hatte immer wieder ihr Gesicht vor seinem geistigen Auge gesehen, das wie vom Donner gerührt war und auf dem die ersten Regungen von Verrat zu sehen waren, während der Duke hämisch grinsend zuschaute. Er musste stehenden Fußes weggehen, durfte nichts in Erwiderung auf die Worte des Dukes sagen. Er hätte ihn sonst umgebracht. Es hatte ihn in den Fingern gejuckt, seine Hände um den Hals des Dukes zu legen und zuzudrücken, zuzudrücken, zuzudrücken, bis er den letzten Atem aus ihm herausgepresst hätte.

Es hatte all seine Kraft gebraucht, diesem Drang nicht nachzugeben. Alle seine letzte Kraft.

Benedict war völlig zusammengebrochen, überzeugt, dass Sebastien nun in der zuvor angedrohten Weise Rache an ihm üben würde. Doch seine Brust war so mit Hass auf den Duke erfüllt, dass wenig Platz für Benedict blieb. Sebastien hatte einfach auf dem Absatz kehrtgemacht und auch ihn hinter sich zurückgelassen.

Er betrachtete das eingewickelte Päckchen. Er wollte es nicht öffnen. Sein Butler hatte ihm gesagt, dass das Päckchen nur von einer kurzen Botschaft begleitet wurde: »Sie haben es sich verdient.«

Er schloss den letzten Knopf. Er hatte Caroline einen Brief hinterlassen, in dem er ihr, wenn auch unbeholfen, die Umstände erklärte. Abhängig davon, wie man die Botschaft auffasste, konnte sie positiv gemeint sein – dass er es sich verdient hatte, gemeint war damit ihr Herz –, was ihn offen gestanden erbeben ließ. Sie könnte aber auch sarkastisch und negativ gemeint sein, abhängig davon, was in dem Päckchen war.

Er streifte den Bindfaden ab, klappte die Schachtel auf und sah … die Halskette mit den Rubinen. Seine Brust schnürte sich zusammen. Also Sarkasmus. Dann hatte sie ihm also nicht vergeben, nachdem sie seinen Brief gelesen hatte. Nicht, dass er es erwartet hatte. Die Dinge entwickelten sich selten so, wie er es sich wünschte.

Er klappte den Deckel zu und warf die Schatulle auf den nächststehenden Tisch. Das kostbare Juwel darin hüpfte mit einem dumpfen Klacken, als die Schatulle mit grausamer Endgültigkeit auf dem Holz landete.

Er stieg in seine geschlossene Kutsche, ein lächerlich teurer Kauf, den er getätigt hatte, nachdem er eines Abends Benedict neidisch ein ähnliches Modell hatte bestaunen sehen. Er schüttelte im Dunkeln über sein kindisches Verhalten den Kopf.

Die Straßen zogen vorbei, und die Räder der Kutsche klapperten auf dem Kopfsteinpflaster, immer und immer wieder im Kreis herum, ein Echo seines Lebens. Allein, doch immer vorwärts strebend.

Der Wagen hielt in einem vornehmen Stadtteil. Ein neu eröffneter, sehr geschmackvoller Spielklub war für den Abend gemietet worden, ausgestattet mit allem, was für einige Stunden monetärer Ausschweifung benötigt wurde. Sebastien stieg entschlossen aus und schaute zu den hell erleuchteten Fenstern des Etablissements auf. Heute Nacht gab es keinen Schlaf für die Gottlosen. Er stieg die Stufen zur Eingangstür hinauf.

»Mr. Deville.« Der Mann am Eingang verbeugte sich. »Die anderen haben sich bereits im hinteren Salon eingefunden.«

Er schüttelte dem Mann die Hand und steckte ihm dabei

unauffällig einen Geldschein zu, dann begab er sich zu dem erwähnten Zimmer. In der Glücksspielwelt kannte man üblicherweise die großen Spieler und die Geschäftsführer der verschiedenen Etablissements oder hatte zumindest von ihnen gehört.

Sebastien betrat den Salon, in dem die anderen versammelt waren. Timtree hob sein Glas, und Sloane begrüßte ihn mit einem Lächeln. William Manning nickte höflich. Der Rest schaute nicht halb so freundlich drein, was Sebastien nur recht war.

Der Duke und die anderen älteren Gentlemen, mit Ausnahme von Cheevers, der durch Abwesenheit glänzte, saßen mit Gläsern in der Hand und Zigarren im Mund im Salon verteilt. Sebastien vermied bewusst jeden Blickkontakt mit dem Duke, während sich seine Fingernägel in seine Handflächen gruben. Entlang der Wände standen rund zehn weitere unbekannte Männer.

Der letzte Mann betrat den Salon, und der Viscount Dullesfield erhob sich. »Sehr gut, sehr gut. Die Regeln sind ganz einfach. Jeder von Ihnen erhält heute Abend tausend Pfund als Einsatz, und derjenige, der am Ende des Abends das meiste Geld hat, wird zum Sieger erklärt werden.«

Und sie behaupteten, sie wären wegen des Betrügens besorgt. Es würde wie bei einem Festmahl für Verhungernde zugehen, bei dem alle Speisen aufgetischt waren, bevor ihnen erlaubt wurde, sich darauf zu stürzen.

»Jeder von Ihnen wird einen Beobachter erhalten, um sicherzustellen, dass alles fair und lauter zugeht. Sie können diese Männer nicht bestechen, denn wir haben uns bereits vergewissert, dass sie nicht käuflich sind.«

Sebastien hielt dies für recht unwahrscheinlich. Jeder war käuflich. War es nicht gerade das, worauf sie bei diesem Turnier zählten?

»Ihre Beobachter werden sich in vorher abgesprochenen Abständen abwechseln. Tun Sie einfach so, als wären sie überhaupt nicht da, und geben Sie beim Spiel Ihr Bestes.«

»Was sollen wir spielen?«, fragte Everly.

»Bin ich ihr Kindermädchen, Mr. Everly? Spielen Sie, was immer Sie wollen und mit wem immer Sie wollen. Es sind heute Abend jede Menge Außenstehende hier, die sich mit den Teilnehmern des Turniers messen wollen. Am Ende zählt nur, wie viel Geld Sie in Ihrem Beutel haben.« Er zeigte auf einige Männer, die neben der Tür standen. »Leeren Sie Ihre Taschen und geben Sie den Inhalt an jene Männer. Sie werden Ihnen alles am Ende des Abends zurückgeben.«

Eine Nacht des Glücksspiels? Mehr Wetten. Dumpfe Gleichgültigkeit übermannte Sebastien, während er einem der Diener seine Barschaft überantwortete. Jedem der Teilnehmer wurde ein dickes Geldbündel mit tausend Pfund gegeben. Sebastien betrachtete die Scheine, dann die Gesichter der anderen Männer. Es würde an diesem Abend um hohe Einsätze gehen. Das war für ihn nichts Neues, doch einige der Anwesenden verließen nie ihre heimeligen Wohnzimmer.

Als sie sich in den großen Spielsaal begaben, überlegte er sehr ernsthaft, sich einfach nur mit seinen tausend Pfund in der Hand an den Rand zu setzen und zuzuschauen. Wenigstens die Hälfte der Männer würde ihren gesamten Einsatz verspielen. Ein weiteres Viertel würde vor Ende des Abends den Großteil des Geldes verlieren. Wenn er schlicht an seinen tausend Pfund festhielt, würde er ohne Frage in den oberen Rängen der Punktewertung enden, und die anderen würden bestürzt sein ob der Tatsache, dass er nicht spielte.

Er ließ sich die Idee durch den Kopf gehen, dann setzte er sich in einen Sessel am Hasard-Tisch. Er warf fünfzig Pfund auf den Tisch. Selbstzerstörung vom Feinsten.

»Deville.«

Er schaute auf und sah, wie der Marquess von Edsfield ihm zunickte, bevor er sich hinsetzte.

Einen Moment lang verdrängte Neugier Sebastiens Malaise. »Mylord.«

»Nennen Sie mich Edsfield, Deville.«

Als gehörten sie dem gleichen gesellschaftlichen Stand an. Die Sache wurde immer interessanter. Der Marquess von Edsfield hatte ihm noch nie zuvor die geringste Beachtung geschenkt.

Sebastien nickte und schloss eine weitere Wette ab. Er spielte mit einem noch nicht angezündeten Zigarillo, während auch Edsfield seinen Einsatz machte, einen deutlich zurückhaltenderen allerdings.

»Wie ich höre, darf man Ihnen gratulieren.«

Sebastien hielt seinen Blick auf die Würfel fixiert. »Wozu?«

»Zum Turniersieg.«

Er deutete auf den Geldhaufen. »Das Turnier ist noch nicht beendet. Und ich bin beileibe nicht der einzige Anwärter auf den Sieg.«

»Ah.« Edsfield lächelte. »Aber es sind nur noch wenige Disziplinen übrig, und alle in Ihren Lieblingsbeschäftigungen, oder nicht?«

Sebastien hörte auf, mit seinem Zigarillo zu spielen, und zündete ihn an. »Kann sein.«

»Dann darf ich Ihnen schon jetzt gratulieren – um auf Nummer sicher zu gehen, wenn Sie so wollen.«

Sebastien blies eine Rauchwolke und schaute zu, während der Marquess eine weitere Wette abschloss.

»Wie stehen Sie zu den Korngesetzen, Deville?«

Sebastien schloss seine nächste Wette ab und gab sich alle Mühe, sich seine Überraschung nicht anmerken zu lassen. Ein Teil von ihm war die ganze Sache herzlich leid, doch ein anderer Teil gierte nach der Macht, die ihm offeriert wurde, die nur darauf wartete, dass er sie sich nahm.

»Edsfield, was machen Sie denn, mein Bester.« Baron Lockwood trat von der anderen Seite zu ihm. »Sie langweilen doch Mr. Deville nicht mit Ihrem Geschwätz?«

Der Marquess sah aus, als wollte er sich dagegen verwahren, doch dann lehnte er sich zurück. »Ganz und gar nicht. Gesellen Sie sich zu uns, Lockwood.«

Lockwood setzte sich und streckte den Arm aus, um Sebastiens Hand zu schütteln. »Deville, schön, Sie wieder in London zu haben.«

Die Welt war verrückt geworden. Unwiderruflich verrückt. »Ganz meinerseits.«

»Ich verfolge das Turnier schon seit Wochen in den Zeitungen, und meine Frau würde bereitwillig einen Mord begehen, um an eine Einladung für die letzten Tage zu gelangen. Sie wollte sich den heutigen Abend um nichts in der Welt entgehen lassen.«

Sebastien ließ seinen Blick durch den Saal schweifen, halb erwartend, dass die Baroness und ein Dutzend ihrer engsten kichernden Freundinnen miteinander schnatterten.

»Du meine Güte, Mann, natürlich habe ich sie nicht mitgebracht. Können Sie sich das vorstellen? Wie ich höre, hat die Witwe Noke schon seit Jahren versucht, Einlass in einen der Klubs zu erlangen. Die Dame hat hübsch was im Mieder. Genug, dass ein Mann den Wunsch verspürt, sich ihre Gunst zu sichern. Ein lohnender Handel.«

Harriet hatte ihm einmal unvorstellbare Sinnesfreuden versprochen, wenn er sie in eine der Spielhöllen einschmuggeln würde. Der Gedanke an die Frau und die Vergnügungen ließ ihn jetzt völlig kalt.

»Und wo wir schon dabei sind, ich hätte da noch einen lohnenden Handel. In der Nähe von Thurston Place steht ein Gut zum Verkauf, Deville«, sagte der Marquess und spielte träge mit seinem Glas. »Ich kann für den richtigen Interessenten wahrscheinlich einen guten Preis aushandeln, sollten Sie da jemanden kennen.«

Thurston Place war eines der einträglichsten Güter des Landes. Alle angrenzenden Ländereien hatten einen guten Wert. Sebastien hatte schon seit Jahren überlegt, in der Umgebung Land zu kaufen.

Das Angebot würde allerdings nur stehen, solange er gewann. Das war klar. Wenn er verlor, würde das Land nicht mehr zum Verkauf stehen oder dem Sieger angeboten werden.

Das Spiel drehte sich um ihn wie ein Strudel, sowohl das Spiel, an dem er im Moment beteiligt war, als auch das größere, das ihn mit Versprechungen lockte. Diese Männer würden sich normalerweise nie mit ihm abgeben oder ihn auch nur eines Blickes würdigen, und plötzlich buhlten sie verstohlen um seine Gunst.

Er machte beinahe achtlos einen weiteren Wetteinsatz und fuhr fort, das Spiel zu spielen und zu gewinnen.

»Caro?«

Sarahs Ruf ließ Caroline stehen bleiben. Sie drehte sich um und wartete, dass ihre Freundin sie einholte.

Sarah fasste sie am Ärmel. »Ich suche dich schon den ganzen Nachmittag.«

»Ich habe Erledigungen für den Earl gemacht. Es tut mir leid, ich habe dir keine Nachricht zukommen lassen.« Es gab vieles, was ihr leidtat.

»Hast du Zeit zu reden?«

Sie hakte sich bei der jüngeren Frau unter. Und wieder machte sie sich schuldig, wie so oft in letzter Zeit. »Natürlich. Wie geht es dir?«, sagte sie, während sie den Westflügel betraten und zu Sarahs Zimmer gingen.

Sarah kaute kopfschüttelnd an ihrer Unterlippe. Caroline nickte und wartete, bis sie den Korridor verlassen hatten und außer Hörweite der Bediensteten waren. Sarah schickte ihre Zofe fort, die mit einem Knicks das Zimmer verließ.

»Mir geht es schrecklich«, platzte Sarah heraus, sobald sich die Tür geschlossen hatte. Sie ließ sich in ihren Frisiersessel fallen, und Caroline sank auf den Stuhl daneben.

»Was ist passiert?«

»Alles, was bei diesem Turnier nur möglich ist, ist passiert.«

»Ich verstehe nicht.«

»William sagt, ich würde mich unnötig über die ganze Sache aufregen.«

Caroline blinzelte verständnislos. »Du hast dich William anvertraut?«

»Ja.« Sie zupfte geistesabwesend an ihrem Rock. »Du warst so selten für mich da, und ich war immer mit den Anproben und all dem beschäftigt, und er ist einfach ständig in meiner Nähe. Er hat immer ein offenes Ohr, und davon habe ich Gebrauch gemacht.«

»Oh.« Sie verspürte den Drang, sich abermals zu entschuldigen, und machte sich im Geiste für eine demütige Bitte um Verzeihung bereit.

»Ich habe ihn geküsst«, platzte Sarah heraus.

Caroline machte große Augen. »Du hast William geküsst?«

»Ja.« Sie wurde ganz kleinlaut. »Er hat mich sehr freundlich zurückgewiesen, aber ich habe mich so zum Narren gemacht.«

Caroline erinnerte sich an den Blick, mit dem William Sarah ansah, und dachte bei sich, dass ihre Freundin sich vielleicht gar nicht so sehr zum Narren gemacht hatte, wie sie befürchtete.

Sarah stand auf und lief im Zimmer auf und ab. »Ich wusste noch bevor das Turnier begann, dass die Wettkämpfer nicht um meine Hand rangen. Dass ich nichts weiter als der Brautpreis war, doch ich hatte gehofft, Caro, tief in meinem Herzen hatte ich gehofft, dass einer von ihnen vielleicht mein Ritter sein würde.«

Sie blieb stehen und schloss die Augen. »Vater sagt mir immer und immer wieder, was für eine ausgezeichnete Partie ich machen werde und wie stolz er auf meine Haltung ist. Ich wünsche mir nichts mehr, als ihm zu gefallen, ehrlich. Aber abgesehen von ein paar schroffen Worten spricht er kaum mit mir. Ich bin wie eine kostbare Statue, die gelegentlich von ihrem Podest geholt und abgestaubt werden muss. Er redet mehr mit dir als mit mir, und du bist noch nicht einmal seine Tochter.«

Caroline blieb schier das Herz stehen. Der Atem stockte ihr in der Kehle, wie ein Heißluftballon, der sich in einem Baum verfangen hatte. »Ich –«

»Ich werde ganz so wie Mutter enden, nicht wahr, Caro?«

»Natürlich nicht –«

»Ich dachte, Mr. Everly würde sich vielleicht für mich interessieren, für mich als Mensch, aber dann ist er dahergekommen und hat sich im Labyrinth mit dieser vulgären Marjorie Widwell vergnügt. Ich habe gesehen, wie sie es gegen die Amorstatue gelehnt miteinander getrieben haben. Es ist ein Wunder, dass der Stein nicht umgestürzt ist.«

Caroline klappte die Kinnlade herunter, bevor sie es verhindern konnte.

»Und da habe ich erkannt, dass ich nur mit aller Macht versucht habe, gute Miene zum bösen Spiel zu machen, dass ich mir so gewünscht habe, jemand würde ein Auge auf mich werfen, dass ich bereit war, alle Mankos zu übersehen.« Sie ließ sich so schlaff in ihren Sessel fallen, wie ihr Korsett es erlaubte. »Ich möchte Vaters Wünschen gehorchen, aber je besser ich William kennenlerne, desto mehr fürchte ich mich davor, wie alles ausgehen wird.«

»Vielleicht, wenn du dich dem Earl anvertrauen würdest –«

Sarah schloss die Augen. »Das kann ich nicht. Ich kann es einfach nicht. Und es bleibt nur noch eine Woche. Kannst du dir den Skandal vorstellen? Für die vornehme Gesellschaft wäre ich wie eine Aussätzige. Vater würde mich verstoßen.«

»William –«

»Will mich nicht.« Ihre Stimme klang verbittert. »Er sagte, es könne niemals sein.«

»Aber –«

»Er ist ein besitzloser Bankert. Das habe ich erst herausgefunden, als ich eine Bemerkung von Mr. Deville gehört habe, in der er William in ihre Ränge eingeschlossen hat.«

Die Gedanken überschlugen sich in Carolines Kopf. Warum William ihr so bekannt vorgekommen war, sein Auftrag, sein diplomatischer Status, wem er Bericht erstattete.

»Aber mir ist das egal. Meinetwegen braucht er all diese Dinge nicht. Ich würde zum ersten Mal auf mein Herz hören, Caro, ganz so wie du.«

»Das hat mir nichts Gutes eingebracht, Sarah«, entgegnete sie matt.

»Aber du bist das Wagnis eingegangen.« Sie atmete tief durch. »Du gehst das Wagnis auch jetzt wieder ein.«

Caroline sah sie erschrocken an. Sarah wandte ihren Kopf zur Seite und studierte den Wandbehang. »Ich … ich habe Sebastien Deville eines Abends aus deinem Cottage kommen sehen.«

Der Ballon riss, und Caroline stürzte unaufhaltsam zur Erde. »Oh.«

»Ich bin dir nicht böse. Warum sollte ich auch? Es ist ja

nicht so, dass ich eine Schwäche für Deville hätte. Außerdem hat William mir die Umstände erklärt, und ich wünsche dir, dass sich alles für dich zum Guten wendet.«

»Er hat es dir erklärt?« Wie konnte er etwas erklären, für das sie selbst keine Erklärung hatte?

»Ja. Und allen ist aufgefallen, dass Mr. Deville sich verändert hat. Wie konnte man das auch übersehen?« Sie schluckte. »Aber er ist in Führung. Und ... und Vater sagt, er wird gewiss gewinnen.«

»Er ist gar nicht so schlimm, Sarah.« Sie setzte ein gezwungenes Lächeln auf. »Wenn er sich nicht gerade auf Wetten einlässt. Ich bin sicher, dass er dir im Falle eurer Heirat ein Leben mit all den Annehmlichkeiten, die du erwarten kannst, bieten wird.«

Sarah schüttelte den Kopf, und eine Träne kullerte über ihre Wange. »Ich will weglaufen, Caro, jetzt gleich. Nach Indien oder Frankreich. Irgendwohin, wo es auch dir gefallen würde.«

Caroline setzte sich neben sie und zog den Kopf ihrer Freundin an ihre Schulter. »Ich weiß«, flüsterte sie tröstend.

Doch sie wussten beide, dass es niemals passieren würde.

Sebastien schaute gelangweilt auf seine zugedeckt vor sich liegenden Karten, während weiter gegeben wurde. Ein kluger Spieler wusste, wenn sich das Blatt gegen ihn gewendet hatte. Es war der entscheidende Unterschied zwischen einem Mann, der gewann oder eine kleine Summe verlor, und einem Mann, der alles verspielte.

Sein Glück hatte ihn gleich nach seinem dritten Brandy und dem Auftauchen seines neuen, verführerischen Beobachters verlassen.

Eine schmale Hand, die zu einer kurvenreichen kleinen Blondine gehörte, legte sich auf seine Schulter. Das Licht spielte immer wieder in anmutigster Weise auf ihrem Haar. Einen Augenblick lang schimmerte es in einem satten Goldton, doch schon im nächsten Moment war es wieder bloßes Strohblond. Das war alles falsch. So falsch.

Seit sie sich wie eine Klette an ihn gehängt hatte, spielte er schlecht. Er hatte sich von Écarté über Speculation zu Vingt-et-un durchgearbeitet und eine Spur aus Geld hinter sich zurückgelassen. Und doch hatte er sie nicht hinauswerfen lassen. Er sah vor seinem geistigen Auge nur immer wieder anklagende blaugraue Augen und eine blutrote Halskette in einer Schatulle in seinem Schlafgemach.

Wenn er das Original nicht haben konnte …

Eine Drei wurde auf seiner umgedrehten Karte aufgedeckt. Wie schön.

»Das kleine Gut, das zum Siegerpreis gehört. Ich bin während der Ferien hingefahren und habe es mir angesehen«, bemerkte Everly.

Er erstarrte, und die Hände der Blondine machten sich sogleich daran, seine verkrampften Schultern zu lockern.

Benedict ihm gegenüber war bei Everlys Worten ebenfalls wie vom Donner gerührt, dann zählte er weiter seinen Pot. »Interessant.«

»Ein kleines Schmuckstück, nicht wahr?«, stimmte Parley mit ein. »Ich denke, ich werde eine hübsche kleine Tafel mit meinem Namen darauf anbringen, falls ich gewinnen sollte.«

»Lord Benedict sagte zu Beginn des Turniers, er würde das Haus abreißen.« Everly sah zu Benedict, welcher sich taub stellte und sich stattdessen auf seine Karten konzentrierte. Everly runzelte die Stirn, bevor er sich wieder umwandte. »Aber das wäre wirklich eine Schande. Ich würde gern in dem derzeitigen Haus wohnen. Es mir *zu eigen* machen.«

Sebastiens Finger ballten sich um seine Karten. Er zeigte

seinen Zorn in einer Weise, die er sich gemeinhin nicht erlaubte, wenn er spielte. Everly grinste zufrieden.

»Wie steht's mit Ihnen, Deville?«

Er hatte nicht vorgehabt, etwas Übereiltes mit seinem Blatt zu tun, da seine Apathie zu tief saß, doch das selbstzerstörerische Element darin flüsterte ihm ein, Karten zu verlangen, bis er die 21 Punkte überschritten hatte. Bei dem Gedanken, dass Everly Roseford in seine Hände bekommen könnte, dass irgendeiner von ihnen ihm noch etwas wegnehmen könnte, lief ihm ein Schauder über den Rücken. Sebastien schob sein verbliebenes Geld als Einsatz zur Mitte des Tisches. »Fünfhundert Pfund.«

Everlys Stirnrunzeln vertiefte sich, dann erhellte sich seine Miene. »Spielerischer Selbstmord, Deville? Ich hätte nie gedacht, dass Sie so früh die Flinte ins Korn werfen. So melancholisch und niedergeschlagen.« Seine Hand verharrte einen Moment lang über seinem Pot, doch unter seinem König verbarg sich eine hohe Karte, so viel verriet sein Gesicht. Er schob seinen entsprechenden Einsatz hin. »Aber ich versetze Ihnen mit Freuden den Todesstoß.«

Parley sah aus, als wolle er aussteigen, doch ein einschüchternder Blick von Everly brachte ihn dazu, dass er widerstrebend ebenfalls fünfhundert setzte.

Benedict warf seine Karten auf den Tisch. »Ich bin raus.«

Everly musterte ihn missmutig. »Sie überraschen mich, Benedict. Sie haben sich doch immer eine Chance gewünscht, ihn zu schlagen. Dies ist Ihre Chance.« Benedict sah ihn nicht an. Er nahm nur sein Geld, stand vom Tisch auf und ging durch die Zuschauertraube davon. Einen Moment lang herrschte tiefes Schweigen, bevor Everly sich wieder an Sebastien wandte.

»Nun, ich schätze, dann bleiben nur Parley, ich und all die netten Umstehenden, um Ihre Niederlage zu feiern, Deville.«

Er warf seinen König und eine Zehn auf den Tisch, ungefähr das, was Sebastien bereits vermutet hatte.

Parley machte ein enttäuschtes Gesicht. Ein Paar Neunen. Dummkopf. Er hätte wissen müssen, dass Everly ihn schlagen würde, wenn er ihn dazu brachte, sein Blatt zu spielen.

Sebastien erlaubte seinem Hass, sich Bahn zu brechen, und Everlys Grinsen wurde breiter, denn er interpretierte Sebastiens Gesichtsausdruck genau so, wie dieser es gewollt hatte. Everly streckte seine Hände aus, um sich den Pot zu holen.

»Sind Sie da nicht ein wenig vorschnell, Everly?«

Er gab dem Geber ein Zeichen, der eine weitere Karte aufdeckte. Die Herzdame landete auf seinen anderen beiden Karten.

Er lehnte sich zurück und sah Everly an. »Ihr Einsatz. Wollen Sie erhöhen?«

Alle Farbe war aus Everlys Gesicht gewichen. Er musste langsam erraten haben, was Sebastiens zugedeckte Karte verbarg. Sebastien drehte sie lässig um, und die Acht landete auf der Dame.

Die Umstehenden brachen augenblicklich in Begeisterungsrufe aus. Sebastien beugte sich vor, sodass nur Everly ihn hören konnte. »Sie sollten besser hoffen, dass wir uns heute Abend nicht abseits der Menge begegnen, Everly. Das sollten Sie wirklich hoffen.«

Er schob seinen Gewinn zusammen und nahm ihn vom Tisch. Die Blondine plapperte irgendetwas in sein Ohr. Er ging mit tausendfünfhundert Pfund an den Spieltisch. Er hatte schließlich ein Spiel zu gewinnen.

Caroline gab dem letzten ihr unterstellten Diener Anweisungen. Sie musste gestehen, dass Lady Tevon sehr gut in der Führung eines Gutes war. Sie hatte bei allen häuslichen Vorbereitungen für die vorletzte und letzte Runde geholfen. Sarah hatte ebenfalls einen Schwarm von Bediensteten unter sich, und sie bewegten sich wie eine gut geölte Maschine. Ihnen blieb noch ein weiterer Tag, bevor die Männer und das Heer an Gästen, alte wie neue, auf Meadowbrook einfielen.

Sie ließ ihren Blick über die hin und her eilenden Diener, Pachtbauern, Dorfbewohner und Helfer schweifen. Niemand schenkte ihr groß Beachtung. Sie ließ ihr Taschentuch neben der eigens errichteten Tribüne fallen und ging in die Hocke, so als wolle sie es aufheben, doch stattdessen holte sie heimlich den Strick hervor, den sie unter ihren Röcken versteckt hatte. Sie verknotete das Seil zu einer Schlinge. Den anderen Teil würde sie später hinzufügen, doch für den Moment genügte dies.

Sie richtete sich mit dem Taschentuch in der Hand auf und steckte es mit großer Geste ein, für den Fall, dass sie jemand beobachtete. Schon vor Wochen, als sie die Zeichnungen anfertigte, hatte sie erkannt, wie kinderleicht es sein würde, die Endrunde zu sabotieren. Eine kleine Sache, die alle treffen würde, doch vor allem jene, die sie treffen wollte. Sie konnte Sebastien Devilles Siegesträume mit einem Streich zunichtemachen, wenn sie es wollte.

Sie betrachtete die Heerscharen von Dienstboten, die Schwärme von Lakaien, die um sie herum das Theater errichteten, in dem sich vor den Augen der vornehmen Gesellschaft die letzten Akte des Turniers abspielen würden. Macht kam in vielerlei Form und Gestalt. Die Fähigkeit zu erschaffen, die Fähigkeit zu führen, die Fähigkeit zu zerstören.

Gerade Letzteres unterschätzten die Leute viel zu oft.

Zwei Stunden später hatte er fünftausend Pfund dazugewonnen. Ein kluger Mann wusste, wann es Zeit war aufzuhören. Ein zerstörerischer Mann wusste dies nicht. Er rang einen Moment lang mit jenem Zerstörungstrieb, dann stand er auf und winkte seinen Schiedsrichter heran, damit dieser das Geld zählen und die Summe notieren konnte. Er ließ seinen Gewinn noch von einem weiteren Schiedsrichter, Valpage, bestätigen, und zuletzt noch vom Duke, nur um ganz sicherzugehen.

Die Blondine, die die ganze Zeit über wie eine Klette an ihm gehangen hatte, folgte ihm in den Korridor hinaus, vielleicht in der Hoffnung, dass sie sich zusammen in eines der Zimmer am anderen Ende des Flurs zurückziehen würden. Er ließ der Zerstörung freien Lauf.

»Mr. Deville, ich hätte ein Angebot für –«

Er drehte sich um und schwang sie blitzschnell gegen die Wand. Nicht grob, doch mit genügend Schwung, dass eines der Gemälde ein Stück weiter an der Wand mit einem lauten Rums zu Boden fiel. Ein kurzes Atemstocken, gefolgt von einem Anschmiegen an seinen Körper zeigte ihm, dass sie mehr als willens und bereit für eine härtere Gangart war.

Er presste seine Hüften gegen die ihren, und sie beugte ihren Rücken durch. Der Blick ihrer grünen Augen war sinnlich verhangen. Das war alles falsch. So falsch. Ihre Finger legten sich in seinen Nacken, ihre Lippen bewegten sich auf die seinen zu. Im letzten Moment wandte er seinen Kopf ab und küsste stattdessen ihren Hals.

Sie duftete nach Rosenwasser und Lavendel. Das war alles falsch. So falsch. Ihre Haut war zart, doch es war einfach etwas so unendlich falsch an der ganzen Situation. Ihre Hand wanderte über seine Brust. Ein seltsamer Schauder lief in dem gleichen Tempo über seinen Rücken. Als ihre Hand seinen Bauch erreichte, hielt er sie fest. Ein unwohles Gefühl sammelte sich in seiner Magengrube, wartete. Sie keuchte in sein Ohr, drängte gegen ihn, drängte auf Vereinigung. Er starrte auf die Wand nur wenige Zentimeter vor seiner Nase. Die Farbe und der Kitt vermochten nicht, die Risse darunter zu verbergen.

Er ließ ihr Handgelenk los und schubste sie von sich weg,

dann marschierte er mit ausholenden Schritten den Korridor entlang, ohne sich darum zu scheren, dass sie dort stand, willig und bereit, all seine Wünsche zu erfüllen.

»Kommen Sie zurück!«

Er wandte nicht einmal den Kopf um.

20

Wenn man um Vergebung bittet – erhofft man sie sich dann von jemand anderem oder von sich selbst? Manchmal scheint es so, dass der Bittende nicht einmal weiß, wofür er Vergebung sucht.

Die meisten Gäste würden in wenigen Stunden zurückkehren. Sie war erschöpft von einem weiteren Gespräch mit Sarah. Sie hatten über die vergangenen Tage so viele Unterhaltungen gehabt, besonders über den verlockenden Plan des Weglaufens und die praktischen Seiten eines solchen Unterfangens. Zwei Frauen auf der Flucht, von denen keine eine nützliche und nicht rein manierliche Fertigkeit beherrschte? Sie hatten beschlossen abzuwarten, was während der nächsten Tage und der letzten Runden des Turniers geschah. Um die Entscheidung so lange wie möglich hinauszuschieben, denn keine von ihnen glaubte an einen glücklichen Ausgang oder eine einfache Wahl.

Caroline dachte an den Strick unter der Tribüne. Um sich selbst oder jemand anderes damit zu erhängen.

Sie fügte ihrer Stickerei einen weiteren Stich hinzu. Das Sticken erlaubte ihr gemeinhin, ihre Gedanken zu ordnen, doch sie machte einen Fehler nach dem anderen und musste die Stiche dann wieder aufmachen. Ihr Ellbogen stieß gegen ihren Nachttisch, und das Medaillon fiel klirrend zu Boden. Sie starrte einen Moment darauf, legte ihre Stickerei beiseite und kniete sich hin, um die Kette aufzuheben. Ein leises Geräusch ließ sie erschreckt zusammenfahren. Dann richtete sie sich ganz langsam auf. Ein Teil von ihr wusste, wer es war, bevor sie ihn sah.

Er lehnte mit gebeugten Schultern und verschränkten Armen in den schummrigen Schatten an der Wand neben der Tür. Sein Gesicht verriet keine Regung. Caroline umklammerte das Medaillon und legte es auf die Tagesdecke, ließ ihre Hand auf dem weichen Stoff ruhen, um zu verbergen, wie sehr sie zitterte. »Sebastien.«

Er rührte sich einen Moment lang nicht, doch dann trat er ins Licht. Seine Umrisse waren schwer zu erkennen. »Caroline.«

Sie befingerte das schwere Goldmedaillon, ohne ihn aus den Augen zu lassen. »Du bist früher als erwartet zurück.«

»Ich habe London vor den anderen Gästen verlassen.«

»Oh.« Sie wusste nicht, was sie sagen sollte. Sie wollte ihn fragen, warum er gekommen war, warum er sich auf die Wette eingelassen hatte, warum er ohne ein Wort fortgegangen war. Stattdessen musterte sie ihn nur und wartete.

»Ich habe gewonnen. Beide Londoner Runden.«

»Das überrascht mich nicht.«

»Dass ich an einem Glücksspiel beteiligt war?« Seine Stimme hatte einen aggressiven Unterton.

»Ja, und dass du an beiden beteiligt warst.«

Normalerweise hätte sie erwartet, dass er auf sie losgestürmt käme, dass er die Tür schließen würde, damit sie in der Falle saß, doch stattdessen lehnte er sich wieder gegen die Wand und ließ die Tür offen. Diesen Sebastien hatte sie noch nie gesehen, diesen so gar nicht selbstsicheren und entschlossenen Mann.

»Ich hatte nicht erwartet, dass du kommen würdest.«

»Nicht?«

»Nein. Willst du hereinkommen oder willst du einfach nur da herumstehen und finster dreinschauen?«

Er machte einen halben Schritt auf sie zu, bevor er erstarrte. Seine Haltung war abwehrend, wie die eines wilden Tieres, das in die Falle eines Wilddiebes geraten war und zaudernd jemanden an sich heranließ, der es zu befreien suchte.

Sie umfasste das Medaillon mit beiden Händen und richtete sich auf, sodass sie hinter dem Bett kniete, was ihr sicherer erschien als zu stehen. Eine bußfertige Frau, die nicht wusste, was sie erflehte. »Warum hast du dich auf die Wette eingelassen?«

Seine Schultern verkrampften sich, das konnte sie an der Bewegung unter seinem Rock erkennen. »Benedict hat die Wette beim ersten Fest vorgeschlagen. Nachdem wir getanzt hatten. Es war eine dumme Idee.«

»Und hast du sie gewonnen?«

Er musterte sie eindringlich mit seinen verhangenen blaugrünen Augen. »Ich weiß es nicht.«

Halb erwartete sie, dass er sie fragte, ob sie ihn liebe, doch dann erkannte sie, dass dieser ernste und lang nicht mehr so wilde Sebastien jene Frage niemals stellen würde. Er fürchtete sich vor der Antwort, wahrscheinlich vor beiden möglichen Antworten gleichermaßen. Der frühere Sebastien hätte eine Antwort verlangt, hätte ihr die Antwort entlockt, ohne je wirklich an die Frage zu glauben. Diese Erkenntnis gab ihr zu denken, und sie gab ihr auch Mut.

Ihre Knie knackten, als sie sich bewegte. Sie stand auf und kam um das Bett herum. Er erstarrte, als sie sich ihm näherte. »Sebastien, ich bin noch immer böse auf dich.«

»Ja.«

»Du hättest mir von der Wette erzählen sollen, statt abzuwarten, bis der Duke es vor allen bekannt gibt.«

»Ich weiß.«

Sie wandte den Blick ab. »Ich weiß, dass es für den Lauf der Dinge keine Rolle spielt. Du wirst höchstwahrscheinlich das Turnier gewinnen und deinen Weg in der vornehmen Gesellschaft machen, aber es hat mir wehgetan.«

»Ich weiß.«

Sie dachte an ihre Unterhaltung mit Cheevers zurück. Dass Sebastien sie selbst in dem unwahrscheinlichen Fall, dass er nicht gewann, niemals heiraten würde. Um sich einen Platz in der feinen Gesellschaft zu verschaffen und seine Ambitionen zu befriedigen, würde er jemanden mit Einfluss und Macht heiraten müssen. Sie hatte keines von beidem.

Sie berührte seinen Ärmel, und Sebastien erbebte.

»Du hast mir die Halskette geschickt«, sagte er.

»Ich wollte mich für die Kränkung rächen. Ich sagte dir ja, dass ich noch immer böse war.«

»Ich hatte versucht, dir alles in meinem Brief zu erklären.«

Sie runzelte die Stirn. »Welcher Brief?«

»Der, den ich zusammen mit einer Rose auf deinem Kopfkissen zurückgelassen habe.«

Ihr Blick huschte zum Bett. »Da hat nichts gelegen. Ich habe doch ge –« Sie räusperte sich, und heißes Blut schoss ihr in die Wangen, weil sie sich beinahe verplappert hätte, dass sie überall gesucht hatte, in der verzweifelten Hoffnung, etwas zu finden, das nicht existierte.

Sein Blick verdüsterte sich. »Dieser verfluchte –« Er schloss kurz die Augen, dann öffnete er sie wieder. »Es spielt keine Rolle.«

Er streckte seine Hand aus, und als sie sich nicht rührte, schloss er behutsam seine Finger um ihren Unterarm, so als hätte er Angst, sie könnte davonlaufen.

Er zog sie dichter zu sich, und seine Lider schlossen sich genüsslich, als er einatmete. »Zimt und Gewürze.« Eine Hand vergrub sich in ihren Haaren. »Da war eine Frau, gestern Abend im Spielsalon.« Sie erstarrte in seinen Armen. »Blond, schlank, willig.«

Sein Blick streichelte ihr Gesicht. »Doch die Augen stimmten nicht, die Farbe, die Form. Ihr Geruch.«

»Hast du –« Sie schluckte. »Hast du sie geküsst?« Sie brachte es nicht über sich zu fragen, ob er noch mehr getan hatte.

»Nein, ich konnte es nicht.« Sein Daumen strich über ihre Unterlippe. »Ihre Lippen waren ganz falsch. Wie hätte ich sie da küssen können?«

Ihr stockte der Atem, als er ihr tief in die Augen sah. »Oh.« Und irgendein Teufel ritt sie hinzuzufügen: »Und meine?«

»Die sind perfekt.«

Er zog sie enger an sich, und ihre Lippen trafen aufeinander. Wie der Funke eines Flintsteins entfachten seine Hände einen feurigen Pfad, als sie langsam nach unten wanderten und sich um ihre Taille schlossen. Als er sie ganz eng an sich zog, sodass ihre Körper sich wie angegossen aneinander schmiegten.

Es folgte die lustvolle Verschmelzung wiedervereinter Liebender, noch glühender, stürmischer ob des Wissens, dass es ihr letztes Beisammensein sein könnte. Lüsterne, ungestüme, streichelnde, zärtliche Berührungen. Die ungezähmte Leidenschaft verbotener Liebe.

21

Oh, wenn man heute doch nur Gast auf Meadowbrook sein dürfte! Gibt es eine größere Ehre? Alle Wettstreiter wissen, was auf dem Spiel steht, und der Einsatz wird noch höher, denn es wird ein ganz besonderer Ehrengast beim Turnier zugegen sein.

Sebastien verließ das warme, gemütliche Cottage. Die Morgenluft war frisch, als er zu dem Herrenhaus ging, das ebenso prachtvoll wie kalt inmitten des Anwesens aufragte.

Er kam an dem streng angelegten Schlossgarten des Herrensitzes vorbei, das ihm so makellos, so einengend erschien. Die Mauersteine des Gebäudes schimmerten, umgürtet von Efeuranken, die das Fundament umschlossen wie eine Schraubzwinge, um selbst im Angesicht der unerbittlichen Schere des Gärtnermeisters niemals ihren beharrlichen Halt aufzugeben.

Diener gingen ihm beflissen aus dem Weg, die schon so früh schon damit beschäftigt waren, die goldenen Verzierungen zu polieren. Schweres, triefendes, verschlungenes Gold. Ein düsterer, erdrückender Stil, genau wie die warmen Töne von Caroline und ihrem Schlafzimmer.

Wenn er die nächsten beiden Runden gewann, würde er das Turnier gewinnen. So wie die Punktewertung stand, konnte das als gegeben angesehen werden. Wenn er in den nächsten beiden Runden Zweiter wurde, würde er wahrscheinlich immer noch gewinnen, abhängig davon, wer die Einzelsiege errang. Wenn er in einer der Runden schlecht abschnitt, war das Feld an der Spitze völlig offen. Benedict hatte sich in London wacker geschlagen. Und hatte sich überraschend zurückhaltend gegeben. Und das, obwohl Everly und Parley ihn angestachelt hatten, Timtree zu verspotten, der sich nicht mit Ruhm bekleckert hatte, und Sloane, der noch immer ganz gut im Rennen lag, obgleich Benedict einen Vorsprung vor ihm hatte. Aber Benedict hatte einfach nur getan, was die Runde von ihm verlangt hatte, und sich dann zurückgezogen. Es war alles sehr beunruhigend. Etwas an Benedict hatte sich verändert.

Als Sebastien sich seinem Zimmer näherte, stürzte ein Pulk von Dienern den Korridor entlang und hätte ihn beinahe zu Boden geworfen.

»Ich kann es nicht glauben!«
»– König –«
»– hier!«
Weitere Ausrufe wurden verschluckt, als sie um die Ecke des Korridors verschwanden. Sebastien stand wie angewurzelt da, während sich die Wände um ihn herum enger zu ziehen schienen. Der König kam nach Meadowbrook. Kaum eine Überraschung, und doch war ihm so, als wäre damit seine letzte Hoffnung erloschen. Die letzte Hoffnung worauf, wollte er lieber gar nicht erst ergründen.

Die verbliebenen zehn Wettkämpfer versammelten sich in der »Arena«, die speziell für die letzten beiden Disziplinen errichtet worden war. Erstaunlicherweise waren sie in den wenigen Tagen errichtet worden, in denen die Wettstreiter in London weilten. Streng genommen war es nicht mehr als ein paar Tribünen, Stühle und eine Rennbahn, doch das Ganze war recht einfallsreich ausgeführt, sodass es nach mehr aussah. Man konnte es sich als eine richtige Arena vorstellen.

Er erkannte Carolines Hand in dem Entwurf und den flatternden Bannern. In jenen erkannte er sogar Stücke, die sie genäht oder aus dem Dorf mitgebracht hatte. Sie hatte ihm nie verraten, worum es sich dabei handelte, selbst als er es ihr mit sehr überzeugenden Mitteln zu entlocken suchte.

Dies war nicht das Werk der Frau, die er damals in Roseford kennengelernt hatte, sondern der kunstfertige Entwurf einer Frau, die ihre Leidenschaft entdeckt hatte.

Der König liebte Spektakel, und der ganze Bercich mutete wie eine sonderbare Kreuzung aus mittelalterlichem Turnier und etwas aus dem alten Rom an. Er hatte sich ursprünglich gefragt, warum einige der Runden in London abgehalten wurden, doch offensichtlich war der Zweck gewesen, die Männer und die Gäste vom Anwesen wegzuschaffen.

Gäste wimmelten umher, suchten sich Plätze auf den Tribünen. König George IV. hatte seinen Auftritt begleitet von viel Trara und Glanz und Gloria. Trompete tröteten Fanfaren, und er lächelte strahlend, ganz offensichtlich sehr vergnügt. Der König ging das Spalier der Wettkämpfer ab, schüttelte Hände, tauschte hier und dort ein kurzes Wort aus, immer dicht gefolgt von einer kleinen Traube von Männern, Frauen und Kindern.

Der König begrüßte Sebastien überschwänglich. »Wie ich höre, sind Sie der Spitzenreiter dieses Wettkampfes. Ihr Vater ist sehr erfreut. Sehr erfreut.«

Sebastien verbeugte sich. »Er scheint sehr zufrieden mit dem Turnier zu sein, ja.«

Der König beugte sich vor. »Werden wir also noch vor Ende der Woche Ihren Namen in das Adelspatent eintragen?«

»Vielleicht.«

Er prustete und klopfte Sebastien auf den Rücken. »Dürfte interessant werden zu sehen, wie Sie sich im Oberhaus machen. Sie würden es ganz schön auf Trab bringen. Vielleicht ist es ja eine Veränderung zum Besseren. Es gibt da viele, die auf Sie zählen.«

Sebastien wusste genau, worauf er anspielte. Die illegitimen Kinder im Lande würden alle gespannt die letzten Tage des Turniers verfolgen. Es wäre ein Sieg für sie alle, wenn er gewann.

»Ich wünsche Ihnen viel Glück, Mr. Deville.«

Der König und sein Gefolge machten sich zu der großen Loge auf, die zu seinen Ehren mit Bannern geschmückt war, auf denen das Wappen des Königshauses sowie Georges persönliches Wappen prangten.

Ein Stallbursche brachte Sebastien sein Pferd, und er konzentrierte sich ganz auf Herakles.

Alles war ein verwischtes Kunterbunt aus leuchtenden Farben und Gejubel, Fähnchenschwenken und grölenden Rufen, als die Reiter sich an der Startlinie aufreihten. Die Pistole knallte, und schlagartig sah Sebastien die gesamte Rennstrecke in völliger Klarheit, während sich Herakles' mächtige Muskeln unter ihm bewegten.

Zwei scharfe Kurven, dann eine dritte. Pferde stießen drängelnd gegeneinander, Reiter fielen zurück oder preschten an die Spitze. Sebastien hielt Herakles fest im Zaum, ließ ihm nicht seinen Willen, noch nicht. Noch eine weitere Kurve …

Sie kamen um die Biegung, und eine pulsierende Energie durchströmte ihn, als sie auf die Gerade schwenkten und er Herakles die Zügel schießen ließ. Er führte das Feld an, mit dem besten Ross und sicherer Hand. Die Ziellinie war förmlich zum Greifen nah. Er konnte einfach nicht verlieren. Sein Sieg war praktisch schon verkündet und unabdingbar.

Ein leuchtend blauer Ball rollte auf die Rennstrecke, schnurgerade in sein Blickfeld, das nur noch auf das Ziel gerichtet war, und eine kleine Gestalt in Rosa und Gold rannte hinterher. Die Zeit schien schier stillzustehen. Die Gestalt erinnerte ihn an Polly, die kleine engelsgleiche Version von Caroline.

Die klitzekleine Caroline erreichte die Mitte der Bahn, bevor sie den Ball einholte. Sie hob ihn auf, dann schien sie zu erkennen, wo sie war – entweder am Hufgetrappel oder an den schrillen Rufen der Menge –, und sie schaute hoch. Er konnte ihre Augen nicht sehen, aber in seiner Vorstellung waren sie riesengroß und blaugrau.

Sie würde es niemals rechtzeitig von der Rennbahn schaffen. Sebastien schaute über seine Schulter. Die Reiter zu seiner Rechten schwenkten aus, was sie an Boden verlieren ließ, doch die Reiter in der Mitte zügelten ihre Pferde noch nicht einmal. Es war nur der Bruchteil einer Sekunde, doch es genügte.

Sebastien riss seine Zügel scharf nach rechts, und Herakles gehorchte augenblicklich. So als wäre sie ein übergroßer Goldring, beugte er sich vornüber, packte sie am Rücken ihres Kleides und hob sie in die Luft. Er schwang sie in einer ausholenden Bewegung herum, während Herakles einen engen Kreis vollführte. Der blaue Ball fiel ihr aus der Hand. Ein scharfer Windzug peitschte ihn, als die anderen Reiter an ihm vorbeigaloppierten, und ließ seine Rockschöße im Sog flattern. Die Reiter in der Mitte drosselten nicht einmal ihr Tempo.

Herakles kam am Ende des Kreises keuchend zum Stehen, und Sebastiens Herz schlug ebenso heftig wie das seines Pferdes.

Er starrte dem Reiterpulk hinterher, als dieser ohne ihn die Ziellinie überquerte, dann schaute er die rosa gekleidete Miniatur an, die von seiner Faust herabbaumelte. Ein kleines Mädchen unbestimmten Alters – er konnte nie richtig schätzen, wie alt diese Bälger waren – erwiderte seinen Blick mit weit aufgerissenen Augen, welche sich zusehends mit Tränen füllten.

»Wein doch nicht«, sagte er hilflos, während er sie an seine Brust hochzog und von seinem Pferd stieg.

Die Arme des kleinen Mädchens schlangen sich um seinen Hals, während die Menge von den Tribünen zu ihm stürmte und alle durcheinanderriefen. Nur die angstvollen Gesichter einer Frau oder eines Mannes, die die Eltern sein konnten, sah er nicht.

»Wer ist dein Vater?«, fragte er das kleine Püppchen.

»Ich habe nur Mama.« Sie starrte ihn mit ernster Miene an und wickelte eine Locke um ihren Finger. »Sie sagt, eines Tages werde ich Papa kennenlernen.«

Er sah sie ebenso eindringlich an. Die Uhr drehte die Jahre zurück. Seine Hände umfassten das kleine Mädchen fester.

»Mein Kind!« Eine blonde Frau drängte sich durch die Menge und stürzte mit entsetztem Gesicht zu ihm. Er hielt ihr das Mädchen hin, und die Frau drückte es inbrünstig an ihre Brust und vergrub ihr Gesicht in dem goldenen Lockenkopf.

Er stand einen Moment lang unbeholfen daneben, bevor er sich umwandte, um sich einen Weg durch die Schaulustigen zu bahnen. Er sah die anderen Wettkämpfer, die an der Ziellinie im Kreis ritten und zurückschauten. Sebastien schwang sich auf Herakles' Sattel, eine Aufstiegsmethode, die nicht ganz einfach war, ihm diesmal jedoch mühelos gelang. Unbändiger Zorn war sein Ansporn. Herakles galoppierte über die Ziellinie, und Sebastien tätschelte das Pferd lobend, stieg ab und gab die Zügel an einen Stallknecht.

Er hielt schnurgerade auf seine Beute zu.

»Deville, Teufel auch, Mann, haben Sie sich was getan?«, erkundigte sich Sloane. Benedict und er waren Seite an Seite zu Sebastiens Linken gewesen, weit entfernt von dem Mädchen.

»Mir ist nichts passiert.« Er fand den Mann, der den mittleren Pulk angeführt hatte, und schubste ihn grob gegen die Wand. »Sie hätten nicht angehalten, nicht wahr, Everly?« Er stieß ihn abermals gegen die Wand. »Ich habe Sie und Parley gesehen. Sie haben nicht mit der Wimper gezuckt. Sie sind nicht einmal ausgewichen.«

»Sie sind ja übergeschnappt, Deville. Als ob Sie angehalten hätten, wenn Sie bei klarem Verstand gewesen wären. Was ist denn bloß in Sie gefahren?«

»Was in mich gefahren ist?« Wieder schubste er ihn gegen die Wand. »Ein Kind, Everly. Sie hätten bedenkenlos die Tochter irgendeiner Frau über den Haufen geritten.«

»Die Tochter irgendeiner Frau? Irgendein Bankert, den niemand vermissen würde?«

Blut quoll aus Everlys Mund, bevor Sebastien noch bewusst war, dass er ihn geschlagen hatte.

»Dafür werden Sie bezahlen, Deville.« Er wischte sich den

Mund ab und blitzte Sebastien böse an. »Wenn ich dieses Turnier gewinne, werden Sie teuer dafür bezahlen.«

»Ich zittere wie Espenlaub, Everly. Sie widern mich an.«

»Ich widere Sie an? Vor nicht allzu langer Zeit hätten Sie noch genauso gehandelt. Sie haben sich einen feuchten Kehricht um irgendjemanden außer sich selbst geschert. Das war Ihre große und einzige Stärke. Und jetzt liegt Ihnen plötzlich etwas an Frauen und Kindern?« Er lachte hämisch. »Was kratzt es mich, ob ich Sie anwidere. Ich empfinde Ihnen gegenüber genauso. Sie sind schwach. Sie verdienen es nicht zu gewinnen.«

Everly wandte sich zum Gehen, und Sebastien konnte sich nicht zurückhalten. Er streckte sein Bein aus, und Everly fiel der Länge nach in den Staub.

Sebastien machte auf dem Absatz kehrt und drängte sich durch die inzwischen versammelte Menge, die mit gespitzten Ohren und großen Augen das Spektakel verfolgte.

Timtree und Bateman waren ein Stück entfernt. Bateman grinste ihn spöttisch an und verdrückte sich. Er tat auch besser daran, denn er war auf gleicher Höhe mit Everly und Parley gewesen.

Sebastien fixierte Timtree mit einem stechenden Blick.

Timtree erwiderte den Blick kühl. »Ich hätte sie gar nicht getroffen, also hören Sie auf, mich so anzusehen.«

»Sie haben nicht angehalten.«

Timtree blitzte ihn ärgerlich an. »Aber Sie haben es getan, obwohl es gar nicht nötig war. Sie hätten sie ja auch nicht getroffen. Everly hat recht. Wo kommt plötzlich diese greinende Selbstlosigkeit her?«

Er konnte seine Gefühle selber kaum glauben, denn er war ausnahmsweise bei überraschend klarem Verstand. »Sie sind alle verabscheuungswürdig«, sagte er beinahe erstaunt.

»Es ist noch gar nicht lange her, da waren Sie ganz genauso, *mein Freund*. Und jetzt könnten Sie sich, *uns*, den Sieg gekostet haben. Sie werden keine Punkte für dieses Rennen erhalten.« Timtree machte ein verkniffenes Gesicht.

»Gut.«

»Gut?« An Timtrees Hals zeigten sich hektische rote Flecken, die sich alsbald zu seinem Gesicht hin ausbreiteten. »Wollen Sie Benedict oder Everly gewinnen lassen?« Timtree schubste ihn. »Gut.«

Er sah aus, als würde er Sebastien abermals schubsen, doch dann stapfte er einfach grollend davon, wobei er Sebastien im Vorbeigehen mit der Schulter anrempelte.

Sloane sah ihn entschuldigend an und machte seinen Mund auf. Dann machte er ihn abrupt wieder zu, genau in dem Moment, als sich Sebastiens Nackenhaare aufrichteten.

»Mr. Sloane, lassen Sie uns allein.«

Einen Moment lang hatte es allen Anschein, als würde Sloane dem Duke trotzen und bleiben, und Sebastien wurde von einer Herzlichkeit für den Mann gepackt, wie er sie nur selten für einen anderen Menschen empfand. Er neigte seinen Kopf vor ihm, und Sloane erwiderte die Geste, bevor er davonging.

»Sebastien. Welch nettes kleines Kunststück mit dem Gör.«

Er drehte sich zum Duke um, der sich in seinem feinsten Londoner Anzug präsentierte. Sein vergoldeter Gehstock trommelte einen zornigen Rhythmus auf das Gras.

»Ich dachte mir schon, dass Sie meine Raffinesse bewundern würden.«

»Das tue ich nicht.« Der Ton des Dukes war barsch. »Du bist ein Narr. Du kannst nicht wissen, dass irgendjemand sie über den Haufen geritten hätte. Es war wirklich nicht nötig, dass du deine eigenen Siegeschancen zunichtemachst für jemanden, der dir in keiner Weise nützlich sein kann.«

»Mir war nicht bewusst, dass mir jemand nützlich sein muss, um gerettet werden zu dürfen.« Doch das entsprach nicht ganz der Wahrheit. Er wusste, wie es in der feinen Gesellschaft zuging, und er hatte lange Zeit bereitwillig mitgespielt.

»Die milde Landluft hat dir nicht gutgetan, was? Ich gewinne langsam den Eindruck, dass Benedict vielleicht doch etwas wert ist.«

Und du nichts. Das musste nicht einmal ausgesprochen werden, um dieselbe Wirkung wie eine herausposaunte Kränkung zu haben.

Der eisige Schlund der Finsternis tat sich in ihm auf. Es sah dem Duke ähnlich, ihn an einen Teil von sich zu erinnern, den er nicht vermisst hatte. Die Eisesflut hatte die ganze Zeit über in seinen Adern gelauert, doch der warme goldene Nebel hatte sie zurückgehalten.

»Den Eindruck habe ich zunehmend auch, Euer Gnaden. Besonders, seit ich ihn weiter und weiter vom Stamm fallen sehe. Lord Benedict hat dem Haus Grandien in der vergangenen Woche alle Ehre gemacht. Können Sie von sich das Gleiche behaupten?«

Er drängte sich am Duke vorbei, dem diese bittere Beleidigung offenkundig die Sprache verschlagen hatte.

Er sah Benedict etwas abseits stehen und alles mit großen Augen und leicht offen stehendem Mund beobachten.

»Machen Sie den Mund zu«, flüsterte er ihm im Vorbeigehen zu. »Oder ich nehme jedes Wort zurück.«

Benedicts Mund schnappte zu, doch Sebastien drehte sich nicht um, um nach weiteren Reaktionen zu schauen.

Er wollte nur noch auf sein Zimmer gehen und sich von Grousett ein Bad zurechtmachen lassen. Um seine verkrampften Muskeln zu entspannen. Vielleicht würde er sich ja auch ertränken, wenn er schon mal dabei war.

Eine in Scharlachrot gekleidete Gestalt kam ihm in die Quere. Sebastien machte sich für eine geharnischte Beschimpfung bereit, schluckte diese jedoch eilig wieder herunter, als er erkannte, wer ihm da den Weg versperrte.

»Euer Majestät.«

»Mr. Deville. Ich muss schon sagen, Sie haben uns heute wahrlich prächtig unterhalten.«

»Ich bitte vielmals um Vergebung, Euer Majestät.«

»Ganz im Gegenteil. Obwohl ich vermute, dass Sie Ihren Siegeschancen nicht sonderlich geholfen haben, aber Sie haben uns da ein ganz famoses Schauspiel geboten.«

Sebastien musste all seine Beherrschung aufbringen, um die Erwiderung herunterzuschlucken, die ihm auf der Zunge lag. »Ja, Euer Majestät.«

»Und ich bin gewiss, dass die Eltern des Kindes Ihnen sehr dankbar sind und Sie belohnt sehen wollen.« Eine Anzahl von Leuten hatte sich um sie geschart und lauschte gebannt, damit ihnen nur kein Wort des Monarchen entging. Auch ein Berichterstatter drückte sich am Rand der Gruppe herum.

»Das ist nicht nötig.« Sebastien wollte sich einfach nur in seinem Gemach verstecken. War das denn zu viel verlangt?

»Ah. Aber das Turnier dauert noch einen weiteren Tag an, oder nicht? Vielleicht werden Sie uns auch morgen wieder mit einer kleinen Einlage erfreuen?«

»Vielleicht.« Gewöhnlich hielt er wachsam nach jedem Gesichtsausdruck und nonverbalen Zeichen des Königs oder anderer von höchstem Stande Ausschau. Er genoss die Macht, die ihm das Wissen gab, wann er sein Blatt halten und wann er seine Karten mit großer Geste hinwerfen sollte. Doch in diesem Moment konnte er nichts im Gesicht des Königs lesen, nicht weil dort nichts zu lesen stand, denn der Monarch wollte ganz offenkundig etwas, sondern schlicht und ergreifend, weil Sebastien zu erschöpft zum Lesen war. Der

König war höchstwahrscheinlich auch enttäuscht. Waren das nicht alle?

»Gut, gut. Einen schönen Tag noch, Mr. Deville.«

Sebastien verbeugte sich, während der König mit seinem Gefolge davonging. Eine kleine Stimme regte sich in seinem Hinterkopf, doch sie war noch zu leise, als dass er sie verstehen konnte, und daher tat er sie erst einmal ab, nun da der Fluchtweg in die Freiheit nicht versperrt vor ihm lag.

Der Berichterstatter stellte sich ihm in den Weg, doch er umrundete den Mann nur wortlos und ging weiter. Ein anderer Mann trat auf ihn zu, dann noch einer, eine ganze Schar von Gästen jeglicher Couleur stand Schlange. Es dauerte sehr lange, bevor er endlich sein Bad genießen konnte.

Sie wusste nicht, was sie von Sebastiens Tat halten sollte. Er hatte das kleine Mädchen gerettet. Hatte seine Siegeschancen in Gefahr gebracht. Hatte etwas vollkommen Selbstloses für einen anderen Menschen getan.

Sie schaute vom Fenster der Bibliothek des Earls aus zu, wie er die Menge abwehrte, dann nahm sie das Dokument, nach dem der Earl verlangt hatte, und umrundete den Schreibtisch, um wieder ins Erdgeschoss zurückzukehren. Doch sie blieb mitten im Zimmer wie angewurzelt stehen, als der Duke von Grandien hereingeschlendert kam.

»Euer Gnaden.«

»Ah, Mrs. Martin.« In einer Hand hielt er einen Gehstock, während seine andere die Tür hinter sich zumachte und sie beide so im Zimmer einschloss.

»Ich muss weiter, Euer Ehren, wenn Sie mich bitte entschuldigen würden.«

»Das tue ich nicht.« Er tippte mit dem Gehstock auf seine Handfläche. »Ich bin hergekommen, weil ich mit Ihnen sprechen will.«

Sie wand sich nervös und wünschte, er hätte die Tür offen gelassen. »Vielleicht könnten wir uns auf dem Weg zurück nach unten unterhalten? Der Earl möchte dieses Dokument umgehend haben.« Sie hielt es hoch.

»Cheevers weiß, dass ich hier bin.« Er schaute sich nach beiden Seiten um, bevor er einige Schritte weiter vortrat. »Ich habe Ihnen ein Angebot zu unterbreiten, Mrs. Martin, und ich werde nicht lange um den heißen Brei herumreden.«

»Ein Angebot?« Ihr Herz begann zu hämmern.

»Ein Handel, wenn Sie so wollen. Oder ein Aufstieg für Sie, wenn ich das selbst sagen darf.« Er schenkte ihr ein etwas schmieriges Lächeln, bei dem ihm ansonsten scheinbar die Frauen reihenweise vor die Füße fielen.

Sie starrte ihn einen Moment lang an, denn sie war völlig überrascht. »Schlagen Sie mir vor ... ich solle Sebastien aufgeben und stattdessen etwas mit Ihnen anfangen?«

Er zog eine Augenbraue hoch, ganz Sebastiens Ebenbild. »Ihrer unverblümten Art zum Trotz, klingen Sie weitaus entsetzter, als ich erwartet hätte. Wir sind einander wie aus dem Gesicht geschnitten, Mrs. Martin, oder haben Sie das noch nicht bemerkt? Und ich besitze ein bedeutend größeres Vermögen, als Sebastien jemals haben wird, und das sage ich wohl wissend der Größe des Vermögens, das Sebastien höchstwahrscheinlich zufallen wird. Aber ererbter Reichtum ist hinsichtlich der schieren Geldmenge, die man anhäufen kann, eben nicht zu schlagen. Den meisten fällt es leicht, uns gegeneinander auszutauschen.«

Die Art, wie er dies sagte ... ihre Bestürzung ließ kaum noch Platz für Zorn. Sie hatte den Eindruck, dass sie nicht die Erste war, an die der Duke in dieser Weise herangetreten war. Sie fragte sich, ob Sebastien davon wusste, dann schalt sie sich für ihre Dummheit. Sebastien wusste eindeutig Bescheid. Solch tiefe Verbitterung kam nicht von ungefähr.

Sie musterte den Duke abschätzend, versuchte zu ergründen, was es war, das diesen Mann so ganz anders als Sebastien machte, wo sie doch körperliche Ebenbilder waren. Sie hatten die gleichen Augen, die gleiche Statur, die gleiche widerspenstige Strähne, die ihnen ins Gesicht fiel. Hohe Wangenknochen, markantes Kinn, volle Lippen.

Doch der Unterschied lag in den Kleinigkeiten. Das Aquamarinblau mochte genau der gleiche Farbton sein, doch die Augen des Duke bewegten sich anders, sein Mund kräuselte sich anders. Er verströmte strengste Selbstbeherrschung, im Gegensatz zu der Wildheit seines natürlichen Sohnes. Die Lippen des Dukes schienen permanent verkniffen zu sein, während Sebastiens sich beständig zu einem Lächeln oder einem Grinsen verzogen, ob aufrichtig oder boshaft.

»Sie wären nicht mehr allein, wie Sie es so oft sind, ist das nicht so, Mrs. Martin?«

Jemand wie der Duke würde *niemals* innige Geschenke auf jemandes Kopfkissen hinterlassen. Er würde Halsketten mit Rubinen und andere kostspielige, protzige, bedeutungslose Dinge kaufen. Er würde eine Frau in die Unterwürfigkeit zwingen oder versuchen, ihre Zuneigung zu kaufen.

»Sebastien ist noch jung«, fuhr er fort. »Es mangelt ihm an der Erfahrung, die mit den Jahren kommt. Und er wird nur von einem einzigen Interesse angetrieben.«

Der Mann vor ihr würde niemals verstehen, was jemanden wie Sebastien antrieb, nicht wirklich jedenfalls. Er mochte seine Handlungen und Erwiderungen korrekt vorhersehen, er mochte sogar die richtigen *Antworten* geben, bezüglich dessen, was ihn antrieb. Doch er würde es niemals verstehen. Dieser Mann war ganz stählerne Beherrschung und unerschütterliche Arroganz. Und obgleich auch sein Sohn diese Charakterzüge aufwies, war er doch rebellisch und zornig und ungebändigt.

Er zog seinen Gehstock durch seine Finger. »Sebastien wird Sie verlassen. Kennen Sie seinen Ruf? Keine Mätressen, keine lang währenden Beziehungen jeglicher Art. Er bleibt nichts und niemandem treu.«

Und sie würde ihn an dieses Turnier verlieren. Sarah würde ihn heiraten, und Caroline würde sich von beiden abwenden müssen.

»Warum tun Sie das? Warum sind Sie so versessen darauf, Sebastien als Sieger zu sehen, dass Sie sich hierzu herablassen?«

Er musterte sie mit verhangenem Blick und spielte dabei mit seinem Gehstock. »Sind Sie so blind, dass Sie nicht die offenkundigen Vorteile erkennen, sich für mich zu entscheiden?«

Er war ihrer Frage ausgewichen. Plötzlich wurde ihr alles klar, und es traf sie wie ein Schlag. »Sie haben darauf gewettet, dass er gewinnt, nicht wahr?«

Sein Schweigen war Antwort genug.

»Wie viel haben Sie auf ihn gesetzt?«

»Das spielt keine Rolle. Es steht mehr auf dem Spiel als lumpige zwanzig- oder fünfzigtausend Pfund. Wie viele Männer können sich mehrerer Söhne in der Aristokratie rühmen? Wir reden hier von einer Dynastie. Ich wusste immer, dass er das Zeug dazu hat. Er brauchte nur den richtigen Ansporn, die richtige Gelegenheit. Ihn all diese Jahre über zu verleugnen, hat ihn hungrig gemacht, gierig. Und dann kommen Sie daher und machen in ein paar wenigen Wochen all meine Arbeit zunichte? Das werde ich nicht zulassen.«

Ihr war ganz schwindelig von den Summen, von denen er sprach, und dem Rest seiner Worte konnte sie nur als einem Wirrwarr folgen.

»Zum Glück habe ich einige Erfahrung mit dem weiblichen Verstand.« Er ging um sie herum, inspizierte sie aus allen Blickwinkeln. »Annehmlichkeit, Sicherheit, die Fähigkeit zu tun, was immer Sie wollen, ohne harte Entscheidungen zu treffen. Die Erfüllung aller Bedürfnisse«, flüsterte er ihr im Vorbeigehen zu, in einer Stimme, die Sebastiens viel zu ähnlich war, während seine Worte wie die von Patrick klangen. »Ich denke, Sie sehen die Vorteile der Situation.«

Endlich fand sie ihre Stimme wieder. »Ich bin entsetzt, dass Sie das denken.«

Er blieb vor ihr stehen und zog abermals seine Augenbraue hoch. »Aus Trotz oder alles nur gespielt, Mrs. Martin?«

Sie neigte ihren Kopf zur Seite und studierte ihn eingehender. Sie hatte keine Mühe, die Sache aus seiner Perspektive zu sehen. Sie würde unermesslich von diesem Angebot profitieren. Sie würde jede Menge Geld haben und vielleicht sogar Eintritt in die Gesellschaft finden. Die meisten Frauen, die sie kannte, würden sich um eine solche Chance reißen.

Seine Hand strich über den Knauf seines Gehstocks. »Ich kann Ihnen praktisch alles geben, was Sie begehren. Kleider, Juwelen, ihre eigene Dienerschaft. Es wird Ihnen nie an irgendetwas mangeln.«

Es war etwas an dem Duke – ein Funke, eine schleichende Verlockung, mit jenen kantigen Kiefern zu spielen, die so tödlich zuschnappen konnten. Ein Mann noch immer in den besten Jahren, noch dazu ein Mann, der zwanzig Jahre jünger aussah. Sie konnte mühelos sehen, welche Wirkung er auf andere hatte.

»Nein.«

»Nein? Sie wollen stattdessen versuchen, an der Gunst eines Mannes festzuhalten, der fest entschlossen ist, dieses Turnier zu gewinnen und Sie auf immer zu vergessen.«

»Nein.«

»Nun, wie sieht es aus?« Er berührte ihr Kinn, und sie zwang sich, ruhig weiterzuatmen. »Werden Sie mein großzügiges Angebot annehmen, ein Angebot, für das Sie dankbar sein sollten, oder wollen Sie sich an der Hoffnung festklammern, dass Ihr teurer Sebastien sich für Sie entscheiden wird?«

Sein Charme lockte sie, suchte sie einzuwickeln, doch der Funke zündete nicht. Stattdessen war sie abgestoßen von der Art, wie er seinen Sohn behandelte. Seine Söhne, genau genommen, doch wirklich am Herzen lag ihr nur einer.

»Weder noch. Ich bin nicht das naive Dummchen, für das Sie mich halten, Euer Gnaden. Und außerdem finde ich es interessant, wie besorgt Sie sein müssen, dass Sie in dieser Weise an mich herantreten. Mit Ihrem Gerede von Dynastien und Stolz. Ein verschreckter kleiner Junge, der Angst hat, jemand könnte ihm seine pubertären Spielchen durchkreuzen.«

Seine Finger hielten inne, dann nahm er sie von Carolines Gesicht. »Verschreckt? Dass ich nicht lache.« Er strich seine Handschuhe glatt. »Sie sind ein dummes Ding, Mrs. Martin. Falls Sie Ihre Meinung je ändern sollten, ist es die Frage, ob ich Ihnen Gehör schenken werde. Vielleicht schlage ich Ihnen auch einfach die Tür vor der Nase zu.«

»Ja, denn neben all den wunderbaren Eigenschaften, die Sie nannten, glauben Sie, dass es Ihren Sohn verletzen würde, wenn Sie mich zur Geliebten nehmen. Sie nehmen ihm eine weitere Sache weg und beweisen damit, dass Sie würdiger als er sind. Ich denke, entgegen all Ihrer Beteuerungen, dass Sie ihn gewinnen sehen wollen, fühlen Sie sich von Sebastien eingeschüchtert. Und ehrlich gesagt, ich finde, es mangelt Ihnen in jeglicher Hinsicht an gutem Charakter, Euer Gnaden. Machen Sie sich keine Sorgen, dass ich irgendwann mittellos vor Ihrer Tür stehen könnte. Lieber würde ich in der Gosse verhungern.« Sie ging zur Tür.

»Vielleicht werde ich das Cheevers wissen lassen.« Seine Stimme war ruhig und zugleich tödlich.

Sie blieb nicht stehen, auch wenn sie beinahe gestrauchelt wäre. »Tun Sie das, Euer Gnaden.« Sie öffnete die Tür und ging hinaus.

Es hatte fast den ganzen Abend, eine Begegnung mit praktisch jedem unehelichen Kind in England, eine weitere Auseinandersetzung mit dem Duke und ein hitziges Wortgefecht mit Everly gebraucht, bevor er endlich an den einzigen Zufluchtsort entkommen konnte, den er kannte.

Er ließ sich erschöpft in einen Sessel fallen. Seine Finger strichen über den Polsterstoff und brannten förmlich darauf, ihn zu zerstören. Sie hielt seine Hand auf.

»Was grämt dich?«

»Der ganze heutige Tag grämt mich. Jeder, der heute mit mir gesprochen hat. Sie kommen alle nicht über meine *bedauerliche* Tat, meinen Moment der Dummheit, hinweg.«

»Ich fand das wirklich wunderbar von dir.«

»Findest du es wunderbar, dass ich verliere?«

»Nein, dass du das kleine Mädchen gerettet hast.« Caroline berührte seine Schulter, doch er wich ihrer Hand aus.

»Es war Schwäche.«

»Was?«

»Schwäche. Kannst du dir vorstellen, dass der Duke so etwas tun würde?«

»Nein.« Ihr Ton war bitter. »Genau das meine ich ja.«

»Ich hätte beinahe den Sieg verspielt.«

Sie lehnte sich zurück, und ihre Finger spielten mit dem Musselin ihres Kleides. »Wäre das so schlimm?«

»Ja.«

»Warum?« Er hörte den flehentlichen Unterton in ihrer Frage.

»Ich würde Roseford verlieren.«

»Du hast Geld. Kauf ein anderes Gut.«

»Es wäre kein Zuhause.« Kein anderes Haus hatte ihm je dieses Gefühl vermitteln können.

»Aber du hast schon seit zwölf Jahren nicht mehr dort gelebt.«

»Das spielt keine Rolle. Was würdest du sagen, wenn man dir dein Cottage wegnehmen würde?«

Sie schwieg.

Er lachte bitter. »Roseford Grange ist das einzige wirkliche Zuhause, das ich je hatte.« Er stand auf und begann, rastlos auf und ab zu gehen. »Ich muss nur den Wettkampf gewinnen, und es gehört mir.«

»Kannst du den Duke denn nicht überreden, es dir zu überlassen?«

»Wenn ich das in all den zwölf Jahren nicht geschafft habe, dann bezweifle ich, dass irgendetwas, das ich tue, ihn je überzeugen wird. Außerdem sind die Kontrakte besiegelt. Ich habe es selbst überprüft, um sicherzugehen, dass der Duke die Überschreibung des Gutes nicht verweigern kann, wenn ich gewinne.«

»Der König könnte die Abmachungen aufheben.«

»Der König liebt dieses Turnier. Nebenbei bemerkt, deine Banner waren herrlich. Der Schlüssel zu seinem Herzen.«

Sie kaute an ihrer Unterlippe. »Du könntest dir ein anderes Gut suchen. Eines wie Roseford.«

Er schüttelte den Kopf. »Du verstehst es nicht.«

»Was verstehe ich nicht? Dass du gewinnen willst? Dass du allen beweisen willst, dass du ein würdiger Mensch bist?«

»Als ob es mich kümmert, ob sie mich für würdig halten.«

»Oh, es kümmert dich!« Sie stand auf. »Ansonsten hättest du allen schon vor langer Zeit gesagt, sie sollen zur Hölle fahren.«

Er zog sie an sich, lehnte sie zurück, drückte sich reibend, drängend gegen sie, sodass ihre Lust entfacht wurde. »Es kümmert mich nicht, was diese Bastarde denken. Aber ich werde ihnen zeigen, was ein wahrer Bastard mit solcher Macht in seinen Händen erreichen kann.«

»Weil du dich rächen willst.«

»Natürlich will ich mich rächen!«

»Und du denkst, Rache zu nehmen würde beweisen, dass du ein würdiger Mensch bist.«

»Was? Das ergibt doch gar keinen Sinn. Du verstehst es eben nicht.« Er schob sie von sich weg.

»Ich verstehe es nicht? Ich verstehe es nicht?« Ihre Stimme wurde laut und schrill.

»Wie könntest du es verstehen? Du bewegst dich nicht in den Kreisen der feinen Gesellschaft, und du trägst nicht den Makel einer unehelichen Geburt.«

»Ich verstehe es nicht!«, wiederholte sie aufgebracht. »Du denkst also, ich verstünde es nicht.«

»Ich weiß, dass du es nicht verstehst.«

»Oh, der große Weise hat gesprochen.« Sie lachte fast hysterisch auf. »Ich verstehe es nicht?« Sie zeigte mit einem zitternden Finger auf ihn. »Was meinst du denn, wer mein Vater ist?«

Er biss seine vernichtende Erwiderung zurück, als er ihre wütende, verbitterte Miene bemerkte, ihre klar geschnittenen vornehmen Züge, ihr offenes blondes Haar, ihre blaugrauen Augen, von genau demselben Farbton wie –

»Mein Gott. Du bist Cheevers' Tochter.«

Sie ließ ihn stehen, stieß mit ihrer Schulter gegen die seine, als sie einen Topf vom Abtropfgitter nahm und scheppernd an seinen Platz stellte.

Warum hatte er das nicht schon früher gesehen? Alle möglichen seltsamen Dinge fügten sich zusammen, außer ... »Wie kann das sein?« Er dachte an ihr schweres Goldmedaillon. Den Mann darin, der neben ihrer Mutter posierte, ein Mann, dessen Ähnlichkeit mit Caroline im Höchstfall von einer sehr entfernten Verwandtschaft zeugte.

»Meine Mutter war schwanger, als sie Papa heiratete.« Sie knallte einen weiteren Topf an seinen Platz. »Er war ein entfernter Cousin des Earls, der in diesem Cottage wohnte. Jener Teil hat immer der Wahrheit entsprochen. Er hat meine Mutter, die Geliebte des Earls, geheiratet, um den Fehltritt zu vertuschen.«

»Warum hat der Earl denn nicht –«

»Ach, ich bitte dich. Meine Mutter war ein Niemand. Der Earl war bereits mit Sarahs Mutter verlobt. Er hätte niemals den lukrativen Ehevertrag gebrochen, den sie abgeschlossen hatten.« Ein weiterer Topf fand scheppernd seinen Platz.

»Lady Sarah weiß nichts davon, nicht wahr?«

»Und sie wird es auch nie erfahren.« Caroline trat zu ihm und zog seinen Kopf zu sich herunter. »Wenn sie es je herausfindet, werde ich dich bis ans Ende der Welt verfolgen und dich zerstören.«

»Ich dachte, ihr beide stündet euch sehr nahe.«

Sie schloss ihre Augen, doch nicht schnell genug, um den tiefen Schmerz darin vor ihm zu verbergen. »Das tun wir. Ich habe die Wahrheit im Alter von zehn Jahren herausgefunden, als ich eine Unterhaltung zwischen dem Earl und meiner Mutter belauschte. Ich musste mich davon abhalten, Sarah als meine Schwester zu sehen, auch wenn sie ungeachtet des Blutes genau das für mich ist. Ich habe es nie jemandem erzählt. Cheevers würde mich umbringen. Sarah würde den Schmerz nie überwinden.«

»Cheevers erkennt dich nicht an.«

»Nein, und wenn du ein Wort darüber zu Cheevers sagst, dann weiß ich nicht, was ich dir antun würde. Er würde mich höchstwahrscheinlich davonjagen. Ich habe nichts, was er will. Das habe ich nie. Und ich habe all sein Wohlwollen aufgebraucht, indem ich mich mit dir eingelassen habe.« Sie lachte freudlos und schlang ihre Arme um ihre Taille. »Hast du eine Ahnung, welches Schicksal eine mittellose Frau in meiner Lage erwartet? Die Dorfbewohner würden sich von mir abkehren, wenn Cheevers es ihnen befiehlt. Du denkst, du hättest ein hartes Leben gehabt, weil du ein Bastard bist? Versuch mal, eine Frau zu sein, die von jemand anderem anhängig ist, um zu überleben.«

»Dir gehört dieses Cottage.«

»Tut es das?« Sie lachte hämisch. »Cheevers könnte dagegenhalten, dass das Haus und das Grundstück an ihn fallen sollten. Vor Gericht würde er wahrscheinlich Recht bekommen. Und selbst wenn er es nicht täte, er könnte alle dazu bringen, dass sie sich gegen mich wenden. Ich könnte nicht einmal einen Laib Brot kaufen.« Sie sah ihn mit verhangenem Blick an. »Sagst du nicht immer, dass Titel und Macht jene ohne sie noch jedes Mal schlagen würden?«

»Werde meine Mätresse«, sagte er leise, und die Worte bestürzten ihn, als sie so ungebeten über seine Lippen kamen, doch dann wandelten sie sich in Entschlossenheit, als sie durch das stille Cottage hallten. »Verlasse Meadowbrook. Ich werde für dich sorgen. Sag mir, dass du Roseford nicht in diesem Cottage wiedererkennst! Du wirst Roseford haben. Wir werden Roseford haben.«

Sie senkte eilig den Blick, sodass er nicht die Gefühle in ihren Augen aufflackern sehen konnte, dann schaute sie wieder auf, und in ihrem Blick waren sinnliches Wissen und fleischliche Unschuld zu erkennen. Der plötzliche Wandel machte ihn nervös. Sie kam auf ihn zu, mit einem unverkennbaren Schwung in den Hüften und einer unverkennbaren Einladung auf ihren leicht geöffneten vollen Lippen und einem unverkennbaren wissenden Blick in ihren plötzlich verhangenen Augen.

Er leckte sich über seine Lippen, als sie sich zwischen seine Beine schmiegte und seine Hände langsam an seiner Brust hinauf und in seinen Nacken wandern ließ. »Ein verlockendes Angebot. Und wenn du nicht gewinnst? Was wird dann aus Roseford? Aus mir?«

Er reckte seine Arme hinter sie und umfasste ihr Hinterteil mit seinen Händen, hob sie leicht an und gegen das Feuer seiner Lenden. »Ich habe Punkte verloren, aber ich werde trotzdem gewinnen. Roseford wird mir gehören.«

Sie grub ihre Finger in sein Haar, und jede kraulende Bewegung entsandte lustvolle Wellen schnurgerade hinab in seine Männlichkeit. Ihre Lippen berührten sacht die seinen. »Scheide aus dem Turnier aus. Finde ein anderes Roseford.«

Er erwiderte ihren zarten Kuss. »Nein«, sagte er ruhig. »Ich werde meine Rache nehmen. Ich werde mir die Macht greifen. Ich werde Roseford zurückgewinnen.«

»Dann wirst du mich verlieren«, erwiderte sie ebenso ruhig.

Etwas Urgewaltiges wallte in ihm hoch. »Du *wirst* mir gehören.«

Er zog sie an sich, presste sie mit dem Rücken hart gegen die Wand. Seine Lippen fanden ihren Hals, sogen an der Haut und wanderten dann weiter hinab, bis er eine ihrer festen Brüste in seiner Hand hielt und begierig an ihrer steif aufragenden rosigen Knospe lutschte.

Caroline bäumt sich auf und sagte flehentlich: »Das werde ich nicht. Das könnte ich Sarah niemals antun.«

Er lutschte und sog stärker, kitzelte ihre Brustwarze mit seiner Zungenspitze, bis sie sich drängend an ihn schmiegte und ihr Bein um ihn schlang, um ihn noch näher heranzuziehen.

Er raffte ihre Röcke und streichelte mit seiner Hand über ihre bereits feuchten, glühend heißen Venuslippen. »Du wirst mir mit Haut und Haar gehören.« Er tauchte zwei Finger in das flüssige Gold ein und küsste sie leidenschaftlich, verschluckte ihren Aufschrei.

Ihre Brust, nunmehr über den Rand ihres Mieders gehoben, rieb gegen seinen Brustkorb, und sie zuckte zusammen, als er sich im Rhythmus eines Reitgalopps gegen sie presste.

»Sei am Morgen hier, wenn ich erwache«, stöhnte sie, während seine Finger sie streichelten und um mehr bettelten. Sie schlang ihr Bein fester um ihn.

»Nein.« Das würde bedeuten, dass er auch jeden darauffolgenden Morgen da sein würde. Etwas Übermächtiges, Wildes wallte in ihr hoch, und er packte ihre Hüften mit seinen Händen. »Aber ich bin jetzt hier.« Er hob sie in einer fließenden Bewegung hoch und stieß in sie hinein, drang so tief in sie ein, wie er vermochte.

Ihr Hinterkopf schlug gegen die Wand, und ein leises Stöhnen wand sich um ihn, entrang sich ihrer Kehle und verschwand in ihm, während sie sich um ihn zusammenzog.

Er verlor seine Selbstbeherrschung und stieß wieder und wieder in sie hinein, wiegte sie im Takt seiner Lust gegen die Wand. Sie wimmerte leise, stöhnte seinen Namen, während sie sich in benommenem, berauschtem Begehren an ihn klammerte.

Sie würde ihm gehören. Er würde –

Ein Bild fiel von der Wand, und er erstarrte, als es auf dem Fußboden aufschlug. Eine Vision der Spielhölle tauchte vor seinem geistigen Auge auf.

»Sebastien?«

Er zog sich behutsam aus ihr zurück.

»Sebastien?« Ihre Stimme war ein wenig schriller und bebte, als ihre Füße wieder auf dem Boden aufsetzten. Ihr Atem ging noch immer schwer und keuchend.

Er sah sie einen Moment lang an, seine Atemzüge ebenso keuchend, seine Gedanken zum Fürchten.

Er hob sie hoch, und sie legte instinktiv ihre Arme um seinen Hals. Voller Vertrauen. Noch immer war er vor Schreck erstarrt, doch sein Herz pochte wieder ruhiger.

Er legte sie auf das Bett und zog mit flinken Fingern erst sie und dann sich selbst aus, während er mit aller Macht zu verhindern suchte, dass seine Gedanken ins Chaos abstürzten.

Sie war nackt und sah wunderschön aus, wie sie zu ihm aufblickte, noch immer voller Vertrauen, doch ihr Vertrauen in ihn war fehlgeleitet. Was er solch rückhaltlosem Vertrauen antun würde ... was er schon immer solch rückhaltlosem Vertrauen angetan hatte ...

Er streichelte ihre glatte, makellose Haut. Er spürte jedes Erbeben, jedes Erschaudern, jedes Seufzen und Stöhnen, als er seine beachtliche Kunstfertigkeit zum Einsatz brachte. Er hasste sich für sein Tun, doch er wollte dies von ganzem Herzen zu dem lustvollsten Erlebnis ihres Lebens machen, damit sie ihn nie, *nie* vergaß.

Und da hieß es, er wäre nicht selbstsüchtig.

Er beobachtete sich selbst dabei, wie er in sie hineinglitt, zu angstvoll, um in ihr verzücktes Gesicht zu schauen. Dabei sehnte er sich so sehr danach, ihr Gesicht zu sehen, dass es beinahe wie eine Folter für ihn war. Er erschauderte, als sie ihn abermals in sich aufnahm, als er tiefer in sie vordrang und die süße, schlüpfrige Nässe ihn mit ihrem samtweichen Griff umfasste.

Sie umschloss ihn noch enger, drückte ihn in einer willkommen heißenden Umarmung oder in einem letzten Lebewohl. Er zog sich abermals aus ihr zurück und beobachtete ihre beiden Körper, als er von Neuem in sie glitt, in ihr Feuer eintauchte. Kleine Schauder schüttelten ihn, in ihr, liefen aus ihr heraus, über ihren Bauch und immer höher. Er zog sich so weit zurück, bis nur noch seine Eichel in ihr war. Er ließ vorsichtig seine Hüften kreisen, während er verzweifelt nach einem Weg suchte, sie nicht anzusehen und gleichzeitig diesen Liebesakt ewig währen zu lassen.

Caroline schien andere Pläne zu haben, als sie sich unter ihm aufbäumte, suchend, drängend. Sie hakte ihre Füße um seine Oberschenkel, um ihn wieder in sich hineinzuziehen.

Er wollte ihr eine Lektion erteilen und stieß tief, tief in sie hinein, bis zum Anschlag, in einer einzigen fließenden Bewegung. Caroline stieß erstickte Laute aus und packte seine Hüften. Was er nicht bedacht hatte, war, dass er selbst mitgerissen würde.

Sie passten so perfekt zusammen, so als wäre ihr Körper ein maßgeschneiderter Handschuh für seine Finger, seine Handfläche. Jeder einzelne Finger war umhüllt und bedeckt.

Es war zu viel. *Zu viel.*

Er wollte sich wieder aus ihr zurückziehen. Doch er schaffte es nicht. Er musste hier weg. Musste hier weg und alle Wälle wieder errichten, alles wieder herunterschlucken, seine Identität wiederfinden und die eisige, tröstliche Finsternis umarmen.

Sie hielt ihn zurück, als er fast schon ganz aus ihr heraus war.

»Sebastien?«

Die geflüsterte Bitte brachte ihn dazu, sie anzuschauen. Ein fataler Fehler. Ihre Augen, dunkelst blau vor Leidenschaft, sahen ihn fragend an, baten ihn stumm um Antworten. Und darunter verbarg sich ein Born der Gefühle, eine Art Erlösung, die er förmlich greifen konnte. Förmlich schmecken konnte.

»Bitte. Bitte.«

Er war nicht sicher, was es war. Der Ausdruck in ihren Augen, ihre flehenden Worte, die Berührung ihrer Haut, die sich so gut anfühlte, doch sein Rückzug verwandelte sich in die Vorbereitung eines tiefen, seelenberührenden Stoßes, der sie auf dem Laken nach oben trieb und das Bett zwei Zentimeter über den Boden rutschen ließ. Sie warf ihren Kopf in den Nacken, doch sie behielt ihre Augen offen und sah tief in die seinen. Starrte ihn durch den zarten Schleier goldener Wimpern an.

»Bitte.«

Er glitt wieder und wieder in sie hinein, drang tiefer und weiter vor, abwechselnd sacht und mit Kraft. Versuchte etwas zu erreichen, von ihrem Herzen, ihrer Seele Besitz zu ergreifen. Sie griff nach dem Kissen über ihrem Kopf, streckte sich, sodass ihre Brüste hoch aufgerichtet waren, und er hatte noch nie etwas so Erotisches gesehen wie ihre völlige Hingabe. Sie bog ihren Rücken durch und schlang ihre Beine fester um ihn.

Als er besonders tief in sie hineinstieß, bäumte sie sich auf, und er konnte fühlen, wie er einem unvergesslichen Höhepunkt entgegensteuerte. Sie hob leicht ihren Kopf, um ihm wieder in die Augen zu sehen, und ihre blauen Augen waren beinahe schwarz vor reinem Verlangen und schierer Lust. Ein Verlangen, das jedes bloße körperliche Gefühl überstieg.

Dies war, was die Leute Liebe nannten. Widergespiegelt in ihren Augen wie Leuchtfeuer in einem Orkan. Nicht reines Verlangen, das so greifbar war, dass man es förmlich schmecken konnte, sondern etwas jenseits des Verlangens, das lang nach dem Verebben der sinnlichen Reize nachhallte.

Der Moment hing wie in der Schwebe, so als wäre die Zeit stehen geblieben. Verharrte am Rand eines Abgrunds voller Gefühle und Illusionen, die gleich unwiederbringlich zerschlagen werden würden. Und er zeigte ihr zum ersten Mal sein wahres Gesicht. Die Verletzlichkeit und die Unsicherheit, durchsetzt mit seinem Sehnen nach ihr, welches stärker war als alles, was er je für eine andere empfunden hatte.

Sie stammelte seinen Namen, als sie unter ihm und um ihn herum explodierte, sich aufbäumte, sich wälzte. Und als die letzte Silbe noch auf ihren Lippen hing, wurde auch er hinweggerissen, verlor sich in ihr, verlor sein Selbst in ihr.

Am Morgen schlug sie ihre Augen auf. Die verblassenden Schatten krochen die Wand hinauf. Ein schneller Blick verriet ihr, dass sie allein war.

Sie berührte das leere Kissen neben sich, und ihre Finger schlossen sich um das Blatt Papier, welches dort lag. Sie drehte es um und sah eine Zeichnung von ihrem Gesicht, zum ersten Mal mit geöffneten Augen, in denen sich so vieles widerspiegelte. Es war eine wunderschöne Zeichnung. Caroline hatte noch nie so verführerisch und so befriedigt und so *verliebt* ausgesehen, außer in ihrer eigenen Fantasie.

Eine einzelne Rose, die neben der Zeichnung lag, streifte ihre Finger. Sie hob die Blume hoch und hielt sie sich an die Nase. Frisch geschnitten.

Ein Lebewohl. Das wusste sie mit jeder Faser ihres Herzens.

Sie spürte, wie ein Schluchzen in ihr hochwallte, und versuchte es zurückzudrängen, und ihre Schultern bebten, während die Sonne aufging und sie noch immer die blutrote Rose und die wundervolle Zeichnung an ihre Brust drückte.

22

Der Ruhm! Die Pein! Pure Unterhaltung für uns alle, und Himmel oder Hölle für alle Beteiligten.

Sebastien betrat für die letzte Runde die Arena. Er suchte nach der Eiseskälte in seiner Brust, doch er konnte sie nicht finden. Er suchte nach dem Feuer, doch auch das war nicht zu finden.

Hände streckten sich nach ihm aus, um ihn zu berühren,

doch er fühlte das aufmunternde Rückenklopfen kaum, hörte kaum die guten Wünsche. Das Feld erstreckte sich vor ihm. Die glänzenden Zielscheiben leuchteten in der Sonne, und seine Finger schlossen sich um den Griff seiner Waffe. Goldumrandete Kreise versprachen Preise und Ruhm, sollte er seine Hand ausstrecken und nach dem Apfel greifen. Gold, jene erbärmliche Farbe, die er immer gehasst hatte, die noch immer von Dingen wisperte, die er niemals besitzen würde, wenngleich jetzt in einer anderen Weise.

»Nehmen Sie Aufstellung.«

Er nahm seine Position ein und streckte seinen Arm dem schimmernden Gold entgegen. Er hatte den Gipfel erreicht.

Schüsse knallten in der Arena, als die Männer auf die den Tribünen gegenüber aufgestellten Zielscheiben schossen. Die bunten Banner flatterten in der warmen Sommerbrise, die so gar nicht zu dem erstarrten eisigen Gefühl in seinem Herzen passen wollte. Zuschauer johlten und jubelten, während ein Durchgang nach dem anderen ausgefochten wurde. Verwegen zerzaustes braunes Haar auf einem hoch gehaltenen Kopf und zielsichere aquamarinblaue Augen waren Carolines Fixstern, während der einzige Wettkämpfer, den sie beobachtete, von einer Runde zur nächsten aufstieg.

Sarah drückte ihre Hand mit jeder abgeschlossenen Runde fester, wenn die niedriger platzierten Männer aus dem Turnier ausschieden. Nur jene ganz oben in der Punktewertung hatten noch eine Chance, und die Fronten waren klar gezogen: Die natürlichen Söhne standen auf der einen Seite, während sich die rechtmäßigen Söhne auf der anderen versammelt hatten, um Everly, Sloane, Benedict und Sebastien, den letzten vier, zuzuschauen.

Sebastien würde gewinnen. Das wusste sie. Alles in ihr schrie förmlich diese Entscheidung heraus.

Caroline drückte Sarahs Hand. »Entschuldige mich bitte, Sarah. Mir ist gerade etwas eingefallen, das ich für den Earl erledigen muss.«

»Aber Caro, willst du denn nicht sehen, wie –«

»Nein.«

Sarah biss sich auf die Lippe und nickte, während ihr Tränen in die Augen schossen. Caroline lächelte ihr so tröstlich, wie sie es vermochte, zu und schlängelte sich dann zwischen den Sitzreihen hindurch. Sie hatte kaum ein Wort der Entschuldigung für die verdrossenen Zuschauer, denen sie auf die Füße trat oder die Sicht versperrte, als sie sich an ihnen vorbeizwängte. Im Moment scherten Anstand und Sitte sie herzlich wenig.

Sie bewegte sich so unauffällig, wie dies mit rasendem Herzen und weichen Knien möglich war, zu der Loge einige Plätze vom König entfernt. Lauter Jubel erscholl, als die letzten Schüsse der verbliebenen vier Wettstreiter durch die Arena hallten.

»Volltreffer. Deville verfehlt eben nie sein Ziel«, verkündete ein Mann inmitten einer Gruppe, die in dem Freiraum zwischen den Tribünen und den Logen stand.

Sie schloss ihre Augen und berührte das schwere Abdecktuch, mit dem die Rückseite der Tribünen verhängt war. Der dicke Stoff hing schwer in ihren Fingern. Sie musste nichts weiter tun, als ihn anzuheben und darunter zu schlüpfen. Alle Augen waren auf das Geschehen in der Arena gerichtet.

Das Zittern ihres Arms, zusammen mit dem Gewicht des Stoffs, verwandelten das Ganze in eine Sisyphusarbeit mit einer Last von tausend Pfund. Caroline schloss die Augen und duckte sich unter dem Abdecktuch hindurch.

Reihen und Aberreihen von Füßen stampften über ihr auf die Holzplanken, als die Zuschauer die letzten Wettstreiter johlend und trampelnd anfeuerten. Caroline konnte zwischen den Latten und Füßen hindurch sehen, wie ein Mann in einem Rüschenkostüm alle für den Beginn des nächsten Durchgangs zur Ordnung rief und dann lautstark eine Fanfare auf seiner Trompete blies.

Caroline ging in die Hocke und griff nach dem Strick, den sie dort verborgen hatte. Ein Ruck, wenn Sebastien schoss ... mehr brauchte es nicht. Niemand würde bemerken, dass eine der Zielscheiben ein paar Zentimeter absackte, was seinen Schuss gerade weit genug danebengehen ließe, um ihn den Sieg zu kosten. Und falls es jemand bemerkte, was hatte sie schon zu verlieren?

Sie beobachtete zwischen den Füßen und Rocksäumen hindurch, wie er seine Waffe inspizierte und auf das Ziel anlegte. Sie nahm den gedrehten Strick in ihre Hand, zum Ziehen bereit. Wenn er diese Disziplin nicht gewann ...

Ihr Herz raste. Wenn er nicht gewann, würde er sehr wahrscheinlich das Turnier verlieren. Sarah würde ihn nicht heiraten müssen, doch sie müsste jemand anderen heiraten. Everly oder Benedict. Vielleicht Sloane. Sie wusste nicht, wie die Punkte verteilt waren. Wenn Sebastien diese Disziplin verlor ...

Würde er Roseford verlieren. Er würde ein Heim, sein Herz verlieren.

Er zielte, und da war der Bruchteil einer Sekunde, in der sie den Strick an ihren Fingern scheuern fühlte, exakt der Moment, in dem er sein Ziel nicht mehr korrigieren könnte, sodass der Schuss zu hoch ginge.

Der Knall hallte in ihren Ohren. Der Strick lag schwer in ihrer Hand. Sie schaute darauf und ließ ihn fallen. Ließ die letzte Träne fallen, während die Menge über ihr und um sie herum jubelte. Sie starrte auf ihre makellosen Handschuhe, an denen kein verräterischer Fleck oder Riss zu entdecken war. Keine abgeriebenen Stellen, wo das Seil über den Stoff gescheuert war.

Sie trocknete ihre Tränen, wischte sich ihren Rock ab und mischte sich wieder unter die Menge, um Sebastien Deville zu seinem perfekten Schuss und seinem endgültigen Sieg zu applaudieren.

Die Feder zitterte. Tintentropfen fielen auf das Pergament wie kleine schwarze Tränen. Sebastien starrte auf seine Finger, auf die unvertraute Bewegung, als sie zuckten.

Vor zwei Monaten hätte er mit großer Geste unterschrieben, ohne auch nur im Geringsten zu zögern. Er hätte den verfluchten Kontrakt unterschrieben und eiligst die Eigentumsurkunden für Roseford, den Adelsbrief – das Zeugnis seines neu gewonnenen Grads eines Vicomtes – und all die anderen darin verbürgten Ehren und Belohnungen abgeholt. Vor zwei Monaten hätte er Lady Sarah abgeholt und sie zu seinem Stadthaus gebracht, wo sie geblieben wäre, bis sie gebraucht wurde – oder wenigstens, bis er sich an sie erinnerte. Vor zwei Monaten hätte er nicht gewusst, was er aufgab, indem er den ihm zustehenden Brautpreis annahm.

Ein weiterer schwarzer Tintenklecks gesellte sich zu den anderen, befleckte das Pergament.

Es war so weit. Alles, was er sich im Leben erträumt hatte, lag vor ihm, wartete nur auf das kurze Kratzen der Feder in der dunklen Kammer. Er würde Macht bekommen – unvorstellbare Macht. Er würde seine Rache bekommen. Und Gerechtigkeit und all die anderen Dinge, die ihn in den dunklen Fluren der Nacht gelockt hatten. All die Dinge, die ihm noch vor zwei Monaten so unendlich wichtig erschienen waren, würden mit einer simplen Unterschrift ihm gehören.

Das Gold der Spiegel, das vergoldete Deckenfries, das honigfarbene Metall der Uhr, deren Tick-Tack als Metronom seines Schicksals diente, waren hier vor ihm, als bloße Worte auf einem Pergamentbogen.

Jede Kränkung, jede Verspottung, jede Beschimpfung würden mit einem einzelnen Aufsetzen der Feder ausgelöscht sein. Ein geschwungener Schnörkel nach den Worten: »Ich bestätige hiermit feierlich mein Gelöbnis«, und er befände sich außerhalb des Zugriffs des Gesetzes. Er würde über dem Gesetz stehen, würde sich ihm nie wieder beugen und anbiedern müssen.

Eine lockige Strähne fiel ihm ins Gesicht, und er strich sie zurück. Ich glaube, Sie kommen mit vielem durch allein ob der anmutigen Art, wie Sie Ihr Haar wieder aus dem Gesicht schütteln, Mr. Deville. Das spöttische Lachen, die zärtliche Berührung von Fingern, die durch die Strähnen strichen, die glühenden Blicke und die Hände in seinem Nacken, wenn sie sich an ihn schmiegte. Alles für immer verloren, sobald er seinen Namen auf das Blatt schrieb.

Die Feder brach zwischen seinen verkrampften Fingern. Die Hälfte mit der Spitze blieb an seinen Fingern hängen, die Tinte ergoss sich über seine Finger und breitete sich aus wie die Blutlache einer offenen Wunde.

Er starrte einen Moment lang darauf, bevor er tief Luft holte und die zerbrochene Feder zur Seite legte. Er wischte sich die Hände an einem Taschentuch ab, griff sich eine neue Feder und tauchte sie in das Tintenfässchen. Die Tinte schüttelte sich von allein ab, ohne eine zusätzliche Bewegung von ihm.

Er musste nichts weiter tun, als Caroline aufzugeben. Er musste nichts weiter tun, als zu unterschreiben.

Wer hätte gedacht, dass Sebastien Deville, der ehrgeizige, rücksichtslose Spieler und Bastard in jeder Hinsicht, hier vor diesem verfluchte Kontrakt stehen würde, der ihm alles geben würde, was er je begehrt hatte – über achtundzwanzig Jahre der Verbitterung und des brennenden Verlangens –, und ihn zehn Minuten später immer noch nicht unterschrieben hatte?

Um einer Frau willen. Um eines Gefühls willen, das er niemals eingestanden hatte.

Er lachte bitter und führte die Feder zum Pergament.

23

Und so, werte Leser, beenden wir unsere Berichterstattung von dem Turnier mit einem nostalgischen Rückblick. Ah, die Dinge, deren Zeuge wir wurden, und die Herzen, die wir haben brechen sehen.

Caroline beobachtete die Schmetterlinge dabei, wie sie auf den Blüten landeten, mit ihren Flügeln wedelten und sich dann wieder aufschwangen, um zur nächsten Blüte am Rand des Gartens zu flattern. Sie griff geistesabwesend nach Grashalmen und ließ sie durch ihre Finger gleiten. Ihre Abgeschiedenheit und ihr Schweigen blieben unbemerkt von der riesigen Menge, die sich am Rand des hinteren Schlossgartens drängte, da die Hecken am Eingang des Labyrinths sie vor den Blicken verbargen. Der ferne klagende Schrei eines Pfaus, der durch die Gänge des Labyrinths hinter ihr stolzierte, drang durch das Stimmengewirr auf der anderen Seite der grünen Wand.

Es war der fünfundzwanzigste August, und sie war allein, selbst inmitten von Hunderten von Menschen. Wieder einmal. Stare kreisten über ihr, schlossen sich zu großen wogenden Schwärmen zusammen, trennten sich wieder und kamen von Neuem zusammen. Kreisten und spielten.

Caroline ließ einen weiteren Grashalm durch ihre Finger gleiten. Der biegsame grüne Halm passte sich ihrer Bewegung an, ein Wunderwerk der Natur, das stampfenden Kindern und mächtigen Sturmwinden widerstehen konnte. Das erst kapitulierte, wenn es brutal ausgerupft wurde.

Sie ließ den Grashalm in ihren Schoß fallen. Cheevers wollte sie sehen, sobald der letzte Gast für den Tag abgereist war. Es würden immer noch einige Nachzügler bleiben, die hofften, den neuesten Klatsch und die Gastfreundlichkeit von Meadowbrook auszuschlachten, doch die große Mehrheit der Gäste würde dankbarerweise längst fort sein. Sie wusste nicht, warum sie beim Herrenhaus geblieben war, um mit anzusehen, wie Sebastien Anspruch auf seinen Preis erhob. Um mit anzusehen, wie Sarah ihm zur Braut gegeben wurde. Doch wegzulaufen war ihr irgendwie feige erschienen.

Sie schaute zu, wie sich die Gäste weiter auf dem üppig angelegten Terrassengarten versammelten und sich immer näher auf ihr Versteck zubewegten. Alle eifrig damit beschäftigt zu tratschen, dem Viscount in spe zu gratulieren und sich anzubiedern. Die Wettstreiter waren für die abschließende Punktewertung in der Bibliothek zusammengerufen worden. Doch jeder kannte die Identität des Siegers. Zu viele Leute hatten die Punktevergabe verfolgt, und vor der letzten Ausscheidung war eine wahre Flut von Wetten abgeschlossen worden, nachdem die Buchmacher die Quoten für jeden der Wettkämpfer errechnet hatten.

Sie spielte geistesabwesend mit ihrem Medaillon. Sarah und William stritten sich hitzig am anderen Ende des Gartens, so hitzig, dass sie neugierige Blicke auf sich zogen. Lady Tevon stand aufgeregt in der Nähe und versuchte einzugreifen.

Caroline sollte hinübergehen und vermitteln, doch sie konnte nicht die Energie aufbringen. Jemand setzte sich neben ihr auf die Bank, und sie hob ihren Blick gerade weit genug, um zu sehen, dass es Lord Benedict war.

»Mrs. Martin.«

»Guten Tag, Lord Benedict.« Der Rest der Wettkämpfer war offensichtlich aus der Bibliothek geschickt worden, damit der Sieger unterzeichnen konnte. Sie wusste nicht, ob sie ihm ihr Bedauern aussprechen oder besser schweigen sollte. »Sie haben sich heute beim Schießen sehr hervorgetan.«

»Ja.« Er lehnte sich zurück, streckte seine Beine vor sich aus und beobachtete die plappernde Menge. »Danke.«

Sie drehte sich ganz zu ihm um. »Verzeihen Sie mir, aber Sie wirken sehr nachdenklich.«

Er befingerte eine Uhr in seiner Westentasche. »Es ist für mich keine große Überraschung, dass Deville gewonnen hat. Er gewinnt weit öfter als ich.«

Eine Woge des Getuschels erhob sich aus der Menge, als Fortunas Sieben, gefolgt vom König und seinem Gefolge, durch den reich verzierten Hinterausgang auf die Terrasse traten.

Die Menge wich zurück, um ihnen mehr Platz für die offizielle Verkündung zu machen. Der Duke von Grandien schaute unbeschreiblich arrogant und selbstzufrieden drein. Caroline raffte ihren Rock und sah aus den Augenwinkeln, wie Benedict etwas nervös auf der Bank hin und her rutschte.

Cheevers hielt seine Hand hoch, und die Menge wurde still. »Ladies and Gentlemen, hinter uns liegen zwei einzigartige Monate. Gentlemen von erlesener Güte sind in diesem Turnier gegeneinander angetreten – doch nur ein Mann kann zum Sieger erklärt werden. Ich präsentiere Ihnen unseren Sieger, Mr. Sebastien Deville!«

Die Menge jubelte und klatschte, als Sebastien in der Tür erschien. Die eleganten Säulen flankierten ihn wie ein Bilderrahmen, und die goldenen Verzierungen glänzten und funkelten um ihn herum, tauchten ihn in ihren schimmernden Schein, wie einen Halbgott, der auf die Erde herabgestiegen war, um seine Anbeter zu besuchen.

»Vielen Dank«, sagte er nonchalant. »Es ist eine bemerkenswerte Erfahrung gewesen.«

Wieder jubelte die Menge.

»Vom ersten Tag an, als man mit der Idee dieses Turniers an mich herangetreten ist, erschien es mir wie die Antwort auf die Gebete aller Männer, die je unter dem Patronat der Adeligen standen und sich gefragt haben, wie es wohl wäre, mit ihnen den Platz zu tauschen.«

Die Menge nickte. Etliche Männer machten ein nachdenkliches oder wehmütiges Gesicht.

»Wie es wäre, sich mit anderen gleichen Standes zu messen und zu sehen, wer den Sieg davonträgt. Bruder gegen Bruder, in manchen Fällen.«

Wieder rutschte Benedict neben ihr hin und her.

»Und alles zugunsten der noblen Männer hier vor uns.« Er zeigte mit einer ausholenden Geste auf Fortunas Sieben. Die Miene des Dukes verfinsterte sich kurz, doch dann glättete sich seine Stirn wieder.

»Es ist eine Ehre, vom König einen Titel verliehen zu bekommen.« Sebastien verbeugte sich vor George. »Und die dazugehörigen Preise sind ebenfalls sehr beachtlich, doch ich finde, dass mir die Bedingungen des Kontrakts nicht länger zusagen.«

Ein Star kreischte in der plötzlichen Stille.

»Daher scheide ich hochachtungsvoll aus diesem Turnier aus und sage Ihnen Lebewohl. Vielleicht auf ein anderes Mal, Gentlemen?« Sebastien nickte zum Abschied und ging an Fortunas Sieben und dem König vorbei. Er verschwand aus Carolines Blickfeld und tauchte in der Menge unter.

Caroline schluckte, doch ihr Mund war wie ausgetrocknet. Alles um sie herum war mit einem Mal verschwommen.

Sebastien hatte gerade den größten Preis in ganz England *abgelehnt*. Und er hatte den Brautpreis abgelehnt.

»Unglaublich«, hauchte Benedict neben ihr, während sich alles in ihrem Kopf drehte.

Der Duke machte ein Gesicht, als hätte er in etwas Verdorbenes gebissen, während die Menge in Jubelstürme ausbrach. Seine Augen verfolgten Sebastien. Sein Stock trommelte auf den Terrassenfliesen. Der Ausdruck auf seinem Gesicht verhieß nichts Gutes für jeden, der es wagte, ihn anzusprechen. Caroline beobachtete weiter wie benommen die älteren Männer, während sie Fragen und Rufe aus der Menge abwimmelten. Cheevers schickte eilig einen Diener hinter Deville her, doch der musste gegen den Strom der rauflustigen Menge schwimmen.

Plötzlich erhellte sich die Miene des Dukes, und er hielt seine Hand hoch, um die Zuschauer zum Schweigen zu bringen. »Nun, ich glaube, mit dem Ausscheiden von Deville geht der erste Platz nunmehr an Lord Benedict Alvarest.«

»Ich verlange eine Neuauszählung unter Ausschluss von Devilles Punkten«, rief Bateman von der Seite herüber. Abermals erhob sich lautes Stimmengemurmel von der Menge.

Die Finger des Dukes krallten sich um den Knauf seines Gehstocks. »Das halte ich nicht für nötig. Die nötigen Berechnungen wurden erstellt, als Vorsorge, sollte eben dieser Fall eintreten, und Lord Benedict kommt an zweiter Stelle.«

Caroline sah mit großen Augen zu Benedict. Benedicts Mund öffnete sich, doch es kam nichts heraus. Er schluckte, schaute kurz auf seine Hände, dann stand er entschlossen auf und trat vor, sodass alle ihn sehen konnten. »Nein. Ich scheide ebenfalls aus diesem Turnier aus.«

»Wie bitte?«, zischte der Duke.

»Ich sagte, ich scheide aus«, erklärte Benedict lauter. »Ich … ich habe vor, den Kontinent zu bereisen. Oder die Kolonien. Um etwas von der Welt zu sehen.«

Er sah den Duke an, und Caroline hatte noch nie gesehen, dass er den älteren Mann mit einem derart stechenden Blick fixierte. »Um es aus eigenen Stücken in der Welt zu etwas zu bringen.«

Der Gesichtsausdruck des Dukes von Grandien ließ sich nur als eine dünne Eisschicht über einer lodernden Flamme beschreiben.

Benedict klopfte seine Hose ab. »Und so sage auch ich Ihnen Lebewohl. Vielleicht auf ein anderes Mal, Gentlemen?« Er wiederholte Sebastiens Abschiedssalve und trat vor. Die bestürzte Menge teilte sich für ihn, als er am Duke vorbeiging und verschwand.

Der König war ebenso bestürzt wie alle anderen, doch da war etwas in seinem Blick. Ein Funkeln. »Na schön, wer ist als Nächster dran?«

»Nein.«

Caroline, nunmehr wieder allein, reckte ihren Hals und sah Sarah vortreten. Oh, Sarah. Ihr Herz setzte einen Schlag aus. Sie wusste nicht, ob sie noch einen derartigen Schock überstehen würde.

»Ich möchte ebenfalls aus dem Turnier ausscheiden.«

»Das Turnier ist zu Ende, Lady Sarah«, sagte Cheevers und schaute entschuldigend zu seinen Gefährten. »Sie haben den Bedingungen zugestimmt. Und wenn ich mich nicht –«

»Nein.« Sie verschränkte ihre Arme vor der Brust. »Ich werde keinen der Teilnehmer dieses Turniers heiraten. Ich habe die Absicht, jemand anderen zu heiraten, und die Kirche missbilligt Doppelehen.«

Oh, Sarah. Freude und Furcht vermischten sich. Freude darüber, dass ihre Schwester glücklich werden würde. Furcht davor, wie ihr Vater es aufnehmen würde.

»Und wen willst du heiraten, wenn ich fragen darf?«

Sarah lächelte, ein stilles, doch freudiges Lächeln. »Meine wahre Liebe, Vater. Meine wahre Liebe.«

Die Menge brach abermals in Jubelstürme aus. Leute drängten sich um Fortunas Sieben und verlangten lautstark nach Antworten. Caroline schlug sich die Hand vor den Mund, um ein schallendes Lachen zurückzuhalten. Sie wäre am liebsten aufgesprungen und hätte gejauchzt. Wäre am liebsten auf die Terrasse gelaufen und hätte ihre Schwester umarmt.

Nur das Beben im Gras hinter ihr ließ sie verharren. Schritte ertönten. Caroline wartete gespannt, während sie sich fragte, ob es ein Dienstbote war oder ein Gast, der von hinten durch das Labyrinth gekommen war, doch der lässige Gang verriet ihr, dass es jemand gänzlich anderes war.

Ihr Herz fing an zu rasen, als die Schritte anhielten und sich ein stattlicher Körper neben sie hinsetzte, die langen Beine vor sich ausgestreckt.

Sie wandte zögernd den Kopf um. Aquamarinblaue Augen sahen sie an, Augen, die lieblicher waren, als sie sie je zuvor gesehen hatte, so voller Gefühl – erfüllt von einer Wärme und einem inneren Frieden, an denen es ihnen zuvor gefehlt hatte.

»Wie –«

»Nützliche Dinger, diese Labyrinthe, wenn sie über mehrere Eingänge und Ausgänge verfügen«, bemerkte er grinsend.

Sie schluckte und schützte eine Gelassenheit vor, die sie nicht wirklich empfand: »Wie schlau von dir.«

»Brillant, würde ich sogar sagen.« Er deutete auf die Hecke, die ihm den Blick auf die Menge versperrte. »Wie es scheint, verpassen wir das Freudenfest.«

»Ja.« Sie wollte ihn berühren, wollte ihn in ihre Arme nehmen. »Ich muss dir gratulieren. Wer sonst hätte Fortunas Sieben zur Mordlust treiben können.«

Er legte den Kopf in den Nacken und grinste. »Hör dir nur die Beschuldigungen an.« Die Rufe vielstimmiger Kehlen erschollen auf der anderen Seite ihrer Hecke. »Es klingt wie Musik in meinen Ohren. Die könnten wegen der Ergebnisse Jahre vor Gericht zubringen. Die alten Männer haben sich vielleicht endlich einmal übernommen.«

Sie strich mit der Hand an der Kante der Bank entlang. »Hast du den Kontrakt wirklich nicht unterzeichnet?«

»Nein, wirklich nicht.« Er rupfte einen Grashalm aus und ließ ihn aus seiner Hand fallen.

»Aber Roseford …«

Sie bemerkte, wie seine Schultern sich leicht verkrampften. »Ich habe Roseford aufgegeben, als ich mich weigerte zu unterzeichnen.«

Sie starrte ihn an, während er ein ganzes Büschel Grashalme in einer grünen Wolke aus seinen Fingern rieseln ließ. »Warum?«

»Ich müsste das ganze Haus putzen, um es wieder bewohnbar zu machen, und das wäre eben Arbeit, Arbeit, Arbeit.« Er schüttelte seine Hand, und ein paar Halme, die noch daran klebten, flogen davon.

»Wie kannst du da so gleichgültig bleiben?«

Er wurde ganz still und drehte sich zu ihr um, wobei er seine Hand über sein Knie zog. »Denkst du wirklich, es wäre mir gleichgültig, Caro? Nach allem, was ich gesagt habe?« Er streckte die Hand aus und streichelte ihre Wange. »Denkst du, ich hätte es aus einer Laune heraus getan?«

»Ich weiß es nicht«, hauchte sie. »Ich verstehe es nicht.«

»Ja, ich weiß, dass du es nicht verstehst«, flüsterte er zurück und strich mit seinem Daumen über ihre Haut. Das liegt daran, dass ich es selbst nicht verstehe. Ich stand vor dem Kontrakt, wohl wissend, welche Macht ich besitzen könnte, wohl wissend, dass ich Roseford, das einzige Zuhause, das ich je gekannt habe, zurückerhalten könnte. Doch vor und nach jedem Gedanken sah ich immer nur dein Gesicht vor mir. Du bist mein Zuhause, Caroline. Die Wärme und Behaglichkeit von Roseford waren es, nach denen ich mich sehnte und die ich wiederhaben wollte. Ein Ort, an dem jemand auf mich wartet, dessen Herz mein ist und dem ich mein Herz schenken kann.«

Sie kaute auf ihrer Lippe. »Oh.« Es war eine dumme Antwort, doch sie wusste nicht, was sie sagen sollte, ohne dabei stammelnd und unter Tränen zu ihm zu sprechen.

Er stand auf, wischte sich seine wie angegossen sitzende, maßgeschneiderte Hose ab und streckte ihr seine Hand hin. Die Stimmen im Hintergrund verloren alle Bedeutung. »Außerdem hast du ein hübsches, sauberes Cottage, das nur darauf wartet, dass ich es besudele.«

Sie sah ihn an, und eine Strähne fiel ihr ins Gesicht, ihr letzter Schild. »Sei am Morgen da, wenn ich aufwache.«

Er ging vor ihr in die Hocke, strich ihr die herabbaumelnde Locke aus dem Gesicht und schmiegte seine Hand zärtlich an ihre Wange, während er sie mit seinen aquamarinblauen Augen eindringlich ansah.

»Das werde ich. Immer.«

Epilog

Eine Gestalt kam mit zwei Schriftrollen in der Hand über den Hügel. Eine Schriftrolle bestätigte die Verleihung der Ritterwürde für bedeutende Verdienste um die Krone – die Rettung eines königlichen Kindes, das außerhalb des Hofes geboren wurde.

Die andere Schriftrolle freute ihn sogar noch mehr. Er lächelte. Er hatte seinen Vater überredet, seiner Heirat mit Sarah zuzustimmen. Und wenn es hart auf hart kam, war das Wort des Königs Gesetz. Sarah war nicht mehr der Preis des Turniers. Er hoffte, dass jene Tatsache den Mann in dem Cottage möglicherweise hinsichtlich eines anderen Dokuments umstimmen würde, welches abgeändert worden war, doch noch immer eine Tochter aus Cheevers' Blutlinie beinhaltete.

Sollte Sebastien Deville ihm sagen, er solle sich zum Teufel scheren, würde er diese Entscheidung natürlich für löblich halten.

Es würde interessant sein zu sehen, wie er sich entschied. William schmunzelte und klopfte gegen die Tür.

DANKSAGUNG

Mein Dank geht an die drei Ms – Mom, Matt und May Chen für alles, was sie zu diesem Buch beigetragen haben. Ich kann ihnen gar nicht genug dafür danken. Herzlichen Dank auch an Dad, der während des Schreibens immer ein Lächeln für mich parat hatte. Und ich danke ebenso dem Starbucks-Schreibteam – Bella Andre, Jami Alden, Barbara Freethy und Jacqueline You – für all den Spaß, den wir beim Tippen und Plaudern hatten.

Mein besonderer Dank gilt Tracy Grant und Candice Hern für ihr fantastisches historisches Wissen und ihre Hilfe!